LES ANNÉES FASTES

CHAN KOONCHUNG

LES ANNÉES FASTES

roman

Traduit du chinois
par DENIS BENEJAM

Préface de Julia Lowell

BERNARD GRASSET
PARIS

L'édition originale de cet ouvrage a été publiée par OUP,
à Hong Kong, en 2009, sous le titre :

SHENGSHI : ZHONGGUO 2013

Les Editions Grasset & Fasquelle remercient Madame Ida Junker pour son aimable autorisation concernant l'utilisation du titre de son roman qui révèle les mécanismes de la restalinisation de la Russie aujourd'hui : *Les Années fastes* publié en 2007 chez Lahn éditions.

Photo de couverture :
© Yann Layma/GettyImages.

ISBN 978-2-246-77981-0

KAZAKHSTAN
MONGOLIE
HEILONGJIANG
KIRGHISTAN
JILIN
LIAONING
XINJIANG
TADJIKISTAN
MONGOLIE
INTÉRIEURE
CORÉE
DU NORD
Beijing
Tianjin
PAKISTAN
GANSU
HEBEI
CORÉE
DU SUD
NINGXIA
SHANGXI
SHANDONG
Lanzhou
Luoyang
Mer
Jaune
QINGHAI
Dingxi
Jiaozuo
Kaifeng
Zhengzhou
JIANGSU
JAPON
SHAANXI
HENAN
TIBET
Shanghai
ANHUI
Mer
de Chine
orientale
CHONGQING
HUBEI
Mont
Longhu
NEPAL
BHOUTAN
SICHUAN
ZHEJIANG
Xiangxi
JIANGXI
Lijiang
HUNAN
Jinggangshan
GUIZHOU
INDE
FUJIAN
INDE
BANGLADESH
Guilin
GUANGXI
YUNNAN
GUANGXI
TAIWAN
Guangzhou
Zhongshan
Hongkong
OCÉAN
PACIFIQUE
BIRMANIE
Macau
VIETNAM
Mer
de Chine
Méridionale
LAOS
PHILIPPINES
THAILANDE
HAINAN

Préface

Au nord-ouest de Pékin, un quartier vaut le détour : Zhongguancun, la *Silicon Valley* chinoise. Après l'abandon du maoïsme au profit de réformes de marché, il y a une trentaine d'années, les hôtels cinq étoiles et les grands magasins aux devantures de verre ou de marbre sont apparus un peu partout dans la capitale, débordant de promotions, de ballons et de promesses d'une vie meilleure. A Zhongguancun, ces établissements huppés sont légion. Le plus grand centre commercial du district s'étale sur deux cent mille mètres carrés, débordant de boutiques, de supermarchés, de cinémas, de cafés-restaurants et de Pékinois avides de consommation. Dans cette zone se concentrent aussi les institutions d'enseignement supérieur les plus prestigieuses du pays, foyers des universitaires et des étudiants privilégiés. Avec ses temples miroitants, érigés à l'autosatisfaction et aux nouvelles perspectives dictées par l'Etat, Zhongguancun est l'une des figures de proue du rêve chinois contemporain.

Le 23 décembre 2010, se déroulait au commissariat de Zhongguancun une étrange scène qui contrastait avec cette belle harmonie. Ce soir-là, un professeur de droit de Pékin, Teng Biao, avait décidé de rendre visite à la mère d'un ami – qui n'est autre que Fan

Yafeng, un défenseur des Droits de l'homme assigné à résidence. La mère de Fan vivait seule, et Teng pensait qu'il serait courtois de passer la saluer. Dès qu'il pénétra dans l'appartement, un policier en civil se précipita sur lui et réclama à grands cris ses papiers, le bousculant pour faire bonne mesure. Peu de temps après, des renforts arrivèrent et traînèrent un Teng myope et désormais privé de ses lunettes en bas des marches, puis jusqu'au fourgon qui l'emmena vers le commissariat le plus proche. S'ensuivit toujours plus de violence : insultes, coups et blessures, cravate arrachée, coups de pieds dans les tibias, alors qu'il citait en vain ses droits constitutionnels. « Pourquoi perdre son temps avec ce genre d'individus ? demanda un officier de police campé devant lui. On n'a qu'à le battre à mort, creuser un trou pour l'enterrer et on n'en parlera plus. » Ils le relâchèrent finalement, peut-être intimidés par son statut d'universitaire, mais surtout parce qu'il avait envoyé un tweet (avant que la police ne tente de lui confisquer son portable) et quelques amis s'étaient déjà rassemblés devant le commissariat. Dans son malheur, Teng a eu de la chance. On ne peut pas en dire autant d'un de ses pairs, l'avocat Gao Zhisheng, emprisonné pendant des années, battu à maintes reprises, brûlé avec des cigarettes et torturé à coups de décharges électriques, pour avoir plaidé en faveur d'un groupe persécuté par le régime. Un autre défenseur des Droits de l'homme, Ni Yulan, en plus d'être assignée à résidence dans un hôtel de Pékin sans électricité ni eau courante, marche avec une canne depuis les interrogatoires de police.

A deux pas des palais de verre et des néons de

Zhongguancun, le miracle chinois arbore un autre visage. Bienvenue dans le monde des *années fastes*.

*

Dans *Les années fastes*, Chan Koonchung décrit la Chine de demain qui, par certains aspects, existe déjà. Une Chine dans laquelle un Parti communiste dictatorial parvient à éviter la crise économique mondiale – qui a affaibli l'Occident libéral et démocratique – tout en renforçant l'attrait et le prestige du modèle autoritaire chinois, permettant ainsi au pays de retrouver la place qu'il occupait au centre du monde économique, politique et culturel, statut qu'il avait perdu au début de l'époque moderne. Une Chine dans laquelle la majorité de la population urbaine – en dépit de la répression exercée par le Parti, sa corruption, son implacable censure de l'Histoire et des médias – semble satisfaite de ce *statu quo* qui offre la prospérité économique sans libertés politiques. Une Chine dans laquelle la plupart des voix discordantes ont été marginalisées ou converties.

En 2011, deux ans avant le début du roman, le monde est secoué par une deuxième crise financière qui fait passer le choc de 2008 pour une vulgaire oscillation, le dollar perdant un tiers de sa valeur en une seule journée. La République populaire de Chine échappe à l'apocalypse économique occidentale et entre immédiatement dans ce que le gouvernement communiste qualifie « d'âge d'or » de la prospérité et du contentement. Dans le Pékin placide de 2013, personne ne semble penser le moindre mal du pays ; les souvenirs malheureux ont été effacés et les citadins se complaisent dans une certaine forme d'autosatisfaction. Dans ce paradis terrestre, notre guide se nomme Lao Chen. Ecrivain originaire de Taïwan et Hong Kong, il a récemment élu domicile en Chine. Il sort beaucoup, va d'événement littéraire en réception, flâne dans les librairies et sirote des *Latte dragon noir* au litchi de chez Starbucks (racheté après la chute du dollar par une enseigne de snacks taïwanaise). Il qualifie ainsi sa situation : « [...] J'ai éprouvé un sentiment de satisfaction, tant matériel que spirituel, un formidable sentiment de félicité que je n'avais encore jamais ressenti. » Les empêcheurs de tourner en rond (la minorité qui ose critiquer le régime depuis que l'opposition publique, à la mort de Mao, est redevenue possible) ont été réduits au silence, intimidés, isolés, et laissent derrière eux un *establishment* intellectuel dominé par des « trésors nationaux » complaisants, des jeunes starlettes, et les idéologues fascistes du Parti. Seule une poignée d'individus résiste à cette étouffante atmosphère d'autosatisfaction, déterminée à se rappeler les temps moins heureux et à comprendre pourquoi tout le monde les a oubliés. Le lecteur croise ainsi un ancien amour de Chen, Xiao Xi, ex-avocate devenue militante pour la démocratie ; Fang Caodi, globe-trotter hippie à la recherche du mystérieux « mois perdu » – quatre semaines infernales sous loi martiale après l'effondrement économique de 2011, au cours desquelles un nombre incalculable de civils trouva la mort – aujourd'hui effacé de toutes les mémoires ; Zhang Dou, ancienne victime du travail forcé cautionné par le gouvernement.

Pour Chan Koonchung, c'est la situation actuelle de la Chine qui a inspiré son roman. « C'est la réponse du gouvernement à la crise financière de 2008 qui m'a donné l'idée du livre. Je voulais depuis un moment faire un roman sur la Chine, mais il me manquait un objectif, une visée. Cette année, alors que l'Occident chancelait et que la Chine sortait indemne du chaos financier, tout le monde – des officiels aux citoyens ordinaires – semblait penser que la Chine se portait bien, qu'elle n'avait plus rien à apprendre de l'Occident, qu'elle pouvait s'affirmer… L'opinion publique a accepté avec enthousiasme le modèle autoritaire chinois. » La construction d'une harmonie autoritaire a toujours sous-tendu la théorie (et la pratique) communiste, mais n'a été officialisée qu'en 2007, lorsque le président Hu Jintao exhorta « tous les habitants à vivre en paix, s'aimer, s'aider et s'encourager les uns les autres, et à œuvrer pour la construction d'une société harmonieuse. »

Effectivement, ces dernières années, le gouvernement communiste a réussi à étouffer les critiques, peut-être au-delà de toute espérance. Les années 80 furent agitées : on débattait des désastres causés par le maoïsme et de la place possible du marxisme dans la libéralisation économique et politique. Au cours de la décennie, la Chine fit ses premiers pas dans l'économie de marché et l'inflation grimpa en flèche. On jugeait les réformes du gouvernement inefficaces : les dirigeants n'avaient pas su convaincre le peuple qu'ils étaient à même de diriger le pays. Les rebelles les plus avant-gardistes (comme le prix Nobel de la Paix 2010 Liu Xiaobo) imaginaient qu'il ferait bien meilleur vivre en Chine aujourd'hui si, quelque 150 ans plus tôt, les Britanniques avaient eu pitié du pays et, après la guerre de l'opium, l'avaient colonisé tout entier. Dès 1985, la Chine urbaine s'arrêtait chaque année au rythme des manifestations étudiantes (contre le manque de transparence du gouvernement, le coût toujours plus élevé de la nourriture, les rats dans les dortoirs...) qui connurent leur apogée entre avril et juin 1989 avec l'occupation de la place Tian'anmen. Son dénouement sanglant donna une image désastreuse de la Chine communiste, tant à l'étranger qu'à l'intérieur du pays : les politiciens de l'Ouest et les Chinois expatriés réclamaient des sanctions politiques et économiques, et des centaines de milliers de Chinois meurtris descendirent dans les rues de Hong Kong, Macao, Taïwan et de certaines grandes villes occidentales. Ils comparaient la République populaire à l'Allemagne nazie, et peignaient des croix gammées sur le drapeau national.

Aujourd'hui, les dirigeants communistes chinois ont neutralisé la plupart de leurs anciens opposants. « Des années durant, souligne un analyste, le régime est resté au pouvoir grâce à un accord tacite passé avec ses citoyens : tolérez notre règne autoritaire et nous vous rendrons riches. » Contrairement aux attentes des Occidentaux, prophètes de l'apocalypse communiste, les leaders chinois d'après 1989 accélérèrent les réformes économiques tout en faisant machine arrière sur la libéralisation politique. Dans la Chine de 2011, comme dans *Les années fastes*, la population urbaine semble avoir oublié de bon gré la violence politique passée pour se consacrer aux temps prospères, ici et maintenant. Les hommes d'affaires peu scrupuleux ne sont pas les seuls à tirer leur épingle du jeu : de nombreux écrivains et penseurs chinois ont profité de généreuses bourses de recherche, de confortables budgets et de possibilités de voyage, à la condition expresse de taire certains tabous, tels que les abus de pouvoir des officiels, le besoin de réformes politiques, les violations des Droits de l'homme envers les opposants au régime, les tensions ethniques (particulièrement au Xinjiang et au Tibet) et la censure omniprésente. Le consensus exige aussi une amnésie collective au sujet des cataclysmes provoqués par le communisme, comme par exemple les désastres de l'ère maoïste (les excès brutaux de la Réforme agraire, du Grand Bond en avant, de la Révolution culturelle) ou, bien sûr, du bain de sang de 1989. « Beaucoup de ceux qui se montraient autrefois critiques envers le régime font maintenant partie du système, observe Chan Koonchung. Le Parti a absorbé les élites en distribuant des fonds, des postes et des emplois. Les universités se voient confier les projets du gouvernement, ce qui leur fait passer l'envie de se faire entendre. Nombreux sont ceux qui dépendent de l'argent de l'Etat pour faire carrière. Les intellectuels sont donc principalement employés par l'Etat, qui, avec ses fonds inépuisables, est assez riche pour les attirer. De plus en plus de gens tombent dans le piège. C'est extrêmement difficile de trouver quelqu'un qui soit capable de s'opposer », tandis que les détracteurs deviennent « de plus en plus marginaux ».

Même si le contrôle communiste est bien moins visible aujourd'hui qu'à l'époque maoïste, il est pourtant omniprésent, aussi bien dans les entreprises publiques et privées, que dans la politique locale, les médias ou la culture. Le Parti est « une chose dont personne ne parle mais qui est toujours là. Le pays est un Rubik's cube ; il est très complexe, mais possède un principe organisateur : le Parti communiste », explique Chan Koonchung. Lorsque je l'ai rencontré à Pékin pendant l'été 2010, il m'a invitée à déjeuner dans un restaurant cossu de Sanlitun. C'est un des quartiers commerçants les plus huppés de la ville, rempli de bars branchés, de cafés et de boutiques de designers ; Chen, le héros des *années fastes*, s'y promène en ressentant « un formidable sentiment de félicité ». Le sourire aux lèvres, un jeune serveur s'est présenté en anglais (« Bonjour, je m'appelle Darren, je serai votre hôte aujourd'hui »). Lorsqu'il est parti, Chan Koonchung m'a discrètement rappelé une chose essentielle : « Il y aura forcément des membres du Parti ici aussi, pour garder un œil sur ce qui se passe. »

La grande force des *années fastes* provient de son inhabituelle honnêteté quant à certains aspects de la réalité contemporaine chinoise. Car Chan se démarque de ses confrères du continent, en ceci qu'il n'hésite pas à aborder les zones interdites de la vie politique chinoise. A l'horizon de l'an 2000, d'après de nombreux experts, les écrivains pouvaient écrire sur n'importe quel sujet sans crainte de représailles, avec même un profit à la clef… du moment qu'ils ne parlaient pas de politique. Il en résulte une culture très florissante du choquant – avec ses descriptions explicites de sexe et de violence – mais extrêmement pauvre dans sa compréhension des racines politiques des problèmes rencontrés par la Chine. Parler du pouvoir chinois reste tabou : taper le nom des dirigeants chinois sur internet est interdit. Les best-sellers sur la Chine communiste, tels ceux du romancier Yu Hua, évoquent le chaos de la guerre et de la révolution, mais bottent en touche lorsqu'il s'agit de chercher les causes institutionnelles profondes des maux de la Chine d'après 1949, et évitent (pour des raisons de censure) jusqu'à la plus obscure référence à la répression des manifestations de 1989. La violence de la Révolution culturelle est dépeinte comme une explosion irrationnelle de délinquance, sans jamais chercher les origines de ce mal (par exemple, la banalisation de la violence par le régime communiste et le ressentiment massif vis-à-vis de son système de classes s'apparentant trop à un système de castes). *Les Années prospères*, en revanche, s'attaque de front au mélange d'acceptation massive et de violente intimidation politique qui maintient en place le spectacle autoritaire de la Chine. Un des confrères de Chan Koonchung ne se reconnaît pas entièrement dans la vision de l'avenir immédiat que ce dernier propose, mais admet « [qu']au moins, il a la volonté de pointer du doigt certains accrocs dans notre belle tapisserie. Il est malheureusement le seul auteur sinophone à tenter de le faire. Et c'est nous, les écrivains du continent, qu'il faut blâmer pour cela. »

L'accueil réservé en Chine au roman de Chan fut révélateur. Avec ses références explicites aux mesures répressives de 1989 et à la censure du Parti, le livre – publié à Hong Kong – ne fut bien sûr pas distribué sur le continent. Mais le contrôle du Parti communiste sur l'information est loin d'être aussi absolu que dans *Les années fastes*, même s'il est très étendu. Le livre se vendit donc sous le manteau dans les librairies de Pékin ou par internet depuis Hong Kong ; d'après une estimation, chaque exemplaire entrant sur le continent passe entre les mains de six ou sept personnes. Les lecteurs furent ébranlés par

« l'authenticité » (*kaopu*) du roman, par la façon dont il montre comment le régime réduit au silence ou absorbe ses opposants, par les descriptions d'amnésie collective et de compromis avec le pouvoir, mais aussi par l'implicite fascisme du meilleur des mondes chinois. « Ça fait longtemps que je n'ai pas lu un livre qui me fasse autant réfléchir », écrit un lecteur. « J'ai presque oublié que c'était de la science-fiction, admet un autre. Ça ressemble plus à un documentaire. » ; « On sait maintenant à quoi ressemblera la Chine de demain », observe un bloggeur, tandis que dans les fêtes un peu chic, on glisse des exemplaires dans le sac des invités. « A partir d'aujourd'hui, décide un journaliste avant de terminer le roman, je n'ai ni amis ni ennemis. Je divise les gens en deux catégories : ceux qui ont lu *Les années fastes*, et les autres ». « Ce livre est une bombe », déclare un éditeur, de façon anonyme, conscient des résonances entre le diagnostic fictif du paysage politique chinois et les récentes controverses, comme la condamnation de Liu Xiaobo à onze ans de prison en 2009, après ses appels au respect des Droits de l'homme, ou les heurts de Google avec la censure gouvernementale en 2010. « Il est clair que les choses ne font qu'empirer. » D'autres lecteurs voient le roman comme une utopie plutôt que comme une contre-utopie. « Si seulement la Chine pouvait être comme ça ! déplore un bloggeur. Ce serait merveilleux. » Chan ajoute que certains officiels au sommet de l'Etat lui ont confié que « la situation politique telle qu'elle est décrite dans le roman résume bien leurs difficultés et leurs projets… et les lecteurs ordinaires semblent plutôt contents qu'une ancienne militante des années 80 comme Xiao Xi soit marginalisée de la sorte – ils trouvent ça bien. Beaucoup de continentaux estiment que le recours à la loi martiale était normal, que c'était la réponse appropriée au chaos civil. »

Mais la force de déstabilisation des *années fastes* va plus loin que sa proximité dérangeante avec la réalité. Le livre esquisse une Chine crédible, mais force bientôt le trait. Le pays que Chan décrit baigne dans un tel contentement que c'en est effarant. « Aujourd'hui tout le monde s'accorde à dire qu'il n'y a pas de meilleur endroit au monde que la Chine », remarque le héros au début du roman, soulignant au passage : « autant d'intellectuels illustres [...] réunis en un même lieu et dans une telle harmonie ! Tous les visages rayonnaient et affichaient de francs sourires. Nous vivions à présent une époque de paix et de prospérité [...] chaque jour j'ai lu les journaux et consulté les nouvelles sur internet, et chaque jour, je me suis félicité d'avoir la chance de vivre dans un pays comme la Chine. Et parfois, ce sentiment de bonheur était si fort, que je me mettais presque à sangloter ». (L'énigme de la béatitude chinoise est résolue à la fin du livre.) Cette Chine fictive est répressive et conformiste bien au-delà des standards actuels. Même si cela fait plus d'une décennie que le gouvernement chinois est le censeur le plus assidu du web, l'internet fourmille toujours de potentiels dissidents et les possibilités de former des groupes d'opposition ne manquent pas. Les personnes comme Teng Biao ne sont que représentatives de la dissidence chinoise, qui, si elle est acculée, n'en demeure pas moins présente. La Chine possède aujourd'hui une scène artistique florissante, loin de l'ordre établi. A un moment du roman, Chen cherche dans une libraire *Le Bain* de Yang Jiang, une satire modérée de la vie intellectuelle sous le maoïsme, livre qu'on trouve facilement à Pékin aujourd'hui. On lui explique qu'il est non seulement indisponible, mais qu'officiellement, il n'existe pas – toute trace de l'œuvre a disparu des registres. De plus, il semblerait que le régime ait effacé des mémoires un mois entier de violences gouvernementales et de guerre civile ayant eu lieu deux ans plus tôt. (Si discuter en public des événements de 1989 est bien impossible en Chine, le souvenir reste assurément dans toutes les mémoires.) La Chine contre-utopique de 2013 constitue la version dégradée d'un état reconnaissable : la poigne de fer d'une dictature léniniste dissimulée sous un gant de velours communiste. Un bloggeur du continent trouve le roman à la fois « extrêmement réaliste » et allégorique de « notre destin commun. [Il] décrit les peurs tapies au fond de notre cœur, [et nous convainc] que le monde dépeint dans le livre n'est pas si éloigné qu'on le pense. »

La contre-utopie de Chan reste semi-plausible et nous alerte sur l'avenir possible de la Chine, bien que l'autocratie dans *Les années fastes* soit moins brutale que l'Angsoc d'Orwell dans *1984*. Au cours de sa torture, Winston Smith, le héros d'Orwell, demande à O'Brien pourquoi le Parti recherche le pouvoir, et s'attend à une réponse altruiste – la dictature gouverne « pour le bien du peuple ». Mais son bourreau n'entretient pas de telles illusions : « le Parti recherche le pouvoir pour le pouvoir, exclusivement pour le pouvoir. Le bien des autres ne l'intéresse pas. Il ne recherche ni la richesse, ni le luxe, ni une longue vie, ni le bonheur. Il ne recherche que le pouvoir. Le pur pouvoir [...] La torture a pour objet la torture. Le pouvoir a pour objet le pouvoir. » He Dongsheng, représentant les dirigeants communistes dans *Les années fastes,* finit par révéler le plan pour « diriger la nation et pacifier le monde ». C'est un dictateur modéré, et ses politiques – comme celles du gouvernement chinois aujourd'hui – dépendent plus fortement de l'approbation de ses sujets. La Chine qu'il a créée, pense-t-il, est « la meilleure option possible dans le monde concret » : « il n'existe pas d'autre voie pour que la Chine soit meilleure qu'elle ne l'est aujourd'hui [...] la Chine peut-elle être sous contrôle sans une dictature de parti unique ? Quel autre système serait capable de nourrir et d'habiller plus d'un milliard trois cents millions d'habitants ? Ou de mettre en œuvre avec succès un Plan d'action pour atteindre la prospérité durant la crise ? [...] [les] réformes [démocratiques] seraient nuisibles et les mèneraient au chaos. » Dans *Les années fastes*, les dirigeants et les dirigés sont de connivence. Fang Caodi cherche à savoir si l'Organisme de maintien de la stabilité a injecté à la population une drogue créée pour « nous faire perdre la mémoire » et effacer de nos esprits ce mois de 2011 sous loi martiale, durant lequel l'Armée populaire de libération ôta bien plus de vies que pendant la répression de 1989. « Ce serait merveilleux si nous pouvions vraiment en disposer, lui répond rêveusement He Dongsheng. Ainsi, notre Parti communiste pourrait réécrire son histoire à sa guise. [...] Si vous me demandez la cause réelle [de cette amnésie collective], je peux seulement vous dire que je n'en ai pas la moindre idée ! Vous vous trompez en croyant que nous sommes capables de tout contrôler. » Dans la logique des *années fastes,* les Chinois ont les dirigeants qu'ils méritent. « La population craint le chaos bien plus qu'elle ne craint la dictature, résume He Dongsheng. La majorité du peuple chinois demandait la stabilité. »

Chan Koonchung lui-même a ressenti l'attraction ambivalente du « modèle chinois » actuel. Fils de réfugiés de la Chine maoïste, façonné par l'enseignement anglicisé de Hong Kong, il y a peu de chances qu'il voit d'un bon œil les méthodes autoritaires. « J'ai grandi en écoutant les Beatles, en regardant des films français, en lisant Camus, J.D. Salinger, Jane Austen, Agatha Christie, Raymond Chandler, Dashiell Hammett. Mes amis et moi, on aurait bien porté des cols roulés noirs comme les existentialistes, mais impossible d'en trouver dans le climat subtropical de Hong Kong. Alors on a dû se contenter de T-shirts blancs. » Mais les questions sans réponse dont il parsème son livre expriment sa propre incertitude vis-à-vis de la politique chinoise actuelle. « Entre un bel enfer et un paradis contrefait, lequel choisirais-tu ? », demande Xiao Xi à Lao Chen. Il vient de lui expliquer que « quoi que tu en penses, beaucoup de gens trouveront qu'un paradis contrefait est bien meilleur qu'un bel enfer. [...] Mais il y aura toujours une minorité, même si elle est extrêmement faible, pour choisir le bel enfer, aussi douloureux soit-il, car dans celui-ci au moins, tous seront bien conscients qu'ils vivent en enfer. » Chan reste critique sur certains points, comme sur la capacité qu'a la Chine à perdre la mémoire : « C'est un endroit où les souvenirs sont terriblement distordus : les cinquantenaires pensent que la Chine a eu raison de réprimer le mouvement de 1989. Et beaucoup oublient qu'entre 1989 et 1992, c'était la préhistoire, la Chine ne s'était pas encore ouverte au marché international. Je ne crois pas que le citoyen lambda doive se préoccuper du souvenir – ce n'est pas bon pour lui, et ce n'est pas son travail. C'est aux intellectuels de ne pas oublier. Mais aujourd'hui, ils ne peuvent rien dire. Ils connaissent les risques : il y a une énorme différence entre avoir l'aval du gouvernement et le perdre, sans parler des logements auxquels on a droit, l'accès aux bourses internationales, *et cetera.* » Chan est même capable de voir les bons côtés du « Plan d'action pour diriger la nation et pacifier le monde » de He Dongsheng. « Dans le roman, je montre que la crise économique constitue une formidable opportunité pour le gouvernement de prendre le contrôle. C'était ce qui pouvait arriver de mieux ; j'ai écrit le scénario le plus optimiste possible. »

Chan Koonchung et son alter ego dans *Les années fastes* ont tous deux fait leur choix, puisqu'ils ont quitté Hong Kong pour Pékin quelques années auparavant. Ils sont tous deux séduits par l'idée d'une Chine en plein développement : « C'est un endroit trop fascinant pour être ignoré, confesse Chan. Le Pékin que je décris dans *Les années fastes* est *grosso modo* le Pékin dans lequel je vis. C'est une ville unique. » Est-elle aussi effrayante que son Pékin fictif ? lui ai-je demandé en quittant le restaurant. Il a regardé autour de lui : un vaste centre commercial vitré, un ciel d'août au bleu éclatant. Sa réponse est arrivée alors que nous descendions l'escalator jusqu'au rez-de-chaussée. « Non, pas aujourd'hui. Mais demain, je ne sais pas. »

Julia Lovell, février 2011

à Yu Qi

Première partie

1

Dans un futur proche

Le premier ami perdu de vue depuis longtemps.

« Un mois a disparu. Oui, vous avez bien entendu, un mois entier a disparu, évaporé, introuvable.

Je veux dire, normalement février succède à janvier, puis vient mars, et ensuite avril et ainsi de suite. Mais cette fois, c'est comme si mars arrivait après janvier, ou avril après février. Ce que j'essaye de dire, c'est que l'on a sauté tout un mois. »

« Laisse tomber, ne cherchons pas à comprendre, ai-je dit à Fang Caodi. Ça ne vaut pas la peine de s'en soucier, la vie est bien trop courte et pénible, pensons plutôt à profiter de la vie tant que nous le pouvons. »

Même si j'avais eu l'esprit assez retors pour y parvenir, Fang n'aurait pas changé d'avis. Il faut pourtant le reconnaître, si l'on cherchait à retrouver ce mois disparu, Fang Caodi serait la personne idéale. Il était assez clair qu'au cours de sa vie certains mois avaient disparu dans des zones d'ombre, s'étaient égarés ou n'avaient peut-être jamais existé. Son existence était une succession de chapitres dépareillés, impossibles à mettre en ordre, tout comme un livre dont la reliure serait en lambeaux. Il apparaissait toujours à des moments incongrus et dans des endroits bizarres. Il pouvait se volatiliser pendant des années, avant de refaire surface comme s'il venait de renaître, au moment où l'on s'y attendait le moins. Oui, si quelqu'un pouvait rechercher un mois disparu, c'était bien lui. Il était sans conteste l'homme de la situation.

Et voici comment tout est arrivé.

Au départ, je ne m'étais pas rendu compte qu'un mois entier manquait à l'appel, et si d'autres m'en avaient parlé, j'aurais eu bien du mal à les croire.

Chaque jour, je lis les journaux et des bulletins d'informations en ligne, le soir je regarde la CCTV[1] et Phoenix TV, je fréquente des gens plutôt intelligents. En somme, je me tiens informé. Aucun événement majeur n'aurait pu m'échapper ; je crois en moi, en mes capacités d'observation et de raisonnement, ainsi qu'en mon aptitude à penser par moi-même.

*

Un après-midi, huit jours après la fin du Nouvel An chinois, je sortais de mon appartement situé au Village n° 2 du Lotissement du Bonheur pour me rendre au

1. Voir glossaire en fin de volume pour certains noms de lieux et noms propres.

Starbucks Café dans le centre commercial Yingke de la tour PCCW, lorsqu'un jogger s'arrêta soudain face à moi, haletant, et me dit le souffle court :

« Monsieur Chen, Monsieur Chen ! Un mois a disparu ! Cela fait deux ans aujourd'hui. »

Ce gars-là portait une casquette de base-ball qui lui cachait le visage.

« Fang Caodi, Fang Caodi. » Il répéta son nom plusieurs fois, puis il ôta sa casquette, révélant un crâne chauve et une petite queue-de-cheval.

Je le reconnus enfin : « Hé, Fang Caodi ! Mais pourquoi m'appelles-tu monsieur Chen ? »

Mais il répéta : « Un mois a disparu ! Monsieur Chen, que va-t-on faire, monsieur Chen !

— Cela fait bien plus d'un mois que l'on ne s'est vus, n'est-ce pas ?

— C'est sans importance, monsieur Chen. Vous comprenez : un mois entier a disparu, c'est terrifiant ! Qu'est-ce que nous allons faire ? »

Je commençais à trouver tout cela un peu lassant et songeais à partir, aussi lui demandai-je : « Depuis combien de temps es-tu de retour à Pékin ? »

Il se contenta de renifler. Je lui tendis ma carte de visite : « Ne prends pas froid, le temps se rafraîchit, ne cours pas trop. On va se revoir, mon numéro de portable et mon adresse mail sont sur ma carte. »

Il remit sa casquette, prit ma carte de visite et dit : « Vous pouvez compter sur moi, nous chercherons ensemble. »

Comme il reprenait sa route vers le quartier des ambassades de Dongzhimenwai, je réalisai alors qu'il n'était pas simplement sorti faire son jogging : il avait eu un but précis en tête.

Quelques jours plus tard, je me rendis à la librairie Sanlian située dans la partie est de la rue du Musée des Beaux-Arts. *Dushu* y organisait une rencontre dans un salon de thé installé au premier étage à l'occasion du Nouvel An. C'était une réunion à laquelle je m'étais joint de façon sporadique depuis les années 90, puis, à partir de 2004, date de mon déménagement à Pékin, tous les deux ans. Je pouvais ainsi échanger quelques commentaires sans intérêt avec des éditeurs reconnus et des auteurs, et montrer au milieu littéraire que j'étais toujours bien présent. Les jeunes éditeurs et les jeunes auteurs ne comptaient pas vraiment à mes yeux. Je ne les connaissais pas, et eux ne voyaient pas l'intérêt de faire ma connaissance.

Ce soir-là, l'ambiance était inhabituelle, chacun faisait montre d'exubérance. J'avais pris conscience que j'étais moi-même, très souvent, ces deux dernières années et sans raison apparente, étrangement exalté. Mais ce jour-là, l'excitation générale était telle, qu'elle provoqua en moi un mouvement de recul. La foule des éditeurs et des auteurs réunis à la librairie Sanlian pouvait s'enthousiasmer pour une idée ou pour une autre, mais il était bien rare qu'ils se montrent aussi démonstratifs au cours d'un événement mondain. On aurait dit qu'ils étaient tous fin saouls, comme s'ils sirotaient depuis des heures de l'alcool de riz Erguotou.

Cela faisait bien longtemps que le vieux Zhuang Zizhong, le fondateur de *Dushu*, n'avait pas fait une apparition publique. Mais ce soir-là, il était bien présent, assis dans son fauteuil roulant. Ce vieux briscard avait le teint si frais et si rose qu'il semblait avoir rajeuni. Une foule compacte se pressait autour de lui, aussi ne m'approchai-je pas pour le saluer. Tous ceux qui comptaient dans le milieu littéraire avaient fait le déplacement, même si certains d'entre eux étaient assez décrépis : tous les patrons de librairies et de revues, les secrétaires du comité du Parti, les directeurs, les éditeurs en chef et leurs assistants. C'était phénoménal. Au cours de toutes ces années où je les avais côtoyés, jamais je n'avais assisté à un tel rassemblement. J'en étais à la fois surpris et ravi. J'ai cependant toujours été cynique à propos de l'humanité. Je ne crois pas à l'harmonie au sein d'une organisation, quelle qu'elle soit, en particulier celles du Continent, et qui plus est, celles gérées par l'Etat, de surcroît dans le domaine culturel.

Ce jour-là, les éditeurs et les auteurs qui me connaissaient vinrent me saluer avec la plus extrême sympathie, mais dès que j'essayais de leur parler, ils s'intéressaient à autre chose, à quelqu'un d'autre. Ces brèves rencontres sont monnaie courante lors des fêtes ou des célébrations, surtout pour qui n'est pas un personnage de premier plan. Après une demi-douzaine de rebuffades, je me mis à changer sensiblement d'humeur. Je commençais à me dire que j'étais le simple spectateur d'une pièce qui se jouait devant moi. Je m'y étais habitué au fil des années et le spectacle avait fini par me sembler émouvant : voir autant d'intellectuels illustres venant d'horizons divers et variés, réunis en un même lieu et dans une telle harmonie ! Tous les visages rayonnaient et affichaient de francs sourires. Nous vivions à présent une époque bénie de paix et de prospérité, des années fastes, un véritable âge d'or, comme on a coutume de l'appeler.

Je me sentais heureux. Pourtant, au fond de moi, une pensée bizarre me poussait à partir faire un tour et à me promener dans la librairie. Je commençai par regarder quelques livres d'art au premier étage, puis descendis au rez-de-chaussée pour jeter un coup d'œil aux derniers best-sellers, aux livres d'économie et aux livres de voyages. La librairie était bondée. C'est merveilleux qu'il y ait encore autant de gens pour lire des livres. Je pensai à cette expression : *Nous sommes une société qui a en elle le parfum des livres*. A l'entresol, de part et d'autre de l'escalier, le passage était encombré par une foule de jeunes, sans doute des étudiants, assis là et lisant avec attention ; on aurait cru qu'ils bloquaient intentionnellement l'accès au sous-sol de la librairie – où se trouvaient les rayons de littérature, histoire, philosophie et politique – et qui constituait le but principal de ma visite. Pouvoir trouver de pareils livres, disposés avec autant de respect et de générosité, justifiait à lui seul mon installation à Pékin. Une ville où l'on peut lire ces livres est une ville merveilleuse.

En ce jour précis, le sous-sol me sembla très froid. Pour tout dire, il était glacial. Etrange, car une fois arrivé en bas, je n'avais plus tellement envie de flâner, je souhaitais seulement trouver le livre que j'étais venu chercher et repartir au plus vite. Quel livre étais-je donc venu chercher ? Je ne m'en souvenais plus. J'avançai dans le rayon Philosophie, puis dans le rayon Histoire, dans l'espoir qu'en l'apercevant, il me reviendrait en mémoire, quand soudain, je ressentis un fort malaise. Quelque chose de malsain flottait-il dans l'air de cette pièce ?

Je pressai le pas et quittai le sous-sol. Alors que je remontais l'escalier en tâchant de ne pas me cogner aux jeunes gens, le nez plongé dans leurs lectures, quelqu'un agrippa le bas de mon pantalon. Je croisai le regard, non pas d'un jeune homme, mais d'une femme bien plus âgée.

« Lao Chen ! s'exclama-t-elle.

— Xiao Xi. » Cela faisait vraiment des années que je n'avais pas revu mes amis. Elle avait pris de l'âge, et avait quelques mèches blanches.

« Je t'ai vu descendre et je me demandais si c'était bien toi, mon vieil ami Lao Chen ! »

Le ton de sa voix semblait me dire : C'est un événement de se retrouver aujourd'hui.

Je lui demandai : « Tu n'es pas montée à la réception organisée par le *Dushu* ?

— Non… Je ne l'ai appris qu'en arrivant ici. As-tu un moment ? », me demanda-t-elle avec force. Elle semblait se raccrocher à cette branche comme si sa vie en dépendait, attendant ma réponse avec une anxiété presque désespérée.

« Oui, lui dis-je. Je t'invite, allons prendre un café.

— Nous pourrons bavarder en chemin. » Sa main libéra le bas de mon pantalon et je lui emboîtai le pas en direction du Musée des Beaux-Arts. Comme elle se taisait, je lui demandai :

« Comment va madame Song ?
— Bien, merci.
— Elle doit avoir dans les quatre-vingts ans, n'est-ce pas ?
— Humm.
— Est-ce que ton fils va bien ?
— Humm.
— Quel âge a-t-il maintenant ?
— Plus de vingt ans.
— Déjà vingt ans ?
— Humm.
— Il est étudiant ou bien il travaille déjà ?
— Il est encore étudiant. Mais je ne veux pas parler de lui ! »

J'en fus stupéfait. Dans mon souvenir, elle adorait son fils.

« Et si nous allions prendre un café au Prime Hôtel ? lui proposai-je.
— D'accord, c'est un endroit qui me plaît. »

Nous arrivâmes au petit jardin qui jouxte le Musée des Beaux-Arts.

Elle s'arrêta et me dit :

« Lao Chen, est-ce que tu as remarqué quelque chose ? » Sérieuse, elle attendait ma réponse.

Je ne savais pas ce que je devais répondre, mais je savais qu'il ne fallait pas que je lui demande : « J'ai remarqué quoi ? » A l'évidence, elle était en train de me tester. Si je me trompais dans ma réponse, elle ne me dirait sûrement pas ce qu'elle avait sur le cœur. En tant qu'écrivain, j'aime écouter les gens me livrer leurs pensées les plus intimes, et en tant qu'homme, je voulais entendre ce qui tourmentait cette femme.

Je marquai une pause, embarrassé. Elle me demanda alors :

« N'est-ce pas l'un de ces sentiments qu'il est difficile de formuler ? »

Je me forçai à acquiescer légèrement. Au cours de ma vie, combien de fois m'avait-on demandé d'exprimer mes sentiments sur une œuvre alors que je ne ressentais rien du tout. Je détestais cette sensation, ne rien ressentir du tout, mais je suis assez doué pour fabriquer des réponses acceptables.

« C'est merveilleux. Je le savais, reprit-elle. Quand je t'ai aperçu à la librairie, je me suis dit : Lao Chen comprendra. Je me suis assise dans l'escalier et j'ai attendu que tu remontes. »

J'avais dû donner à Xiao Xi l'impression d'être un homme mature, raisonnable, à même de comprendre bien des choses. Du moins, j'aime que les gens me considèrent ainsi.

« Asseyons-nous sur ce banc. » C'était la proposition appropriée. Dès qu'elle se fut assise, elle commença à se détendre et laissa ses paupières se fermer.

« Ah ! s'exclama-t-elle. Enfin ! »

Xiao Xi était bien le genre de femme que j'aimais. Après toutes ces années, son visage et son allure avaient à peine changé, même si quelques rides étaient apparues, ce dont elle ne se souciait guère. Elle ne se teignait pas non plus les cheveux. Elle semblait aussi assez déprimée.

Elle garda les yeux clos, essayant de retrouver bonne figure. Je la regardais intensément, quand je réalisai soudain que je l'aimais encore. J'aime les femmes mélancoliques.

« Je n'ai personne à qui parler, pas même au téléphone. Je pense que les gens comme nous sont de moins en moins nombreux. Et la vie vaut de moins en moins la peine d'être vécue. » Elle gardait les yeux fermés.

« Ne dis pas de bêtises. Nous ressentons tous de la solitude, mais quelle que soit cette solitude, nous avons le devoir de vivre. »

Elle ignora ma réponse.

« Personne ne se souvient, mais moi je me rappelle. Personne ne dit rien, mais moi si. Suis-je folle ? Il n'y a plus de traces, plus de preuves et tout le monde s'en moque. »

J'aimais entendre son accent pékinois. Elle ajouta :

« Dis-moi, on est amis depuis longtemps. Comment se fait-il que l'on ne se soit pas vus durant toutes ces années ?

— Je pensais que tu étais partie à l'étranger.

— Je ne suis jamais allée à l'étranger.

— C'est bien que tu sois restée. Aujourd'hui tout le monde s'accorde à dire qu'il n'y a pas de meilleur endroit au monde que la Chine. »

Elle ouvrit soudain les yeux et me lança un regard appuyé, que je ne parvins pas à déchiffrer. Je pris une expression neutre. Elle sourit et me dit : « C'est incroyable que tu arrives à en plaisanter. »

Je n'avais pas cherché à être drôle, mais je souris à mon tour.

« J'avais l'impression d'entendre mon fils parler.

— Ton fils. Que se passe-t-il donc entre vous deux ?

— Lui, il va très bien. Il étudie le droit à l'université de Beida. Et il est entré au Parti.

— C'est… une bonne chose, répondis-je avec hésitation. Cela lui permettra de se trouver une belle situation.

— Il veut entrer au Département de la propagande du Parti communiste chinois ! »

J'avais sans doute mal entendu. Elle avait dû dire : China Mobile ou Sinopec, ou Bank of China ou la CITIC, ou bien autre chose du même genre…

« Tu m'as bien dit : le Département de la propagande du Parti ? »

Xiao Xi hocha la tête.

« Est-ce que l'on peut y entrer comme ça, à l'issue d'un examen ?

— Il dit que c'est l'objectif de sa vie. Il se fait de grandes idées ! Je ne supporte pas ça. Alors je ne lui parle plus. Quand tu l'auras rencontré, tu comprendras. »

J'appréciais d'être assis là, près de Xiao Xi, je me sentais heureux. C'était un bel après-midi de début de printemps, le soleil était généreux et chaud, et beaucoup de personnes âgées se promenaient dans le parc. Quelques fumeurs alentour se tenaient non loin de nous et allumaient cigarette sur cigarette. Je suis un lecteur féru de romans policiers, j'en ai moi-même écrit, et en observant une scène comme celle-ci, on pouvait facilement donner libre cours à son imagination. Cela aurait pu donner lieu à une filature, mais j'écrivais de banals romans sentimentaux à succès, sans véritable intrigue, dépeignant des gens aisés, assis autour d'une table et occupés à manger et à boire. Par ailleurs, en Chine, dès que des gens se rassemblent, il y a toujours parmi eux des fumeurs. C'est tout à fait anodin.

J'écoutais Xiao Xi qui continuait à me dire ce qu'elle avait sur le cœur :

« Pourquoi tout est-il si chaotique, aujourd'hui ? Cela ne préoccupe donc personne ? Et tout le monde fait comme si rien ne s'était passé, comme si les temps avaient changé, voilà tout. Moi je n'y crois pas, c'est invivable. »

Je me demandais ce qui avait bien pu blesser Xiao Xi à ce point. Etait-ce son fils ? Ou bien les cauchemars de son passé revenaient-ils la hanter ?

Elle me regarda et dit :

« Une fois, j'ai eu rendez-vous dans un petit restaurant de Lanqiying, avec l'un de ces Taïwanais qui viennent en Chine pour affaires. Nous avons parlé de tout, de l'astronomie à l'astrologie, en passant par la médecine et la voyance pour en arriver à la situation globale des investissements financiers. Il s'y connaissait dans tous les domaines et était intarissable. J'étais complètement déprimée. Finalement, je me risquai à lui dire quelques phrases sur les fautes du gouvernement. Il répliqua aussitôt, me faisant à nouveau la leçon, me disant que c'était moi l'ignorante et l'ingrate, que je ne savais pas la chance que j'avais. Il m'a énervée à un tel point que j'étais prête à le gifler pour de bon. Quel type odieux !

— Tous les Taïwanais ne sont pas comme lui. » Je sentais que je devais prendre la défense de mes compatriotes. Comme elle avait piqué ma curiosité, je lui demandai : « Que s'est-il passé ensuite, entre cet homme et toi ? »

Elle eut un large sourire. « Il était penché en avant tout occupé à me sermonner, si bien qu'il n'était plus assis que sur le bord de sa chaise. Un jeune type, un solide gaillard tout en muscles, est passé près de nous pour aller payer l'addition et a fauché délibérément sa chaise en le flanquant par terre.

— Et le jeune type, après ça ? lui demandai-je, curieux.

— C'était juste un mec bien foutu ! s'exclama Xiao Xi.

— Mais qu'a-t-il dit ?

— Mais rien ! Il est simplement sorti. J'étais aux anges !

— Tu le connaissais ? »

Elle fit signe que non. « Mais ça ne me déplairait pas de le connaître. »

Je ressentis un élan de jalousie.

« On ne peut pas bousculer tout le monde comme ça, tu sais.

— Moi, j'ai trouvé ça génial. Ces derniers temps, je n'ai qu'une chose en tête : mettre mon poing dans la figure de quelqu'un. »

Au cours de sa vie, Xiao Xi avait dû affronter tant de violences qu'il était normal qu'elle en soit restée affectée. Je me souvins de la raison pour laquelle j'avais hésité à me rapprocher d'elle ces dernières années.

« Et le gars de Taïwan, qu'est-ce qu'il a fait ensuite ?

— Il s'est relevé avec un regard assassin, tout ce qu'il voulait c'était se quereller avec le jeune type, mais l'autre était déjà loin. Alors, il s'est exclamé : Pauvre crétin ! Tu vois combien vous, les Taïwanais, vous continuez à nous regarder de haut !

— C'est fini. Les Taïwanais comme les Chinois du Continent et ceux de Hong Kong ont toujours eu une piètre opinion les uns des autres, mais je pense que tout cela a changé aujourd'hui. Ton rendez-vous arrangé a été un fiasco, alors ?

— Il recherchait une femme plus jeune. »

Les femmes ne devraient pas laisser leurs cheveux grisonner ainsi, pensai-je.

« Alors comment vont les choses pour toi, Xiao Xi ? »

Elle fronça les sourcils et fit la moue, révélant davantage ses rides sous la lumière crue du jour. « Ma vie, ça va. Mais tout le monde autour de moi a changé et ça me déprime. Cela me fait du bien de pouvoir parler avec toi. Il y a si longtemps que je n'ai pas bavardé avec quelqu'un… »

Puis soudain, son regard se perdit au loin. Que diable regardait-elle ? Etaient-ce les ombres dispersées sur le sol que projetaient les rayons du soleil couchant en passant à travers les feuilles des arbres, ou bien venait-elle tout à coup de penser à quelque chose qui l'avait plongée dans ses rêveries ? Au bout d'une minute ou deux, elle se ressaisit.

« Oh, je dois y aller, dit-elle, si je veux éviter l'heure des embouteillages. »

Je lui tendis ma carte de visite : « Retrouvons-nous pour un déjeuner, avec ta mère et ton fils.

— Nous verrons », dit-elle avec douceur. Elle se leva, me lança un « J'y vais » et s'éloigna.

Xiao Xi partit d'un pas rapide, comme toujours, et je la scrutai un moment avec désir. La voyant ainsi de dos, elle était toujours aussi séduisante, elle avait le maintien et l'allure d'une femme qui n'a pas vieilli. Elle quitta le parc par la porte sud. Je flânai, heureux, me dirigeant vers la sortie est, quand soudain je me remémorai ces deux fumeurs. Je me retournai et les vis se diriger eux aussi vers la porte sud. Xiao Xi tourna à gauche en direction du Musée des Beaux-Arts et disparut à ma vue. Les deux fumeurs firent une pause de quelques secondes avant de la suivre.

L'âge d'or de Sanlitun

Je n'étais pas d'humeur à rentrer directement chez moi, aussi pris-je un taxi pour me rendre au Starbucks Café du Swire Village dans le quartier de Sanlitun. Depuis que l'entreprise Starbucks avait été rachetée par le Groupe Wantwant, bon nombre de cocktails d'inspiration chinoise étaient devenus à la mode dans le monde entier. Le délicieux cocktail aux litchis *Longjing Latte dragon noir* que j'étais en train de siroter est paraît-il une boisson de choix dans de grandes villes musulmanes comme Bagdad, Beyrouth ou Kaboul. De nouvelles filiales de Starbucks ont même été fondées à Luanda, à Karthoum ou à Dar Es-Salaam, en partenariat avec la très chinoise Compagnie d'Investissement de l'Amitié Euro-Afro-Latine. Une véritable niche, et partout dans le monde, où qu'il y ait une communauté chinoise, on trouvait aussi des succursales de Starbucks Wantwant. Le commerce n'oubliait pas la part culturelle. Un parfait exemple du « soft power » chinois à l'œuvre.

C'était le lieu idéal, je me sentis tout de suite mieux, et ce sentiment familier de bonheur m'envahit à nouveau. Voyez comme ce centre commercial est animé ! Les jeunes gens de la capitale ont fière allure, s'ajoutent à cette foule les amis venus de l'étranger, des voyageurs de tous les pays. Pékin est devenue si internationale ! D'autant plus que tout le monde dépense ici son argent, ce qui stimule la consommation intérieure et enrichit le pays.

Je me souviens d'avoir reçu, il y a quelques mois, un coup de fil d'une collègue chercheuse à l'Académie des sciences sociales, spécialiste de la culture du milieu rural. Elle me racontait que sa nièce arrivait de Lanzhou pour venir la voir et visiter Pékin à l'occasion des vacances d'hiver. La petite allait séjourner chez elle, et elle lui avait demandé ce qu'elle souhaitait faire. Celle-ci avait répondu qu'elle aimerait faire du shopping et aller notamment chez Y-3. Cette amie m'avait appelé pour me demander ce qu'était ce Y-3. Cette littéraire était tellement bornée. Pourquoi n'allait-elle pas chercher cette information sur internet ? Y-3 était à la base une nouvelle marque de vêtements lancée par le groupe Adidas et le styliste japonais Yohji Yamamoto. La lettre Y désignait Yamamoto et le trois était sans doute une référence aux trois bandes du logo d'Adidas. Cette marque fait un véritable tabac en Chine qui, comme chacun sait, est le premier marché au monde. La maison-mère de la marque se trouve à Pékin, or je vois ce grand magasin justement de là où je me trouve, le Starbucks Wantwant du Swire Village étant situé juste en face.

A l'époque de la cérémonie d'ouverture des Jeux olympiques de 2008, Y-3 n'occupait qu'un tiers de l'immeuble de cinq étages d'Adidas. Le siège se trouvait au quatrième étage et seuls les trois quarts du rez-de-chaussée étaient occupés par la boutique. A présent, la totalité du rez-de-chaussée appartient à

Y-3. Bien sûr, Adidas a élargi son territoire dans le Swire Village, en mettant la main sur un immeuble entier, autrefois occupé par Nike. Tout cela était arrivé après la fusion entre les entreprises Lining et Adidas. Tout le mérite en revient à la nouvelle politique économique du gouvernement chinois, qui impose à présent à toute nouvelle société s'installant en Chine d'être financée à hauteur de vingt-cinq pour cent minimum par des capitaux chinois. Quand leur part dépasse cinquante pour cent, ces sociétés bénéficient de traitements de faveur. Ensuite, si ces sociétés veulent prendre pied à la Bourse de Shanghai, elles doivent réunir un certain nombre de conditions… Je ne me souviens plus de tous les détails, mais l'idée qui a prévalu est que si ces conditions ne sont pas remplies, les entreprises étrangères devront passer devant une commission du ministère du Commerce, et si elles n'obtiennent pas son approbation, alors elles devront quitter le marché chinois et son milliard trois cent cinquante millions de consommateurs potentiels.

J'ai vécu plus de la moitié de ma vie à Hong Kong et à Taïwan, et j'ai toujours pensé qu'un pays devait surtout compter sur ses exportations pour se développer économiquement, que ses habitants devaient limiter leur train de vie et épargner, afin de devenir riches et de remplir leur premier seau d'or. L'appétit des consommateurs, toujours plus nombreux, est récent. Les Chinois sont à présent désireux de dépenser leur argent, et l'économie peut au moins se développer et prospérer sur son marché intérieur, même si elle ne peut pas faire grand-chose pour sauver le reste du monde. Grâce à ses succès, la Chine a remis son économie sur les rails et la consommation intérieure a grimpé de trente-cinq à cinquante pour cent. Même si elle stagne aujourd'hui, quel que soit le point de vue où l'on se place, nous sommes témoins d'une réussite spectaculaire.

N'allez pas imaginer que je me pose en admirateur aveugle de la Chine. Je sais que le pays a encore des problèmes, mais considérez ceci : à la suite du tsunami qu'a été la crise financière de 2008, les Etats-Unis, à l'instar des autres pays capitalistes développés, ont causé leur propre ruine. La situation a semblé ensuite se redresser pendant deux ans, puis la récession a frappé de nouveau en 2011 – à une très large échelle – et aucun pays n'a été épargné. Aucun signal annonçant la fin de cette récession n'est en vue. Seule la Chine a été capable de se sortir du gouffre et de surmonter la crise. Alors que les économies des autres Etats battaient en retraite, elle a su aller de l'avant. Dès que le marché des exportations a commencé à s'effondrer, nous avons développé celui de la consommation intérieure. Quand les capitaux étrangers se sont volatilisés, nous n'avons compté que sur notre propre richesse. Cette année, les estimations de croissance sont de 15 % pour la troisième année consécutive. Nous n'avons pas seulement réécrit les règles du jeu de l'économie mondiale, nous avons, de fait, complètement réécrit la théorie économique occidentale. Et, plus important encore, cela s'est fait sans troubles sociaux. Nous sommes arrivés à une stabilité sociale encore plus forte qu'auparavant. Que cela vous plaise ou non, c'est tout de même stupéfiant… Je fus soudain submergé par l'émotion. Cela m'arrive fréquemment ces derniers temps, la moindre chose m'émeut, parfois même mes yeux se voilent de larmes.

Xiao Xi me semblait si déprimée et si malchanceuse que j'étais triste pour elle. Autour de moi, autour de nous, les gens profitaient d'une vie si agréable ; on aurait dit qu'elle seule traversait des moments difficiles. Je pris une ou deux inspirations profondes et ravalai mes larmes. Autrefois, j'étais un type vraiment cool, qu'est-ce qui avait bien pu m'arriver ces derniers temps, pourquoi étais-je devenu aussi bêtement sentimental ? Sans que je m'en rende compte, une larme avait glissé tel un poisson s'échappant d'un filet et tomba droit dans mon cocktail aux litchis *Longjing Latte dragon noir*. Je m'essuyai les yeux rapidement avec une serviette en papier et quittai le Starbucks.

Un futur Maître

Depuis que la Librairie du Jardin des dix mille Sages, qui était la meilleure librairie de sciences humaines de Pékin, avait fermé ses portes, je n'étais plus retourné du côté de la porte ouest de l'Université de Beida, dans le quartier de Haidian. Une semaine après la réunion de *Dushu* à la librairie Sanlian, je me retrouvai une nouvelle fois dans les parages. La semaine écoulée s'était bien passée. Il ne s'était rien produit de désagréable, chaque jour j'avais lu les journaux et consulté les nouvelles sur internet, et chaque jour, je me félicitais d'avoir la chance de vivre dans un pays comme la Chine. Parfois, ce sentiment de bonheur était si fort, que je me mettais presque à sangloter. J'avais d'emblée écarté Xiao Xi de mes pensées, considérant qu'au fond, sa situation actuelle était incompatible avec mes propres sentiments. Pourtant, au cours des nuits suivantes, lorsque je m'éveillais de mon dernier rêve, c'est elle qui m'était apparue. Je me réveillais passablement excité, sans doute parce que je n'avais pas eu d'aventure depuis longtemps. J'avais commencé à rêver aussi de Fang Caodi, le genre de songes répétitifs et perturbants. Je regrettais de ne pas avoir pris leurs numéros de portables. Ils ne m'avaient pas recontacté non plus et sans doute n'étais-je pas important à leurs yeux. Je ne savais comment retrouver Fang Caodi et je n'en avais de toute façon pas vraiment envie. En revanche, pour Xiao Xi, j'avais ma petite idée sur la question, et c'était la raison qui m'amenait à la porte ouest de l'Université de Pékin.

Dans les années 80, Xiao Xi et sa mère étaient des *getihu*, des auto-entrepreneurs. Elles tenaient un petit restaurant près de la porte ouest de l'Université, le Restaurant aux Cinq Saveurs, situé dans l'une de ces maisons à un étage qui avaient poussé là sans permis de construire. Madame Song, comme j'avais pris l'habitude d'appeler la mère de Xiao Xi, avait acquis une certaine réputation avec sa recette d'oie cuisinée à la mode du Guizhou. Mais c'était surtout Xiao Xi et sa bande d'amis, qui passaient le plus clair de leur temps à traîner dans la cuisine, qui constituaient la véritable attraction de l'endroit. Puis, le soir venu, le Restaurant aux Cinq Saveurs se transformait et attirait tout un cercle d'étrangers et d'intellectuels chinois qui en avaient fait leur lieu de ralliement dans le quartier de Haidian. L'établissement ferma durant quelques années, mais après le voyage dans le Sud de Deng Xiaoping[1] pour promouvoir sa politique de réformes et d'ouverture, elles trouvèrent un local tout proche et purent rouvrir. Chaque fois que je me trouvais à Pékin, j'allais y prendre un repas. Je n'y étais pas retourné depuis plusieurs années, et j'ignorais si le restaurant existait encore.

Dès que j'arrivai près de la porte est, je compris que je n'avais guère d'espoir de les retrouver. Toutes les constructions à un étage et tous les appartements avaient été rasés et remplacés par des tours de bureaux. Comment le restaurant aurait-il pu subsister ? Il avait disparu, tout comme la Librairie des dix mille Sages.

Je partis sans me retourner, et décidai de marcher jusqu'à la Librairie Photosynthèse dans le quartier de Wudaokou et de me promener alentour. C'était mieux que rien, et puis je pourrais toujours tuer le temps en buvant une tasse de café. Autrefois, c'était le cœur de la scène rock des quartiers ouest de Pékin, avec un certain nombre de plateaux où se produisaient des musiciens. Je n'avais pas suivi ces types depuis des années et je ne savais pas s'il y restait encore des lieux de concerts en activité. Dans la rue Chengfu, juste avant d'arriver à Wudaokou, je passai devant un restaurant et me dis soudain que je venais

1. En 1992, après la période de « glaciation » qui suivit la répression du mouvement démocratique de la place Tian'anmen en 1989, Den Xiaoping, alors l'homme fort de la Chine, effectua une tournée dans le sud du pays pour relancer la politique dite « de réforme et d'ouverture », c'est-à-dire de réformes économiques.

de rater quelque chose. Je me retournai et, derrière moi, s'étalait une vitrine à la décoration tapageuse. L'endroit s'appelait simplement « Cinq Saveurs », et rien ne précisait s'il s'agissait d'un restaurant chinois ou occidental, ou d'une de ces salles de spectacles. Je restai là, indécis. Y avait-il un lien avec « Le Restaurant aux Cinq Saveurs » ? Je décidai d'entrer pour me renseigner.

L'intérieur aussi était décoré de façon criarde. Les tables et les chaises étaient du mobilier au rabais, et la petite scène, pouvait tout juste accueillir un groupe de rock de quatre musiciens. La salle était vide, mais je pouvais entendre une voix claire et forte que je connaissais bien résonner à mes oreilles depuis l'arrière-salle. J'écartai le rideau pour entrer et m'exclamai :

« Grande Sœur Song ! »

La mère de Xiao Xi me reconnut au premier coup d'œil :

« Lao Chen !

— Grande Sœur Song ! Je suis venu vous rendre visite. » Quel hypocrite, pensai-je.

« Je suis très heureuse de vous voir ! Vous êtes un invité si rare ! »

Elle saisit une bouteille de bière Yanjing non glacée et m'invita à m'asseoir dans la salle du devant. « Ça me fait plaisir de vous revoir, Lao Chen, vous m'avez beaucoup manqué. »

Je me sentis un peu coupable de vivre à Pékin depuis tant d'années et de n'être jamais passé prendre des nouvelles de la vieille dame. « J'ai croisé Xiao Xi la semaine dernière », lui dis-je.

Grande Sœur Song baissa soudain la voix. « Vous devriez lui parler et essayer de la raisonner.

— Je suis tombé sur elle brièvement dans une librairie. Est-ce qu'elle va venir ici ?

— Certainement pas.

— Mais vous avez peut-être son numéro de portable, pour que je puisse l'appeler.

— Elle n'utilise pas de téléphone portable. » Grande Sœur Song gardait un œil sur la porte tout en me parlant. « Elle est sur messagerie électronique. Elle passe tout sont temps à se disputer avec des gens sur internet et elle change constamment d'adresse e-mail. J'aimerais que vous lui parliez. »

Je me dis qu'il valait mieux lui envoyer un message que de ne pas la joindre du tout.

Grande Sœur Song se leva. « Je vais aller vous chercher sa nouvelle adresse. »

Je lui répondis sans conviction : « Rien ne presse, vous me la donnerez plus tard.

— J'aurais peur d'oublier. » Elle se leva et se dirigea rapidement vers l'arrière-salle.

Grande Sœur Song est encore si vive, pensai-je, une vraie Pékinoise de la vieille école.

A cet instant, un jeune homme entra. C'était le genre de garçon dont le charme séduit aussitôt toutes les jeunes filles. Grand et musclé comme un athlète, il portait une paire de baskets blanches montantes. Il y a tellement de poussière à Pékin que la plupart des hommes ne portent pas de chaussures blanches. Il m'observa, sûr de lui, comme s'il cherchait à deviner qui j'étais, puis me demanda très poliment : « Bonjour, vous êtes… ?

— Je suis… un ami de Grande Sœur. » Je compris

alors. « Vous êtes… » J'allais dire « le fils de Xiao Xi », mais je ne sais pourquoi, je me tus.

« Grand-mère ! » Le jeune homme saluait Grande Sœur Song.

« Ah ! Tu es venu ! C'est mon petit-fils. Voici le Professeur Chen.

— Professeur Chen, je suis Wei Guo.

— Je suis ravi de faire ta connaissance. Quel beau jeune homme tu fais ! » Je lui serrai la main.

Je me rappelais l'avoir vu enfant, une dizaine d'années auparavant. Xiao Xi m'avait alors dit qu'il se faisait appeler Wei, son nom de jeune fille.

« Le Professeur Chen est taïwanais et c'est un de nos vieux clients, dit Grande Sœur Song.

— Je ne me rappelle pas l'avoir déjà rencontré.

— Il avait l'habitude de venir à l'ancienne adresse, expliqua Grande Sœur Song. Le Professeur Chen n'était plus venu à Pékin depuis plusieurs années.

— Grande Sœur, je vis à Pékin à présent. »

Wei Guo ne s'enquit pas du quartier dans lequel j'habitais. En revanche, il me demanda : « Que faites-vous dans la vie, Professeur Chen ?

— Je suis écrivain. »

Ma réponse semblait avoir piqué sa curiosité.

« Qu'écrivez-vous ?

— Un peu de tout : des romans, de la critique…

— Quel genre de critique ?

— Cuisine, vins, spectacles, actualités culturelles, stratégie des affaires…

— Que pensez-vous de la situation actuelle de la Chine ? »

Comme cela prenait un tour plus sérieux, Grande Sœur Song intervint :

« Restez donc pour dîner.

— Je suis déjà pris ce soir, mais une autre fois avec plaisir, Grande Sœur !

— Bavardez un peu tous les deux », dit-elle en retournant dans l'arrière-salle.

Wei Guo m'examinait avec une assurance que l'on rencontre rarement chez un jeune homme.

Je voulais comprendre pourquoi Xiao Xi m'avait dit ne plus pouvoir parler avec son fils. Je lui dis : « Tout le monde s'accorde à dire qu'il n'y a pas de meilleur endroit où vivre aujourd'hui. »

Xiao Xi m'avait dit que son fils parlait ainsi.

« Vous avez bien raison, c'est incontestable. Ji Xianlin a dit que le vingt et unième siècle serait le siècle de la Chine. »

Je décidai de le taquiner un peu : « Et toi, quelle contribution comptes-tu apporter au vingt et unième siècle ? »

La plupart des jeunes gens auraient été intimidés avant de répondre à pareille question. Mais Wei Guo me répondit sans hésiter :

« Pour l'instant, j'étudie le droit à l'Université de Pékin. Après mon diplôme, je passerai l'examen pour entrer au gouvernement.

— Tu veux devenir haut fonctionnaire ?

— C'est ce que je veux. Le pays a besoin de talents.

— Wei Guo, si tu avais le choix, quel ministère voudrais-tu intégrer ? » Je me rappelais que Xiao Xi avait mentionné le Département de la propagande, mais je voulais l'entendre de sa propre bouche.

« Le Département central de la propagande. »

Je ne m'attendais pas à une telle franchise de sa part.

« Bien sûr, n'entre pas qui veut au Département de la propagande, mais dans l'idéal, ce serait mon choix.

— Pourquoi justement le Département de la propagande ? insistai-je.

— Le peuple ne peut pas s'appuyer sur le seul pouvoir matériel, il doit aussi compter sur sa force spirituelle pour être uni. La puissance coercitive est importante, mais la puissance douce l'est tout autant. Je pense que le Département de la propagande est capital, mais qu'il n'est pas utilisé de matière efficace, il pourrait faire bien mieux.

— Comment, à ton avis ? » Il semblait avoir déjà étudié la question.

« Par exemple, ils n'ont pas une connaissance suffisante ni d'internet ni des internautes ; ils ne saisissent pas très bien les tendances de la jeunesse du pays. Je pourrais apporter une contribution précieuse dans ces domaines. J'étudie le droit et je saurais apporter une base juridique solide pour les décisions de la politique du Département de la propagande. Ce qui contribuerait à coordonner la politique de conduite de l'Etat par les lois. Bien sûr, je suis encore jeune et, par certains côtés, je manque de maturité, je fais preuve de romantisme idéaliste, mais je pense que le Département de la propagande est lui aussi romantique et idéaliste. ». Il commençait à se sentir un peu gêné.

« Romantique ? Idéaliste ? Que veux-tu dire ?

— Vous êtes écrivain, vous devez le savoir. Seules les valeurs spirituelles sont romantiques et idéalistes. Le Département de la propagande guide la vie spirituelle de la nation tout entière. »

Je ne souhaitai pas débattre davantage sur ce point. J'indiquai la petite scène du doigt : « Dans cette salle, il y a des concerts ? lui demandai-je.

— Des nouveaux groupes et quelques orchestres d'associations d'étudiants viennent jouer tous les soirs. L'idée est de moi. Toutes sortes de jeunes gens et de jeunes filles se retrouvent ici ; c'est pour moi l'occasion de comprendre ce qu'ils pensent et ce qui les motive. Si on ne fait pas d'études de terrain, on n'est pas habilité à s'exprimer sur un sujet.

— Dans un endroit comme celui-ci, tu vas frayer aussi bien avec de mauvais éléments qu'avec des jeunes sans histoires. Est-ce que cela ne risque pas d'avoir des conséquences pour ton avenir ? », dis-je à dessein.

Il me trouvait sans doute un peu naïf et me répondit : « Vous sous-estimez notre Parti et notre gouvernement. Le Parti et le gouvernement contrôlent tout. Ils sont au courant de tout ce qui se passe.

— Eh bien, ça m'a fait plaisir de bavarder avec toi, Wei Guo, c'était très intéressant, mais je dois y aller. » Il avait dû me trouver assez en retrait.

« Je vous souhaite un agréable séjour à Pékin. Ecrivez davantage d'articles sur le véritable visage de la Chine, de sorte que vos compatriotes taïwanais ne croient pas aussi facilement ce qu'en disent les médias occidentaux. »

J'allais lui demander de prévenir sa grand-mère que je partais quand elle réapparut.

« Vous partez déjà ?

— J'ai à faire dans les quartiers est, alors je ferais mieux de partir pour éviter les embouteillages.

— Repassez quand vous avez un moment et venez manger de l'oie cuisinée à la mode du Guizhou.

— C'est promis ! Prenez bien soin de vous, Grande Sœur Song. »

En nous serrant la main, je m'aperçus que Grande Sœur Song me glissait un petit bout de papier dans la paume. Nous nous quittions à regret.

Juste au moment où j'atteignais la porte, Wei Guo me lança un regard glacial. « Professeur Chen, avez-vous vu ma mère récemment ?

— Non », lui répondis-je en mentant.

Il me salua poliment, et je fis de même. Je ne pus m'empêcher de lorgner sa paire de baskets blanches comme neige.

L'année du signe zodiacal de Lao Chen

Cette année est celle de mon signe zodiacal, bon nombre de choses curieuses vont sûrement m'arriver. Comme d'être si émotif que je me mets à fondre en larmes, ou de tomber sur Xiao Xi et Fang Caodi, l'un après l'autre, après si longtemps. J'ai la vague sensation que tous ces événements sont assez étranges.

Je n'avais pas rencontré depuis bien longtemps de personnages comme Xiao Xi ou Fang Caodi, aussi peu en phase avec le sentiment dominant qui prévaut dans la société actuelle. Bien sûr, la Chine est un pays immense et l'on y trouve des gens de toutes sortes. Au milieu des années 80, quand je suis venu en Chine pour la première fois, et jusqu'à ces derniers temps, j'ai eu l'occasion de rencontrer pas mal d'insatisfaits comme eux, mais à présent, ils sont de moins en moins nombreux. Je n'avais plus fréquenté de pareils rescapés depuis que l'économie mondiale était entrée en récession et que l'âge d'or de l'économie chinoise avait officiellement commencé.

Laissez-moi vous décrire les trois catégories de personnes que je fréquente le plus souvent aujourd'hui :

Les premiers, ce sont des gens comme ma femme de ménage. Je ne recrute que des femmes dont la famille travaille aussi à Pékin. Je me sens ainsi plus en sécurité parce que je suis souvent en voyage. La fille de ma femme de ménage actuelle est diplômée d'université et travaille pour une entreprise étrangère. Sa mère n'a donc pas de problèmes financiers, mais elle veut s'occuper et elle aime travailler. Pendant qu'elle fait le ménage, elle me raconte par le menu tout ce qui concerne sa fille et son petit ami : combien sa fille a dépensé chez le coiffeur, les chances de son petit ami d'être muté à Shanghai. Elle me raconte aussi toutes les nouvelles de Taïwan qu'elle a entendues sur la chaîne satellite de la télévision du Sud-Est du Fujian. Je reste assis à travailler devant mon ordinateur et je l'écoute parler. Parfois, cela devient un peu lassant, mais je la remercie de me donner des nouvelles de la vie des gens ordinaires.

Les seconds, ce sont des journalistes. La plupart sont jeunes, dynamiques et informés, au courant de tout ce qu'il faut savoir sur la Chine. Qui est en vue et qui ne l'est plus ; quels sont les night-clubs à la mode et ceux qui ne le sont plus ; quel film à succès est réellement bon et lequel est un navet ; où aller passer ses vacances si l'on veut paraître branché. Quand, pour un reportage, ils ont besoin de l'avis d'un étranger, il arrive qu'ils fassent appel à une personnalité culturelle taïwanaise comme moi qui vis à Pékin. C'est bien pratique. Quant à moi, je suis heureux de pouvoir discuter avec eux, cela me permet de savoir ce qui est à la mode chez les jeunes, quels sont les loisirs qui les intéressent… Vous comprenez, ainsi je reste dans le coup.

Les troisièmes, ce sont les directeurs littéraires des maisons d'édition. Certains de mes livres ont été publiés en caractères simplifiés et se sont plutôt bien vendus, les directeurs littéraires me contactent donc assez souvent pour me commander un texte. Le problème, c'est que depuis deux ans, j'ai été incapable d'écrire ne serait-ce qu'une seule ligne.

Je ne peux que mettre sur le marché mes écrits publiés à Taïwan et pas encore sur le Continent. Ces derniers temps, j'ai remanié deux de mes textes, leur sortie en caractères simplifiés est prévue pour bientôt. Ces responsables des maisons d'édition, de parfaits inconnus, sont plutôt des directeurs commerciaux. La plupart du temps, ils ne s'intéressent pas à ce que j'écris, tout ce qui les intéresse, ce sont leurs parts de marché et le prochain gros succès de librairie. De temps à autre, en ma qualité de figure majeure du monde culturel taïwanais, je suis amené à rencontrer des officiels du Service des Nouvelles de Chine, du ministère de la Culture, du Bureau des affaires de Taïwan ou du Département du travail du front uni du Comité central du Parti communiste chinois. C'est fantastique d'être un officiel en Chine aujourd'hui. Ils ont tous beaucoup d'allure, et quel que soit le rang qu'ils occupent, ils sont très impressionnants quand ils prennent la parole. Ils traitent les Taïwanais comme des petits frères et s'attendent à ce que nous les traitions en frères aînés.

Je ne fais pas preuve d'un manque de modestie quand je dis que je suis une figure majeure du monde culturel taïwanais. Je suis né à Hong Kong, mais ce n'est qu'après avoir terminé l'école primaire au camp de réfugiés de Tiu Keng Leng que j'ai suivi mes parents à Taïwan. Cependant, je me suis toujours considéré comme un pur Taïwanais. J'ai toujours aimé lire et, dès le lycée, j'ai décidé que je deviendrais écrivain. Puis, alors que je n'étais encore qu'étudiant en journalisme, je remportai le second prix d'un concours de nouvelles. Si je n'ai pas remporté le premier prix, c'est parce que j'étudiais à la *Cultural University* et non pas à la *Taïwan National University*.

Cela m'a rendu si furieux que j'ai écrit une nouvelle satirique intitulée : « Je veux partir à l'étranger » dans le style de Chen Yingchen, sans pour autant oser la publier. Je la fis circuler parmi mes camarades qui l'apprécièrent beaucoup. Quelques étudiants dissidents voulurent m'enrôler, ce qui me rendit à la fois excité et anxieux. J'étais étudiant, mes parents s'étaient saignés aux quatre veines pour que je puisse faire des études, il fallait que je pense à préserver mon avenir. Je n'ai publié cette histoire que bien des années plus tard, une fois le contrôle des médias levé. Elle parut dans le quotidien du soir *Nouvelle Vie*, mais ma satire n'avait alors plus rien d'actuel et les jeunes n'y ont rien compris.

Une fois diplômé, je songeai d'abord à partir pour les Etats-Unis, dans le Missouri. Mais j'eus la chance d'obtenir une bourse de recherche d'une Université catholique de Jamaïque jumelée avec la mienne. Je pratiquais mon anglais tous les jours et je lisais des romans à la bibliothèque. J'étais fasciné par les romans noirs de Raymond Chandler et de Dashiell Hammet, dont les personnages de détectives sont des durs-à-cuire. Mon mémoire de maîtrise de lettres comparait la logique de Charlie Chan aux romans policiers occidentaux. Pendant un an et demi, je travaillai vraiment dur et ne pris pas de vacances d'été. Puis je décrochai ma licence.

Un jour, à la bibliothèque, je lus dans le mensuel de Hong Kong, *Ming Pao,* qu'un Chinois d'outre-mer lançait un quotidien en langue chinoise sous le titre *Huabao* ; son rédacteur en chef n'était autre que l'un des membres du jury qui m'avait accordé le second prix pour ma nouvelle. Je le contactai aussitôt et il me dit au téléphone de le rejoindre à New York : il avait un poste pour moi. Voilà comment je me retrouvai finalement à Manhattan.

Le *Huabao* était une feuille de chou qui ne se vendait même pas en dehors de Chinatown. Après y avoir travaillé pendant deux ans, j'étais assez déprimé. Je m'ennuyais au point d'écrire un roman intitulé *Le dernier bus pour Manhattan*. Je n'aurais jamais imaginé que ce roman – écrit par un obscur étudiant chinois installé à l'étranger – me propulserait au rang d'écrivain de langue chinoise pour le restant de mes jours. Je l'avais écrit dans le style moderne du monologue intérieur et encore aujourd'hui je ne sais comment j'y suis arrivé. Peu de gens savent que ce roman s'est vendu pendant des années et à plus de cent mille exemplaires à Taïwan. J'étais à New York quand le célèbre romancier de cape et d'épée chinois Jin Yong visita les Etats-Unis. Le journal me demanda de l'interviewer. La censure sur l'œuvre de Jin Yong venait d'être levée et l'on avait à nouveau le droit de mentionner son nom dans la presse. Mon interview fut reprise dans le célèbre mensuel *Lianhebao* de Taïwan et lue par une foule de lecteurs. Cela fit de moi un journaliste célèbre.

Le romancier Jin Yong apprécia aussi mon interview. Il savait que j'étais né à Hong Kong, que je parlais cantonais, aussi m'invita-t-il à venir travailler pour le *Ming Pao*. J'y devins rédacteur et écrivais des articles sur le Continent dans la rubrique Chine du quotidien. Du milieu des années 80 au début des années 90, j'interviewai bon nombre d'écrivains et d'artistes réputés de la génération précédente. J'établis un réseau de contacts sur le continent, suivis de près des événements majeurs et enrichis ainsi ma compréhension du continent chinois. En 1992, Jin Yong prit sa retraite et je cherchai alors un poste de rédacteur sur le Continent. Mais au même moment, ma petite amie de Pékin décida de partir pour l'étranger, mettant un terme à notre relation. Je décidai alors de rentrer à Taïwan.

Je travaillais pour la revue *Lianhebao*, où je rassemblais des articles. Je voulais réunir en un volume les interviews que j'avais faites des figures majeures de la scène culturelle du Continent. A l'époque, je pensais que ce serait ma contribution la plus importante à la postérité, la plupart de ces personnages vénérables étant considérés comme des trésors vivants. Certains étaient déjà décédés, et leurs propos, que j'avais transcrits, avaient acquis une valeur inestimable.

Mais je travaillais sans doute trop lentement, reprenant sans cesse mes corrections, ce qui me fit rater cette opportunité. Aussi, quand « Transmission et Mémoire : A la recherche de Cent Maîtres oubliés des Arts et des Lettres du Continent » fut enfin publié, l'atmosphère à Taïwan avait changé. Le livre n'entra même pas dans la liste des meilleures ventes de la librairie Kingstone. Il eut juste droit à une présentation dans la sélection des livres hebdomadaires dans la revue *Lianhebao*, mais aucune critique par la suite. Lee Teng-Hui était alors président et les conflits ethniques à Taïwan ne cessaient de s'envenimer. La population de Taïwan était préoccupée par les risques d'un éventuel conflit armé entre les deux Chine et guère par la culture sur le Continent.

Après la publication de ce recueil, le milieu professionnel me colla l'étiquette « d'expert de la Chine » ou « d'expert des questions de Chine continentale », en d'autres termes, je n'intéressais plus personne.

Situation inacceptable. J'entrepris donc de changer mon image. Si j'étais incapable d'écrire un chef-d'œuvre littéraire, je pouvais au moins écrire des best-sellers. Les livres sur la guerre dans le détroit de Taïwan se vendaient très bien à l'époque, je me documentai donc sur les forces militaires nationalistes et communistes pour essayer de voir sous quel angle je pouvais traiter le sujet. Mais je dus bientôt abandonner : il existait déjà trop d'ouvrages sur le sujet, ce qui m'apprenait quand même une chose : si vous voulez surfer sur une vague, il faut s'y mettre très vite.

Je commençai à paniquer et tentai ma chance sur tout et n'importe quoi. D'abord un roman policier intitulé *Treize mois*. Ce fut un échec. Puis, comme des gens devenaient célèbres en publiant leur philosophie de la vie, j'écrivis la mienne. Ce fut un désastre.

Les livres de management marchaient très fort, aussi rédigeai-je plusieurs ouvrages sur le thème des stratégies de survie des bureaux secrets. Nouvel échec.

La philosophie de la vie et le management des entreprises étaient sans conteste des sujets opportunistes. Mais *Treize mois* n'aurait pas dû tomber si rapidement dans l'oubli. C'était un roman policier excellent et novateur. Malheureusement, les lecteurs taïwanais de l'époque étaient habitués aux romans policiers japonais ou à ceux d'Agatha Christie où l'on essaye de trouver qui est le coupable. Ils ne savaient apprécier ni l'humour noir ni le style à la fois ironique et sophistiqué des polars américains. Quant aux critiques, ils n'imaginaient pas à quel point j'avais travaillé pour étudier ce genre-là. Je n'étais sans doute pas un écrivain de premier ordre, mais je me consolais en pensant au bon mot de Somerset Maugham : « Parmi les écrivains de second ordre, j'étais sans nul doute le meilleur. »

En réalité, je n'étais même pas un écrivain de second ordre. Mes livres passaient inaperçus et ne se vendaient pas. Cela me déprima pendant un certain temps.

Finalement, une opportunité se présenta quand un étranger publia un essai sur le QI émotionnel, encore appelé QE, qui se vendit comme des petits pains dans son édition taïwanaise. Je rassemblai alors aussitôt tous les documents que j'avais accumulés au fil des ans sur la culture chinoise, de la philosophie de la vie au management des affaires et je m'empressai de présenter un livre intitulé *Le QE chinois*.

Comme je m'y attendais, *Le QE chinois* figura six semaines d'affilée dans la liste des meilleures ventes de Kingstone, et même à un moment, à la seconde place, derrière le livre EQ traduit de l'anglais. J'étais fier de voir mon livre placé en évidence chaque jour dans les librairies Eslite et Kingstone.

Après cela, j'écrivis toute une série de livres ayant trait à la sagesse chinoise. Ils se vendirent plutôt bien, jusqu'à ce que les lecteurs taïwanais ne s'intéressent plus du tout aux ouvrages dont le titre mentionnait la Chine.

Entre-temps, j'étais devenu un journaliste célèbre, un romancier, un expert de la Chine continentale, un spécialiste du développement personnel et surtout un écrivain à succès. Et ce statut donnait un sens à tout ce que je pouvais écrire. La plupart des gens n'avaient lu aucun de mes livres, n'avaient pas la moindre idée de ce que j'écrivais, mais ils savaient que j'étais un auteur de best-sellers. Dans les années 90, la société taïwanaise avait encore un certain respect pour les auteurs de best-sellers.

Ma bonne fortune dura ainsi, un succès menant à un autre. Après l'année du millénaire, mes livres furent peu à peu publiés sur le Continent.

Le Dernier bus pour Manhattan changea de titre pour devenir *Un étudiant étranger à New York*. Les ventes furent bonnes, mais je ne connais personne qui l'ait lu jusqu'au bout. En Chine, on me qualifiait d'écrivain taïwanais d'avant-garde, et ma notoriété sur le Continent grandit.

Puis, en 2004, Chen Shuibian fut réélu président.

Je reçus une prime de départ en retraite anticipée du magazine *Lianhebao*, qui faisait des restrictions de personnel. Alors, muni de ce pécule et décidé à sauter le pas, je partis m'établir à Pékin.

A mon arrivée, je me mis à écrire avec un sentiment d'urgence. J'écrivais sur la culture de Taïwan et de Hong Kong, pour les Chinois du Continent, sur Pékin et sur Shanghai pour les lecteurs de Taïwan et de Hong Kong. Pékin et Shanghai étaient des sujets à la mode à Taïwan comme à Hong Kong, et sur le Continent il y avait beaucoup de journaux et de revues. La publication de mon *Guide raisonné de la culture à Pékin,* bien avant la tenue des Jeux olympiques, fut très importante. Cet ouvrage obtint le second prix dans une compétition nationale de livres sur la culture et je fus interviewé dans une émission littéraire sur une chaîne de CCTV. Ce qui signifiait que j'avais reçu *de facto* l'accord du gouvernement.

A partir de là, je décidai de me consacrer au seul projet qui me tenait à cœur : l'écriture de *Ulysse ou Le souvenir des choses du Passé* – mon chef-d'œuvre littéraire. A une époque où il n'y avait plus d'auteurs majeurs, je voulais apporter la preuve que j'étais le meilleur de tous les auteurs de second rang. Je déclinai donc toutes les propositions des médias pour me concentrer à l'écriture de mon roman.

Or, depuis, je n'ai pas écrit une seule ligne.

De quoi allais-je bien pouvoir vivre ?

D'accord, je l'avoue, je n'ai pas trop à me préoccuper de mon train de vie. Les philosophes occidentaux disent que le bonheur consiste à être modérément célèbre et raisonnablement fortuné. Ni trop célèbre, ni trop riche. Je ne dépends pas de mes droits d'auteur pour vivre ; d'ailleurs ils ne sont pas conséquents. Le fait est que, si l'on remonte aux années 90, quand je travaillais encore à New York et que je projetais de me marier, j'avais acheté un appartement de quatre-vingt-dix mètres carrés à Taikoo Shing. Quand ma petite amie partit pour l'Allemagne et épousa un Allemand, je décidai de le mettre en location auprès d'une agence immobilière avant de rentrer à Taïwan.

Ensuite, chaque année au moment de la révision du loyer, je réalisais que le montant du loyer, comme la valeur de mon bien, ne faisait que croître. Quand finalement je le vendis, juste avant la rétrocession de Hong Kong à la Chine en 1997, sa valeur avait décuplée. Toute ma vie de travail n'aurait pas suffi pour acheter un appartement comme celui-ci. Quand la crise financière asiatique arriva, le dollar taïwanais se déprécia fortement, mais par chance, tout mon argent était déjà converti en dollars hongkongais et à l'abri dans la banque HSBC. En 2004, quand je déménageai à Pékin, j'achetai trois appartements dans le lotissement n° 2 du Village du Bonheur, juste avant que le gouvernement n'interdise aux étrangers, y compris aux gens de Taïwan et de Hong Kong, de posséder plus d'une résidence à la fois. J'emménageai dans un des appartements, mis les deux autres en location, et changeai tout mon argent en renminbi chinois, ce qui valorisa mes actifs. Tandis que l'économie mondiale était frappée par une succession de crises, vague après vague, seule la Chine continuait à prospérer, et mes modestes revenus me permettaient de vivre confortablement.

Mais vous n'avez pas tort, rien de tout cela n'explique pourquoi j'avais été incapable d'écrire quoi que ce soit depuis deux ans. J'avais travaillé très dur à mon écriture, mais j'avais perdu depuis toute inspiration. Elle s'était évanouie deux ans exactement avant que le discours officiel chinois ne nous annonce une récession de l'économie mondiale, alors même que la Chine ouvrait une nouvelle ère, celle des années fastes. A compter de cette date, m'apercevant que tout le monde, à Pékin comme partout ailleurs en Chine, vivait plutôt bien, j'ai éprouvé un profond sentiment de satisfaction, tant matériel que spirituel, un formidable sentiment de félicité que je n'avais encore jamais ressenti. Et ce sentiment, c'était lui qui m'empêchait d'écrire.

Un dirigeant de la nation insomniaque

Depuis plus d'un an, à présent, hormis au Nouvel An et lors des autres congés, je me rendais le premier dimanche de chaque mois au restaurant de l'entreprise de Jian Lin pour dîner, boire du vin rouge et regarder de vieux films. Jian Lin est le patron de la société d'investissements immobiliers BOBO Properties Corporation basée à Pékin. Il fait partie de la génération des « Trois vieilles promotions » – les trois classes d'âges de 1967, 1968 et 1969 qui n'ont pu terminer leurs études secondaires à cause de la Révolution culturelle. En 1978, quand les examens d'entrée à l'Université furent rétablis, il fit des études supérieures. Puis, il devint un cadre du gouvernement, fréquentant artistes et écrivains, se lança dans les affaires et partit sur l'île de Hainan. Je ne sais comment il devint une grosse pointure dans l'immobilier, mais il garda cette réputation d'homme cultivé, à la fois marchand et lettré, selon l'expression consacrée. Il aimait discuter des affaires de l'Etat et chaque année, pour le Nouvel An chinois, il écrivait des poèmes d'inspiration classique, qu'il envoyait à ses amis et à ses clients. En 2008, il entreprit d'introduire son affaire en Bourse, mais se heurta à la crise financière et ce fut l'échec. Tout son capital s'évapora. Au bord de la faillite il dut se retirer des affaires. Je ne sais comment il se sortit de cette ornière, mais il parvint à refaire surface et il est à présent un acteur majeur du marché de l'immobilier.

Jian Lin est un bourreau de travail, mais depuis deux ans environ, il a adopté une nouvelle habitude. Il organise un dîner avec ses amis et sa famille et regarde un vieux film le premier dimanche de chaque mois. Au début, ses soirées eurent beaucoup de succès, mais peu à peu les membres de sa famille commencèrent à se désister, puis ses amis voulurent choisir eux-mêmes le film avant de confirmer leur venue. Quand l'hiver arrivait, bien souvent il ne restait plus que Jian Lin et moi.

Depuis qu'un ami m'y avait amené, j'étais devenu un fidèle de ces soirées. J'avais du temps libre, je n'habitais pas loin, et puis j'aimais les films chinois d'après 1949. Je n'avais pu les voir ni à Hong Kong ni à Taïwan et c'était une expérience assez nouvelle pour moi.

J'étais le seul à ne jamais manquer une projection. Jian et moi n'avions pas d'autre relation que celle-ci. Je n'attendais rien de lui, et comme je n'avais aucune influence sur sa carrière, il n'était pas sur ses gardes avec moi. J'étais le compagnon idéal pour une relation amicale. L'hiver, quand nous n'étions que tous les deux, Jian sortait une bouteille de vin rouge – d'excellents bordeaux, des crus de 1982, 1985 ou 1989. Parfois nous descendions deux bouteilles dans la même soirée. Les Taïwanais ont pris l'habitude de boire des vins de qualité, une quinzaine d'années avant que les Chinois du Continent ne s'y mettent ; je savais donc apprécier ses vins et je l'écoutais avec plaisir me faire part des connaissances œnologiques qu'il avait acquises grâce à ses lectures. Il avait ainsi trouvé en moi un parfait compagnon de beuverie. Mais quand nous étions plus nombreux, je remarquais qu'il ne sortait son vin qu'avec parcimonie, et toujours des cépages plus ordinaires. J'en déduisis qu'il voyait en moi un ami cher.

La seule chose qui me tracassait, c'était que je ne pouvais lui retourner la politesse. Je me sentais comme ces écrivaillons pique-assiette. Que pouvais-je faire ?

Jian Lin nous servait toujours du bordeaux mais jamais de bourgogne. Après avoir cherché sur internet, je lui en parlai. Il parut intéressé mais n'y connaissait visiblement rien. Alors, je mis sur pied un plan. Quand je rentrai à Taïwan pour le Nouvel An lunaire, je pris contact avec mon vieux camarade de classe Ah Yuan et lui demandai de me trouver deux bouteilles d'excellent bourgogne.

Ah Yuan, qui possède une firme d'électronique à Xinzhu et fabrique des composants pour le scannage laser, est le plus grand collectionneur de vins de Bourgogne de Taïwan. Quand la crise économique mondiale frappa de plein fouet, la richesse d'Ah Yuan subit un revers, mais sa réserve de bourgognes resta intacte. Je ne lui avais jamais demandé le moindre service auparavant, mais une fois n'est pas coutume. Il me proposa aimablement plusieurs bouteilles, je n'en pris que deux, à cause des restrictions douanières à l'aéroport. Une de blanc et une de rouge.

J'envoyai à Jian Lin un bref message pour lui demander ce qu'il allait passer comme film le dimanche suivant, et lui annoncer que j'apporterais un Bâtard-Montrachet de 1989 et un Romanée Conti de 1999.

Quand j'arrivai au restaurant avec les deux bouteilles, il n'y avait pas d'autres invités. Nous étions seuls, Jian Lin et moi. Il examina attentivement les bouteilles et s'exclama : « Voilà d'excellents vins ! D'excellents vins… Ouvrons-le et laissons-le respirer.

— Que passes-tu ce soir ? », lui demandai-je, tandis qu'il versait le vin dans une carafe en cristal.

« Un film de Xie Tieli de 1964, *N'oublions jamais la Lutte des Classes.* Tu l'as déjà vu ?

— Tu plaisantes. Si je l'avais vu, Chiang Kaï-chek m'aurait fait fusiller.

— 1964, c'était une bonne époque », me dit Jian Lin. Les trois années de catastrophes naturelles[1] étaient terminées, le niveau de vie du peuple commençait à remonter et la Révolution culturelle n'avait pas encore été lancée. Mais en 1959, le vieux Mao

1. Euphémisme pour évoquer une période de famine qui suivit le Grand Bond en Avant (1958-1960), un plan économique imaginé par Mao pour dépasser l'Angleterre en production d'acier, et qui entraîna une totale désorganisation de l'économie et une sérieuse disette.

n'était pas satisfait. Il n'avait plus rien à faire après avoir renoncé à son poste de dirigeant suprême de la Nation, aussi lança-t-il son slogan : « N'oublions jamais la Lutte des Classes. » Et ce film fit écho à son appel pour rappeler aux masses que des ennemis de classes se cachaient toujours parmi la population. Cet appel préludait à l'élimination des « Quatre Vieilleries » visant à nettoyer la politique, l'économie, les organisations du Parti et l'idéologie. Mais aussi à la Révolution culturelle.

« J'ai invité mon cousin à se joindre à nous pour cette projection et à venir goûter ton excellent vin », me dit Jian Lin pendant le dîner.

Je ne me souvenais pas d'avoir déjà rencontré son cousin, et j'appréciai assez peu de partager ce vin onéreux avec un inconnu.

Arriva alors un homme à la peau très pâle et aux cheveux dégarnis qui salua Jian Lin en l'appelant « Grand frère ».

« Voici mon cousin Dongsheng. Et voilà mon bon ami de Taïwan, Lao Chen.

— He Dongsheng. Nous nous sommes déjà rencontrés, lui dis-je en lui serrant la main. C'était à la session de Macao de la Conférence pour une Chine Prospère en 1992. Vous étiez le représentant de l'Université Fudan.

— « Oui, c'est exact », répondit He Dongsheng doucement.

Jian Lin avait l'air étonné. « Vous vous connaissez ?

— Oui, oui », répéta He Dongsheng.

Nous étions tous trois un peu embarrassés. « Nous ne nous sommes pas revus depuis vingt ans », ajoutai-je.

Un riche Taïwanais qui s'appelait Shui Xinghua – son prénom signifiait « Chine Prospère » – avait monté une fondation qui organisa un cycle de quatre conférences Xinghua au début des années 90. L'idée était d'inviter une douzaine de jeunes hommes prometteurs, originaires de Chine, de Taïwan et de Hong Kong, afin qu'ils échangent des idées et des expériences. A Macao, en 1992, He Dongsheng était un délégué du Continent et moi j'étais un représentant de Taïwan. He Dongsheng n'était à l'époque qu'un jeune étudiant et il ne nous avait pas fait forte impression, mais depuis, il était devenu un officiel de très haut rang au sein du Parti communiste chinois.

« Ce vin est délicieux, n'est-ce pas ? », dit Jian Lin à He Dongsheng.

He Dongsheng approuva, assez évasif.

« Lao Chen l'a apporté de Taïwan spécialement pour moi. »

He Dongsheng leva son verre faiblement pour trinquer, je levai le mien vers lui.

Puis nous avons visionné le film, mais personne ne pipa mot pendant toute la projection, à l'exception de Jian Lin qui fit ce commentaire : « L'actrice qui joue le rôle de la belle-mère du contre-révolutionnaire était vraiment jeune à l'époque. Elle apparaît encore assez régulièrement dans une nouvelle série télévisée. »

Pendant la projection, je jetai un regard vers He Dongsheng ; il semblait s'être assoupi. Jian Lin en revanche regardait le film avec beaucoup d'attention, il adorait ces vieux classiques du cinéma révolutionnaire.

N'oublions Jamais la Lutte des Classes raconte la vie d'une usine de fabrication d'appareillages électriques dans le Nord-Est. Les ouvriers travaillent sans relâche pour augmenter la production, quand l'un d'eux épouse une femme dont la famille a des origines petites-bourgeoises. Elle presse son mari de s'acheter un costume taillé dans une étoffe très chère, le costume lui coûte cent quarante-huit renminbi. La belle-mère du jeune homme le presse aussi de chasser le canard sauvage pendant ses heures de repos et d'aller les vendre au marché noir. Cette nouvelle activité empiète tellement sur son travail qu'il manque provoquer un accident majeur et cause du tort à l'intérêt national. Tout cela était le résultat d'un manque de vigilance révolutionnaire. Ils avaient perdu de vue la lutte des classes. A la fin du film, en rouge sang s'inscrivait sur l'écran : *N'oublions jamais la Lutte des Classes !*

« C'était plutôt bien, dis-je. Intéressant, mais si les jeunes générations regardent ce film aujourd'hui, je doute qu'elles le comprennent. Il faudrait quelqu'un pour leur en faire une lecture appropriée. »

Soudain He Dongsheng prit la parole : « C'est assez facile de les faire travailler huit heures par jour. Mais il est difficile de les garder sous contrôle après ces huit heures. Le vieux Mao n'a jamais pu résoudre ce problème. »

J'étais assez surpris que He Dongsheng parle de Mao Zedong en l'appelant sans ambages « le vieux Mao ».

Il poursuivit : « Saviez-vous qu'après les réformes de Deng Xiaoping et quand la période d'ouverture commença, il y avait un magazine à Tianjin qui s'appelait *Après le Travail* ? La durée légale était de huit heures, le reste de la journée étant dédiée aux loisirs, mais personne ne savait quoi faire de ce temps-là. Le socialisme a complètement réformé le temps de travail, mais s'est montré incapable de prendre en charge ce qui sort du cadre des huit heures quotidiennes…

— Après leurs huit heures de travail, que le capitalisme s'occupe d'eux ! lâcha Jian Lin.

— Oui, c'est l'évidence même, enchaîna He Dongsheng, qui s'était un peu relâché sous l'effet de l'alcool. Votre vieux Mao ne pouvait quand même pas attendre des gens qu'ils empoignent la révolution en permanence et qu'ils travaillent vingt-quatre heures sur vingt-quatre pour augmenter la production. Il faut permettre au peuple de rentrer à la maison, de bien manger, de s'acheter de beaux habits, et l'autoriser à un peu de divertissements petits-bourgeois. C'est ce que les gens désirent et il ne faut pas le leur refuser. Si vous ne leur laissez pas ces choses-là, qui va vouloir travailler pour vous ? Mener simplement une vie agréable, ce n'est pas trop demander. »

La plupart des dirigeants qui ouvrent la bouche ne semblent resservir que les clichés attendus, mais ce que venait de dire He Dongsheng sonnait plutôt juste.

Je commençais à l'apprécier davantage.

Après nous avoir exprimé son avis, il parut se dégonfler comme une baudruche, tandis qu'il sirotait son vin avec mélancolie. Tous trois, nous le dégustions.

« C'est vraiment un excellent vin, un excellent vin, répéta Jian Lin au bout d'un moment. Il est encore meilleur que tout à l'heure. Les arômes se sont épanouis. Nous avons fait des mélanges avec le rouge et le blanc, et pourtant, il a quand même une saveur extraordinaire. »

Le silence régna à nouveau. Je pensais que He Dongsheng partirait une fois la projection finie, mais il resta assis, à nous tenir compagnie. Il ne parlait pas et ne touchait pas aux nombreux petits plats qui recouvraient la table. Il buvait simplement son vin en prenant son temps. Jian sortit quelques cigares, mais nous refusâmes, et il se sentit trop gêné pour s'en allumer un.

Quand la bouteille et nos verres furent vides, Jian nous servit de son fameux thé Wuyi Dahongpao. He Dongsheng n'y toucha pas. Il ne semblait pas avoir soif d'eau. Il était déjà près de minuit quand He Dongsheng se dirigea vers la salle de bains.

« Il souffre d'insomnie, soupira Jian Lin. Il ne dort pas et j'avais peur qu'il ne s'en aille plus. Je ne peux pas rester debout toute la nuit. En ce moment, je dois me coucher de bonne heure et me lever tôt.

—Je me couche de bonne heure, moi aussi. Je déteste rester debout toute la nuit. » Je me souvins que He Dongsheng s'était assoupi durant la projection.

« Et si je vous raccompagnais en voiture ? proposa He Dongsheng quand il réapparut.

— Merci, mais c'est inutile, lui répondis-je. J'habite à deux pas, je vais rentrer à pied. »

Puis, sans réfléchir, je lui demandai : « Est-ce que votre chauffeur est encore là ? »

Comme c'était un haut dirigeant, il devait certainement toujours avoir un chauffeur à sa disposition.

Sa réponse m'étonna.

« La nuit, je conduis moi-même. J'aime conduire. Parfois, je roule ainsi jusqu'à l'aube. Si j'ai sommeil, je fais un petit somme dans la voiture. » Il eut l'air de penser qu'il en avait trop dit et se tut. « J'y vais », dit-il, puis il s'éclipsa.

Je regrettai un peu de ne pas avoir accepté la proposition de He Dongsheng. Je n'habitais pas aussi près que cela. Dans la journée, j'aurais marché, mais tard dans la nuit, mieux valait prendre un taxi. C'était Jian Lin qui habitait tout près. Il vivait au dernier étage d'un immeuble dans le même quartier.

« Nous ne nous étions pas revus depuis longtemps, m'expliqua Jian Lin. Je l'ai croisé récemment, à une réunion à la mémoire de ma tante disparue. Et j'ai pensé que je pourrais l'inviter ce soir.

— Vous êtes cousins du côté paternel, lui dis-je. Mais ton nom de famille est Jian alors que le sien est He. Comment cela se fait-il ?

— Mon père avait deux jeunes frères qui ont tous deux rejoint la révolution et changé leur nom de famille. Dongsheng s'appelait Jian à l'origine. »

Visiblement, c'était courant pour des frères cadets de la deuxième génération de prendre un nom de famille différent dans les familles révolutionnaires.

« Et qu'en est-il de ton autre oncle ?

— Je n'ai guère de contacts avec cette partie de ma famille. »

Je me sentais mal à l'aise de pénétrer ainsi dans l'intimité des Jian, aussi lui demandai-je :

« Je n'aurais jamais imaginé que He Dongsheng et toi étiez parents. A-t-il un rang élevé dans la hiérarchie officielle à présent ?

— Un rang élevé ? s'exclama Jian Lin. A présent il est membre du Politburo. C'est un vétéran qui a servi dans sa carrière trois groupes successifs de dirigeants du Parti. C'est un accomplissement qui n'est pas donné à tout le monde.

— Est-ce que cela fait de lui un des leaders de la Nation ?

— Au sens propre, on devrait les qualifier de leaders du Parti et de la Nation, répondit Jian Lin. Du point de vue du Parti, tous ceux qui ont un poste allant de secrétaire du Parti jusqu'aux sphères supérieures devraient être considérés comme des leaders du Parti et de la Nation. Ce qui inclut, bien évidemment, les membres du Politburo.

— Eh bien ! Cela veut dire qu'en peu de temps, j'ai rencontré deux dirigeants du pays. L'un est ton cousin He Dongsheng, et l'autre c'est Dong Jianhua, l'ex-président de la Région administrative spéciale de Hong Kong, qui est désormais vice-président de la Conférence consultative politique du peuple chinois. »

La plupart des dirigeants politiques que j'ai pu rencontrer sont tous bien coiffés, avec des cheveux d'un noir de jais, une mine resplendissante, et un moral gonflé à bloc. Je ne m'attendais pas à tomber sur un dirigeant de l'Etat au cheveu rare, au teint pâle, et insomniaque de surcroît.

Une nuit de printemps enivrante

Je me tenais sur le trottoir, attendant un taxi par cette matinée de printemps qui pointait, après avoir visionné un vieux film et bu pas mal de vin. Je n'avais plus la moindre envie d'aller dormir. Je téléphonai à une amie et me rendis chez elle. Je l'avais rencontrée pour la première fois, une dizaine d'années auparavant, alors qu'elle travaillait encore au Paradise Club, un night-club célèbre de Pékin qui passait du disco et qui était réputé pour la beauté et la classe de ses danseuses. Je suis un homme aux appétits modestes, mais il m'arrive de temps à autre d'éprouver certains désirs. Cela faisait plus de deux ans que je ne l'avais pas revue et je n'avais pas repensé à elle jusqu'à ce jour, jusqu'à cette matinée…

Quand je rentrai chez moi après cette visite, je n'arrivai toujours pas à dormir. Quelle matinée de printemps enivrante ! Je n'avais qu'une seule idée en tête : devrais-je envoyer un courriel à Xiao Xi ?

Grande Sœur Song m'avait bien dit que Xiao Xi changeait souvent d'adresse e-mail. Cela ne servirait probablement à rien de lui écrire, son adresse avait sans doute déjà changé. Et puis, si je lui écrivais, j'allais au-devant d'ennuis. Elle était mon type de femme et me plaisait. Quand elle tenait son restaurant, j'étais très attiré, mais elle était sans cesse entourée de beaucoup trop de clients. On se connaissait depuis plus de vingt ans et étions en somme de vieux amis, mais il n'y avait jamais rien eu de sexuel entre nous, pas même un flirt. Un cercle d'hommes gravitait autour d'elle, certains d'entre eux étaient des camarades, d'autres des soupirants. Il y avait même des soupirants éconduits qui se joignaient à son groupe de camarades. C'était le genre de femme à n'avoir que des amis masculins, et qui en même temps ne semblait pas consciente de la fascination qu'elle exerçait sur les hommes. Elle était persuadée que tous n'étaient que de simples camarades. Je ne lui avais jamais fait la cour assidûment, et de son côté, elle n'avait pas manifesté non plus d'intérêt particulier à mon égard. Nous étions restés bons amis. Plus tard, je crus qu'elle avait épousé un étranger et qu'elle était partie s'établir en Angleterre. Mais ce ne fut vraisemblablement pas le cas. Quoi qu'il en soit, il y avait bien sept ou huit ans que je n'avais pas eu de ses nouvelles.

A l'époque, j'étais inquiet qu'elle ne soit qu'une fauteuse de troubles. Elle ne ressemblait en rien à ces intellectuels dissidents, mais les ennuis sur le plan politique ne l'avaient pas lâchée ces trente dernières années. D'un caractère très rebelle, elle n'hésitait pas à dire ce qu'elle pensait. Elle détestait l'injustice, et de ce fait elle offensait facilement les gens. Par le passé, certaines personnes avaient cherché à lui venir en aide, y compris des étrangers, mais de nos jours, les étrangers prêts à s'en prendre au PCC, au risque de perdre leurs visas, avaient disparu. Ses connaissances l'évitaient pour ne pas se créer d'ennuis. C'est pourquoi elle m'avait confié la dernière fois que les gens avaient changé.

Après avoir discuté avec Grande Sœur Song et avec Wei Guo, je réalisai que Xiao Xi avait de nouveau des ennuis. J'étais maintenant persuadé qu'elle était surveillée – j'avais pu le constater de mes propres yeux dans le parc près du Musée des Beaux-Arts.

Si quelque chose devait se passer entre nous, est-ce qu'elle ne m'attirerait pas de problèmes ? Ma vie est si agréable à présent. Tout se passe en douceur, je me sens vraiment heureux. Pourquoi prendre un tel risque ? Si je la revois et qu'elle manifeste ne serait-ce qu'un peu d'intérêt pour moi, je serai incapable de me contrôler. Je la trouvais sexuellement très attirante et cela m'effrayait. Je n'avais rien ressenti de pareil à l'égard de quelqu'un depuis bien longtemps. Si je sautais le pas sur le plan sentimental et que nous sortions sérieusement ensemble, j'étais prêt à parier que cela ne pourrait pas durer bien longtemps. Elle m'imaginait encore tel que j'étais une dizaine d'années auparavant, quand nous étions d'accord sur tout. Mais depuis j'étais devenu semblable à ces gens qui l'entouraient et qu'elle trouvait changés. Nos états d'esprit respectifs étaient diamétralement opposés, de même que notre compréhension de la situation actuelle de la Chine. J'étais sûr que nous ne saurions jamais trouver un accord sur quoi que ce soit. Quand Chen Shuibian avait brigué un mandat aux élections présidentielles à Taïwan, tous mes camarades masculins supportaient le Parti nationaliste alors que leurs épouses étaient en faveur du Parti progressiste démocrate, ce qui avait semé la zizanie dans les couples.

Assis face à mon ordinateur, je contemplais l'esprit vide, le bout de papier que Grande Sœur Song m'avait glissé dans la main. Soudain, une idée me vint. La chose que je n'avais pas accomplie au cours de ma vie, c'était d'écrire un roman remarquable. Qu'est-ce qui est plus important que d'écrire un bon roman ? Pour quelle raison avais-je été incapable de coucher une seule phrase sur le papier ? La raison était simple : une vie bien trop paisible. J'allais trop bien. Je ne ressentais aucune urgence. En d'autres termes, je me sentais tout simplement trop chanceux. Qui donc pouvait me sortir de ce sentiment excessif de béatitude ? Xiao Xi, de toute évidence.

Sur le morceau de papier brouillon, on pouvait lire l'adresse suivante :

feichangwuraook@yahoo.com. Et plus loin : « Si vous n'êtes pas sincère, ne me dérangez pas. D'accord ? »

2

N'oublions jamais

L'autobiographie de Xiao Xi

Je suis Wei Xihong. Tout le monde m'appelle Xiao Xi.

Je ne sais pas par où commencer ; je ne comprends pas comment le monde a pu devenir ainsi. J'ai seulement peur que bon nombre de choses ne soient oubliées plus tard, j'ai donc décidé de les écrire et de les conserver sur ce fichier Google.

Je suis suivie par des gens. Pourtant je n'ai rien fait de mal. Alors pourquoi me suivent-ils ?

Je suis sans doute trop nerveuse. Peut-être, en fait, que personne ne me suit réellement, que je deviens trop suspicieuse.

Si je suis suivie, ça a sûrement un lien avec Wei Guo. Comment ai-je pu mettre au monde un pareil monstre ?

Depuis sa naissance, il me fait peur. Sous ses airs d'ange, il était menteur, se montrait insupportable avec ses professeurs, provoquait tous ceux qui auraient pu lui faire du bien et écrasait les plus faibles. Il est d'une nature cruelle, il l'a toujours été. A présent, il écrit des courriers pour dénoncer ses camarades étudiants, il leur crée des ennuis avec les autorités, il les persécute. Il est sans cesse en train de proférer des slogans creux, prétendant embrasser ainsi une morale idéaliste merveilleuse.

Tient-il cela de son père ? Ou de moi ? Ou bien a-t-il hérité du caractère de mon propre père ? Est-il le fruit de la pire des incompatibilités sanguines possibles ?

Il me reproche de ne pas lui dire qui est son père, ce que je peux comprendre. Il va même jusqu'à insulter mes amis artistes, les traite de « monstres et de démons » comme on disait au temps de la Révolution culturelle. Il dit que ce sont des gens douteux qui pourraient avoir une influence néfaste sur son avenir. Il se moque de moi parce que j'ai démissionné de mon poste de juge et me serine que je suis trop stupide pour être sa mère.

Si cette campagne de 1983 contre la « pollution spirituelle » et la criminalité[1] ne m'avait pas fait prendre clairement conscience que je n'étais pas faite pour être juge, je ferais encore partie aujourd'hui de l'appareil de la Sécurité publique. Je pense être foncièrement incapable de m'adapter à ce régime politique. Si j'ai fait mon droit, c'était uniquement pour faire plaisir à mon père.

Qui est sans doute l'un des tout premiers juges de

1. Campagne lancée par Deng Xiaoping, alors numéro un chinois, afin de s'opposer à toute libéralisation politique dans les années qui ont suivi la mort de Mao Zedong.

la Nouvelle Chine. Dans les années 50, il a participé à la rédaction de la Constitution de la République Populaire. Quand j'étais petite, et que mon père rentrait à la maison, ma mère nous demandait de ne pas faire le moindre bruit. Nous avions tous peur de mon père. Il ne m'a jamais serrée dans ses bras. C'était ma mère qui le craignait le plus. Je n'ai pas le souvenir d'avoir jamais vu ma mère sourire en sa présence. Après la mort de mon père, elle est devenue quelqu'un d'autre. C'était comme une renaissance pour elle, même sa voix se fit plus forte. Ma mère parlait peu de ce qu'avait fait mon père, mais je sais qu'il a persécuté et ruiné la vie de beaucoup de gens.

Lui-même fut persécuté et jeté en prison pendant la Révolution culturelle. Il ne fut relâché que lorsqu'il tomba malade. En 1979, quand les examens d'entrée à l'Université furent rétablis, j'achevai avec succès mes études secondaires au Lycée N° 101. Pleinement consciente des souhaits de mon père, je mis la faculté de droit et de sciences politiques de Pékin en tête de mes vœux d'inscription. Je ne désirais qu'une chose : devenir juge à l'issue de mes études. Je pensais alors, tout comme mon père, que j'étais une candidate de choix pour occuper un poste de juge dans notre République Populaire de Chine.

Ma mère m'avait dit en confidence que je n'avais pas la personnalité requise pour étudier le droit. Elle me conseilla d'étudier les sciences et l'industrie, ce qui me mettrait à l'abri des ennuis. A l'époque, je n'étais pas de son avis et je me fâchais même contre elle. Je voulais juste rendre mon père heureux, et ma mère était pour moi une femme au foyer sans expérience pratique ni discernement. C'est bizarre, quand les gens nous traitent mal, nous agissons comme ils le désirent. Et quand ils nous traitent avec bienveillance, nous ne les écoutons pas.

Pendant le procès de la Bande des Quatre, je suivis le déroulement des réquisitoires à la télévision avec mon père. Son caractère avait encore empiré après la Révolution culturelle. Il était difficile à supporter, allait jusqu'à nous injurier fréquemment. Il n'avait pas connu le succès qu'il avait escompté dans les dernières années de sa vie, et il emporta sa rancœur avec lui jusque dans la tombe.

Quand j'étais à l'Université, l'étiquette de « droitier » fut supprimée et beaucoup de gens maltraités par la justice pendant la Révolution culturelle furent réhabilités politiquement. Même la Bande des Quatre eut un procès, et l'Etat leur assigna des avocats pour les défendre. J'étais pleine d'espoir pour l'avenir et confiante dans les intentions du Parti communiste de créer une société fondée sur l'Etat de Droit.

Je fus diplômée en 1983, et l'on me nomma à la cour, dans une juridiction provinciale dépendant de Pékin, au poste d'assistante du juge du tribunal. C'est là que le cauchemar commença.

J'avais vingt-deux ans quand j'arrivai à mon unité de travail pour prendre mon poste au mois d'août. Là-bas, tout le monde venait de terminer l'étude de la directive du 25 août du Comité central du Parti sur les « Mesures de répression sévères contre les activités criminelles ». Ils m'expliquèrent brièvement « l'esprit » de cette directive et me laissèrent prendre mes fonctions. J'avais toujours détesté voir les coupables prospérer et les innocents souffrir, et j'étais donc très favorable au Parti et à sa politique de « frapper fort et frapper vite » pour punir les activités criminelles dans le respect de la Loi. J'étais certaine que je ne me laisserais pas attendrir par les criminels. Ce que j'ignorais, en revanche, c'était que le « frapper fort et frapper vite » que j'imaginais n'avait rien de commun avec le « sévère » et l'« expéditif » qu'ils pratiquaient. Sans doute n'étais-je pas assez préparée psychologiquement, ou ma conception de la loi était-elle trop éloignée de la réalité. Quoi qu'il en soit, les problèmes commencèrent dès que je me mis au travail.

La procédure normale voulait que, dans les affaires criminelles, ce soit le bureau de la Sécurité publique qui arrête les gens, le bureau du procureur qui instruise les charges, et les juges qui décident du verdict et de la sentence. Pour que les choses aillent « vite », le bureau de la Sécurité publique, le bureau du Procureur et le collège des juges avaient désigné chacun deux personnes. Nous nous retrouvions tous à travailler dans un des bureaux de la Sécurité publique. Les arrestations, les instructions, les jugements et les verdicts se déroulaient tous en même temps. A cette époque, personne n'avait une connaissance approfondie du rôle et de la fonction de Procureur. Notre unité de juridiction assigna deux personnes ayant le grade administratif le plus bas – un officier de l'armée à la retraite, politiquement fiable, mais qui n'avait aucune formation de juriste, et moi, une toute jeune femme fraîchement diplômée de la faculté de droit. De fait, c'était le chef local du bureau de la Sécurité publique et son adjoint qui prenaient toutes les décisions.

Dès le premier jour, je fus atterrée. Pour chacune des affaires, importante ou pas, l'accusé se voyait infliger la peine de mort, alors qu'aucune d'elles ne concernait des crimes de sang. Des vols avec violences étaient punis de la peine de mort, tout comme les menus larcins, les banales escroqueries. Et personne ne prêtait la moindre attention aux accusés lorsqu'ils produisaient des preuves solides qui les disculpaient.

Dans un autre dossier, un jeune homme avait eu des relations sexuelles avec une jeune femme chez elle, la famille s'en était aperçue, et l'avait poursuivi ; une bagarre générale entre les deux familles s'ensuivit qui provoqua des dommages corporels légers. La famille de la jeune fille porta plainte au bureau de la Sécurité publique et le garçon fut arrêté. La famille du jeune homme était consciente de la gravité de la situation, en pleine campagne de « châtiment sévère de la criminalité ». Toute sa famille se rendit chez la famille de la jeune fille, implorant son pardon et la suppliant de retirer sa plainte. La famille de la jeune fille refusa.

Quand le dossier nous fut soumis, le chef de la Sécurité publique nous interrogea : « Quelle est la condamnation requise contre le hooliganisme – « Ce délit ne mérite pas la peine de mort ! », répondis-je dès que je le pus. Les cinq autres membres de notre groupe tournèrent vers moi un regard désapprobateur. Au bout du compte, le jeune homme fut condamné aux travaux forcés à perpétuité dans un camp de rééducation par le travail de la lointaine province du Xinjiang.

Ce jour-là après les audiences, le chef adjoint de la Sécurité publique vint me trouver en serrant un rapport dans ses mains et me dit : « Dans toutes les autres juridictions, ils exécutent une à deux dizaines de criminels à la fois, avec un peloton d'exécution… Prenez la province du Henan. A Zhengzhou, Kaifeng et Luoyang, ils passent quarante à cinquante personnes par les armes en une fois. Mais nous, nous n'exécutons même pas deux criminels en même temps. Que pensez-vous que nous devrions faire ? » Tout le monde ressentit une forte pression. C'est le moment que choisit l'officier en retraite de l'armée pour dire : « Ce hooligan a volontairement blessé d'autres personnes. Sa condamnation est trop légère et n'est pas en accord avec l'esprit du Comité central du Parti. – Eh bien, nous allons simplement requalifier sa peine et le rajouter à la liste. » Se tournant vers moi, il me dit : « Camarade Femme, vous ne devriez pas faire preuve d'autant de bonté d'âme. » Je fus assommée par sa réprimande. C'est vous dire à quel point j'étais faible.

Ce week-end-là, nous avons exécuté dix personnes d'une balle dans la nuque. J'avais honte de ma lâcheté et je m'en voulais de mes compromissions. Quel bien faisait la Loi ? Etait-ce là une société fondée sur l'application du Droit ?

Quand je rentrai ce jour-là du lieu d'exécution, je choisis de suivre une voie sans retour possible.

Lors de la session suivante, nous, les deux juristes du tribunal, nous joignîmes à un groupe de policiers de différents districts, qui se rendaient sur les lieux des délits. Ils y menaient leurs enquêtes et procédaient aux arrestations. Ensuite nous amenions les personnes interpellées au bureau de la Sécurité publique du district, où se déroulait leur procès. J'avais déjà pris ma résolution. Pour tous les délits qui ne méritaient pas la peine de mort, je le ferais immédiatement savoir. Comme il y aurait trace que l'un des deux juges s'était opposé à la peine de mort, les autres devraient modifier leur condamnation.

Cela entraîna une baisse du nombre des peines capitales. Or tout le monde craignait les critiques de la hiérarchie. L'unité de travail dont je dépendais me téléphona et tenta de me dissuader. Mais je les ignorai tout bonnement.

Un peu plus tard, j'appris que même si je n'avais pas eu un « accident », mon unité de travail avait déjà prévu mon transfert. Une nuit, au siège du district, un véhicule de l'armée me fonça dessus. C'était un événement banal. Dans les petites localités, les véhicules militaires roulent à tombeau ouvert et font souvent des victimes. Si les gens du peuple sont blessés ou décèdent, ils n'ont qu'à s'en prendre au destin. Mais bien que l'incident soit des plus fréquents, si un véhicule militaire renverse un membre des autorités de la Sécurité publique, alors s'ensuivent d'interminables altercations entre les autorités et l'armée. Dans mon cas, cependant, l'armée m'envoya directement à l'hôpital N° 301, et par la suite, mon unité de travail n'enquêta plus.

Après ma sortie de l'hôpital, je portai ma lettre de démission et devins une citoyenne sans affiliation à une unité de travail. Ma mère ne me fit aucun reproche.

Je me mis à mon compte et ouvris un petit restaurant avec ma mère. Nous vendions surtout de l'oie cuisinée à la mode du Guizhou selon la recette de famille. Dans les années 80, Pékin était un endroit fascinant, où s'ouvrait une ère remplie de promesses.

Nos premiers habitués furent des clients originaires de la province du Guizhou, pour la plupart des étudiants ou des écrivains ayant déménagé à Pékin. Ils amenèrent d'autres gens, des écrivains de Pékin, des artistes, des scientifiques et des étrangers venus là pour se rencontrer. Ma mère aimait distraire ses invités et j'adorais cette effervescence. Tout le monde m'appelait Xiao Xi, c'est-à-dire Petite Xi. Nous agrandîmes le restaurant et on le renomma « Les Cinq Saveurs ». A l'automne 1988, je rencontrai Shi Ping et tombai amoureuse de lui.

Il était poète. Je n'avais rien en moi de bien poétique, mais nous éprouvions l'un pour l'autre de véritables sentiments. Shi Ping disait qu'un jour prochain, il recevrait le Prix Nobel de littérature, et je lui répondais que je l'accompagnerais bien sûr à Stockholm pour assister à la cérémonie de remise du Prix. Ce furent les jours les plus heureux de toute mon existence.

Nous passions peu de temps ensemble, car Shi Ping préférait ses compagnons poètes et artistes. Il y avait parmi eux bon nombre de jeunes femmes, mais curieusement, je ne m'en formalisais pas.

Chaque soir, le « Cinq Saveurs » était bondé, la salle remplie par nos amis intellectuels et artistes qui venaient non seulement manger mais débattre de divers sujets, rédiger des manifestes et signer des tracts, se faire remarquer, se saouler et même vomir. La police poussait souvent notre porte, mais ma mère avait l'art et la manière de les faire déguerpir.

Shi Ping et un groupe d'amis m'emmenèrent passer quelques jours sur le lac Baiyangdian. C'est là qu'ils avaient été envoyés pendant la Révolution culturelle. Je les quittai la première et décidai de rentrer plus tôt à Pékin. J'avais l'intuition que Shi Ping fréquentait l'une des autres femmes du groupe, aussi trouvai-je une excuse pour repartir. Je ne voulais sans doute pas d'une confrontation directe. Cette nuit-là, les autorités firent fermer notre restaurant, au prétexte qu'un groupe d'universitaires avait rendu publique une déclaration politique chez nous, pendant que des étrangers étaient présents.

Je ne sais plus ce que j'avais en tête, mais toujours est-il que je courus rendre visite à Ban Cuntou. Nous avions été sur les bancs de l'Université ensemble. Il avait grandi dans le sérail, et on peut dire qu'il faisait partie de l'aristocratie de la Chine Rouge. Tout dans son comportement indiquait qu'il avait conquis le pouvoir à la force du poignet et que ce monde lui appartenait tout entier. A Pékin, les gens comme lui, qui vivent dans de vastes et anciennes résidences à cours carrées sont fort nombreux. J'avais entendu dire par mes anciens camarades qu'il était à présent un officiel de haut rang, et pour cette raison j'allai lui demander conseil. Quand nous étions étudiants, il m'avait souvent invitée à devenir sa petite amie. Il pensait qu'il plaisait à toutes les filles, mais moi je ne supportais pas son attitude. Ce soir-là, je fus assez stupide pour penser que je pourrais profiter de son ancien béguin pour sauver mon restaurant.

D'une humeur massacrante au départ, je fus bientôt confiante dans ma capacité à tenir l'alcool, je croyais que le restaurant m'avait endurcie. Nous ne bûmes pas d'alcool de riz chinois, mais quelque chose qui s'appelait Rémi Martin. Je bus trop vite, je n'étais pas habituée aux liqueurs occidentales. Et avant même de m'en rendre compte j'étais déjà ivre. Je me souviens juste qu'à un moment Ban Cuntou montra le téléviseur qui retransmettait la visite de Gorbatchev en Chine et me demanda : « Que penses-tu de Gorbatchev ? »

Je me réveillai dans son lit. Lui était assis sur le canapé, en caleçon, et lisait le journal. Je compris que j'avais couché avec lui. Etait-ce pour rendre la pareille à Shi Ping ? Je ne pense pas. La vérité, c'était que Ban Cuntou m'avait saoulée délibérément. « Cette fois, enfin, tu m'as cédé », me dit-il. Je lui répondis avec colère : « Ban Cuntou, tu as dépassé les bornes avec moi ! – Tu n'es pas non plus la Pucelle d'Orléans », me répliqua-t-il. Depuis l'époque de la fac, je savais tout des gars comme lui, aux paroles mielleuses et aux intentions malhonnêtes. Je me tus. Avec une migraine terrible, je marchai jusqu'à la salle de bains, pris une douche, m'habillai et partis sans un mot de plus.

Dans les jours qui suivirent, tout le monde s'affairait pour aller Place Tian'anmen. Shi Ping écrivait un nouveau poème en soutien aux étudiants. J'étais encore très en colère contre lui mais nous étions tous deux pris par nos propres activités.

Sur la Place, ils ouvrirent le feu sur nous, et Shi Ping et moi fûmes séparés.

Environ deux semaines plus tard, je fus arrêtée, mais ils me libérèrent en s'apercevant que j'étais enceinte.

J'étais enceinte de presque trois mois. J'avais été tellement absorbée par les événements du Quatre Juin, que je ne m'en étais pas même aperçue. Sur le moment, j'étais certaine que l'enfant était de Shi Ping, mais plus tard, je n'osai plus en être aussi sûre.

Je vivais alors avec ma mère et j'attendais mon bébé. Notre grande cour était remplie de gens des milieux juridiques et politiques qui tous étaient au courant de ma situation. Nous avons dû affronter bien des commentaires et des doigts pointés dans notre dos. Par chance pour nous, après le Quatre Juin, tout le monde pensait avoir survécu à une calamité et personne ne voulait se montrer trop curieux ou attirer l'attention.

Je n'eus plus de nouvelles de Shi Ping pendant longtemps. Il avait fui à Hong Kong par des filières clandestines. Plus tard, il partit en France et se maria là-bas. Il ne m'envoya jamais la moindre lettre pour me faire savoir qu'il était sain et sauf.

Quand mon fils naquit, je l'appelai Wei Min, lui donnant mon nom de jeune fille. A ses vingt ans, il changea de prénom, remplaçant Min (Le Peuple) par Guo (La Nation).

Notre restaurant resta fermé un an et demi, et à l'automne suivant, nous fûmes autorisés à rouvrir. Ban Cuntou m'avait-il aidée ? Je ne le pense pas.

Ma mère et moi nous affairions à faire redémarrer le restaurant pour gagner de quoi vivre. Au début, les clients furent rares. L'économie nationale était en pleine récession, et beaucoup de gens n'avaient pas de travail à Pékin. Le président Jiang Zemin fit savoir qu'il comptait réprimer tous les commerces privés comme le nôtre. Les habitués du restaurant, qui avaient constitué notre fonds de clientèle le plus solide, n'avaient pu échapper à la vigilance des enquêteurs de la police et furent renvoyés de leur unité de travail. Ils n'avaient plus ni l'argent ni le cœur pour venir au restaurant. Une autre partie importante de notre clientèle passée était constituée d'étrangers, mais ils n'étaient pas encore revenus en Chine. Inutile de préciser que l'hiver 1991 fut un hiver très froid.

En 1992, Deng Xiaoping fit sa « tournée dans le Sud » pour continuer de promouvoir les réformes économiques et l'ouverture, et à Pékin, les affaires commencèrent à reprendre peu à peu. A cette époque, nous travaillions dur et ne nous occupions plus d'aucune activité de « salon ». Maman et moi apprenions de nouvelles recettes, réaménagions le restaurant, à l'intérieur comme à l'extérieur, et remettions au menu de nouveaux plats du Guizhou. Progressivement, notre activité remonta la pente, mais cela nous demanda un travail épuisant. Ma mère s'occupait de la nombreuse clientèle du midi, pendant que je m'occupais de mon fils, et le soir c'était moi qui prenais le relais pour assurer le service. Petit à petit, une partie de nos habitués sont revenus. Ils venaient bavarder pendant des heures, arrivant à dix-sept heures trente et restant jusqu'à minuit pour dîner. Parfois je m'asseyais à côté d'eux et je les écoutais discuter, mais la règle était maintenant de fermer à minuit. Terminés les débats qui se prolongeaient jusqu'à l'aube. La liberté d'expression revint peu à peu au restaurant à la fin des années 90. En les écoutant parler ainsi et à la lecture de certains livres interdits qu'ils m'apportaient de Hong Kong, je commençais à comprendre ce qu'avait réellement été notre histoire contemporaine en Chine, et ce que mon père et ma mère avaient dû endurer.

Nos compatriotes de Taïwan et de Hong Kong commencèrent à revenir eux aussi, et à leur suite les étrangers. Peter, ou Pi-te, comme nous l'appelions, arriva dans notre cercle d'amis en milieu d'année 1997, quand Hong Kong fut rétrocédée à la Chine. Je l'appelais Petit Pi. Il était un peu plus jeune que moi et extrêmement timide. C'était un journaliste basé à Pékin et il travaillait pour une agence de presse étrangère. Il aimait particulièrement parler avec moi des événements de Tian'anmen et du mouvement démocratique de 1989. On se connaissait depuis près d'un an et demi, quand il me demanda très officiellement de devenir sa petite amie. Je le trouvais très convenable, et puis personne d'autre ne me faisait la cour à cette époque, aussi j'acceptai. Je savais que je ne finirais pas mes jours avec lui – je ne l'aimais pas à ce point – c'est pourquoi je refusai d'emménager chez lui. Par la suite, quand il dut rentrer dans son pays, il me proposa de l'épouser, mais je déclinai sa proposition.

A cette époque, tous mes amis discutaient de l'actualité politique et critiquaient le gouvernement. C'est pour cela que je n'arrive plus à m'adapter à la situation actuelle : deux ans après le début du soi-disant âge d'or de l'économie chinoise, non seulement personne n'émet plus la moindre critique envers le gouvernement, mais au contraire, les gens se sont mis à exprimer leur totale satisfaction de la situation actuelle. Je ne comprends pas d'où peut venir un tel revirement des mentalités. Dans ma tête, c'est le vide ; j'ai fait il y a peu un séjour en hôpital psychiatrique et les psychotropes ont laissé mon esprit comme pris dans la tourbe. Ma mère m'a raconté que je suis rentrée un jour à la maison en hurlant : « Ils vont venir nous réprimer ! La répression recommence ! »

Elle m'a dit que je n'avais pas dormi cette nuit-là et que je murmurais toute seule. Le lendemain matin très tôt, je m'étais ruée dans la cour et je m'étais mise à insulter le Parti communiste, le gouvernement, et puis nos voisins, je criais que les tribunaux n'étaient qu'une mascarade. Et notre cour était remplie de représentants du système judiciaire chinois ! Peu après, je m'étais évanouie, pour me réveiller dans un hôpital psychiatrique[1]. Mon fils Wei Guo me raconta qu'il avait organisé cela pour moi. Il m'a dit m'avoir ainsi sauvé la vie, en m'empêchant de proférer de telles insanités. Autrement, si la répression devait frapper à nouveau, ils n'hésiteraient pas à me coller une balle dans la nuque.

Quand je fus relâchée, tout le monde autour de moi avait déjà changé. Quand je demandai ce qui s'était passé pendant mon séjour à l'hôpital, personne ne voulut me répondre. Je ne sais pas s'ils feignaient l'ignorance ou si réellement ils ne se souvenaient de rien. Ce qui me stupéfia le plus, ce fut leurs réactions quand je commençai à leur parler du passé, particulièrement des événements qui s'étaient produits autour du Quatre Juin 1989 : ils refusaient d'en parler et leurs visages se fermaient. Quand nous évoquions la Révolution culturelle, ils ne se souvenaient que des moments de joie éprouvés quand ils avaient été envoyés à la campagne – cela s'était transformé chez eux en une sorte de nostalgie romantique

1. Le système psychiatrique chinois est utilisé pour écarter les éléments dits « asociaux », selon l'association mondiale de psychiatrie. Chaque province chinoise dispose d'un hôpital psychiatrique géré par le Département de la sécurité publique.

de leur adolescence. Ils ne se rappelaient même pas le credo « Garder en mémoire les expériences amères du passé et imaginer la douceur de l'avenir » que leur avait enseigné le Parti communiste. Une partie de la mémoire collective semblait avoir disparu, comme aspirée par un trou noir de l'univers, oubliée à jamais. C'était incompréhensible. Les gens avaient-ils changé ou était-ce moi qui n'allais pas ?

Je commençais aussi à suspecter les sérieux effets secondaires des antidépresseurs que l'on m'avait administrés à l'hôpital.

A présent, je passe mes journées sur internet à débattre avec d'autres gens sous différentes identités.

J'ai découvert que cette « jeunesse en colère » nationaliste n'était pas composée de gens si jeunes que cela. Certains d'entre eux ont la cinquantaine bien sonnée. Ils ont grandi pendant la Révolution culturelle et entendu l'appel du président Mao demandant à la jeunesse de s'impliquer dans les grandes causes nationales. Aucun d'eux n'a fait d'études universitaires, ils occupent les emplois les moins qualifiés dans la société, ils n'ont reçu aucun bénéfice des réformes et des politiques d'ouverture. Aujourd'hui, ils se retrouvent mis à pied ou à la retraite, et ont appris à utiliser l'internet où ils peuvent trouver des gens qui pensent comme eux pour exprimer leur colère et leurs désillusions. Leur langage est calqué sur celui de la Révolution culturelle, ils vénèrent naturellement Mao Zedong, sont ultranationalistes, anti-américains, et bellicistes. Le rayonnement culturel du mouvement des années 80, comme les polémiques idéologiques des années 90, n'ont eu aucune influence sur eux. Leurs schémas de pensée demeurent ceux d'une idéologie maoïste non reconstruite du Parti communiste chinois. J'aime entrer en contact avec eux, les rejoindre sur leurs forums de discussion nationalistes, leurs sites internet d'anciens camarades de classe, et engager le débat avec eux. Je m'en tiens strictement aux faits, n'emploie que des arguments étayés, et suis à la lettre l'esprit de la *Constitution de la République Populaire de Chine*. Ce qui les met en rage ; d'ailleurs, ils m'attaquent tous.

Je sais seulement qu'en agissant ainsi, je leur rappelle à tous : N'oublions jamais ! N'oublions jamais que le Parti communiste n'est pas l'immense et noble Parti de leur propagande, celui qui a toujours raison. Je me dis bien sûr à moi-même de ne jamais oublier cette leçon.

En toute logique, les messages que je poste sont très rapidement effacés par la Cyber-police. Parfois, ils me bloquent complètement et je ne peux même pas les envoyer. Mais leurs courriers, eux, ne sont jamais effacés.

Wei Guo a dû s'apercevoir de mes agissements et je suis sûre qu'il m'a dénoncée. C'est pour cela que je suis surveillée.

Je me sens très seule. Je n'ai confiance en personne, à l'exception de ma mère. Il y a peu, je suis tombée sur Lao Chen à la Librairie Sanlian. Il avait l'habitude de venir dans l'ancien restaurant pour se joindre à nos discussions, et il m'avait fait l'impression d'être l'un des nôtres. Comme il est taïwanais, j'avais bafouillé un peu en sa présence, avant de réaliser que nous ne nous étions pas revus depuis une dizaine d'années et qu'il n'était certainement plus le même homme que celui que j'avais connu autrefois.

Les Taïwanais et les Hongkongais d'aujourd'hui ne sont plus ce qu'ils étaient. Comment aurait-il pu rester le même ? D'ailleurs, j'avais trouvé une excuse et je m'étais éclipsée. Je n'aurais jamais imaginé qu'il se mette à la recherche du restaurant de ma mère, ni qu'il récupère ensuite mon adresse e-mail par son entremise. Ma mère devait sans doute espérer que je rencontre enfin un homme et que j'arrête de faire ce qu'elle considérait être des folies. Elle se trompait également sur autre chose, elle était persuadée que je ne pourrais plus trouver un Chinois du Continent qui veuille de moi, c'est pour cela qu'elle me présentait toujours des hommes de Taïwan et de Hong Kong. Que pouvais-je lui répondre ? Je suis une si mauvaise fille, à mon âge, je m'appuie toujours sur ma mère.

Ma pauvre mère, qui a dû gérer au quotidien mon fils Wei Guo et prendre soin de lui à ma place.

Même lorsqu'elle veut m'envoyer un courriel, elle n'ose pas utiliser notre ordinateur. Elle doit se rendre à pied jusqu'à un café internet éloigné de peur que Wei Guo ne découvre où je suis. Elle ne cède jamais à personne. Si j'ai pu hériter de quelques qualités, c'est à elle seule que je les dois.

Devrais-je relever ce défi et répondre à cet e-mail de Lao Chen ? J'aspire véritablement à trouver quelqu'un avec qui je pourrais discuter les yeux dans les yeux, mais tous ceux que j'ai pu rencontrer au cours de ces deux dernières années m'ont déçue. Nous n'avons plus rien en commun, à présent. Lao Chen pourrait-il être l'exception ?

L'autobiographie de Zhang Dou

Je m'appelle Zhang Dou, j'ai vingt-deux ans.

J'enregistre cette vidéo dans la maison de Miaomiao, dans le district rural de Huairou, en périphérie de Pékin.

Je viens de la province du Henan où mes parents sont paysans. Je suis asthmatique depuis l'enfance, mais je suis plutôt grand. A l'âge de treize ans, je paraissais en avoir seize. C'est à cette époque que je fus enlevé à la gare ferroviaire et emmené pour travailler comme esclave dans une briqueterie clandestine dans la province du Shanxi. Pendant trois ans, j'ai fabriqué des briques pour la construction des maisons des environs et manqué plusieurs fois de mourir de crises d'asthme. Un jour je parvins à m'enfuir et fus recueilli par des étrangers qui me conduisirent au Bureau du travail local, mais le Bureau du travail me revendit à une autre briqueterie clandestine. Il y a six ou sept ans de cela, ces briqueteries illégales furent dénoncées par les médias nationaux. Beaucoup d'entre elles furent fermées et de nombreux enfants ainsi sauvés. La plupart d'entre eux avaient à peu près mon âge et le même genre de vécu – tous avaient été enlevés. Je rencontrai pas mal de journalistes, et l'une d'entre eux était Miaomiao de Guangzhou. On s'est tout de suite très bien entendus et elle m'a conseillé d'écrire un article pour raconter ce qui m'était arrivé. Je n'ai rien écrit de très bon, mais Miaomiao a été emballée, elle voulait m'aider à faire publier mon histoire. Puis on m'envoya à l'école, où je refis ma première année de collège. Ma mère mourut assez jeune et mon père partit travailler dans le Sud.

Un an plus tard environ, je reçus une lettre de Miaomiao. Elle me disait que les médias avaient reçu l'interdiction de parler des briqueteries clandestines car cela nuisait à l'image du pays. Mon essai ne serait pas publié. Il ne me restait plus qu'à le mettre en ligne sur le site web libéral et populaire Tianya. Je reçus un bon nombre de commentaires, avant que mon essai ne soit « harmonisé » par la cyber-police de l'internet.

Miaomiao me donna son adresse mail et quand je vins en ville, je lui écrivis que je ne souhaitais pas poursuivre mes études au collège. Il n'y avait plus personne à la maison et je préférais trouver un travail. Miaomiao me répondit de venir la rejoindre à Pékin et de rester vivre chez elle. Elle a un statut de résidente à Pékin. Elle avait démissionné de son travail dans un hebdomadaire de Guangzhou et était revenue s'établir à Pékin. Elle disait que le travail au journal était vraiment horrible, que la pression y était trop forte. Elle préférait travailler comme journaliste free-lance et rester à la maison.

Peu après mon dix-septième anniversaire, je partis donc pour le district de Huairou, en dehors de Pékin, pour la retrouver. Elle vivait maintenant à la campagne.

Elle m'apprit à faire l'amour et m'enseigna la guitare. C'était une excellente cuisinière et elle savait aussi faire des gâteaux et des cookies. Elle avait trois chats de gouttière et trois chiens, tous errants, qu'elle avait recueillis. Elle disait qu'avant les Jeux olympiques, il y avait eu tant de démolitions et de relogements que beaucoup de gens avaient laissé derrière eux chiens et chats, et que Pékin grouillait d'animaux domestiques errants. Même des Golden Retrievers de valeur finissaient comme viande de boucherie et se vendaient pour seulement sept yuans la livre sur le marché paysan. Je suis moi aussi une sorte de chien errant, qu'elle a adopté et ramené chez elle, et je n'ai plus à m'en faire à présent quand de nouvelles crises d'asthme se déclenchent.

Elle écrivait des articles et des scénarios pour la télévision pour gagner de quoi nous faire vivre. Parfois, j'allais travailler dans une clinique vétérinaire proche. J'avais sympathisé avec le personnel car je ramenais sans cesse des chiens et des chats à soigner. Miaomiao avait acheté une petite maison à des paysans du coin, composée de trois pièces orientées vers le nord, d'une cuisine séparée et d'une salle de bains avec douche. Nous vécûmes là, heureux, durant près d'un an et trois mois, entourés de tous nos animaux, jusqu'à ce que Miaomiao fête ses trente-deux ans.

Peu à peu, tout le pays virait au chaos et les habitants de Pékin étaient terrifiés. La première chose dont nous avions peur, c'était d'être à court de nourriture, à la fois pour nous et pour nos bêtes. Quand une nouvelle vague de répressions fut annoncée, les choses se calmèrent, mais Miaomiao m'interdisait de sortir de peur que je sois arrêté. Je ne mis pas le nez dehors pendant un mois entier. Les stocks de nourriture commençaient à s'épuiser, et à nouveau les gens abandonnèrent leurs animaux préférés dans les rues. Chaque fois que Miaomiao rentrait à la maison, elle ramenait des chiens et des chats avec elle. Certains étaient blessés ou malades. Une douzaine de chats et de chiens habitait désormais avec nous, et j'appris à les soigner.

Une fois l'hiver passé, la société tout entière se remit à prospérer et les gens retrouvèrent le sourire. Quant à Miaomiao, elle devint étrange. Elle parut soudain ne plus me reconnaître ; elle ne reconnaissait plus personne d'ailleurs. Quand elle rencontrait quelqu'un, elle se contentait d'acquiescer et de sourire sans un mot. Elle ne s'occupait que de ses animaux et nous préparait tous les deux jours des cookies sans sucre. Elle n'écrivait plus aucun article, ne jouait plus de la guitare. Quand elle en éprouvait le désir, nous faisions l'amour, mais elle avait cessé de bavarder de tout et de rien avec moi.

J'avais toujours su qu'elle prenait des drogues, quand elle pensait que je ne la voyais pas. Mais là, elle était complètement ailleurs, ne reconnaissait plus personne. Auparavant la chose durait environ une demi-heure, mais à présent elle ne parvenait plus à atterrir.

Je compris qu'il était temps pour moi de prendre soin d'elle à mon tour. Mon travail à mi-temps n'aurait pas suffi à nous faire vivre, alors j'ai fait une chose que Miaomiao me pardonnera, je l'espère. J'ai commencé à vendre en douce une partie des chats et des chiens, en premier les nouveau-nés et les petits. Bien sûr, je ne les ai pas vendus aux boucheries de viande de chien. Comme l'économie était florissante, les gens recommençaient à prendre des animaux de compagnie chez eux. J'étais capable de les éduquer et de les soigner et j'en avais destiné un petit nombre à l'élevage. Miaomiao nourrissait ceux qu'elle voyait, elle les aimait tous, sans faire de distinction.

Je continuais à pratiquer la guitare trois heures par jour. Certains soirs, je disais à Miaomiao que je sortais écouter un peu de musique, mais elle ne me répondait pas. Je faisais un long trajet en bus pour rejoindre le quartier de Wudaokou et me rendre dans les endroits où Miaomiao m'avait emmené écouter des musiciens. Je ne me sentais pas bien quand je ne pouvais pas assister à des concerts sur scène. J'y rencontrais toujours de vagues connaissances et jouais quelques morceaux avec eux. Souvent, ils me complimentaient et disaient qu'ils feraient appel à moi, s'ils avaient besoin d'un guitariste pour leurs concerts. Alors, je rentrais chez moi et travaillais ma guitare espagnole encore plus dur – pour maîtriser les accords et les techniques que tu m'avais appris, Miaomiao – et j'attendais de retourner à Wudaokou pour m'y produire.

Je n'aurais jamais imaginé qu'une telle chose puisse m'arriver le premier soir où je monterais sur scène.

Quand je reçus un coup de fil pour m'inviter à venir jouer, j'étais en train de préparer le dîner du soir pour toi, les chiens et les chats. Alors je vous ai dit au revoir et je suis parti pour Wudaokou.

D'habitude, le spectacle se terminait trop tard dans la nuit pour que je puisse rentrer à la maison. Je cherchais un endroit pour piquer un somme en attendant que le premier autocar du matin me ramène.

Cette fois-là, quand j'arrivai en ville, je me rendis dans un petit restaurant du côté de Lanqiying pour avaler quelque chose. L'endroit était petit et bondé, il y avait très peu d'espace entre les tables. A celle d'à côté, un homme et une femme étaient assis, et l'homme parlait sans interruption, avec un accent semblable à celui d'un invité des émissions de variétés taïwanaises. Je n'entendais pas ce qu'il disait mais soudain la femme répondit avec l'accent pékinois. Je réalisai alors qu'elle était en train d'injurier le gouvernement.

Depuis que l'âge d'or de l'économie chinoise avait officiellement commencé, deux ans auparavant, j'avais remarqué que les gens étaient devenus un peu bizarres – tous ceux que je rencontrais semblaient extrêmement heureux, et il était quasiment impossible d'entendre la moindre critique. On aurait dit que tout le monde était étrange, mais je ne comprenais pas, alors je feignais d'être heureux moi aussi. Je fus donc très surpris quand j'entendis cette femme d'âge mûr maudire le gouvernement. Je n'aurais jamais imaginé que ce Taïwanais se mettrait à la sermonner. « Votre gouvernement est merveilleux, lui disait-il. Il prend si bien soin de vous. Vous, les Continentaux, vous ne savez pas vous montrer reconnaissants. Croyez-vous que ce soit une tâche aisée de nourrir un milliard trois cents millions d'individus ? De quel droit critiquez-vous le gouvernement ? D'ailleurs, qu'est-ce qu'une femme peut bien comprendre à tout cela ? »

Sans doute était-ce parce qu'il ne cessait de dire « vous » et « nous » que je me sentais mal à l'aise. Quand je payai mon addition et que je fus sur le point de partir, je remarquai qu'il n'était qu'à demi assis sur sa chaise. Aussi, je le bousculai volontairement en partant. Il s'étala par terre et je continuai mon chemin, sans même lui accorder un regard. Personne ne me courut après.

Je me rendis dans un petit restaurant qui s'appelle « Cinq Saveurs », et ce soir-là, notre formation donna un bon concert. L'ambiance était fantastique et je reçus deux cents yuans de cachet. Puis les autres musiciens du groupe m'invitèrent à partager quelques bières avec eux, pour célébrer mon premier spectacle sur scène. On se sépara finalement à plus de deux heures du matin.

Je pensais pouvoir tenir éveillé jusqu'à l'aube, mais j'avais sommeil, sans doute à cause de toutes ces bières. Je m'assis contre le mur d'un immeuble, près de l'arrêt de bus, pour m'assoupir un moment.

J'avais à peine fermé les yeux que cinq ou six types commencèrent à me frapper avec des gourdins. Je n'eus même pas le temps de riposter. Etait-ce le Taïwanais qui avait rassemblé des hommes pour se venger de moi ? Bien sûr, je suis plutôt costaud, mais cette bastonnade était bien trop violente. Soudain, le gang s'égailla et disparut. Je n'arrivais plus à respirer. J'avais l'impression que mon bras gauche était cassé. J'étais allongé sur mon bras droit et n'arrivais pas à sortir ma Ventoline de mon pantalon. A cet instant, un passant s'approcha de moi. Incapable de parler, je lui fis signe en gémissant de m'aider à sortir mon inhalateur de ma poche, mais il resta sans réaction. Je compris que j'allais mourir.

Miaomiao, pensai-je alors. Si je meurs, qui va veiller sur toi ? Et qui va s'occuper de nos chiens et de nos chats ? Miaomiao, pardonne-moi, je n'aurais pas dû être aussi imprudent. Je n'aurais pas dû faire valser la chaise de ce type-là.

Soudain, je respirai dans mon inhalateur et je sus que je n'allais pas mourir. Je suis fort. Ils pouvaient me donner une raclée, mais ils ne pouvaient pas me tuer.

Quand je revins à moi, j'étais allongé dans un lit

d'hôpital. J'entendis l'infirmière dire : « Hé ! Le garçon que vous nous avez amené vient de se réveiller ! » Un homme plus âgé s'approcha de moi. Je ne le connaissais pas. Je rassemblai mes forces pour lui demander : « S'il vous plaît, apportez-moi mon pantalon. » Ce qu'il fit. Je lui dis de prendre cinq cents yuans dans ma poche. Puis je lui demandai de m'apporter de quoi écrire et notai l'adresse de Miaomiao à Huairou, le nom des marques d'aliments pour animaux que nous utilisions et la quantité qu'il fallait acheter. Et puis de la farine et des œufs… Et je lui demandai de les acheter pour moi et de les porter à Miaomiao. Allait-il partir avec l'argent ou était-il disposé à se rendre à Huairou ? Impossible de savoir. Je ne comprenais d'ailleurs pas très bien pourquoi il était resté à l'hôpital à attendre mon réveil. Je ne pouvais pas me préoccuper de cela, la seule chose qui m'importait, c'était que Miaomiao ne se retrouve pas à court de nourriture.

Le lendemain matin, il revint me faire savoir que les provisions étaient livrées. Il me raconta qu'il les avait données à une femme et quand il lui avait dit que j'étais à l'hôpital, elle s'était contentée d'acquiescer et de lui sourire. Elle lui avait proposé des cookies sans sucre. « Vous avez une sacrée bande de chiens et de chats chez vous », lui avait-il dit. Je fus soulagé de l'entendre prononcer ces mots.

Il revint me voir dans l'après-midi. « Pourquoi prenez-vous soin de moi ? », lui demandai-je. Il me répondit que lorsqu'il m'avait vu étendu sur le trottoir, suffoquant et tâchant d'atteindre mes poches, il avait réalisé que j'étais asthmatique. Il l'était lui aussi et prenait des corticostéroïdes depuis des années, c'était pour cette raison qu'il avait sorti mon inhalateur de ma poche.

« Comme je prends des corticostéroïdes moi aussi, poursuivit-il, je voudrais savoir comment c'est pour les autres.

— Que voulez-vous savoir ?

— Si vous pensez que les autres sont différents de vous.

— Bien sûr, qu'ils sont différents. Ils ne sont pas asthmatiques !

— Est-ce qu'ils sont heureux ? »

Cette question me fit l'effet d'une décharge électrique. Ce n'est pas que je ne sois pas heureux. Je ne suis plus malheureux depuis que je vis avec Miaomiao. Elle ne me parle plus à présent, mais je ne suis pas malheureux pour autant. Pourtant, ces deux dernières années, j'ai trouvé que quelque chose avait changé chez les gens que je rencontrais. Je ne saurais dire quoi exactement, toujours est-il qu'ils me paraissent anormalement heureux. Quelle qu'en soit la raison, je me sens différent d'eux. Même quand nous sommes heureux, notre bonheur est d'une nature différente.

Il m'observait attentivement, attendant ma réponse. Aussi acquiesçai-je.

Il parut aussi excité que s'il venait de gagner au Loto, puis il regarda autour de lui, comme s'il craignait que l'on nous espionne.

« J'ai enfin trouvé la réponse, me dit-il. Seuls ceux qui sont atteints d'asthme comme nous ne planent pas. C'est notre secret. »

Je ne comprenais pas un traître mot de ce qu'il disait.

« Est-ce que les gens de votre entourage ont tous oublié ce mois-là ?

— Quel mois ?

— Le mois durant lequel l'économie mondiale a sombré dans la crise tandis que la Chine entrait officiellement dans son âge d'or. »

Je ne comprenais pas.

« Tout le monde ne raconte-t-il pas que ces deux événements – l'économie mondiale qui plonge dans la crise et l'entrée officielle de la Chine dans l'âge d'or – se sont produits simultanément ? me demanda-t-il. En réalité, il s'est écoulé un mois entier entre les deux, vingt-huit jours pour être précis, si l'on compte à partir du premier jour ouvré après la Fête du Printemps. »

Il poursuivit : « N'avez-vous pas remarqué, quand vous abordez le sujet, que personne ne se souvient de ce qui est arrivé, alors que le pays avait sombré dans le chaos, que les gens se ruaient pour faire des provisions de nourriture, que l'armée avait investi les grandes villes, que les forces de sécurité avaient commencé leur répression et que la population s'était fait vacciner contre la grippe aviaire ? » Je suppose qu'il m'avait dit tout cela parce que j'étais lent à lui répondre.

Cependant, il avait entièrement raison sur ce point, personne ne mentionnait ces événements. Les gens faisaient comme si rien ne s'était produit, mais je ne savais pas s'ils avaient vraiment effacé ces souvenirs de leur mémoire.

« Alors, j'imagine que tu as oublié, toi aussi, me dit-il, tête baissée.

— L'oncle, lui dis-je, je m'en souviens.

— Tu t'en souviens ?

— Oui. Je me souviens de tout ce qui s'est passé cette année-là. »

Il continuait à me regarder d'un air sceptique.

« Je me souviens d'avoir couru partout pour acheter de la nourriture pour animaux. Et je me souviens d'avoir eu peur de sortir quand les forces de sécurité menèrent leur répression.

— C'est merveilleux ! Magnifique. Dieu merci, j'ai enfin trouvé quelqu'un qui se souvient ! s'exclama-t-il. Comment t'appelles-tu, petit frère ?

— Zhang Dou.

— Zhang Dou, mon petit frère, je suis Fang Caodi, mais tu peux m'appeler Lao Fang. Dorénavant, tu es comme un frère préféré pour moi, tu es encore plus proche qu'un frère juré, car tu es le seul de mes frères qui se souvienne de ce qui s'est passé ce mois-là. Tu ne dois surtout pas oublier les choses dont tu te souviens aujourd'hui. Nous devons retrouver ce mois perdu. »

Je ferai tout ce qu'il me dira de faire parce qu'il m'a sauvé la vie, celle de Miaomiao, et celle de nos chiens et de nos chats. Je me dis en moi-même : « Tu ne dois jamais oublier que tu es un chien errant et que c'est Miaomiao qui t'a recueilli. Miaomiao t'a mieux traité que n'importe qui. »

L'autobiographie de Wei Guo

Je m'appelle Wei Guo, j'ai vingt-quatre ans.

Je ne tiens plus de journal intime depuis longtemps, mais à présent ce journal doit être écrit pour un jour faire office de document historique.

J'ai franchi aujourd'hui même une étape majeure vers mon objectif de vie : je suis devenu officiellement un des membres du groupe d'études SS. J'en éprouve une grande fierté, car je suis à présent leur plus jeune membre. Le groupe d'études SS réunit les cercles politiques et intellectuels et le milieu des affaires. Parmi ses membres éminents se trouvent des officiels de haut rang – des vice-ministres, des commandants de l'état-major de l'armée, des patrons d'entreprises étatiques, des présidents de conseil d'administration d'entreprises d'Etat et de fonds souverains, les dirigeants des cent premières entreprises privées chinoises et quelques professeurs et recteurs de l'Académie des sciences sociales de Chine ou des meilleures universités du pays. Concrètement, notre réseau de contacts s'étend à tous les échelons jusqu'au plus haut sommet de l'Etat.

Nous ne sommes pas des intellectuels enfermés dans leur tour d'ivoire. Nous étudions les courants de pensées politiques et juridiques et les travaux de doctorats concernant la bonne gouvernance de l'Etat et les moyens de l'aider à bien gouverner la Nation. Notre mot d'ordre est : « Perfection dans la Sagesse et le Courage. » Nous encourageons un esprit martial, les valeurs fondées sur l'héroïsme, ainsi que les qualités viriles de l'humanité. Nous formons une nouvelle génération d'hommes supérieurs, dotés d'un sens élevé de leur mission. Dans cette époque de médiocrité qui a perdu tout sens de l'honneur, nous affirmons avec courage que nous sommes l'authentique aristocratie spirituelle de cet âge d'or de la Chine.

Bien sûr, tous nos membres ne sont pas issus de familles de révolutionnaires – quelques académiciens viennent de familles d'intellectuels ou de familles ordinaires – mais pour la majorité d'entre nous, c'est le cas.

Mon grand-père maternel était un juge de la République populaire et j'ai grandi dans l'enceinte d'une Cour importante, remplie de gens appartenant aux cercles politiques et judiciaires. Néanmoins, on pourrait voir en moi l'un des membres les moins illustres de notre groupe d'études SS.

Je dois sans doute être reconnaissant envers les professeurs X, Y et Z – particulièrement le professeur X – car ce sont eux qui m'ont coopté pour être membre probatoire, il y a un an et demi environ. Me voici aujourd'hui membre de plein droit. Le professeur X prétend que c'est lui qui m'a repéré et a décidé de me recruter. Je ne le détrompe pas, mais en réalité, quand j'étais en première année de droit, j'avais enquêté sur tous mes professeurs pour savoir lequel d'entre eux avait le meilleur avenir potentiel et lequel aurait l'ascension la plus fulgurante. J'avais choisi le professeur X.

C'était le bon choix. Les professeurs X, Y et Z sont les fondateurs du groupe d'études SS. Leur idée maîtresse est qu'il faut allier les tenants du savoir et du pouvoir pour bâtir une Chine encore plus forte. Parce qu'ils avaient déjà acquis la maîtrise des classiques chinois et occidentaux, ils étaient capables d'attirer à eux les officiels du gouvernement, les officiers de l'armée et les responsables d'entreprises qui s'intéressaient à la réflexion politique. X, Y et Z avaient pour ambition de devenir des Tuteurs de l'Etat et ils étaient persuadés qu'en l'espace de dix ans, leurs idées contrôleraient le sort de la Nation.

Tout cela est en adéquation avec mon propre programme pour les dix années à venir.

Sur les trois, X contrôle un journal de recherches influent, c'est lui qui a le meilleur réseau de contacts et qui est le plus populaire dans les médias. C'est aussi le plus fort en gueule, et la rumeur court dans les milieux académiques qu'il a de solides antécédents dans la sécurité nationale. Y possède quant à lui le grade académique le plus élevé, il est le meilleur spécialiste de sa discipline et il occupe le poste de recteur dans une faculté créée récemment, dans une Université clef du Sud. Il jouit d'une assez bonne réputation dans les milieux académiques à l'étranger. Z enseigne dans un cours de recherches sur la stratégie de la sécurité nationale à l'Université de la défense nationale de l'Armée populaire de libération à Pékin. Son cours de recherches est suivi aussi bien par des civils que par des militaires de l'état-major et il réunit des officiels responsables de régions et des officiers de haut rang.

Z est le plus individualiste des trois, il a une vision à long terme, et c'est celui qui me comprend le mieux. J'ai accompli deux choses dont il est seul au courant, et quand je n'ai pas eu de retour de sa part, j'ai eu peur de m'être trompé sur son compte et j'ai regretté d'avoir été aussi impétueux. C'est Z, cependant, qui a plaidé pour moi auprès du comité de sélection du groupe d'études SS afin qu'ils dérogent à leur règlement et me permettent de devenir un membre officiel alors que je n'avais pas terminé mes études. X s'est aussi enorgueilli de cette action. Il m'a dit que Z et lui avaient plaidé ma cause ensemble, sinon je serais resté membre probatoire encore trois ou cinq ans.

La jeunesse est une qualité qui a de la valeur, alors je devais le leur faire savoir pour ne pas être tenu à l'écart. J'avais l'intention d'accélérer les choses pour atteindre mes propres objectifs. Je découvris que Z serait la clef de ma réussite grâce à sa relation secrète avec la seule personne que chaque membre du groupe d'études SS appelait avec déférence Grand frère Ban Cuntou. Ban Cuntou est un authentique aristocrate Rouge[1]. Comme façade, il travaille sur des projets à l'étranger, mais en réalité il est intimement mêlé à toutes les activités légales et illégales du Parti, du gouvernement et de l'état-major de l'armée. Il est capable de tutoyer le Ciel lui-même, comme on dit. Je suis persuadé qu'il deviendra l'un des plus hauts dirigeants de l'Etat. Dans le groupe d'études SS, tous les membres ont de solides appuis, mais lorsqu'ils parlent de Grand Frère Ban Cuntou, c'est avec déférence et non sans crainte. Grand frère Ban Cuntou et X sont les âmes du groupe d'études SS – bien que je ne croie pas à l'existence de l'âme. Hélas, il n'est pas facile d'être proche de Ban Cuntou et, jusqu'à présent, je n'ai pas trouvé le moyen d'attirer son attention. Alors, je continue de me concentrer sur Z pour le moment.

Déjà, en premier cycle, j'avais accompli un certain nombre de recherches pour X, Y et Z. Ils étaient chacun à la tête de différentes organisations et ils contrôlaient un grand nombre de leviers financiers. Ils avaient entre autres le pouvoir d'allouer des fonds

1. Aristocrate Rouge ou Prince Rouge désigne les enfants de dirigeants révolutionnaires de l'époque maoïste, qui bénéficient toujours d'importants privilèges et réseaux dans la Chine actuelle.

pour des projets de recherches de certains étudiants désireux de devenir leurs alliés. Ils pouvaient aussi obtenir l'aide de riches fondations pour financer des conférences universitaires, aider financièrement des gens qui pensaient comme eux, et monter des fronts unis. Ils étaient aussi en mesure d'organiser des congrès deux fois par an pour des étudiants d'exception dans le domaine des sciences sociales, afin de former la prochaine génération de l'élite universitaire. Toutes les dépenses des participants étaient prises en charge. La conférence d'été avait lieu à Pékin ou à Shanghai et celle d'hiver à Hong Kong ou Macao. La nourriture et les divertissements y étaient excellents, mais de plus, l'indispensable et intensif travail de lavage de cerveau était assuré à merveille. C'est pour cela que ces conférences étaient qualifiées de Camp d'entraînement du Diable ou de Nouvelle académie de Whampoa.

Avec autant d'activités, X, Y et Z étaient bien sûr obligés de se partager le travail. Ainsi, Y et Z assuraient seulement les séminaires au Camp d'entraînement du Diable et laissaient tout le travail d'organisation à X. X n'apparaissait pas au grand jour comme l'organisateur. L'organisateur en titre était Q, car Q était plus à même de faire bouger les choses et de manipuler les jeunes gens, en particulier les jeunes diplômés de masters enthousiastes et passionnés. Q avait une très haute estime de lui-même et aspirait aussi à devenir l'un des Tuteurs de l'Etat, mais X, Y et Z le regardaient de haut. Ils disaient que son niveau d'études universitaires était insuffisant, qu'il n'avait aucune publication à son actif et qu'il changeait souvent de poste. En privé, ils le surnommaient le

Joueur de flûte – comme le Joueur de flûte de Hamelin du conte germanique, celui qui avait joué de manière si ensorcelante qu'il avait entraîné tous les enfants loin de leurs foyers. X, Y et Z étaient conscients que dans une révolution intellectuelle – et ce que le groupe d'études promouvait n'était rien moins qu'une révolution intellectuelle dans laquelle les vues de la Chine contemporaine triompheraient sur le monde – il y avait de nombreux rôles à jouer, et celui du Joueur de flûte qui entraînerait les enfants au loin était indispensable.

La première fois que je me confiai à Z fut aussi la première fois que je mettais en œuvre le concept régulièrement souligné par le groupe d'études SS, selon lequel la politique est l'art de bien faire la distinction entre nos ennemis et nous-mêmes. Je lui racontai qu'au cours de ma deuxième année d'université, j'avais formé un groupe rassemblant mes camarades étudiants pour réfuter systématiquement les discours réactionnaires qui circulent sur internet et dénoncer aux autorités les sites web qui les diffusent. Ensuite, nous avions observé à la fois le monde virtuel et le monde réel. Nous rédigions des rapports destinés au président de l'Université et au secrétaire du Parti communiste sur chaque professeur qui faisait la promotion du système occidental ou du libéralisme en vogue. Notre mode d'action se développa ensuite comme une chaîne de magasins et fit bientôt des émules dans d'autres instituts. Cela prouva mes capacités opérationnelles tout en montrant que beaucoup d'étudiants des universités m'écoutaient et me vénéraient. Je suis aujourd'hui le leader charismatique de la jeune génération.

Après m'avoir entendu, Z ne fit pas de commentaires, mais je savais qu'il avait reçu mon message. En effet, peu après, il me demanda sur un ton nonchalant : « Avez-vous déjà assisté à l'un des cours du professeur Gong ? » Je compris tout de suite ce qu'il attendait de moi, et après quelques recherches, j'appris que le professeur Gong avait ouvertement critiqué pendant son cours la politique de l'ancienne Ecole confucéenne Gongyang. J'ai donc réuni les étudiants qui avaient suivi le séminaire du professeur Gong et je les ai incités à le dénoncer auprès du Président de l'Université pour avoir diffamé la culture traditionnelle chinoise. Ces étudiants lancèrent également une pétition sur internet pour qu'une enquête approfondie soit menée et que Gong soit démis de ses fonctions. La procédure n'est pas encore terminée à ce jour, mais nous avons déjà causé tellement d'ennuis au professeur Gong qu'il est en train de craquer. Je suis à peu près certain que Z est très satisfait de la façon dont j'ai mené les choses.

Ce que je n'ai pas dit à Z, c'est que mes activités de dénonciation ont finalement été appréciées par le gouvernement. D'abord par le Département de surveillance du bureau d'information du conseil d'Etat, puis par le ministère de la Sécurité d'Etat, qui m'ont contacté. Je suis à présent un informateur attitré, à la fois pour les unités de la Sécurité publique et pour celles de la Sécurité d'Etat. Je n'ai pas non plus informé Z ou d'autres membres du groupe d'études SS pour qu'ils ne se méfient pas de moi. Quand je préviendrai les hautes autorités que j'ai officiellement intégré le groupe d'études SS, ils auront sans aucun doute encore plus de considération à mon égard.

La seconde affaire est une histoire assez intéressante. Il y a environ six mois, alors que je venais juste d'intégrer le groupe d'études SS, j'allai écouter une conférence publique de Z. L'intitulé en était : « Le rôle de l'amour pendant l'âge d'or de la Chine. » Au cours de son discours, il dit ceci : « Aujourd'hui, notre société est imprégnée par "l'amour" et les médias ne cessent de promouvoir le grand amour, l'amour universel ainsi que l'amour de tout le genre humain. Depuis un certain temps, tout le monde se sent bien, les cœurs sont emplis "d'amour", les gens font l'expérience d'un sentiment de satisfaction et de bonheur. La société dans son ensemble est harmonieuse, les crimes violents décroissent, même les violences conjugales diminuent. Ainsi, nous pouvons constater le pouvoir de "l'amour". »

Chaque fois que Z utilisait le mot « amour », il faisait le geste indiquant qu'il y mettait des guillemets.

Alors que je commençais à m'ennuyer à mourir et à songer que Z n'avait rien de nouveau à dire, presque à la fin de son allocution, il prononça la phrase suivante avec douceur :

« Tout le monde est occupé à "aimer" et l'esprit martial n'est plus sollicité, il n'y a plus d'ennemis et la haine ne peut faire surface. » Ses mots me frappèrent comme la foudre. Z est un grand esprit, et il avait réfléchi à fond sur ce sujet.

Je me souvins qu'Y m'avait dit un jour : « La grande majorité des peuples n'a reçu aucune formation philosophique rigoureuse et n'a pas l'intelligence nécessaire pour comprendre les choses clairement. En tant que philosophes, nous ne pouvons leur révéler la vérité, sinon ils s'en prendraient à nous, tout comme ils ont exécuté Socrate. Dans un débat public, un philosophe ne peut qu'exprimer ce que les masses aiment entendre et veiller sur elles. Néanmoins, un philosophe peut utiliser quelques mots codés, qui permettent de faire la différence entre les gens avertis et les autres et qui permettent aux gens avertis, qui sont membres de son propre parti, de comprendre le sens véritable de son discours, comme dans le proverbe : "Des phrases subtiles mais chargées de sens". »

Z et Y sont comme des frères d'armes, c'est pourquoi Z employait lui aussi « des phrases subtiles » pour exprimer des mots « chargés de sens ».

Il parlait de « l'amour » pour le bien des masses, et celles-ci pensaient qu'il faisait la promotion de « l'amour » ou bien qu'il était persuadé que la période présente de l'âge d'or de la Chine avait besoin d'un tel « amour ». Mais dans sa conférence, Z ne faisait que décrire « l'amour », sans le prôner pour autant. Il ne faisait qu'analyser comment « l'amour » influençait le peuple chinois pendant ces années fastes. Mais il n'avait jamais dit que le peuple chinois devrait « aimer » davantage. Cette phrase : « L'esprit martial n'est pas sollicité » était la clef de son discours. C'était une réfutation de tous les soi-disant « amours » qu'il venait d'évoquer. Cette phrase était un code, et les gens comme moi devaient la saisir. Parce que je savais que l'esprit martial était la vertu que nous admirions et que nous défendions par-dessus tout. Z défendait l'esprit martial et si cet esprit martial était positif, alors, tout ce qui pouvait l'affaiblir ne pouvait être également positif. Dans le discours de Z, qu'est-ce qui empêchait l'esprit martial d'être mis en œuvre ? C'était « l'amour ».

Pour quelqu'un, qui comme moi a reçu une formation philosophique et sait lire entre les lignes pour découvrir la « signification profonde » des mots, je comprenais que le mot « amour » mis entre guillemets par Z faisait référence au grand amour, à l'amour universel et à l'amour envers l'humanité tout entière. En théorie, l'esprit martial n'a pas besoin de haine ou d'ennemis, mais ceux-ci permettent de fortifier l'esprit martial d'un peuple, les ennemis et la haine agissant comme un aphrodisiaque sur l'esprit martial. La finalité du discours de Z, ses « phrases subtiles chargées de sens » étaient destinées à nier l'idée selon laquelle les gens devraient « aimer » jusqu'à leurs ennemis, à réfuter que ces valeurs soi-disant universelles d'un amour transcendant, d'un amour de l'humanité tout entière, empêchaient de distinguer nos ennemis de nous-mêmes. Son allocution impliquait que nous devions identifier nos ennemis et laisser notre haine monter contre eux afin que notre esprit martial soit pleinement en action. Ce que je comprenais parfaitement.

Je compris également que cette ingénieuse méthode pourrait me servir un jour à gagner la confiance de Z. Fort de ses convictions sur la différence entre les forces internes et externes, il ferait certainement de moi l'un de ses proches disciples affranchis. J'exhortai immédiatement un groupe de six étudiants des universités de Pékin et de Qinghua, qui tous me vénéraient, à rejoindre mes braves, plus fidèles que des frères de sang, et m'attelai à la pratique d'arts martiaux. J'ai le sentiment que les étudiants d'Université manquent tous de courage et d'esprit combatif. Ils ont tous été trop influencés par le courant d'amour qui prévaut dans la société. Ils se sont féminisés au point de devenir des lopettes, ils ont perdu l'esprit élevé des mâles en abandonnant leur machisme. J'ai parfois peur d'être moi-même bien trop aimant, bien trop indécis et d'être devenu incapable d'accomplir de grandes choses. Je fis de mon mieux pour essayer de stimuler leur esprit combatif, je leur rappelai qu'ils ne devaient jamais oublier comment haïr l'ennemi, ni oublier ce qui nous différencie de nos ennemis. Nous avons visionné des documentaires sur le Massacre de Nankin et sur l'extermination des Juifs par les nazis, et je les poussais à imaginer comment anéantir ces Diables de petits Japonais. Puis, un jour que nous étions en camp de manœuvres à l'extérieur, je leur demandai de tuer un couple de chiens errants pour fortifier leur courage, mais ils laissèrent ces bâtards s'enfuir. Les étudiants d'Université sont à mon sens des perdants et des bons à rien.

Enfin, l'opportunité se présenta à moi de les soumettre à un rite de passage.

Chaque soir, dans le petit restaurant déglingué de ma grand-mère, le « Cinq Saveurs » à Wudaokou, se déroule un concert de musique folk. C'est pour moi un lieu d'observation privilégié. J'y étudie les comportements et façons de penser de la jeunesse. Ce soir-là, tous mes fidèles frères d'armes étaient à mes côtés, mais leur moral était plutôt en berne. Ils gardaient le nez dans leur verre, l'air renfrogné. Sans doute avait-il trop bu, mais l'un de ces indéfectibles braves de l'Université Qinghua pointa tout à coup un grand type qui jouait de la guitare sur la scène et il s'exclama : « Regardez-moi ce grand con qui joue de la guitare. On voit au premier coup d'œil qu'il sort de sa campagne. » Cet indéfectible brave de l'Université Qinghua venait lui aussi d'une famille de paysans et il les détestait plus que quiconque. Il aimait à répéter que les paysans sont une classe sociale inférieure à toutes les autres et que personne ne devrait se lier d'amitié avec eux.

J'ai toujours su que les pauvres détestent les autres pauvres, que les paysans dénigrent les autres paysans et que les enfants se querellent avec les autres enfants. « Regardez-le avec sa peau brune ! Il est répugnant, n'est-ce pas ? » dit encore le fidèle brave de Qinghua. « Ce grand type joue plutôt bien pourtant », lui répondit un autre de mes gars. Mais un troisième qui n'était pas d'accord lui rétorqua : « Ses attitudes sont grossières et ses mains sont de véritables battoirs. Et il prétend quand même jouer de la guitare espagnole ? Merde alors ! ». « Ce n'est qu'un putain de péquenaud ! », dit l'étudiant de Qinghua avec la rage qui montait dans sa voix. Tous les braves fidèles fixèrent du regard ce grand jeune homme de la campagne avec un dégoût absolu. « Ce soir, on devrait peut-être... », dis-je en pensant à voix haute. Ils comprirent tout de suite, et l'un d'entre eux dit : « Allons prendre nos armes. »

Nous l'attendions à l'extérieur du restaurant, notre colère montait un peu plus chaque minute et pendant ce temps ce grand crétin buvait et s'amusait bien au chaud. Quand il sortit enfin, nous le suivîmes sans trop savoir comment nous allions l'attaquer. A force de marcher, nous arrivâmes à un arrêt d'autobus, et cet imbécile s'assit contre le mur d'un immeuble donnant sur une rue étroite et s'endormit. Tous les valeureux braves fondirent alors sur lui en même temps, le frappèrent de leurs battes jusqu'à ce qu'il ne puisse même plus bouger un muscle. Je me tenais un peu à l'écart de l'autre côté de la rue : « Voilà du concret, me dis-je. Ce soir, nous allons battre à mort cet enfoiré. » Mais soudain, une Jeep Cherokee fonça vers nous et tout le monde se dispersa.

J'avais hésité longtemps avant de me décider à parler de cette affaire à Z, car cela pouvait avoir des conséquences soit très positives, soit très négatives. Si X l'apprenait, il pourrait être effrayé et Y pourrait même me faire des reproches. Mais Z me tiendrait sûrement en plus haute estime encore. Je décidai donc de courir le risque d'en parler à Z. Je lui dis que sa conférence sur « l'amour » m'avait profondément inspiré. J'avais saisi le sens caché de ses propos subtils et les avais mis en pratique. La haine est indispensable si nous voulons accomplir de grandes choses. Je lui faisais ainsi comprendre sans le formuler que j'étais prêt à accomplir d'importantes missions pour lui. Z m'écouta comme à son habitude sans manifester de réaction apparente, puis il s'en alla sans mot dire. Je n'eus pas de nouvelles pendant plusieurs jours, mais par bonheur les événements qui suivirent me prouvèrent que j'avais su lire en lui. Aujourd'hui, j'ai été nommé officiellement membre à part entière du groupe d'études SS. J'avais misé sur le bon cheval.

Cette année, j'ai vingt-quatre ans. Le jour de mes vingt ans, je m'étais établi un programme sur dix ans et je m'y suis tenu étape par étape. Mais je ne dois pas trop me réjouir. Que faisait le président Mao quand il avait trente ans ? Il était déjà l'un des cinq membres permanents du Comité directeur du Parti communiste chinois. A cette pensée, je comprends combien je dois encore redoubler d'efforts.

P.S : Les initiales SS du groupe d'études font référence à deux Allemands (même si l'un d'eux était juif) dont les noms de famille commençaient par la lettre S. Le groupe d'études SS s'était créé autour de l'étude de leurs conceptions politiques, théologiques et philosophiques, mais par la suite, savoir qui ils avaient été n'eût plus guère d'importance.

PPS : Je subis une légère contrariété. Par malchance, Wei Xihong se trouve être « ma mère ». Elle est le seul paramètre peu fiable dans l'accomplissement de mon objectif. Je dois éliminer cet impondérable. Si nous vivions encore sous la direction du président Mao, elle aurait sans nul doute été déjà condamnée comme élément contre-révolutionnaire. Mais notre gouvernement est devenu bien trop indulgent. J'ai demandé à mon supérieur au ministère de la Sécurité publique de la faire enfermer dans un hôpital psychiatrique. Il m'a répondu de ne pas m'en faire. Que la situation était sous contrôle : ils préféraient la laisser aller et venir librement pour mieux la surveiller et savoir qui étaient les gens avec qui elle entrait en contact. Je n'avais donc pas le choix.

A la recherche d'un mois disparu

Je suis Fang Caodi, ceci est mon enregistrement.

J'ai finalement trouvé un véritable frère. Il s'appelle Zhang Dou, il a vingt-deux ans, il est originaire de la province du Henan, et vit dans le village de Huairou en périphérie de Pékin. J'ai soixante-cinq ans, ce qui me donne le droit de l'appeler petit frère et de jouer le rôle du grand frère. Ah ! Ah !

Tout comme moi, il se souvient de tout au sujet de ce mois disparu. Ces vingt-huit jours qui s'écoulèrent entre le moment où l'économie mondiale plongea dans la crise et la date à laquelle la Chine entra officiellement dans l'âge d'or de sa suprématie. Il se rappelle tout ce qui s'est passé au cours de ce mois-là. Deux années de recherches m'ont appris la rareté et l'importance d'une telle rencontre.

Il souffre d'asthme tout comme moi et prend des corticostéroïdes depuis des années. Cela m'a conduit à considérer une audacieuse hypothèse : ceux qui ne souffrent pas de pertes de mémoire souffrent d'asthme. Ah ! Ce sont des nouvelles magnifiques. Cela prouve qu'à l'intérieur de nos frontières, il y a autant de gens qui se souviennent que d'asthmatiques chroniques. Mais ils ne soupçonnent pas l'existence des autres. Si je parviens à rassembler une centaine, voire un millier de personnes semblables, je serai capable de prouver à tous les citoyens de ce pays que ce mois a bel et bien existé. Ha !

Vendredi soir de la semaine dernière, je suis allé rendre visite à un ami de Wudaokou. Le magasin qui se trouve au rez-de-chaussée de son appartement et fait bazar était sens dessus dessous : mon ami était en plein rangement. J'entrai pour jeter un coup d'œil et sous une pile d'objets sans intérêt, je découvris un vieux numéro du journal libéral *Nanfang Zhoumo* datant du mois disparu. Ce devait être le dernier numéro qu'ils avaient pu éditer avant d'être contraints de cesser leurs publications. J'avais l'impression d'avoir déniché un trésor. Je fis quelques emplettes et emportai le numéro avec moi. Quand je comparai la version imprimée de ce numéro de *Nanfang Zhoumo* avec sa version en ligne, je découvris comme il était à prévoir de nombreuses modifications. Par exemple, la version papier comporte une analyse de la crise, tandis que dans la version en ligne, elle a été supprimée et remplacée par un autre article qui explique pourquoi les valeurs universelles occidentales ne seraient pas appropriées pour la Chine. Je ne sais pas pourquoi, mais à voir comment *Nanfang Zhoumo* avait été expurgé et trituré, et semblait s'opposer à présent aux valeurs universelles, j'éclatai de rire, oubliant que je me trouvais dans un café bondé.

Ce numéro de *Nanfang Zhoumo* était mon document n° 71 – une preuve de plus de l'existence de ce mois disparu.

J'eus encore plus de chance quelques heures après avoir quitté mon ami. Sans avoir roulé très loin, je vis cinq ou six jeunes gens qui frappaient un homme étendu à terre. Quand ils aperçurent ma voiture, ils s'enfuirent. Je m'arrêtai, sans intention de m'en mêler. J'hésitais, quand je réalisai que ce jeune homme luttait pour respirer. C'est une chose que je connais bien. Je sortis de la voiture et m'approchai de lui. Je vis sa main s'agiter et je compris. Je cherchai dans sa poche et trouvai, comme je m'y attendais, son inhalateur. Je le lui fourrai dans la bouche et le déclenchai frénétiquement plusieurs fois. Il revint enfin à lui.

Que pouvais-je faire de plus ? Mais ma curiosité était piquée. Qui était ce garçon qui prenait le même traitement que moi ? Ma vie entière a été dictée par de tels excès de curiosité. Je décidai de m'occuper de ce gamin.

Il était si grand et si lourd que j'eus toutes les peines du monde à le traîner jusqu'à ma voiture pour l'amener à l'hôpital N° 3 de l'Université de Pékin. J'avais peur qu'il signe sa sortie et quitte l'hôpital, alors je retournai le voir le lendemain matin. Il dormait encore à poings fermés. Quand il se réveilla dans l'après-midi, il me demanda d'une voix asthmatique de lui acheter quelques provisions à l'épicerie et d'aller les porter à sa famille à Huairou. Il n'avait pas peur que je parte avec son argent. Je décidai de faire ce qu'il me demandait. J'attendais de voir la prochaine carte, comme au poker. Le troisième jour, je sus que je ne m'étais pas trompé. Il se souvenait de ce mois. Nous sommes pareils, et moi, j'ai maintenant la preuve que je ne suis pas tout seul. Ha ! C'est Zhang Dou, j'en ai fait mon frère, un frère encore plus précieux qu'un frère juré.

Depuis deux ans que je cherche, il est la seule personne comme moi. Tous les autres sont différents.

Au début, je pensais que les gens ne voulaient simplement plus parler des événements de ce mois-là. Puis je réalisai par la suite qu'ils se souvenaient des choses d'une manière à la fois faussée et différente de la mienne. J'en conclus finalement que dans tous leurs souvenirs, il manquait vingt-huit jours. Afin de tirer au clair cette perte de mémoire collective, je me rendis à la bibliothèque pour consulter les journaux et les périodiques de cette période, mais je découvris qu'il n'existait plus que les versions en ligne et qu'il n'était plus possible de lire les exemplaires imprimés.

Dans les journaux en ligne, l'économie mondiale qui s'enfonçait dans la crise et le début officiel de l'âge d'or de la suprématie chinoise s'étaient produits en même temps. Entre les deux, l'existence de ce mois terrifiant avait été gommée.

J'avais pensé tout d'abord que même si le gouvernement avait travesti la réalité, au moins les gens ordinaires seraient capables de s'en souvenir, mais peu à peu, je dus admettre que je me trouvais face à un cas d'amnésie collective totale.

Une amnésie collective totale. Je suspectai là un lien avec la vaccination de toute la population contre la grippe aviaire, mais je n'avais aucune preuve.

Je commençai à fréquenter les brocantes et les librairies d'occasions, en quête de journaux relatant les faits, mais ceux que je pus trouver n'étaient que les journaux des organes officiels du gouvernement ou des magazines de loisirs. Aucune publication ne relatait la vérité.

Je m'achetai une Jeep Cherokee à Pékin et pris l'autoroute G4 Pékin-Hong Kong-Macao vers le sud afin de rassembler davantage d'indices sur ce mois oublié. C'est seulement dans des lieux improbables que je réussis à réunir quelques bribes de preuves corroborant les faits. Par exemple, dans une chambre d'hôtes au pied du mont Huang, je mis la main sur un numéro complet du magazine économique *Caijing* qui consacrait un article à l'impact sur la Chine du grand déclin économique occidental en ce début du mois de février. Aux Studios *Hengdian* dans le Zhejiang, je trouvai une partie du magazine de Hong Kong *Asia Weekly* qui relatait comment la population entassait des stocks de nourriture. Dans une cité sordide près de l'Université de Wuhan dans la province du Hubei, je tombai sur la moitié d'un numéro du *Quotidien de la Jeunesse chinoise*, publié par la Ligue de la jeunesse communiste, dans lequel l'article central : « Le Léviathan est arrivé » présentait le philosophe politique du dix-septième siècle Thomas Hobbes et arguait que si on lui donne le choix entre l'anarchie et la dictature, le peuple choisira toujours la dictature. Un autre article revenait sur les émeutes de 2008 qui rassemblèrent plus de dix mille personnes à Wan An dans la province du Guizhou et décrivait comment le gouvernement local s'était effondré tandis que la police cherchait à couvrir la mort d'une jeune fille. Dans la région de la minorité ethnique Tujia de Xiangxi, dans la province du Hunan, je trouvai les huit dixièmes d'un supplément de l'hebdomadaire *Nouvelles du Sud ;* y figurait une publicité expliquant comment se servir d'une radio chinoise ; parce que les gens avaient peur que le courant électrique ne vienne à manquer et qu'ils ne puissent plus suivre la télévision ou surfer sur internet. Ils achetaient donc des transistors. Au verso de cette publicité, il y avait un article qui commentait la répression contre la criminalité de 1983.

Plus le temps passait, plus les preuves contenues dans les journaux étaient difficiles à trouver. C'est pourquoi je fus si enthousiaste quand je découvris le numéro de février de *Nouvelles du Sud* avec les preuves manifestes de ce mois disparu.

Je tenais beaucoup à trouver des personnes comme moi. Je fis une liste de tous les gens que je connaissais. En particulier de ceux qui à mon sens avaient une vision claire des choses – je les appelais

« les gens de discernement ». J'allai donc voir ces personnes de discernement une à une, mais j'en revins déçu chaque fois. Etais-je comme le dernier survivant que l'on voit dans les films sur la fin du monde ? Bien que dans ces films, le héros finisse toujours par trouver d'autres survivants. Je m'appuyais sur cette certitude pour poursuivre ma quête.

Enfin je rencontrai Zhang Dou. Nous étions tous deux persuadés que ce n'était qu'un début. Sur plus d'un milliard de Chinois, tous ne pouvaient pas être frappés d'amnésie.

Je dis à Zhang Dou que j'étais allé chez lui tous les jours pour voir si Miaomiao et leurs animaux n'avaient besoin de rien. J'aimais de plus en plus le style et le sourire de Miaomiao. Zhang Dou m'annonça qu'à sa sortie de l'hôpital, je pourrais venir vivre avec eux. J'étais tout excité à cette idée. J'avais besoin d'un endroit sûr pour ranger les preuves que j'avais rassemblées. J'espère que Zhang Dou pourra quitter l'hôpital rapidement.

Un enregistrement audio supplémentaire : J'ai passé plusieurs jours à faire le tour de différents grands hôpitaux, prétextant la maladie, afin d'approcher les patients asthmatiques. J'ai essayé de parler avec eux au sujet de ce mois disparu, mais aucun d'eux ne s'en souvenait. Je pensais que tous ceux qui prennent des corticostéroïdes étaient comme Zhang Dou et moi mais je me trompais. Je parlai à Zhang Dou de ma découverte, mais lui dis que nous ne devions surtout pas laisser tomber. « Nous ne devons jamais oublier à quel point nous étions seuls. Tant que d'autres Chinois se souviendront de ce mois-là, nous devrons tout faire pour les retrouver. »

Un enregistrement complémentaire, pour ne pas oublier : La semaine dernière, dans la rue *Xindonglu*, je suis tombé sur Lao Chen, un écrivain qui publie dans le *Ming Pao* et dans le *Quotidien de l'Unité*. Il faisait partie de ma liste de gens aux idées claires et m'avait aidé autrefois à me tirer d'embarras dans une affaire importante. Est-il toujours dans le camp des gens de discernement ? A voir son regard, je pense que les chances qu'il soit encore l'un des nôtres sont minces, mais je ne dois pas laisser passer cette opportunité. Penser à le recontacter quand j'aurai le temps.

Le calepin de Lao Chen sur Fang Caodi

Xiao Xi, alias *feichangwuraook* sur internet, ne répondit pas à mon e-mail, en revanche Fang Caodi m'envoya un courriel pour me proposer que l'on se rencontre. Je ne lui répondis pas tout de suite.

Ces derniers temps, toutes mes pensées sont tournées vers Xiao Xi. Mais ce qui est étrange, c'est que lorsque je pense à elle, je me mets également à songer à Fang Caodi. Je repense à cette fois où je suis tombé sur lui alors qu'il faisait son jogging près du Lotissement n° 2 du Village du Bonheur. Nous nous connaissions de longue date et il m'avait toujours appelé Lao Chen. Mais ce jour-là, il m'avait donné du Maître Chen. J'allai jusqu'à penser que Fang Caodi était dans le même état d'esprit que Xiao Xi, et ce pour des raisons inexplicables.

J'ouvris un carton que je n'avais pas déballé depuis mon emménagement au Lotissement n° 2 du Village du Bonheur et j'en sortis mes carnets – l'un d'eux était intitulé « Fang Caodi ». Je me mis à relire ce que j'avais écrit :

Fang Caodi s'appelait au départ Fang Lijun. Plus tard, quand un artiste du même nom devint célèbre à l'étranger, le Fang Lijun que je connaissais prit le nom de Fang Caodi.

Je fis sa connaissance quand j'étais encore rédacteur au mensuel *Ming Pao* de Hong Kong. Je recevais alors fréquemment des courriers d'un lecteur américain qui signait ses lettres Lao Fang. Parfois il apportait des précisions concernant nos articles, mais le plus souvent, il nous envoyait une telle quantité d'informations connexes, et si détaillées pour la plupart, que nous ne pouvions les imprimer. A l'évidence, Lao Fang connaissait plein d'anecdotes non officielles et d'informations sensibles sur la Chine contemporaine. Un jour, je fis une note dans la section Courrier des lecteurs pour lui demander de me donner son véritable nom et son adresse, ce qu'il fit, et je l'en remerciai.

Il lisait mes articles et décelait les pseudos que j'utilisais pour la version chinoise du *Ming Pao*. Bref, c'était un de mes fans.

Nous nous rencontrâmes à l'été 1989 à Hong Kong – il se rendait en Chine continentale. J'étais surpris qu'il veuille entrer en Chine à une période où tout le monde voulait en partir. Il me demanda si je connaissais bien l'organisation qui aidait les leaders du mouvement démocratique de Tian'anmen. Je savais qu'il existait une Alliance hongkongaise de défense des mouvements démocratiques de Chine, mais à cette époque, j'ignorais qu'une association secrète organisait la fuite de Chinois hors de Chine.

J'avais pris conscience de la singularité de son expérience, aussi l'invitai-je à nous rencontrer dès le lendemain, et par la suite, j'écrivis ces notes.

Les ancêtres de Fang Lijun (ou Fang Caodi) venaient de la province du Shandong. Il était né en 1947 à Pékin qui s'appelait alors Beiping. Son père avait adhéré au Parti communiste de l'Union soviétique de la province du Xinjiang avec le Seigneur de la Guerre du Xinjiang Sheng Shicai. Plus tard, il rejoignit le Parti nationaliste Kuomintang. En 1949, juste avant que l'Armée populaire de libération n'entre dans Pékin, il était monté dans un avion à Dongdan, s'était envolé pour Qingdao, d'où il avait embarqué pour Taïwan, laissant derrière lui sa jeune épouse, la troisième, ainsi que son plus jeune fils, Fang Lijun.

La section du Parti communiste de Sheng Shicai était d'une tout autre mouture que celle du Parti communiste de Mao Zedong et de Zhu De. Ils avaient été jusqu'à réclamer l'indépendance à la Chine de la province du Xinjiang. Le père de Lao Fang avait non seulement trahi le Parti communiste, mais de plus il était étroitement lié avec les gangs de criminels du Nord-Ouest, et en charge de l'entraînement d'hommes de main ayant des « aptitudes particulières » pour les servir. Lao Fang était né dans les quartiers Est de Pékin, dans un vieux temple historique taoïste, dont sa mère était grand-prêtre. Après la Libération, ce temple fut réquisitionné par le ministère de la Sécurité publique, ce qui montre à quel point les communistes chinois surveillaient les techniques surnaturelles des moines taoïstes.

Après leur prise de pouvoir sur le pays, les communistes chinois lancèrent une campagne pour l'éradication des contre-révolutionnaires. De 1950 à 1953, ils réprimèrent sans pitié les agents nationalistes clandestins, les membres du crime organisé et les représentants des organisations religieuses et des sociétés secrètes[1]. Quiconque présentait des signes « d'aptitudes particulières » à la manière taoïste était susceptible d'être étiqueté comme membre d'une société secrète contre-révolutionnaire. Mao Zedong suggéra qu'un Chinois sur mille entrait dans ces catégories de contre-révolutionnaires, et que le Parti devrait commencer par exécuter la moitié d'entre eux. Des milliers de gens qui avaient travaillé pour le gouvernement nationaliste mais qui s'étaient ensuite rendus, et même ceux qui avaient travaillé dans des groupes communistes clandestins dans les zones blanches, furent ainsi exécutés. Parmi eux, le père de l'écrivain Jin Yong, Zha Shuqing, et le fils de l'essayiste Zhu Zhiqing, Zhu Maixian.

Après la campagne pour l'éradication des contre-révolutionnaires, les gangs de criminels et les sociétés secrètes religieuses se firent invisibles et leurs voix furent réduites au silence à travers le pays pour un bon moment. Quelques-uns de leurs chefs parvinrent à s'enfuir *in extremis* et purent rejoindre Taïwan ou

1. A partir de sa prise du pouvoir en 1949, le Parti communiste de Mao a éliminé des millions d'« ennemis du peuple », tués ou envoyés en camps de travail, s'en prenant à la fois aux propriétaires terriens, aux serviteurs de l'ancien régime, et aux représentants du vieux monde féodal dans lequel figuraient les adeptes des philosophies traditionnelles chinoises comme les taoïstes et les confucéens. Comme indiqué par l'auteur, des quotas indicatifs d'« ennemis du peuple » furent fixés, souvent respectés au pied de la lettre par des fonctionnaires zélés.

Hong Kong. Le père de Lao Fang s'était compromis dans toutes sortes d'activités contre-révolutionnaires clandestines et il partit pour Taïwan. La mère de Lao Fang, « Grande Sœur » dans une société secrète taoïste, n'eut pas la même chance. Elle mourut dans une prison de Pékin.

Quant à Lao Fang, « ce rejeton d'espion nationaliste contre-révolutionnaire », membre d'un « gang de criminels », il grandit dans un impénétrable temple taoïste dont sa mère s'occupait avant qu'il ne soit déconsacré. Il fut élevé par un concierge âgé, qu'il aidait la plupart du temps à restaurer de vieux temples. Et ainsi, le temps passant, il acheva ses années de lycée.

Lao Fang ne fut pas autorisé à entrer à l'Université à cause de ses antécédents familiaux douteux[1], et comme il était trop âgé de quelques mois, il ne fut pas retenu pour partir à la campagne avec les « trois vieilles promotions » de 1967, 1968 et 1969. Quant à devenir Garde rouge, c'était chose impensable. Au début de la Révolution culturelle, il fut nommé instituteur dans une école primaire du district de Mentougou à Pékin. Avant même qu'il n'ait commencé à exercer ses fonctions, la Révolution culturelle s'intensifia, et il fut envoyé à la mine de charbon de Muchengjian, où il resta plusieurs années.

---

1. La « mauvaise origine de classe », c'est-à-dire des parents bourgeois ou féodaux, ou le lien avec les « quatre vieilleries » combattues pendant la Révolution culturelle, au rang desquelles figurent les religions traditionnelles chinoises comme le taoïsme, pouvaient handicaper une scolarité ou une insertion professionnelle.

Selon ses dires, un jour de septembre 1971 il eut soudain un impérieux désir de voir le Palais d'Eté. Il en avait beaucoup entendu parler, mais ne l'avait jamais visité. Il se dit que pareille occasion ne se représenterait pas de sitôt. A mi-parcours, la route était barrée. Il soupçonna des transferts de troupes dans la zone militaire sur la Colline du Jade de Printemps près du Palais d'Eté. Quand il rentra au dortoir des ouvriers, il raconta à tout le monde qu'un événement important allait se produire en Chine. C'était bien le cas. Peu de temps après, la radio diffusa la terrible nouvelle : le successeur désigné du président Mao, le maréchal Lin Biao, avait trahi la Nation et s'était enfui, mais son avion s'était écrasé en Mongolie extérieure.

Lao Fang refusa de retourner travailler après cet événement. Il pensait que « l'Histoire était entrée dans une impasse ». Il rédigea une courte missive et se rendit au pont du lac de Beihai, puis il glissa ce message dans un interstice des pierres de la balustrade de marbre blanc. La missive disait : *« L'Histoire a atteint un palier, elle n'ira plus jamais de l'avant. A partir de maintenant, toutes les nouvelles révolutions seront des contre-révolutions. N'essayez plus jamais de me duper. De quel droit me faites-vous creuser dans une mine de charbon ? »*

Ses crises d'asthme avaient repris de plus belle et il séjournait au dortoir. Quelles que soient les pressions que son unité de travail ferait peser sur lui, il ne retournerait plus dans les galeries de la mine.

Il n'était pas certain que ce soit en 1971, quand le secrétaire d'Etat Kissinger fit deux visites en Chine, ou bien en 1972, quand le président Nixon s'y rendit, mais quoi qu'il en soit, les Américains amenèrent avec eux une liste de noms de citoyens américains d'origine chinoise et de leurs proches détenus en Chine. A cette époque, le réchauffement des relations sino-américaines était très théâtral, la Chine, pour montrer sa bonne volonté, autorisa un groupe d'individus à quitter le pays. Parmi eux se trouvait Lao Fang, car son père avait depuis longtemps quitté les cercles politiques du Parti nationaliste et s'était vu accorder l'asile politique par le gouvernement américain comme réfugié politique, et il vivait désormais aux Etats-Unis.

Quand Lao Fang reçut son avis, il se rendit au bureau de la Sécurité publique où on lui remit son laissez-passer de sortie, encore sous pli. Il se promena dans les environs du Palais d'Eté et du Lac Beihai pendant quelques jours, admirant les sites. Puis, il retourna au temple taoïste des quartiers Est de Pékin pour faire ses adieux au vieil homme qui l'avait élevé.

Quand celui-ci entendit son histoire, il parut très inquiet. « Pourquoi tu ne te dépêches pas de partir ? Que se passera-t-il si la politique change de cap et que tu ne peux plus sortir du pays ? Pars, et va t'acheter sur-le-champ un billet de train pour Hong Kong. » Le vieillard déterra quelques feuilles d'or cachées dans le sol d'un des recoins du temple. Elles étaient restées là, à la suite des travaux de restauration, et il les avait conservées toutes ces années bien à l'abri. « Prends-les et négocie-les contre de l'argent pour tes frais de voyage. Ta mère fut la grande bienfaitrice de ce temple. Quand on la jeta en prison, elle garda nos secrets jusqu'à la mort, et elle a toujours maintenu que ce temple taoïste n'avait pas d'autres activités que religieuses et qu'il n'avait rien à voir avec les sociétés secrètes réactionnaires. C'est grâce à elle que ce temple, vieux de sept cents ans, est toujours debout. » Le jour était venu pour lui de payer sa dette à la marraine du temple en aidant Lao Fang. Le vieil homme avait élevé Lao Fang, mais ne lui avait révélé la vérité à propos du temple et de lui-même qu'au dernier moment. C'est ainsi que les gens manifestaient leur prudence durant ces années-là.

Cet argent fut une aubaine, car lorsque le train arriva dans le Sud, à Canton, Lao Fang dut attendre sept jours que le quota de passagers à destination de Hong Kong soit atteint. Sans passeport et sans carte d'identité, n'ayant en sa possession que son laissez-passer, Lao Fang franchit enfin le contrôle des douanes à la gare de Luo Wu, où on lui prit son visa de transit avant de l'autoriser à pénétrer à Hong Kong.

Quand Lao Fang se rendit au Consulat américain de Hong Kong pour faire sa demande de visa, il rencontra un problème administratif. Il n'était pas entré sur le territoire illégalement, mais comme il avait utilisé un visa de transit, il n'était pas autorisé à demander le statut de réfugié politique, les Américains ne pouvaient donc lui délivrer de visa d'entrée. Il devait faire une demande officielle de visa américain sur la base d'un regroupement familial – pour rejoindre son père.

Lao Fang trouva un hébergement temporaire dans un hôtel bon marché dans les immeubles des Chunking Mansions, à Tsim Shatsui. Il y séjourna presque un an pendant que sa demande de visa traînait en longueur. Vivre dans cette modeste pension lui ouvrit des horizons nouveaux. Il y fit la connaissance de routards et aussi de commerciaux de petites entreprises venant de près de cinquante pays différents. Il rencontra un hippie américain, fatigué d'arpenter depuis plusieurs années les routes de l'Inde, qui, tout juste arrivé de Goa, s'apprêtait à rentrer aux Etats-Unis pour rejoindre une communauté hippie et continuer ainsi de mener une vie insouciante et autonome. Lao Fang l'enviait beaucoup.

Lao Fang se rendit à Monterrey Park, à Los Angeles, et rencontra son père, maintenant âgé, qu'il n'avait pas revu depuis son enfance. Quand son père s'était enfui avec Sheng Shicai et le Parti nationaliste, il avait fait du tort à beaucoup de monde. Il était effrayé à l'idée que quelqu'un revienne se venger, et il passait le plus clair de son temps terré chez lui et ne sortait que rarement. Il avait construit de hauts murs autour de sa maison et même fait installer une porte d'acier à sa chambre à coucher. Son père s'était remarié, Lao Fang séjourna avec eux un peu moins d'un mois. Puis il suivit le conseil de son père et partit au Texas, dans la Chinatown de Houston, pour demander à l'un des anciens subordonnés de son père de l'aider. Il travailla comme comptable au second étage du magasin d'antiquités et de mobilier de cet ancien aide de camp. Celui-ci avait une fille adolescente et les deux familles espéraient ardemment que Lao Fang la demande en mariage. Elle était totalement américanisée et quand elle eut vent des projets de ses parents, elle refusa de continuer à prendre ses repas à la même table que lui. Lao Fang prenait donc ses repas seul, dans la remise du magasin. Ce n'était certainement pas le genre de vie qu'il avait espéré.

Quelques mois plus tard, Lao Fang reprit contact avec son ami hippie et quitta Houston pour le Nouveau-Mexique, où il rejoignit la communauté. Celle-ci était située sur un vaste domaine de terres agricoles où ses membres cultivaient des légumes biologiques. Ils confectionnaient eux-mêmes leurs vêtements, leurs confitures et leurs bougies, pratiquaient l'apiculture. Ils avaient le sentiment de vivre en autarcie, mais leurs céréales, leurs produits de base, leurs outils, et tous les articles high-tech de la vie courante, plus leurs médicaments, comme les corticostéroïdes qu'utilisait Lao Fang, étaient achetés à la ville.

Même s'ils n'étaient pas totalement autosuffisants, ces hippies, tous issus de familles urbaines de la classe moyenne, ne pouvaient échapper à des tâches physiques qu'ils trouvaient éreintantes. Lao Fang était habitué aux travaux pénibles en Chine, et il était plutôt à son aise, pouvant réparer à peu près n'importe quoi. Il était donc très apprécié dans cette communauté et il y passa plusieurs années heureuses.

Malheureusement, avec le temps la communauté commença à se désagréger. Outre les conflits personnels, ce style de vie n'était plus tendance et la plupart de ses membres s'en allèrent. Dans leur grande majorité, les communautés hippies périclitèrent à la fin de la guerre du Vietnam, et celle où vivait Lao Fang ne fit pas exception à la règle. Aucun nouveau membre ne venait plus les rejoindre, et les anciens repartaient peu à peu. Bientôt, Lao Fang et une femme plus âgée, que tout le monde appelait « Mam », restèrent seuls. « Mam » était bien avec Lao Fang et, au fil des ans, ils ressemblèrent de plus en plus à un couple traditionnel.

Mais un beau jour, au début des années 80, « Mam » dit à Lao Fang qu'elle était trop âgée pour être une hippie plus longtemps, et qu'elle voulait repartir dans l'Est pour retrouver sa fille. Ils coupèrent l'eau et l'électricité, condamnèrent les fenêtres et traversèrent les Etats-Unis en train, jusqu'au Maryland où ils se séparèrent. Lao Fang se dirigea vers le nord, vers New York, Philadelphie et Boston. Il finit par trouver un emploi de cuistot dans un restaurant self-service de chop suey dans le quartier chinois de Boston. Le patron l'aimait bien, et il travailla là-bas plusieurs années.

Lao Fang décida soudain de fréquenter la bibliothèque de Harvard-Yenching, et par la suite, il lui fut impossible de s'en passer. Il ne servait que les dîners au restaurant, et dans la journée, il se rendait à Cambridge en faisant son footing, afin de lire les périodiques chinois à la bibliothèque de Harvard. C'est là qu'il commença à écrire au rédacteur du journal *Ming Pao*, qui n'était autre que moi, Lao Chen.

A Hong Kong, à cette époque, je ne me consacrais qu'aux interviews d'acteurs majeurs de la scène culturelle du Continent, aussi, même si les expériences de Lao Fang étaient intéressantes, elles ne pouvaient faire l'objet d'un article. Je ne le revis pas pendant plusieurs années, et ce n'est que lors de notre seconde rencontre, en 2006, que je rédigeai à nouveau une série de notes sur lui. Je pensai que sa vie pourrait donner matière à un roman, parce qu'il apparaissait toujours dans des endroits et à des moments inattendus.

En 1989, il retourna réellement en Chine sur le Continent et, en 1992, quand Deng Xiaoping fit sa célèbre « tournée dans le Sud », Lao Fang quitta à nouveau la Chine – il avançait toujours à contre-courant des autres.

De retour aux Etats-Unis, il m'envoya une lettre me racontant qu'il faisait des petits boulots dans la Chinatown de New York. Vraiment, c'était dommage. A l'époque, j'étais retourné à Taïwan. J'y travaillais pour le quotidien *Lianhebao* et j'entendis dire qu'un journal du groupe China Times, le *China Times Weekly News*, avait ouvert des bureaux à New York. Je leur recommandai chaudement Lao Fang et ils lui proposèrent un poste d'assistant éditorial. En un rien de temps, il fut promu assistant rédacteur. Lao Fang m'écrivit pour me remercier, et le sentiment du devoir accompli me fit plaisir. Je savais que Lao Fang avait de l'expérience et des connaissances dans tous les domaines et qu'il serait parfaitement à sa place dans un poste de rédacteur pour un journal d'informations. Qui aurait imaginé que le *China Times Weekly Magazine* cesserait de publier après ses premières éditions ?

Lorsque je reçus des nouvelles de Lao Fang, il venait d'arriver au Nigeria, en Afrique de l'Ouest. Il me raconta plus tard qu'il avait toujours gardé le contact avec un Nigérian qu'il avait rencontré dans cette pension ouverte aux voyageurs du monde entier, dans les Chunking Mansions, et que celui-ci l'avait invité en Afrique. Dans sa jeunesse, Lao Fang avait toujours rêvé d'aller dans des pays africains amis comme le Ghana, la Zambie et la Tanzanie, et d'apporter sa contribution à leur développement économique. Alors, il y allait sans la moindre hésitation. Il se trouvait que cet ami nigérian voulait faire du commerce avec la Chine. Il demanda à Lao Fang de devenir son associé. Lao Fang pensa à ces grands sacs en toile plastique aux motifs rouges, blancs et bleus que les Chinois utilisent pour transporter leurs marchandises quand ils voyagent. Ils pourraient les acheter en Chine, et les faire venir ensuite par bateaux au Nigeria et les vendre dans toute l'Afrique de l'Ouest et du Centre.

Ces sacs tricolores firent un véritable tabac auprès des Africains, si bien que l'associé de Lao Fang voulut qu'ils montent leur propre usine et qu'ils fabriquent les sacs eux-mêmes, à Lagos. Après s'être fait de l'argent dans le commerce entre le Nigeria et la Chine, Lao Fang alla visiter le Ghana, la Zambie et la Tanzanie, mais il ne voulait pas finir ses jours en Afrique. Il rentra vivre en Chine avec l'idée de monter un petit restaurant cantonais dans les faubourgs de la ville de Lijiang, dans la province du Yunnan.

Par chance pour lui, il fut trop lent. Son projet de restaurant fut réduit à néant quand Lijiang fut dévastée par le grand tremblement de terre du 3 février 1996. Lao Fang se montra indifférent à cet échec. Il se mit à voyager dans tout l'Ouest de la Chine. Il disait vouloir profiter de ces paysages intacts avant que le tourisme ne s'y développe. Je me souviens qu'il avait prédit que lorsque la Chine commencerait à développer le secteur touristique, trop de gens viendraient ruiner ces lieux magnifiques et chargés d'Histoire.

Il voyagea ainsi pendant sept ou huit ans, visitant le Xinjiang, le Tibet, la Mongolie Intérieure, le Qinghai, le Yunnan, le Guizhou, le Hunan et le Sichuan. Il se déplaçait à pied, en train, en autocar pour les longues distances, ou en stop en arrêtant des camions. Il fit même un trajet dans un avion militaire qui faisait du fret commercial. Si vous lui montriez une pièce de tissu brodée par des femmes des minorités nationales, Lao Fang était capable de vous dire aussitôt si elle avait été réalisée par les Tong du Guangxi, ou par les Yao, les Miao, ou encore les Hmong du Sud-Ouest. Quand il était à court d'argent, il se faisait engager comme cuisinier dans les zones touristiques du Mont Wutai dans le Shaanxi, du Mont Emei au Sichuan, dans la région de Yangshuo au Guilin, ou dans le Sud-Est du Guangxi. Comme les touristes ne revenaient jamais, me disait-il, il avait l'impression de tromper les étrangers comme on le fait dans les quartiers chinois des villes américaines, avec de la cuisine chinoise, « chinoise pour étrangers ».

En 2006, il s'installa à Pékin, curieux de voir ce que cela donnerait de travailler comme volontaire pour les Jeux olympiques. Lors de notre rencontre, j'appris qu'il avait changé son nom de Fang Lijun en Fang Caodi depuis plusieurs années. Selon ses dires, un jour qu'il marchait près du Temple du Soleil à Pékin, il avait vu de nombreux parents venir chercher leurs enfants à l'école primaire Fang Caodi (ou Herbe Parfumée). Il avait alors décidé de transformer son nom en Fang Caodi. Avec son âge avancé et son parcours compliqué, je me demandais si le Comité olympique accepterait sa candidature.

Après la publication de mon *Guide culturel raisonné de Pékin* en prévision des Jeux olympiques, je me repris à songer à mon roman, mais sans relire les notes que j'avais prises sur Lao Fang. Au cours de ces deux dernières années, j'avais perdu tout intérêt pour les événements d'avant 2008. Je désirais simplement écrire sur l'âge d'or de la Chine contemporaine. Je ne voulais plus aborder le passé. Je ne voulais même plus consulter les documents historiques concernant la guerre civile entre le Guomindang et le Parti communiste chinois, la réforme agraire, la campagne d'éradication des contre-révolutionnaires, la campagne des trois et des cinq Antis[1], le mouvement antidroitiers, le Grand Bond en avant qui avait mené à la famine et tué près de trente millions d'individus, les quatre purges du Mouvement d'éducation socialiste, la Révolution culturelle, la campagne de 1983 contre la Pollution spirituelle, le massacre de Tian'anmen du 4 juin 1989, la campagne de 1999 pour supprimer le mouvement Falun gong, et cetera, et cetera… Je souhaitais juste oublier ces événements. Je pensais qu'une fois oubliés, un nouveau

1. La campagne dite des « trois Antis » (détournement de fonds, gaspillage, bureaucratie), et celle des « cinq Antis » (corruption, évasion fiscale, détournement des biens de l'Etat, fraude, vol d'informations économiques), ont été déclenchées respectivement en 1951 et 1952 par le nouveau pouvoir maoïste instauré en 1949. Il s'agissait de campagnes de masse destinées à éliminer les individus et les comportements liés au vieux monde bourgeois et féodal.

Cette longue liste est constituée d'événements authentiques qui ont marqué l'histoire de la Chine depuis l'instauration du pouvoir du Parti communiste en 1949, que ce soit à l'époque maoïste comme pour le Grand bond en avant ou la Révolution culturelle, ou après la mort de Mao comme pour la campagne contre la « pollution spirituelle » de 1983 lancée par Deng Xiaoping, la répression sanglante de Tian'anmen en 1989, ou, plus récemment encore, la brutale répression de la secte Falun Gong qui avait défié le régime à la fin des années 90.

sujet viendrait à moi. Mes centres d'intérêt avaient résolument changé, et je n'étais pas certain que la nouvelle génération de lecteurs chinois souhaitait lire le récit de toutes les blessures et de toutes les cicatrices de ces soixante dernières années. Je voulais écrire sur des gens nouveaux et des choses nouvelles, écrire sur l'âge d'or de la Chine et des Chinois. C'est pour cette raison que l'histoire de Fang Caodi ne m'était d'aucune utilité, et que je ne souhaitais pas pour l'instant répondre à son message. Peut-être plus tard.

3

Du Printemps à l'Été

Un lustre en cristal français

Xiao Xi ne répondit pas à mon courriel, ma vie agréable pouvait donc se poursuivre. Je me rendis dans le district des Artistes 798 pour participer au vernissage d'une exposition de papiers découpés d'une artiste originaire du Nord-Ouest. Mon amie, qui est membre de l'Académie des sciences sociales de Chine, et qui était également l'une des commissaires officielles de l'exposition, m'avait invité à être moi-même l'un des dix intervenants lors de la cérémonie d'inauguration. Dans mon discours de trois minutes, je fis une synthèse du Mouvement des nouvelles communautés de Taïwan des années 1990, et je racontai comment les artistes taïwanais et les artisans locaux avaient travaillé main dans la main pour donner vie à la production culturelle des villages. Je parlai si bien que j'en fus moi-même un peu ému.

Le commissaire ajouta que cette exposition était un bel exemple de la vitalité de la culture traditionnelle chinoise. Je ressentis cela comme un bon présage.

En tant que membre de la communauté culturelle, je considérais de mon devoir de participer à de pareils événements et de prononcer quelques paroles appropriées – c'était là ma contribution envers la société.

Un déjeuner était organisé au restaurant tout proche, L'Or du Sud, et je fus placé à la même table que le représentant de la Fondation pour la renaissance de la culture nationale chinoise. La Fondation n'avait envoyé qu'un secrétaire général adjoint. Il m'informa que l'un des projets les plus importants de la Fondation était d'aider les Chinois à travers le monde à localiser et à récupérer les trésors nationaux volés au Palais d'Eté et dans d'autres endroits[1]. En outre, la Fondation travaillait à faire revivre les rites antiques de la Chine à travers tout le pays. Ainsi, par exemple, ils finançaient dans de nombreuses écoles élémentaires et collèges des cérémonies de rentrée scolaire, qui imposaient aux élèves de s'incliner devant leurs professeurs. La Fondation militait aussi pour officialiser au niveau national des rituels et des traditions différents.

Après avoir mangé quelques plats de résistance, je me rendis aux toilettes et, le temps que je revienne,

---

1. La Chine se donne en effet les moyens de racheter des œuvres d'art pillées lors des guerres de l'opium, et en particulier lors du sac du Palais d'été en 1860 par les armées française et britannique. Un collectionneur chinois a ainsi tenté en 2009 de racheter deux sculptures en bronze provenant du Palais d'été, mises en vente par Pierre Bergé. Une fondation chinoise créée par une société d'armement rachète dans les ventes occidentales ces antiquités chinoises, et a ouvert un musée à Pékin, le Poly Museum, pour les présenter.

une foule de gens s'était massée autour du représentant de la Fondation. Je décidai de me diriger vers une autre table.

Mon amie chinoise de l'Académie des sciences sociales de Chine, Hu Yan, était entre une Française de l'UNESCO et une personne originaire de Thaïlande pour l'association Un Village Un Artisanat. Si j'allais vers eux, je devrais alors parler anglais, ce qui me coûterait trop d'efforts ; aussi renonçai-je. Je me dirigeai vers la table de la délégation du Nord-Ouest où il y avait de nombreux sièges vides, car tous les journalistes étaient partis écouter le représentant de la Fondation pour la renaissance de la culture nationale. Seules trois femmes d'âge mûr, toutes trois artistes de papiers découpés traditionnels, deux femmes chefs de villages élues et une responsable locale du Bureau des affaires culturelles d'une ville du rang de préfecture étaient encore assises. Les femmes du Nord-Ouest respiraient la bonté et l'honnêteté. Mon amie de l'Académie des sciences sociales de Chine m'évoquait toujours les bons côtés de ce pays. Même si, objectivement, je me rendais compte que ce n'était qu'un aspect des choses, sur le plan affectif des gens de cette qualité me rendaient heureux.

La personne avec qui je voulais réellement discuter était la chef de village élue par la majorité et qui n'avait que vingt ans. Mais elle était assise assez loin de moi et je n'arrivais pas à comprendre sa prononciation rurale en mandarin. J'en étais réduit à bavarder avec la responsable du Bureau des affaires culturelles. Elle avait une voix forte, mais sa syntaxe était compréhensible. Elle venait d'un endroit appelé

Dingxi, dans la province du Gansu. C'était au départ un des coins les plus pauvres de Chine, mais après plusieurs années de rude labeur à la suite de la politique de réformes et d'ouverture, ils étaient parvenus à se sortir de la pauvreté. Elle me raconta comment le gouvernement local avait, quelques années auparavant, convaincu les paysans de se regrouper en coopératives de production spécialisées et comment ils avaient développé des cultures spécifiques, poussant Dingxi à devenir l'une des plus importantes zones de culture de pommes de terre. Tous les Kentucky Fried Chicken et tous les McDonald's du pays utilisaient à présent exclusivement les pommes de terre cultivées à Dingxi. Elle me dit aussi comment la direction locale, à une époque de difficultés des transports ferroviaires, s'était servie de ses relations pour faire en sorte que les marchandises arrivent à destination en temps et en heure. Et aussi comment ils utilisaient leur surplus de main-d'œuvre pour récolter le coton dans la province du Xinjiang pendant la saison de la cueillette.

Elle m'apprit beaucoup de choses, et je lui demandai très sérieusement si elle pouvait m'expliquer pourquoi Dingxi était si bien gouvernée alors que tant d'autres provinces bénéficiant de meilleures conditions n'arrivaient pas à sortir de leur misère. « A Dingxi, nous avons beaucoup de chance, nos dirigeants savent ce que c'est que de travailler dur et de faire en sorte que les choses soient bien faites. » Ce qu'elle me disait était à la fois très pragmatique et très simple – tout est une question de personnes. Si les officiels du gouvernement ont la volonté de travailler dur pour que les choses se fassent, alors les gens ordinaires sont capables d'emballer le moteur de l'économie rurale. En d'autres termes, si les cadres actuels du Parti communiste avaient un niveau de moralité un peu plus élevé et s'ils avaient la volonté de travailler dur sur des projets concrets, le peuple chinois serait en mesure de vivre mieux. Comme le repas se terminait, je la remerciai de m'avoir éclairé sur le sujet. Elle espérait que les membres des milieux universitaires et culturels de Pékin viendraient rendre visite à leur petite bourgade de Dingxi et leur prodigueraient des conseils. Je lui répondis, hypocrite, que je trouverais certainement le temps d'y faire un saut.

Je me sentais très satisfait, et après le repas, je retournai me promener dans le district des Artistes 789, bien différent de ce qu'il était dix ans plus tôt. A présent, il singe les courants de la mode occidentale et essaye de combiner le bohème et le bourgeois. C'est pour cette raison qu'on l'a critiqué, lui reprochant de s'être embourgeoisé et commercialisé. Quelle que soit la façon dont vous le voyez, pourtant, avoir un district des Artistes 789, c'est bien mieux que de ne pas en avoir du tout. Nulle part ailleurs vous ne trouverez un district des Artistes de cette valeur. Quand les étrangers le visitent, ils sont émerveillés et font même l'expérience d'un véritable choc culturel. Les idées qu'ils se font de la Chine passent alors d'un extrême à l'autre, de l'image d'une Chine sous-développée à celle d'une Chine qui serait le pays le plus créatif de la planète.

En l'espace de deux ans, l'art et le design chinois sont devenus tellement à la mode que les plus importantes galeries d'art internationales sont venues y établir des enseignes. Des écoles prestigieuses, comme la New York's Parsons New School of Design, la London's St-Martin's College of Art and Design, la Royal Academy of fine Arts d'Anvers ont ouvert des campus dans cette zone proche du district des Artistes 798.

Chaque fois que je viens, je vais toujours faire un tour à la galerie de la Porte du Dragon. Cette galerie n'est pas saturée d'œuvres d'avant-garde. Ils ont une belle collection d'impressionnistes et de postimpressionnistes français, dont quelques petites pièces de maîtres et de nombreuses toiles d'artistes de moindre importance. Leurs collections méritent le détour, et elles conviennent à mes goûts, plus conservateurs avec le temps. La Chine concurrence désormais le Japon et ses collections d'impressionnistes et de postimpressionnistes français, car il existe un cercle de riches collectionneurs, fascinés par la peinture française de cette époque.

La galerie de la Porte du Dragon a vraiment de la classe. Le lustre suspendu dans le plus vaste des salons n'est pas fait de matériaux chinois ; c'est un authentique lustre français en cristal de Baccarat.

Tandis que je l'admirais et que je ruminais en silence pour savoir si son style et son caractère étaient en harmonie avec les peintures exposées, un homme et une femme s'avancèrent vers moi. Ils ne se tenaient pas vraiment par la main, mais ils étaient épaule contre épaule, bavardant et riant. Je cherchai en vain à les éviter. L'homme était Jian Lin, mon compagnon des nuits de cinéma. Quand il m'aperçut, il me dit aussitôt : « Lao Chen, laisse-moi te présenter le professeur Wen.

— Cela fait bien longtemps, Wen Lan, lui dis-je en lui serrant la main.

— Oui, bien longtemps Maître Chen. »

Wen Lan venait elle aussi de m'appeler Maître Chen.

« Vous vous connaissez tous les deux ? demanda Jian Lin, visiblement surpris.

— Maître Chen est célèbre dans les milieux culturels de Hong Kong », déclara Wen Lan, elle avait sans doute oublié que je suis taïwanais. Elle était vêtue avec luxe mais sans vulgarité, étincelante et élégante.

« Pouvons-nous échanger nos cartes de visite ? me demanda Wen Lan.

— J'ai oublié les miennes, mentis-je.

— J'ai son numéro de téléphone », lui proposa Jian Lin.

Wen Lan ne me donna pas sa carte.

« Lao Chen, c'est vraiment une belle galerie. Mais le professeur Wen trouve que les prix sont encore plus élevés qu'à Paris. Il y a là la peinture d'un chais que je pense avoir déjà visité.

— Tout est très cher, dit Wen Lan d'un ton autoritaire.

— Laissez-moi voir », lui dis-je, et je filai à l'anglaise. Je me sentais un peu déprimé et je n'avais plus envie d'admirer les peintures, quand soudain je songeai aux six mots qui caractérisaient les manières élégantes de Wen Lan : un Lustre en cristal de Baccarat.

A une époque, j'avais fait des projets de mariage avec Wen Lan. J'avais même acheté un appartement à Hong Kong pour nous deux. Puis j'avais appris qu'elle allait épouser un autre homme.

A l'automne 1991, je m'étais rendu sur le Continent pour interviewer un vieux couple d'académiciens qui était en résidence surveillée depuis les événements de 1989. Chez eux se trouvaient quelques-uns de leurs étudiants de l'Ecole normale de Pékin venus leur rendre visite. J'étais assez ému. Ces jeunes gens n'étaient pas centrés égoïstement sur leur propre avenir, ils avaient pris le temps de venir voir leurs professeurs en cette période troublée.

La plus remarquable d'entre eux était Wen Lan, une étudiante confirmée, très belle, naturelle et cultivée. Je tombai sous son charme.

Elle demanda à tous les étudiants de noter leur numéro de téléphone pour moi, je compris qu'elle faisait cela uniquement pour que je sache comment la recontacter.

Je l'invitai à sortir et nous fîmes une promenade autour du lac Houhai. Sa mère était shanghaienne et son père pékinois. Il était rédacteur d'une revue théorique et travaillait dans un bureau du Département de la propagande à Shatan. Elle adorait la littérature occidentale, se préoccupait des affaires de l'Etat, et était d'une beauté à couper le souffle. A mes yeux, elle était parfaite.

« Quel est le sens de l'existence ? », me demanda-t-elle un jour. Je balbutiai, essayant de trouver quelque chose de profond à répondre. Elle cita Jean-Paul Sartre : « Nous devons être responsables de notre vie. » J'étais amoureux.

Je rentrai à Hong Kong, puis je trouvai un prétexte pour retourner à Pékin. Elle voulait aller à l'étranger, je pris mon courage à deux mains pour la demander en mariage. Elle en fut si touchée qu'elle se mit à rire et à pleurer, et je pensais qu'elle avait accepté. Je lui dis que nous n'aurions pas de problème pour vivre sur mon seul salaire. J'avais un permis de résident permanent à Hong Kong, et je lui indiquai qu'elle pourrait demander le même statut que moi.

Elle voulut savoir combien de temps cela lui prendrait pour devenir résidente après notre mariage, et je lui répondis qu'avec l'aide de quelques amis, cela pourrait se faire d'ici à deux ans. Durant cette période, elle pourrait bénéficier d'un visa à entrées multiples et venir faire de courts séjours, et moi, je pourrais me rendre à Pékin en mission. Nous serions souvent ensemble, et de plus, je lui dis que « des retrouvailles après une courte séparation sont comme une seconde lune de miel ». Elle semblait enthousiaste et pleine d'espoir. Nous décidâmes de nous marier l'été suivant afin qu'elle puisse terminer ses études.

Je lui demandai si je devrais rencontrer ses parents et elle me répondit qu'elle allait organiser cela pour la prochaine fois. Je n'avais aucune raison de m'inquiéter.

J'étais l'homme le plus chanceux du monde de pouvoir ainsi épouser une Pékinoise aussi splendide qu'elle, et elle avait dix-huit ans de moins que moi. Après mon retour à Hong Kong, je tombai sur une publicité pour des appartements en vente à Taikoo Shin. Je payai rapidement un acompte pour un appartement de quatre-vingt-dix mètres carrés et commençai à construire un nid pour nous deux.

Les démarches chez le notaire terminées, je passai un appel longue distance à Pékin. Le père de Wen Lan me répondit et m'annonça qu'elle était partie pour l'Allemagne. « Quand rentrera-t-elle ? », lui demandai-je. Il me répondit abruptement « Après son mariage ! Ne la rappelez plus ! »

Je me hâtai d'aller à Pékin et je téléphonai aux étudiants présents lors de ma première rencontre avec Wen Lan. Ils me dirent qu'ils n'étaient pas des amis proches et qu'ils n'étaient pas restés en contact avec elle depuis cette fameuse soirée.

Je me rappelai que Wen Lan m'avait dit qu'elle étudiait principalement le français, mais qu'elle apprenait aussi l'allemand au Goethe Institut. Je m'empressai d'aller là-bas pour consulter son dossier. Je découvris qu'elle avait laissé tomber ses études. Une secrétaire qui la connaissait m'informa qu'elle allait épouser un Allemand qui enseignait à l'Institut à temps partiel. Elle refusa de me dire son nom. Le doyen était un spécialiste reconnu de la Chine, marié à une Chinoise, et il avait sans doute une assez bonne connaissance des ruses féminines chinoises. Il écouta mon histoire avec beaucoup de patience et me répondit qu'il ne pouvait pas me donner les coordonnées de Wen Lan en Allemagne. Il me promit toutefois, si j'écrivais une lettre à Wen Lan, de la lui faire parvenir.

J'entrai dans une salle de cours déserte et m'assis pendant un long moment, l'esprit vide. Je pris plusieurs fois mon stylo pour lui écrire, sans savoir par où commencer.

Trois mois plus tard, je reçus une lettre d'elle, de Pékin. Elle me disait qu'elle avait épousé un de ses anciens professeurs d'allemand, qui avait en outre été cadre dans une entreprise de Pékin. Elle avait eu le coup de foudre pour lui dès leur première rencontre. Ils vivaient en Allemagne et étaient parfaitement heureux. Elle ne me disait pas dans quelle ville ils habitaient, et elle ne s'excusait pas. C'était comme si rien ne s'était passé entre nous. Elle ne se justifiait que dans une phrase où elle disait être comme un moineau désireux de prendre son envol et impatient d'étendre ses ailes tout de suite car demain serait trop tard.

Avant 1992, une Chinoise du Continent mariée à un Hongkongais devait attendre deux ans avant d'obtenir un statut de résidente permanente à Hong Kong. Après 1992, le délai passa à cinq ans. Cette politique discriminatoire inhumaine était une violation des droits de l'homme les plus basiques et une infamie pour Hong Kong. Si Wen Lan m'avait épousé, elle aurait dû forcément attendre deux années pour pouvoir vivre à Hong Kong. C'est pour cela que je ne lui en voulais pas d'avoir choisi d'épouser un Allemand. Je comprenais même la raison pour laquelle elle avait préféré « chevaucher un âne en attendant de trouver un cheval ». Ce qui m'indignait profondément, c'était qu'elle m'avait sciemment dupé et qu'elle n'avait même pas pris la peine de me faire part de ses projets. Je compris que c'était une femme qui ne se souciait que de son propre avancement et se moquait du sort des autres. Je cessai de m'intéresser à elle.

Ce soir-là, je dînai seul dans un restaurant singapourien des environs et je lus un livre électronique que j'avais sur mon téléphone portable. Je possède un téléphone portable K-Touch. Cette marque était autrefois la reine des contrefaçons de luxe mais c'est devenu aujourd'hui une marque internationale bien établie[1]. Ce téléphone dispose de toutes les fonctionnalités imaginables. Son interface utilise une technologie similaire à celle de Sony et ses fonctions combinent le meilleur de l'iPhone d'Apple et du Kindle d'Amazon. Bien que je continue à écumer la librairie Sanlian de façon régulière, depuis que j'ai acheté mon téléphone K-Touch, pratiquement tous les livres que je lis sont téléchargés directement depuis internet. J'ai déjà stocké sur mon téléphone les œuvres complètes de Jin Yong, de Zhang Ailing et de Lu Xun.

J'étais en train d'essayer de comprendre le sens de l'essai de Lu Xun, *Un Bel Enfer perdu* quand je reçus un appel de Wen Lan qui me demandait de la rejoindre. Je lui répondis que je n'avais pas le temps, mais elle insista et m'invita à déjeuner avec elle le lendemain à la Maison Boulud, au n° 23 rue Qian men. Il n'est pas facile de trouver des taxis là-bas, je n'ai pas de chauffeur, et de plus je ne me sentais pas d'humeur à être conciliant avec ce lustre en cristal de Baccarat. Je lui proposai à la place un petit café au n° 30 de l'allée Qianliang.

« Où se trouve l'allée Qianliang ? me demanda-t-elle.

— C'est près de l'Avenue nord de Dongsi, tout près de ta maison de Shatan. Tu connais, n'est-ce pas ? », lui répondis-je, énervé.

---

1. Outre la contrefaçon classique, la Chine connaît un phénomène baptisé « shanzai » qui consiste en une copie améliorée de marques célèbres. Les téléphones « shanzai » connaissent un gros succès car ils sont souvent innovants et moins chers que les « originaux » de marques étrangères.

Elle accepta ma proposition. Je sentais qu'elle avait quelque chose à me demander.

Quand nous nous vîmes le lendemain, comme je m'y attendais, elle me dit : « Jian Lin et moi ne sommes que des amis, alors ne fais pas courir de bruits. Il est marié, tu sais. »

Ainsi, elle voulait me faire taire. Elle ne m'avait pas vu depuis vingt ans et elle me convoquait pour ça. Mais je n'étais pas du tout en colère. Je me demandais simplement quels autres tours elle avait dans son sac.

« Jian Lin est un gros magnat de l'immobilier, lui dis-je pour la provoquer un peu.

— Qu'est-ce qu'un gros magnat de l'immobilier ? C'est juste quelqu'un qui a beaucoup d'argent, il n'y a rien d'extraordinaire là-dedans. »

Quel ton péremptoire ! Etait-elle à nouveau « en train de chevaucher un âne en attendant de trouver un cheval » ? Je devais reconnaître que bien que Wen Lan eût plus de quarante ans, elle était magnifique pour son âge, elle avait tout le charme d'une femme du continent européen. Bien des hommes avaient dû être fascinés par elle.

« Est-ce que tu vis toujours en Allemagne ? »

Elle me regarda d'un air surpris. « Je ne suis pas retournée en Allemagne depuis des lustres.

— On m'avait dit que tu avais épousé un Allemand et que tu étais partie vivre en Allemagne.

— Tu parles de Hans ? » Elle semblait m'en vouloir de ne pas être au courant de ses affaires. « Nous ne sommes plus ensemble depuis longtemps. L'Allemagne était un pays étouffant, je m'y suis ennuyée à mourir. Je suis partie pour Paris. Mon précédent mari s'appelait Jean-Pierre Louis. » Devant mon absence de réaction, elle ajouta : « C'est un sinologue très célèbre. » Je ne connaissais aucun sinologue français. « Les sinologues sont tous fous. Je ne les supporte pas, ajouta-t-elle après coup en guise de précision.

— Jian Lin t'a appelée professeur Wen.

— Professeur Wen ou docteur Wen, les deux conviennent. J'ai obtenu mon doctorat à Sciences Po Paris. Je suis une spécialiste des relations euro-africaines et conseillère auprès de la Communauté européenne et du ministère des Affaires étrangères chinois. »

Je me souvins que son père travaillait au Département central de la propagande. La pomme n'était pas tombée bien loin de l'arbre, à l'intérieur comme à l'extérieur de l'organisation, et cela profitait aux deux.

« Donc, tu as l'intention de rentrer au pays ?

— Tu veux dire revenir en Chine ? répondit-elle d'un air arrogant. Nous verrons. Il y a en Europe des gens qui m'attendent. Un vieil aristocrate ne cesse de me demander de l'épouser. Mais à présent, tout le monde sait que le vingt et unième siècle sera celui de la Chine. Si une très bonne opportunité se présentait, je pourrais envisager de revenir en Chine. Pour le moment, je fais des allers-retours. J'ai une maison à Paris et une autre à Bruxelles, et je suis en train de chercher un appartement convenable à Pékin. Et toi au fait ? Que fais-tu à Pékin ?

— Je reste chez moi, et de temps en temps j'écris un peu. »

A ces mots, son intérêt commença à décroître.

Puis elle me demanda : « Où habites-tu ?
— Au Village du Bonheur Numéro Deux.
— Où ça ?
— Au Village du Bonheur Numéro Deux, à Dongzhimenwai. »

Elle n'eut aucune réaction – ce n'était sans doute pas un endroit assez chic pour elle. Elle avait fait le tour de ma personne, je ne l'intéressais plus.

« Eh bien, Lao Chen, je dois y aller.
— Vas-y.
— Au sujet de Jian Lin … »

Je fis le geste de me clore les lèvres.

« Tu es un vieux Pékinois, maintenant, me dit-elle en faisant la coquette. Quand je reviendrai à Pékin, il faudra que tu me sortes ! »

Je faillis lui dire : « Pour quoi faire, Dieu du Ciel ! » mais je me tus.

Elle se leva et ajouta : « J'attends que tu prennes soin de moi. »

Dans la littérature réaliste socialiste, on appelle cela terminer par un bon mot. On peut aussi appeler cela se payer une assurance de voyage. Si elle agissait en femme d'influence, elle jouait aussi à la petite fille sans défense, elle prenait et prenait encore sans ressentir la moindre gêne. C'était consternant !

J'eus soudain l'impression d'être son escorte mâle de réserve.

Je la regardai par la fenêtre tandis que son chauffeur lui ouvrait la porte et qu'elle montait dans une BMW noire. Sa voiture arborait des plaques d'immatriculation WJ de la police armée du peuple.

Elle n'a plus rien d'une somptueuse Chinoise, pensai-je, elle est à présent un lustre français en véritable cristal de Baccarat. Mais peu importe qu'elle soit une lampe à pétrole chinoise ou un lustre français, elle est toujours dans la course, et c'est encore une femme attirante.

Le Second Printemps

Rien de notable ne se passa pendant plusieurs jours et personne ne chercha à me contacter.

Malgré cela, j'étais incapable d'écrire quoi que ce soit. Xiao Xi occupait toujours mes pensées, mais je n'essayai pas de la contacter.

Les deux premiers dimanches du mois étaient passés. He Dongsheng, l'officiel du gouvernement, assistait aux projections, mais personne d'autre n'avait été convié et c'était comme si Jian Lin avait arrangé les soirées uniquement pour He Dongsheng. Quand j'arrivai à la salle de réception de la BOBO Properties Corporation, Jian Lin avait déjà sérieusement commencé à boire.

« Wen Lan a rompu avec moi, me dit-il avec une gêne évidente quand il me vit entrer. Elle m'a laissé tomber. »

Un homme en pleine crise de la cinquantaine s'était lié avec une femme fatale. Je savais que Wen Lan pouvait aisément ensorceler un homme d'âge mûr comme Jian Lin ayant une passion pour l'art et la littérature.

« Avec qui est-elle à présent ?

— Avec mon cousin, me dit-il avec un sourire triste. Mais cette fois, elle ne va pas s'amuser.

— He Dongsheng ! m'exclamai-je.

— Non, un autre cousin à moi. Celui que j'ai revu à la cérémonie en mémoire de ma tante. Wen Lan a étudié à l'Ecole des Langues étrangères à Baiduizi, et c'est ma tante qui lui a enseigné le français.

— Qui est ton autre cousin ?

— Connais-tu le Groupe d'Investissements de l'Amitié EAL ?

— Celui qui s'est joint aux investissements en Afrique du tandem Wantwant Starbucks ?

— Ça, c'est des broutilles. Ils sont dans le pétrole, l'industrie minière, les bâtiments et travaux publics à grande échelle…

— Et dans le secteur de l'armement ? me risquai-je.

— Bien sûr, ils sont aussi dans l'armement. En Afrique, en Amérique latine.

— Et en Europe ?

— Turquie, Caucase, ex-Yougoslavie, Fédération de Russie. »

Je me souvenais que le P-D.G du Groupe EAL était un certain Ban Cuntou. « Alors, Wen Lan est avec Ban Cuntou ? »

Jian Lin acquiesça en maugréant.

« Tu veux dire qu'il est encore plus riche que toi ? » Je le provoquais sciemment à présent.

« Je ne peux même pas me mesurer à lui.

— Tu veux dire qu'il a encore plus de pouvoir que He Dongsheng ?

— Dongsheng s'implique envers l'Etat et envers le Peuple, m'expliqua Jian Lin. Mais il est seulement conseiller, au mieux il fait partie d'un cercle de réflexion haut placé. Il existe une foule de gens qui ont bien plus de pouvoir et d'influence que lui. Il compte moins qu'un secrétaire du Parti au Comité permanent du Politburo. Mais le fait d'avoir du pouvoir ou non dépend en grande partie de la marge de manœuvre de la faction auprès du Comité central. Tu ne comprends pas les rouages du système de l'Etat chinois. Il existe tant de règles non écrites que tu ne peux pas comprendre. Tu ne peux pas appréhender la situation de la Chine contemporaine si tu t'en tiens à la surface apparente des choses. Et il est impossible de l'expliquer à quelqu'un qui est en dehors du système du Parti. » Jian Lin commençait à perdre patience à mesure qu'il parlait.

Je suis habitué à l'idée selon laquelle les gens de l'extérieur sont incapables de comprendre le système du gouvernement chinois. C'est pourquoi je le laisse penser que je n'ai pas saisi la situation nationale de la Chine contemporaine. Il était hors de lui à présent et me trouvait exaspérant, alors je décidai de ne pas trop parler, je continuais à donner du prix à son amitié, aussi précaire fût-elle.

« J'espère que tu ne vas pas te mettre à écrire là-dessus, me dit-il très sérieusement.

— Je n'écris pas sur des commérages », répondis-je avec un certain ressentiment.

A la fin du dîner, nous n'avions plus rien à nous dire.

Je pensais que Wen Lan et Ban Cuntou étaient faits l'un pour l'autre. Wen Lan devait être satisfaite. Après tant d'années passées à « chevaucher un âne tout en attendant de trouver un cheval », elle devait être lasse. Voulait-elle réellement devenir la Première Dame de Chine ?

Quand He Dongsheng entra dans la salle, Jian Lin me fit un signe du menton.

He Dongsheng nous offrit à chacun une bouteille de Maotai et nous dit : « Ce Maotai vient des réserves spéciales de Zhongnanhai et il est destiné aux dirigeants de l'Etat. Il doit être très bon, vous pouvez le boire en toute confiance. »

Nous le remerciâmes avec effusion. Ce dirigeant de l'Etat insomniaque n'était somme toute pas aussi guindé que cela.

Jian Lin prit sa carafe en cristal et nous versa une bouteille de Château Laffitte 1989. Puis il lança le film – *Le Second Printemps*, sorti sur les écrans en septembre 1975, le premier film après les Huit opéras révolutionnaires modèles produits pendant la Révolution culturelle par la Bande des Quatre. A cette époque, Deng Xiaoping était revenu aux affaires et il s'était rendu aux Nations unies. A son retour, il avait annoncé que la technologie serait une priorité. La Bande des Quatre avait présenté ce film pour critiquer Deng Xiaoping, mais il n'avait été que peu projeté quand la Révolution culturelle s'acheva.

Je trouvais assez intéressant que le réalisateur soit Sang Hu. Il a réalisé de nombreux films, dont *Tristesse et joie de l'âge mûr* en 1949, *Le Sacrifice du Nouvel An* en 1956, *Un Amour sans fin* et *Longue vie à la mariée*, tous deux en 1947 sur un scénario de Zhang Ailing. D'après les indications que nous donne Zhang Ailing dans son roman semi-autobiographique *De Simples Retrouvailles*, qui ne fut publié qu'en 2009, Sang Hu fut le second amant de Zhang Ailing, après Hu Lancheng. Mis à part *La Fille aux cheveux blancs* sorti en 1972, il semble que Sang Hu ait aussi fait d'autres films de propagande pour Jiang Qing durant la Révolution culturelle.

Je jetai un coup d'œil en direction de He Dongsheng et je vis qu'il dormait. Je compris alors pourquoi il était venu si souvent à nos réunions ces derniers mois. Il souffrait d'insomnie chronique, mais quand il venait visionner ces films, il pouvait enfin se détendre et faire un bon somme.

Puis je regardai Jian Lin. Lui non plus ne suivait pas le film. Il avait la tête baissée, le visage dans ses mains. Je n'avais jamais pensé le voir si grave – il venait réellement de perdre la femme qu'il aimait.

L'intrigue du film tournait autour de la rupture houleuse des relations sino-soviétiques[1]. Au cours de ce premier printemps des années 60, deux factions rivales travaillaient dans un chantier naval. La première voulait rester autonome et ne compter que sur sa propre technologie, fruit de ses efforts de recherches et de ses développements pour construire un navire de guerre, le *Faucon des Mers*. L'autre faction considérait que les vieilles méthodes chinoises ne marcheraient pas et voulait utiliser la technologie « étrangère » de pointe et s'appuyer sur la coopération avec des experts occidentaux pour construire un navire de guerre, le *Poisson Volant*. L'équipe de construction du *Faucon des Mers* était constituée d'ouvriers des chantiers navals et d'ingénieurs d'un niveau technique moyen, tandis que l'équipe de

1. L'Union soviétique a aidé à créer le Parti communiste chinois en 1921, et les relations ont été initialement très proches après la victoire de Mao et la proclamation de la République populaire en 1949. Elles se sont dégradées après la mort de Staline en 1953, conduisant à la rupture et à un bref affrontement armé sur le fleuve Amour, à la frontière sino-soviétique, en 1969.

construction du *Poisson Volant* se composait d'un gestionnaire de chantier naval et d'experts hautement qualifiés, qui « avaient une confiance aveugle » dans les étrangers et suivaient la voie du développement prônée par les experts « blancs », plutôt que par les experts « rouges ». Entre les deux, se trouvaient un chercheur universitaire qui ne savait quel camp choisir et un secrétaire du Comité du Parti pour le Travail. Les deux factions campaient sur leurs positions, mais au printemps suivant l'équipe de construction du *Faucon des Mers* avait terminé de construire son navire de guerre avec succès, et il était assez facile de comprendre qui avait eu raison et qui avait eu tort. La Bande des Quatre se servait de ces adorateurs aveugles des étrangers pour critiquer Deng Xiaoping.

A la fin du film, alors que les lumières se rallumaient, He Dongsheng ouvrit les yeux et entama une longue analyse critique. Il avait sans aucun doute déjà vu tous ces films à l'époque de leur sortie.

« C'était ainsi avant et c'est autrement aujourd'hui. Nous avons fait un si long chemin pour entrer dans une nouvelle ère de l'Histoire où l'ordre a été rétabli. »

Jian Lin et moi l'écoutions tandis qu'il poursuivait.

« Rejeter d'emblée la technologie étrangère ne fonctionne pas, mais dépendre entièrement de la technologie étrangère n'est pas mieux. L'autosuffisance ne doit être que relative, elle ne peut être totale. Un grand pays ne peut pas compter uniquement sur les autres, mais il ne peut pas compter non plus que sur lui-même. A l'époque du vieux Mao, le niveau de vie des gens était bas et nous pouvions en pratique pourvoir à nos besoins en nourriture et en biens de consommation, mais il voulut notre autonomie dans le domaine des sciences, de la technologie, de l'information et de l'énergie, sans aucune aide de l'étranger. Il mit fin au commerce extérieur et n'avait des échanges qu'avec de petits pays sous-développés comme l'Albanie. Il recherchait une autarcie totale qui fut, au bout du compte, à la fois dommageable pour notre développement et totalement infondée.

« Pendant la période de réformes et d'ouverture du vieux Deng, les Américains voulaient que le monde entier abandonne cette politique d'autarcie. Ce genre de fondamentalisme du libre échange est tout aussi irrationnel, les Etats-Unis eux-mêmes ne peuvent y parvenir. A cette époque, nous exportions comme des damnés pour nous constituer des réserves en devises, et pendant un temps, cela fonctionna très bien. Mais dans un monde où le dollar américain est la monnaie de référence, pour garder notre monnaie renminbi à un niveau très bas et soutenir nos exportations nous avons dû acheter d'énormes quantités de dollars. Objectivement, cette politique ne pouvait pas se poursuivre bien longtemps, car il en résultait une faille structurelle. Quand le dollar se déprécia et que l'économie américaine s'effondra, nous avons failli sombrer avec elle.

« Par chance, nous avons ajusté nos politiques économiques et adopté une forme d'autosuffisance relative. Nous avons exporté notre production industrielle vers la Russie, l'Angola, le Brésil, l'Europe et le Canada, et acheté à l'étranger le pétrole, les céréales, les minerais, le bois et les autres matières premières qui manquaient à notre pays. Nous avons poursuivi notre commerce bilatéral avec l'Europe et l'Amérique et acheté leurs avions Boeing et leurs machines-outils pour nos industries de haute technologie. A côté de cela, nous avons fabriqué et produit tout ce que nous pouvions. Tout ce que nous pouvions cultiver nous-mêmes, nous l'avons exploité, tout ce que nous pouvions mener comme recherches et comme développements par nous-mêmes, nous l'avons réalisé aussi. Tous les biens et services que nous pouvions consommer et produire pour notre propre usage, des pommes de terre aux produits de base des petits producteurs, jusqu'aux téléphones portables et aux automobiles, nous les avons produits. Nous sommes un très grand pays d'un milliard trois cents millions d'habitants, et notre marché domestique constitue notre marché le plus important. Nous ne sommes plus aussi dépendants des Etats-Unis que par la passé, mais nous ne pratiquons pas aveuglément non plus ni le mercantilisme, ni le genre d'isolationnisme du vieux Mao. Nous nous impliquons toujours dans plusieurs secteurs du commerce international, même si celui-ci ne représente pas plus d'un quart de notre Produit intérieur brut actuel. N'est-ce pas cela, la bonne pratique de l'autonomie ? »

He Dongsheng se montrait très convaincant quand il s'exprimait, mais dès qu'il eut terminé, il retourna à son état de baudruche dégonflée. Nous avions compris que son exposé avait pris fin et sirotions tous trois notre vin en silence. A minuit, après que He Dongsheng se fut rafraîchi, on se sépara et chacun reprit sa route.

« Nous partons ensemble ? », me demanda-t-il quand il réapparut ; et cette fois je lui répondis : « D'accord, merci. » Je n'avais aucune envie d'entendre les diatribes larmoyantes de Jian Lin au sujet de Wen Lan.

J'étais un peu gêné tandis que nous descendions à pied vers le parking souterrain. He Dongsheng ne disait pas un mot et je ne voulais pas entamer une conversation de peur de me faire rembarrer, aussi je gardai le silence.

Il conduisait une Land Rover SUV noire, une voiture d'importation si courante à Pékin qu'elle en paraissait discrète. Sa plaque d'immatriculation était également une plaque ordinaire de Pékin – quelqu'un la lui avait sans doute cédée.

Après avoir démarré, He Dongsheng sortit de la poche de sa chemise un petit appareil électronique qui ressemblait à un minimoniteur pour regarder la télévision. Il appuya sur une touche et un écran vert apparut. Trois secondes plus tard, deux nouvelles lumières vertes s'allumèrent. Il rangea son appareil dans sa poche et me dit : « Rien à signaler. »

J'hésitai à l'interroger, mais il me fournit lui-même une explication. « C'est un dispositif antisurveillance et antilocalisation.

— Qui oserait vous surveiller ou chercher à vous localiser ?

— Mais tout le monde ! Le Comité central de discipline du Parti, le Département d'Etat, la Sécurité publique, le Service des personnels de l'Armée populaire de libération… Il existe tellement d'organisations et tellement de gens, qui sait ? Qui n'a pas d'opposants ? Je surveille les gens et les gens me surveillent. Je connais vos secrets et vous connaissez les miens. Il existe un dossier sur chaque personne, c'est ainsi que se joue la partie. »

Je m'instruisais encore. Même le Parti et ses principaux leaders avaient peur d'être surveillés. Tout en attachant ma ceinture de sécurité, l'air détendu, comme si j'étais au courant de tout et que rien ne pouvait me choquer, je fis une fausse manœuvre en essayant d'ajuster mon siège, la banquette partit en arrière et je me retrouvai à contempler le plafond de l'habitacle. He Dongsheng me releva et m'expliqua que sa voiture était équipée d'un dispositif spécial pour abaisser les deux sièges avant et les transformer en couchettes. Il pensait sans doute que cela pourrait paraître ambigu. Je ne l'ennuyai pas davantage et ne lui demandai aucun détail.

« Où habites-tu ? me demanda-t-il.

— Au Village du Bonheur N° 2. »

Il connaissait parfaitement l'endroit.

Je lui demandai s'il avait revu des camarades des Conférences pour une Chine prospère. « Non. » fut son unique réponse.

Je pensais qu'il avait terminé, mais il ajouta : « Shui Xinghua est un capitaliste responsable. Sais-tu ce que j'ai appris de ces Conférences sur une Chine prospère ?

— Non.

— J'ai enfin réalisé que les élites intellectuelles de Chine, de Taïwan et de Hong Kong voient les choses de façon totalement différente – les bases de leur savoir, leur approche des problèmes, leurs discours, leurs conceptions de l'Histoire et leurs regards sur le monde sont fondamentalement opposés. Et qui plus est, non seulement vous ne nous comprenez pas, mais nous ne vous comprenons pas davantage, et pour parler franchement, nous nous soucions peu de nous faire comprendre. Je veux dire, une compréhension véritable est virtuellement impossible. Quand je suis allé à la Conférence sur une Chine prospère, j'ai fini par réaliser que si les élites intellectuelles de ces trois entités étaient ainsi, les peuples devaient forcément l'être davantage encore. Cela m'a beaucoup aidé pour comprendre plus tard les questions relatives à Taïwan et à Hong Kong. »

J'ai vécu dans ces trois territoires et je comprenais ce que He Dongsheng me disait. Je trouvais remarquable qu'il ait fallu qu'il se rende à cette Conférence sur une Chine prospère pour saisir cette différence.

« Ces deux dernières années, les élites de Taïwan et de Hong Kong ont toutes étudié avec obéissance les leçons du Continent, lui dis-je.

— Ce n'est pas simple pour des étrangers de comprendre les affaires intérieures chinoises. »

Nous avions dû rouler trop vite car un policier de la circulation nous fit signe de nous ranger sur le côté. Je me disais que ce policier allait avoir des surprises, et en outre, je ne savais pas comment He Dongsheng allait réagir. Il gara sa voiture tout en attrapant son téléphone portable. « Je suis dans la rue Gongti est, presque au niveau de la rue Xindong, OK. »

Puis il raccrocha tandis que ce policier plutôt gras lui demandait son permis de conduire. Il ne répondit pas, et quand le policier le lui demanda une nouvelle fois, il se contenta de dire : « Attendez une minute », sans même lui jeter un regard. Je pouvais voir que l'agent de la circulation était sur le point de perdre son sang-froid quand son téléphone sonna. Pendant que le policier répondait, He Dongsheng démarra. « Mon secrétariat s'en occupe », me dit-il.

Le patron n'arrive pas à s'endormir et il conduit trop vite, pensai-je. Son secrétariat devait recevoir de nombreux appels comme celui-ci, tard dans la soirée. Et ils réglaient la situation. Etre le secrétaire d'une grosse huile comme lui ne devait pas être un emploi de tout repos.

Après, He Dongsheng ne dit plus un mot. J'en étais un peu désolé car je prenais plaisir à l'écouter me faire part de ses analyses. J'aimais bien ce leader insomniaque du Parti et de la Nation.

Wudaokoupengyou

Un matin, après le premier mai, j'allumai mon ordinateur et m'aperçus que j'avais reçu un courriel de *Wudaokoupengyou*, « un ami de Wudaokou ». D'habitude, je supprime tous les e-mails en provenance d'adresses inconnues, mais ces derniers temps, je les ouvre systématiquement afin de savoir qui me les envoie. Comme je m'y attendais, *Wudaokoupengyou* n'était autre que Xiao Xi.

Elle me demandait de l'attendre en face du marché paysan en plein air situé près de la porte Sud de Gongti.

J'ai toujours aimé flâner dans ces marchés paysans. Au nord de la Chine du Nord, les saisons sont bien marquées et les variétés de fruits et légumes suivent ces saisons ; sur ces marchés-là, c'est encore plus évident. Et puis leurs produits sont bien plus frais que dans les supermarchés, et je me sens en contact avec les gens ordinaires. Vous ne pouvez pas éviter d'avoir des contacts avec les gens quand une foule vous pousse et vous bouscule. Si vous leur obstruez le passage, ces Oncles et ces Tantes bourrus vous écartent sans ménagement de leur chemin, les bras chargés de cageots de légumes.

Je commençais un peu à m'inquiéter. Xiao Xi avait déjà plus d'une demi-heure de retard. Les autorités administratives de Pékin n'étaient pas vraiment raisonnables. Elles n'autorisaient pas ce marché paysan à rester ouvert au-delà de dix heures du matin, et il était presque l'heure. En mon for intérieur, je pestais contre ces petits bureaucrates pékinois qui ne font aucun cas des gens simples, quand j'entendis Xiao Xi m'appeler.

Je me retournai et la vis qui souriait, l'air plutôt heureuse. « Tu as pu venir ! lui dis-je.

— Oui, me voilà ! »

Elle portait un panier à provisions.

« Attends-moi ici pendant que je vais acheter quelques légumes, me dit-elle.

— Non, je t'accompagne. »

A dix minutes de la fermeture, le marché était particulièrement bondé. J'avançais derrière Xiao Xi. Quand elle marchait, je marchais et quand elle s'arrêtait, je m'arrêtais. J'avais l'impression de me frotter constamment à elle, et je pouvais sentir son parfum. Mais elle était occupée à marchander les prix, à faire son choix, à payer et à récupérer sa monnaie ; et puis elle jouait des coudes pour se frayer un chemin dans la cohue jusqu'à l'étal suivant. Les dix minutes passèrent en un éclair. Je ressentais une sorte de désinvolture que je n'avais pas éprouvée depuis bien longtemps.

Dans son courriel, Xiao Xi m'avait annoncé qu'elle voulait venir chez moi pour me cuisiner un repas. J'étais impatient.

« On ne pourra manger que des fruits et des légumes aujourd'hui, me dit-elle tandis que nous quittions le marché.

— Ça me va très bien.

— Tu as du riz à la maison, n'est-ce pas ? », me demanda-t-elle.

Je lui répondis par l'affirmative.

A vrai dire, je n'en avais plus quand j'avais reçu le message de Xiao Xi, mais je m'étais précipité chez Carrefour pour en acheter, ainsi que de l'huile, des épices, du poulet, du bœuf et de l'agneau. J'avais même acheté quelques ustensiles de cuisine. Je devinais qu'elle voudrait acheter des légumes au marché paysan.

« Etais-tu inquiet quand je t'ai fait attendre ?

— Pas tout à fait, mentis-je.

— Il a d'abord fallu que je sème les types qui me suivent », me dit Xiao Xi avec un changement dans la voix.

En chemin, elle me raconta tout ce qu'elle avait dû faire pour réussir à venir me voir. Quelques jours auparavant, elle était venue alentour pour regarder les immeubles, comme si elle avait l'intention de déménager. Elle avait fini par trouver une petite chambre meublée dans l'un de ces vieux buildings délabrés de style soviétique des années 70. Ce matin, elle avait rencontré le propriétaire, puis elle avait monté une malle remplie d'affaires et payé le loyer. Elle avait ensuite pris son cabas et dit qu'elle partait faire des courses.

Elle pensait que l'un des deux hommes qui la suivaient resterait à discuter avec le propriétaire pour voir comment installer du matériel d'écoute pendant qu'elle serait sortie. C'était parce que son précédent propriétaire avait brusquement changé d'attitude envers elle, que Xiao Xi avait compris qu'elle était suivie et mise sur écoute. L'autre type ne devait sans doute pas la suivre non plus, vu qu'elle venait de payer son loyer et qu'elle allait bientôt rentrer du supermarché. Même s'il l'avait suivie, il y avait deux entrées et deux sorties au supermarché de Jingkelong, elle avait donc pu lui fausser compagnie facilement. Et comme elle avait toujours fait comme si de rien n'était, ils ne devaient pas être vraiment sur le qui-vive.

Plus elle me parlait et plus j'étais inquiet. Tout cela n'était peut-être que le fruit de son hypersensibilité et de son imagination foisonnante. Néanmoins, il était possible qu'elle soit réellement surveillée. N'avais-je pas aperçu deux types en train de fumer ce jour-là au jardin du Musée des Beaux-Arts ? Je ne lui avais alors pas fait part de mes soupçons. La question, pour l'heure, était la suivante : Xiao Xi, les as-tu vraiment semés ? Si ce n'était pas le cas, comme cela m'était déjà arrivé par le passé, ses problèmes risquaient fort de devenir aussi les miens.

« Es-tu certaine que personne ne te suit ? »

Elle s'arrêta, se retourna pour regarder derrière elle, puis à gauche et à droite. « Tu vois, il n'y a personne. »

Nous étions dans la rue Xindong qui était bien dégagée et nous pouvions constater qu'en effet il n'y avait personne en vue. Je me sentais un peu honteux. Xiao Xi s'était donné tant de mal juste pour venir me voir et je ne me souciais que des ennuis qu'elle pourrait m'attirer. Mais comment n'aurais-je pas cherché à protéger ma vie stable et paisible ?

« Qu'est-ce qui ne va pas ? Détends-toi, il n'y a pas de problème, me dit-elle.

— Xiao Xi, que vas-tu faire ensuite ? lui demandai-je tandis que nous nous tenions sur le côté de la rue.

— Je vais faire l'assaisonnement ! ironisa-t-elle, en imitant le ton d'une réplique d'un opéra chinois. Il est possible que je quitte Pékin dès cet après-midi. »

Je restai sur place, abasourdi, ne sachant quoi répondre.

« Tu veux déjeuner ou quoi ? », me dit-elle avec un sourire.

Nous reprîmes notre marche en direction du Village du Bonheur n° 2.

C'était une chaude journée fleurie de printemps et l'air était empli du parfum des sophoras en fleur. Ils exhalaient une senteur profonde et sensuelle qui réveilla en moi un amour intense. Je me sentais très sentimental. J'aurais voulu dire simplement : « Xiao Xi, vivons donc ensemble, arrêtons de nous tourmenter, et passons le reste de notre vie heureux tous les deux. »

Mais je n'en eus pas le courage. Je manquais de détermination.

Xiao Xi s'activait à la cuisine, elle cuisinait avec adresse et rapidité. Je me tenais derrière elle, l'aidant au mieux. Elle retira son manteau et je pus apercevoir sur son épaule les cicatrices laissées par la Jeep qui l'avait renversée. Je pensai en moi-même : « C'est vraiment une femme bien, en dépit de ce qu'elle a vécu.

— Lao Chen, tous nos vieux amis ont bien changé », me dit-elle soudain tandis qu'elle découpait les choux de Shanghai.

Je me souvenais qu'elle m'avait dit la même chose dans le jardin du Musée des Beaux-Arts. Alors, je lui demandai : « En quoi ont-ils changé ? Explique-toi.

— Ils sont devenus… ils sont tous devenus tellement satisfaits de leur sort. Lao Chen, es-tu satisfait toi aussi ? »

Je sentais qu'elle me testait. « Xiao Xi, pourquoi *toi,* es-tu aussi insatisfaite ? »

C'est ainsi que nous bavardions, comme deux personnes d'âge mûr.

Xiao Xi marqua une pause, le visage sans expression, pendant un court instant. Puis elle me demanda à son tour : « Lao Chen, tu te souviens comment on se sentait à l'époque ? Quand tu étais là, en 1989, et que je tenais ce vieux restaurant à Wudaokou avec ma mère, et plus tard dans les années 90, quand nous avons ouvert le nouveau. Tu te souviens de ce dont nous discutions alors ? Te rappelles-tu pourquoi nous étions en colère, pourquoi nous luttions, quels étaient nos idéaux ? T'en souviens-tu, Lao Chen ? »

Je lui répondis tendrement : « Xiao Xi, pourquoi ne cherches-tu pas à oublier ? L'époque est différente à présent. »

Elle me regarda l'air vaguement déçue, et poursuivit : « J'ai déjà oublié bien trop de choses. J'ai oublié tant de choses enfermée dans mon hôpital psychiatrique. Je ne veux plus jamais oublier. »

Comme je m'apprêtai à lui poser d'autres questions, Xiao Xi sembla vouloir changer de sujet.

« Contentons-nous de déjeuner. » Elle baissa la tête et continua de découper les choux de Shanghai. Je compris que je venais de la perdre.

Quand elle servit le repas, Xiao Xi était détendue, mais pour elle, c'était clair, je faisais partie des gens de son entourage qui avaient bien changé.

Avant de manger, elle prit son médicament et me dit avec franchise : « C'est un antidépresseur que le psychiatre m'a prescrit, mais je ne pense pas qu'il me fasse du bien. Quand cette boîte sera finie, j'arrêterai. »

Je la complimentai sur son plat de pommes de terre sautées avec des piments et du chou de Shanghai vinaigré. Elle me dit que c'était un plaisir d'avoir pu me faire la cuisine. Je comprenais que, en réalité, elle me disait adieu.

Je décidai de faire une dernière tentative pour remonter dans son estime. J'avais à présent une idée juste de ce qu'elle ressentait. Elle avait l'impression que les gens étaient différents, qu'elle seule continuait à éprouver de la colère. Je lui fis écho : « Tu sais, Xiao Xi, certaines personnes se sentent mieux en se mentant à elles-mêmes, et simuler est alors un bon moyen de protéger son moi profond. Quand je vis qu'une lueur s'allumait dans ses yeux, je compris que je l'avais touchée.

— Certes, si l'on fait semblant trop longtemps, on devient vite incapable de distinguer le vrai du faux », continuai-je. Xiao Xi m'écoutait calmement.

Je poursuivis sur mon idée, la formulant au fur et à mesure. « Lu Xun a dit que certaines personnes sont nostalgiques d'un bel enfer perdu parce qu'il y aura toujours un mauvais enfer qui est bien pire que le bel enfer perdu. Cela va sans dire. Mais entre un bel enfer et un paradis contrefait, lequel les gens vont-ils choisir ? Quoi que tu en penses, beaucoup de gens trouveront qu'un paradis contrefait est bien meilleur qu'un bel enfer. Ils savent parfaitement que ce paradis-là est contrefait, mais ils n'oseront pas le mettre à jour. Le temps passant, ils finiront même par oublier qu'il s'agit d'un faux paradis. Ils prendront la défense de ce paradis en s'appuyant sur le fait qu'il s'agit du seul paradis existant. Mais il y aura toujours une minorité, même si elle est extrêmement faible, pour choisir le bel enfer, aussi douloureux soit-il, car dans celui-là, au moins, tous seront bien conscients qu'ils vivent en enfer. »

Je n'étais pas certain de savoir ce que je voulais exprimer, mais plus je parlais, plus je trouvais que cela avait du sens. Xiao Xi m'écoutait avec attention. Sur le Continent, quand vous mentionnez Lu Xun, un écrivain que certains comparent à Dickens ou à Joyce, vous touchez une corde sensible, surtout chez des gens d'un certain âge et d'une certaine éducation. A tout le moins, ce que je venais de lui dire l'avait rapprochée de moi.

Elle sembla pensive, puis demanda : « Est-ce que tu veux dire que je suis trop nostalgique de mon bel enfer perdu et que de ce fait je refuse d'accepter notre paradis contrefait ?

— Je parle de deux choix différents, lui répondis-je, pas très sincèrement.

— Entre un bel enfer et un paradis contrefait, lequel choisirais-tu ? »

Elle avait tapé dans le mille. Elle venait de poser la question clef, je devais me montrer très prudent. Je voulais nous rendre plus complices, aussi lui dis-je :

« Il est possible… si c'est nécessaire, que je sois enclin à choisir le bel enfer. »

Ces mots firent sourire Xiao Xi. Si elle s'était tenue plus près de moi, j'aurais pu l'embrasser, mais la table de la cuisine nous séparait.

« Lao Chen, est-ce que je peux te serrer dans mes bras ? », me demanda-t-elle.

Je fis le tour de la table et je l'étreignis aussi fort que possible.

« Bienvenue à nouveau dans le bel enfer ! », me dit-elle.

Je mourais d'envie de lui dire : « Xiao Xi, vivons ensemble », mais les mots restaient coincés dans ma gorge.

A cet instant précis, l'interphone sonna. Xiao Xi se raidit aussitôt et je la relâchai. « Xiao Xi, pensais-je, ils t'ont coincée, et il n'y a pas d'issue possible cette fois. »

Me préparant à des ennuis, j'allai jusqu'à la porte. Quand je regardai Xiao Xi derrière moi, elle se tenait toujours debout, immobile, retenant sa respiration.

Je poussai le bouton de l'interphone et criai : « Qui est là ? »

Une voix d'homme retentit, l'air surpris, à l'autre bout : « Etes-vous monsieur Chen ? »

Je vis Xiao Xi enfiler son manteau en toute hâte, saisir son cabas et venir près de moi pour écouter.

Je criai à nouveau dans l'interphone : « C'est pourquoi ?

— Monsieur Chen… une minute, je vous prie… » L'homme semblait s'être éloigné de l'interphone.

« Est-ce qu'il y a une autre sortie ? », me demanda Xiao Xi. Je hochai la tête.

Puis une voix de femme hurla dans l'interphone. « Lao Chen, ouvre la porte ! S'il te plaît, ouvre la porte.

— Qui est-ce ? criai-je.

— C'est moi ! », hurla-t-elle à son tour.

Alors, je reconnus enfin la voix de Wen Lan.

« C'est bon, c'est une amie à moi », dis-je à Xiao Xi.

Xiao Xi ouvrit la porte et me dit : « Je monte sur un autre palier, tu pourras ensuite lui ouvrir la grille d'entrée. »

Cela ne me semblait pas nécessaire, mais avant que j'aie pu dire un mot, Xiao Xi avait ouvert la porte de l'appartement et filé dehors.

Je pressai le bouton d'ouverture et j'entendis le bruit de la grille d'acier qui s'ouvrait en bas. Xiao Xi se cacha sur le palier du dessus. Mon immeuble n'a pas d'ascenseur et je pouvais entendre le claquement des talons hauts de Wen Lan qui montaient rapidement vers le troisième étage.

Dès qu'elle arriva dans mon appartement, elle me demanda : « Pourquoi diable as-tu mis si longtemps pour ouvrir cette porte ?

— Que veux-tu ? lui demandai-je en lui bloquant l'accès à ma pièce.

— Quelqu'un s'en est pris à moi, cela m'a blessée et j'ai besoin d'une épaule sur laquelle pleurer.

« Tu crois vraiment que je serai toujours à ta disposition », pensai-je.

Elle était visiblement très agitée et des larmes coulaient sur ses joues. « Pourquoi me regardes-tu aussi cruellement ? Tu ne m'as jamais traitée ainsi. Ne disais-tu pas que tu prendrais soin de moi ? »

Qu'allait penser Xiao Xi en entendant cela ?

« Entre », lui dis-je dans un souffle.

Wen Lan entra sans ménagement et je refermai rapidement la porte derrière elle. Je savais que Xiao Xi allait profiter de cette occasion pour s'enfuir, emportant avec elle des idées fausses sur ma relation avec Wen Lan.

« Qu'est-ce qui ne va pas ? Pourquoi as-tu l'air si choqué ? me demanda Wen Lan.

— Comment m'as-tu retrouvé ? » Je commençais à être vraiment en colère.

« Dongzhimenwai, Village du Bonheur n° 2. J'ai demandé à l'agent de sécurité où vivait l'écrivain de Hong Kong et il m'a amenée jusqu'ici.

— Tu me prends vraiment pour ta roue de secours ? lui dis-je en baissant d'un ton.

— De quoi parles-tu ? me demanda-t-elle.

— Je ne veux plus jamais te revoir, lui dis-je lentement, et à dessein.

— Qu'est-ce que tu veux dire ? me cria Wen Lan soudain, comme si elle avait du mal à en croire ses oreilles.

— Va-t'en, lui dis-je froidement. Et ne reviens jamais.

— Répète-le.

— J'ai dit : fous-moi le camp d'ici. » Je pointai mon doigt vers la porte.

« Très bien, tu n'as pas de cœur de toute façon, me dit Wen Lan comme si elle avait finalement compris le message. Mais je te préviens, tu viens de me faire de la peine et cela aura des conséquences. »

Wen Lan attendit d'avoir passé la porte pour se retourner et me faire avec rage un bras d'honneur. Je lui répondis lentement par le même geste.

Le paradis sur terre

Je n'aurais pas dû laisser partir Xiao Xi. J'aurais dû lui déclarer ma flamme bien avant. J'ai des regrets à présent.

Cela fait deux semaines et pas la moindre nouvelle d'elle. J'ai écrit un courriel à *wudaokoupengyou* mais je n'ai pas eu de réponse. J'ai fait des recherches sur le net au sujet de *wudaokoupengyou*, mais je n'ai récolté qu'un grand nombre d'informations sur le quartier de Wudaokou et sur ceux qui aiment le fréquenter. Je n'ai pu trouver aucun des messages envoyés par Xiao Xi. C'était bien différent de la fois précédente, quand elle utilisait *feichangwuraook* comme adresse e-mail : « Si vous n'êtes pas sincère, ne m'ennuyez pas. D'accord ? » Maintenant que Xiao Xi se savait surveillée, son e-mail et les noms de sa page web étaient probablement devenus inaccessibles. C'est comme si elle avait utilisé cette adresse *wudaokoupengyou* dans le seul but d'entrer en contact avec moi. Quel pouvait bien être son adresse de courriel et son identité internet à présent ?

Je m'en rendais compte trop tard, mais chaque jour qui passait m'obligeait à réaliser à quel point j'étais amoureux. J'étais prêt à aller jusqu'en enfer pour elle. Mais le pire, c'était que le sentiment de bonheur que j'éprouvais depuis deux ans m'avait abandonné. Je désirais son amour plus que tout et je n'étais plus heureux.

Un jour, alors que l'air de Pékin était empli du parfum des chatons de saules et des pommiers en fleur, je me rendis jusqu'à l'appartement de Dong Niang. J'entrai, l'air abattu, dans sa chambre, retirai ma chemise et mon pantalon et plongeai sur son lit.

Dong Niang commença à se déshabiller face à moi. « Retire tout, mon chéri, cette nuit c'est cadeau.

— Qu'est-ce qui est cadeau cette nuit ? lui demandai-je.

— Cette nuit sera ma dernière.

— Comment ça, la dernière ?

— Je m'en vais. Je quitte Pékin.

— Tu quittes Pékin ? » Je m'assis dans le lit, désemparé.

« Pas de larmes, surtout. » Dong Niang me taquinait. « Mon chéri, Dong Niang ne t'a jamais vu aussi malheureux. Tu es toujours mon joyeux amant, n'est-ce pas ?

— Je vais vraiment mal.

— Laisse Dong Niang te réconforter. »

Elle m'embrassa, mais je reculai. « Xiao Dong, je veux juste qu'on parle. »

Elle me laissa et sortit du lit. « Je vais tirer les cartes du tarot et te dire la bonne aventure. »

Je n'aime pas l'appeler Dong Niang, je préfère l'appeler Xiao Dong (Petite Dong), comme à l'époque où elle travaillait au Paradise Club. Quand Xiao

Dong avait appris que j'étais écrivain, elle m'avait demandé de lui recommander des romans à lire. Ce n'était pas indispensable, car elle aimait lire de la fiction et, sans mes conseils, elle avait déjà lu beaucoup de livres de Qiong Yao, Yan Qin, Cen Kailun, Yi Shu et Zhang Xiaoxian. Je lui dis de lire des traductions, en commençant par Jane Austen. Elle avait donc lu les six romans d'Austen et bien mieux que je n'avais su le faire. Puis elle avait continué et lu bon nombre de romans populaires en traduction. Je me souviens lui avoir demandé quels étaient ses romans préférés, et elle m'avait répondu : le roman de Robert James Waller *Sur la route de Madison* et celui de Qiong Yao *Que dure un coucher de soleil ?* Nos goûts étaient différents, mais comme nous étions tous deux des amoureux des livres, je me suis toujours senti proche d'elle. Quand elle quitta le club et commença à recevoir ses clients chez elle, je continuai à lui rendre visite pendant plusieurs années, mais pour moi, elle était restée la Xiao Dong qui aimait lire des romans. Pendant un temps, beaucoup de clients taïwanais se retrouvaient chez elle pour jouer au poker et fumer des cigares. Je me joignais quelquefois à eux. Ils parlaient de Dong Niang par-ci, et de Dong Niang par-là, jusqu'à ce que je me mette moi aussi à l'appeler Dong Niang au lieu de Xiao Dong.

« Où se trouve mon amoureuse ? »

Elle commença à disposer les cartes du tarot mais j'avais changé d'avis. « Non, non, prédis-moi autre chose. » J'étais assez sceptique quant à ses talents de cartomancienne. Je pensais qu'elle ne le faisait que pour s'amuser. Et si elle m'indiquait vraiment un lieu où la trouver ? Il faudrait alors que je décide si je devais suivre ses prédictions pour retrouver mon amour possible. Je ne pouvais pas remettre mon sort entre ses mains. Je lui fournis donc un autre scénario, une énigme typique pour cartes de tarot. « Je suis à la croisée des chemins. La première route me conduira vers une vie stable et confortable mais je ne serai jamais pleinement satisfait. La seconde route m'entraînera dans bien des ennuis, même des difficultés insurmontables, mais elle peut me conduire aussi à trouver le véritable amour et le plus grand des bonheurs. Quelle route dois-je choisir ? »

Elle battit les cartes plusieurs fois, et les disposa en deux rangées. Puis elle dit : « La première route est paisible et prospère. La seconde est jonchée d'obstacles et d'incertitudes, mais tu y trouveras l'amour. » Sa réponse était une reprise à l'identique de ma question.

Mais ensuite, elle ajouta : « Ces cartes nous parlent de changements. Tu es resté bien longtemps sur la première route. Si tu désires changer et prendre la seconde, alors tu dois la suivre. Si tu ne le fais pas, tu auras des regrets. » C'était exactement ce que je voulais m'entendre dire.

« Xiao Dong – j'aime t'appeler encore Xiao Dong – je te remercie.

— Lao Chen, c'est la première fois que je te vois vraiment depuis deux ans… je veux voir ton vrai visage.

— Mon vrai visage ? N'étais-je pas bien réel, auparavant ?

— Avant, avant… tu étais pareil que les autres, toujours tellement, tellement…

— Tellement heureux ? lui demandai-je, le cœur battant.

— Exactement. Cela a commencé il y a deux ans environ. Pour toi comme pour mes autres clients, en fait, tout le monde autour de moi est soudain devenu si heureux !

— Est-ce que tout le monde autour de toi a changé ? », je citai les propres mots de Xiao Xi.

« On peut dire ça comme ça, dit Xiao Dong.

— Mais toi, tu n'as pas changé, n'est-ce pas ? Pourquoi ? »

Xiao Dong resta silencieuse un moment. Puis, elle me dit : « Lao Chen, on est amis depuis plus de dix ans. Est-ce que je peux te dire la vérité ? »

J'acquiesçai.

« Tu sais que je suis ce que les gens de Hong Kong appellent "une femme du Tao, une junkie", c'est bien ça ? »

Cela ne me choquait pas. « Je ne l'aurais jamais su si tu ne me l'avais pas dit. Je n'ai jamais vu de traces de piqûres sur toi.

— Je n'utilise pas de seringues. Si les clients voyaient cela, ils n'aimeraient pas.

— Quel genre de drogue prends-tu ?

— Tout ce que je peux trouver à avaler.

— Tu me mettras leurs noms par écrit plus tard. J'aimerais savoir ce que c'est, lui dis-je en restant sur mes gardes. Continue. Que se passe-t-il quand tu as consommé de la drogue ?

— Quand je me drogue, parfois je plane très haut, parfois je dégringole. Et parfois, je deviens hyperconsciente de tout ce qui m'entoure. Dans ces moments-là, je me rends bien compte que le monde a changé, que les gens autour de moi ne sont pas tout à fait normaux.

— Comment ça "pas tout à fait normaux" ?

— Ils ne sont pas normaux, c'est tout. Ils sont différents d'avant, toi y compris, Lao Chen, ils sont trop… Ils se sentent trop heureux. Je ne peux pas l'expliquer, mais ils sont différents d'autrefois. Ce n'est pas le genre de grande défonce, comme quand les gens comme moi se droguent. C'est un genre de petite défonce très diffuse. »

Je faisais des efforts pour comprendre le sens de ses paroles. Je croyais comprendre, mais en réalité, ce n'était pas le cas.

« Mon petit ami et moi, nous ne supportons pas ça, poursuivit-elle. Il vient d'Australie. Il écrivait dans le temps des guides de voyages pour les routards et il vit en Chine depuis vingt ans. Il dit que la mentalité des Chinois a évolué sans discontinuer depuis des années. Elle a changé en 1992, après le voyage de Deng Xiaoping dans le Sud, puis à nouveau en 1994 avec le contrôle de la macro-économie, puis encore en 1997 avec la rétrocession de Hong Kong à la Chine, puis elle a évolué en 2000 quand la Chine est entrée à l'OMC, puis en 2003 après l'épidémie de SRAS, puis en 2008 avec l'arrivée de la torche olympique et la cérémonie d'ouverture des Jeux, et encore à présent, depuis ces cinq dernières années. Il me dit que par le passé, les pays qui étaient en tête sur l'échelle du Bonheur national étaient toujours des pays comme le Nigeria, le Venezuela ou Porto-Rico. Ces peuples étaient tous particulièrement heureux, disait-on dans les reportages. Tu n'imaginerais même pas le niveau abyssal qu'atteignait la Chine dans ce classement, et puis soudain en l'espace de deux ans la Chine s'est hissée au premier rang. Plus d'un milliard de gens seraient parfaitement heureux ! Tu ne trouves pas qu'il y a quelque chose qui cloche avec les Chinois ? Comment peuvent-ils être aussi heureux ? »

Vivre avec son petit ami étranger, pensai-je, lui a sans aucun doute donné une autre vision des choses.

« Mon petit copain prend aussi de la drogue. Une fois on a plané ensemble et nous avons eu une grande discussion à propos de Jane Austen. C'était fantastique. Ensuite, nous sommes devenus très proches. Tu te souviens de l'année où il y a eu une grande répression ? Quand j'habitais dans le quartier de Wangjing ? Je savais que je risquais d'être dénoncée à la police, alors je suis allée vivre chez mon petit ami dans le quartier des Ambassades. Je n'ai pas osé sortir pendant plusieurs semaines, sinon qui sait si je serais encore en vie aujourd'hui ? Tu vois, tu ne t'en souviens même plus.

— Mes souvenirs de cette période sont plutôt confus.

— Aujourd'hui, une personne normale ne se souvient pas. Ceux d'entre nous qui se rappellent sont les anormaux. C'est pour cela que mon copain et moi nous ne les supportons pas. A Pékin, depuis deux ans, il devient de plus en plus difficile de trouver la came dont nous avons besoin. On dirait qu'il y a de moins en moins de dealers. Au début de cette année, nous sommes allés dans une région montagneuse de la province du Yunnan pour voir si les choses étaient un peu mieux là-bas. Nous avons découvert que les gens qui y vivent nous ressemblaient davantage. Bien sûr nous sommes tombés sur un tas de junkies et certains étaient vraiment infernaux, mais il y en avait aussi des bien. Et puis nous avons vu les peuples des montagnes, aucun d'entre eux n'avait cette façon douce de planer des gens ordinaires. Mon petit ami appelle cette façon douce de planer, *hai-lai-lai*, ça veut dire "être high light-light". Parfois il exagère, et dit que tout le monde ressemble maintenant à ces ouvriers ou à ces soldats, des révolutionnaires à l'air béat, comme ceux que l'on peut voir sur ces affiches du temps de la Révolution culturelle. En vivant parmi eux, il est possible que tu n'aies rien remarqué. Ce phénomène n'est pas seulement présent à Pékin ; nous avons traversé tout le pays et tout le monde est *hai-lai-lai*, sauf dans ces régions montagneuses ou dans l'extrême Nord-Ouest. Mon copain et moi nous en avons discuté longuement et nous avons finalement décidé de déménager au Yunnan près de l'autoroute 320 le long de la frontière avec la Birmanie. » Elle se tut, attendant mes réactions.

« Je connais quelqu'un qui ressent la même chose que vous deux, lui dis-je. Elle non plus ne supporte pas le *hai-lai-lai*.

— Vraiment ?

— Elle prend des antidépresseurs.

— Peut-être que les antidépresseurs ont le même genre d'effets, me dit Xiao Dong avec conviction.

— C'est possible. C'est elle, la seconde route sur laquelle je viens d'interroger le tarot. »

Deuxième partie

1

Errances

L'ère du Contentement

« L'ère du Contentement ! » Zhuang Zhizhong, l'un des vénérables fondateurs et rédacteurs de *Dushu* avait souvent réfléchi à cette expression. Il se félicitait d'avoir vécu assez longtemps pour voir ce jour arriver, d'avoir survécu aux périodes de troubles successives et de pouvoir être le témoin de cette époque de bonheur – L'âge d'or de la prospérité et du bonheur de la Chine. Il se répétait souvent que la chose la plus importante dans la vie était de pouvoir vivre le plus longtemps possible. Tous les autres fondateurs et rédacteurs de *Dushu* étaient décédés et il restait l'une des rares figures majeures encore en vie. Toute la gloire retombait ainsi sur lui.

Au cours de la Fête du Printemps, le membre du Politburo en charge de la propagande culturelle vint lui rendre visite, il était même accompagné d'un reporter de la télévision nationale CCTV. Bien que cela ne soit pas un événement aussi prestigieux que par le passé, quand Ji Xianlin avait reçu la visite du

Premier ministre, ce fut tout de même un événement d'importance dans les milieux culturels et dans ceux de l'édition. Zhuang Zizhong n'était ni un grand académicien de formation classique ni un célèbre romancier récompensé par des prix littéraires. Il y a quelques années à peine, si vous aviez entendu dire qu'un membre du Politburo allait se rendre au domicile d'un fondateur âgé d'une revue universitaire, vous auriez cru à une plaisanterie. A ce geste, on peut apprécier à quel point le Politburo actuel attache de l'importance aux intellectuels et aux penseurs. C'est une chose que l'on n'avait pas vue depuis la fin des années 80.

Lors de la réception du Nouvel An de *Dushu,* Zhuang Zizhong déclara modestement à toute l'assemblée que le mérite en revenait surtout à *Dushu*. Tous les efforts accomplis pendant plus de trente ans par les rédacteurs successifs n'avaient pas été accomplis en vain, et aujourd'hui, *Dushu* recevait un hommage officiel des dirigeants du Comité central du Parti. Il rappela à son auditoire que par le passé, le Parti avait parfois montré de l'incompréhension à l'égard du magazine et qu'il l'avait censuré pour sa liberté de ton et pour ses choix. Quand plus tard, ils avaient restauré de bonnes relations avec le Parti, celui-ci continuait à ne pas leur accorder sa confiance. Mais tout avait changé au cours des deux dernières années. En premier lieu, les précédents rédacteurs et les rédacteurs assistants travaillèrent ensemble de façon miraculeuse et harmonieuse. Puis tous les écrivains de la revue, qui avaient soutenu des opinions contradictoires par le passé sur la manière dont le pays devait être dirigé, trouvèrent soudain un consensus. C'était surtout depuis que la nouvelle union des rédacteurs avait organisé un large séminaire de réflexion sur le thème « La Nouvelle Prospérité de la Chine » que *Dushu* reprit la place, qu'il avait brièvement perdue, la première revue littéraire nationale. On put ainsi se rendre compte de l'importance capitale que cet événement revêtait également pour les dirigeants du Parti.

Zhuang Zizhong avait présenté une dizaine de propositions de politique intérieure qui concernaient la nouvelle ère de prospérité de la Chine :

La dictature démocratique du Parti unique,

Menée dans un cadre légal avec la stabilité comme principal objectif,

Un gouvernement autoritaire qui gouverne dans l'intérêt du peuple,

Une économie de marché contrôlée par l'Etat,

Une concurrence loyale garantie par des entreprises détenues par l'Etat,

Un développement scientifique ayant des caractéristiques purement chinoises,

Une politique étrangère harmonieuse centrée sur la Chine,

Une république multi-ethnique dirigée par l'ethnie dominante des Han chinois,

Une vision du monde principalement post-occidentale et post-universaliste,

La restauration de la culture nationale chinoise en tant que culture mondiale dominante,

Et ainsi de suite…

Toutes ces positions, qui sont à présent des principes bien établis, paraissent faire preuve d'un bon sens qui n'a rien d'extraordinaire. Mais pour quelle raison *Dushu* avait-il dû les défendre pendant toutes ces années avant de parvenir à un consensus qui lui soit favorable ? Quoi qu'il en soit, Zhuang Zizhong pensait que *Dushu* avait reçu là une preuve de reconnaissance positive de la part du Parti, ce qui voulait dire qu'il avait ainsi la preuve que le Parti confirmait la valeur de sa propre allégeance au Parti et à la Nation. Zhuang Zizhong avait le sentiment qu'il s'agissait du plus grand succès de ses vieux jours.

A présent, il était assis dans son fauteuil roulant et sa nouvelle et jeune épouse le conduisait vers sa voiture toute neuve. Avant même qu'un membre du Politburo ne lui rende visite pendant la fête du Nouvel An, il avait été décidé en haut lieu qu'il devrait bénéficier d'une voiture officielle avec chauffeur. Cette voiture de fonction devait permettre à Zhuang Zhizhong d'aller faire un tour chaque dimanche après-midi à la Librairie Sanlian.

*

Pendant que Zhuang Zizhong sortait de sa maison, Lao Chen, l'écrivain taïwanais qui résidait depuis longtemps à Pékin, venait tout juste de quitter à pied le lotissement du Village du Bonheur N° 2 et commençait sa promenade de l'après-midi en direction de l'un des trois cafés Starbucks des environs. Comme c'était un samedi, les cafés Starbucks du Swire Village de Sanlitun et du Dongzhimenwai Ginza seraient certainement bondés. Son unique possibilité était de tenter celui du centre commercial de la tour CW sur la partie nord de la rue Gongti.

Il espérait seulement que tous les yuppies en col blanc seraient déjà dans leur salle de gym, au lieu de monopoliser les sièges du Starbucks et les postes wi-fi pour surfer sur internet.

La seule chose qui sortait de l'ordinaire, c'était que, pour la première fois depuis deux ans, Lao Chen n'était pas très heureux en sortant de chez lui. Son sentiment de bonheur l'avait abandonné. On pouvait même dire que lorsque Lao Chen sortit de chez lui, il se sentait d'une humeur assez pitoyable.

Depuis que Xiao Xi avait quitté son appartement du Village du Bonheur N° 2, Lao Chen ne se sentait pas bien, et le départ de Pékin de Xiao Dong n'avait fait qu'aggraver son état.

Quelques jours après la fuite de Xiao Xi, Lao Chen s'était rendu à Wudaokou pour rendre visite à Grande Sœur Song. Il avait choisi prudemment de venir à dix heures du matin en espérant que le jeune et talentueux Wei Guo serait pris par ses cours. Il venait lui demander si elle avait reçu de simples nouvelles de Xiao Xi. Lao Chen s'approcha de la porte de service du restaurant « Aux Cinq Saveurs » et se cacha tout près, essayant de ne pas attirer l'attention, jusqu'à ce que Grande Sœur Song arrive. Il était vêtu d'un trench-coat de couleur beige, du genre que portait l'acteur comique Ng Man Tat quand il jouait le rôle d'un détective privé, ou comme Law Kar Ying dans son rôle de pervers exhibitionniste.

Manifestement, Lao Chen ne se voyait pas ainsi. Dans son esprit, quand il avait enfilé ce manteau, il se voyait plutôt ressembler à un dur d'Hollywood comme Humphrey Bogart ou un personnage de Graham Greene. A cause de cette fausse perception de lui-même, quand Lao Chen, anxieux, jaillit brusquement pour saluer Grande Sœur Song, celle-ci poussa un cri d'effroi.

Après l'avoir rassurée, Lao Chen lui demanda si elle connaissait le moyen de joindre Xiao Xi. Grande Sœur Song sortit un papier de la poche de son manteau : « Je me doutais que vous alliez venir. Il y a de cela quelque temps, quand je pouvais encore lui envoyer des e-mails, Xiao Xi m'avait demandé si elle ferait bien de vous revoir et je lui avais répondu que oui. Ensuite, elle ne m'a pas dit si elle l'avait fait ou pas. Avant-hier, j'ai reçu ce message. Je ne sais pas d'où il a été envoyé, mais je l'ai recopié parce que je me doutais que vous passeriez.

— Que veulent dire ces mots ? », demanda Lao Chen en regardant la note sur laquelle quatre mots de chinois étaient inscrits en écriture occidentale : *mai zi bu si*.

« Je n'en ai pas la moindre idée.

— C'est bien Xiao Xi qui vous l'a envoyé ?

— Je suis certaine que cela vient d'elle. »

Lao Chen n'était qu'à moitié convaincu, quand Grande Sœur Song prit ses mains dans les siennes. Elle s'agenouilla en se courbant vers le sol et l'implora : « Lao Chen, vous devez sauver Xiao Xi, vous devez la sauver.

— Relevez-vous, Grande Sœur Song », lui dit Lao Chen en l'aidant à se redresser.

Elle se mit alors à pleurer et Lao Chen eut les larmes aux yeux lui aussi.

« Lao Chen, je sais que vous allez sauver Xiao Xi. Vous êtes un homme bon, Lao Chen, vous allez la sauver.

— Je vais faire de mon mieux. Je ferai tout mon possible. »

Quand il rentra chez lui, Lao Chen s'assit face à son ordinateur et contempla ce bout de papier, l'esprit vide : *mai zi bu si*. La fois précédente, il avait saisi immédiatement que *feichangwuraook* voulait dire : « Si vous n'êtes pas sincère, ne m'ennuyez pas. D'accord ? » Mais que pouvait signifier ce *mai zi bu si* ? : « Vendre de l'apparence en cousant des vêtements ? » « Enterrer une lettre enrichit la postérité ? » Il essaya divers idéogrammes, mais le problème, avec la romanisation des caractères chinois, c'est qu'ils n'indiquent pas le ton et que chaque ton regroupe toute une série d'idéogrammes aux sens différents.

Lao Chen se souvenait que, quand il était enfant et vivait à Tiu Keng Leng, à Hong Kong, sa mère travaillait comme cuisinière pour une église catholique. Le dimanche matin, elle l'emmenait à l'office du temple protestant car ensuite, on leur distribuait un sac de farine offert par le peuple américain. Sa mère somnolait pendant tout l'office, mais lui aimait bien écouter le sermon du pasteur. Une fois, le pasteur avait cité les paroles de l'Evangile à propos d'un seul grain de blé : « Si un grain de blé tombe dans la terre, il sera seul, mais s'il meurt, il portera beaucoup de fruits. » Dit autrement, un grain de blé qui tombe dans la terre ne meurt jamais : *mai zi bu si*. Xiao Xi avait-elle changé son identité sur internet en *mai zi bu si*, « le grain qui ne meurt pas » ? Pourtant, dans son souvenir, elle ne s'était jamais montrée croyante.

Lao Chen rechercha les quatre caractères chinois *mai zi bu si* sur internet et plusieurs liens vers la littérature et la religion apparurent. Par exemple un livre sur Zhang Ailing et l'école Zhang du roman intitulé *Le grain tombé dans la terre ne meurt pas*, écrit par le professeur de Harvard Wang Dewei, ainsi qu'une traduction chinoise de 1924, du roman autobiographique d'André Gide *Si le grain ne meurt*. Lao Chen consulta une bonne douzaine de pages web, mais il ne put trouver aucun lien dont Xiao Xi aurait pu être l'auteur. Il n'avait plus la patience de continuer ses recherches. La promesse qu'il avait faite à Grande Sœur Song d'essayer de sauver Xiao Xi commençait à peser sur ses épaules, comme la Croix sur celles de Jésus. Bien qu'il ait le cœur gros, la vie devait reprendre ses droits et il sortit de chez lui en quête de son habituel cocktail Starbucks aux litchis *Latte dragon noir*.

*

Lao Chen ne s'attendait pas à trouver Fang Caodi, qui l'attendait dans la rue Xindong depuis plus de deux heures. Fang Caodi l'avait déjà abordé à cet endroit, avait pris sa carte de visite et lui avait écrit un e-mail, mais Lao Chen ne lui avait pas répondu. Cette fois-ci, Fang avait décidé de l'attendre au même endroit et de feindre une rencontre fortuite.

A ce stade, un simple regard suffisait à Fang Caodi pour discerner si une personne faisait partie ou non de « ceux qui n'ont pas oublié », comme Zhang Dou ou lui-même. La dernière fois qu'il avait rencontré Lao Chen, son expression de satisfaction décontractée ne plaidait certainement pas en sa faveur. Pourtant Fang Caodi avait toujours vu en Lao Chen un type intelligent, et Fang changeait rarement d'avis sur quelqu'un. Il était très heureux de voir Lao Chen sortir du lotissement du Village du Bonheur N° 2, l'air renfrogné et préoccupé.

« Maître Chen, l'interpella Fang, tout en retirant sa casquette de base-ball et en s'avançant à sa rencontre. C'est moi, Fang Caodi. » Il massa son crâne chauve comme s'il voulait rafraîchir la mémoire de Lao Chen.

« Maître Chen, vous avez une mine superbe, aujourd'hui !

— Lao Fang, je ne suis pas vraiment d'humeur à bavarder.

— Vous ne vous sentez pas bien, Lao Chen ? Pas de problème. Comment pourriez-vous vous sentir bien ? Un mois entier a disparu.

— J'ai vraiment d'autres choses à faire, Lao Fang. On se parlera une autre fois.

— Où allez-vous, Maître Chen ? »

Lao Chen réfléchit un instant. Il ne pouvait pas lui dire qu'il sortait prendre un café au Starbucks. « Je vais à la Librairie Sanlian.

— Je vous y conduis, Maître Chen », lui proposa aussitôt Fang Caodi. Il ouvrit la portière avant de sa Jeep Cherokee comme pour lui dire : Montez !

— Merci, mais ce n'est pas nécessaire. » Lao Chen était encore en train d'essayer de l'éviter. « Je vais prendre un taxi. Vous avez sûrement mieux à faire.

— Non, justement. Je suis venu tout exprès pour vous parler, Maître Chen. »

Lao Chen, résigné, monta dans la voiture.

« Maître Chen…, commença Fang Caodi tout en conduisant.

— Cessez de m'appeler Maître Chen ! La Bible dit que lorsque le monde est rempli de maîtres, c'est que la fin du monde n'est pas loin.

— Ce n'était pas sujet à plaisanterie, répondit Fang l'air sérieux. Si je ne peux pas vous appeler Maître Chen, alors je vous appellerai simplement Lao Chen, d'accord ?

— De quoi vouliez-vous me parler ? lui dit Lao Chen, exaspéré. Finissons-en.

— Un mois entier a disparu, Lao Chen. Qu'allons-nous faire ? Nous devons retrouver sa trace.

— S'il a disparu, c'est qu'il a disparu. » Lao Chen commençait à être lassé de ce sujet. « Mais qu'avez-vous donc ? Tout le monde se fiche de ce qu'il est advenu de ce mois ! »

Mais à mesure que Fang Caodi lui parlait, un certain nombre d'alarmes tintèrent dans l'esprit de Lao Chen et il commença à lui prêter davantage attention. « C'est vraiment étrange qu'un mois disparaisse, Lao Chen. Vous n'avez pas remarqué que tout le monde a changé au cours de ces deux dernières années ? »

Ces paroles faisaient écho à celles prononcées par Xiao Xi et par Xiao Dong.

« Depuis ce mois-là, toute la Chine a changé et tout le peuple chinois aussi », lui dit Fang.

Lao Chen avait toujours trouvé que Fang Caodi exagérait démesurément les choses.

« La population chinoise est maintenant divisée en deux catégories, poursuivit Fang Caodi. La première constitue la grande majorité et l'autre une minorité infime.

— Combien de gens appartiennent à cette infime minorité ?

— Je ne connais pour l'instant que deux personnes. Moi-même et Zhang Dou, qui est mon frère juré, mais nous sommes certains qu'il en existe d'autres. Nous espérons que vous en faites partie, vous aussi.

— Qu'est-ce qui vous fait penser que je fais partie de votre infime minorité ?

— Vous n'êtes pas heureux, vous avez un air pitoyable, débraillé, et vous semblez pâteux comme une tranche de pain mouillée.

— Est-ce que le seul fait d'aller mal fait de moi un membre de votre communauté ?

— C'est simplement un symptôme voyant. Le point capital est de savoir si oui ou non, vous vous souvenez des événements de ce mois disparu ? »

En songeant à Xiao Xi et à Xiao Dong, Lao Chen décida de sonder Fang Caodi.

« Lao Fang, avez-vous consommé une variété de drogues pendant une longue période, comme par exemple…

— Ainsi, vous êtes l'un des nôtres ! s'exclama Fang Caodi avec surprise.

— Ne vous emballez pas. Répondez d'abord à ma question.

— Zhang Dou et moi, sommes tous deux atteints d'asthme chronique et nous prenons des corticostéroïdes depuis des années.

— Bien sûr ! s'exclama Lao Chen.

— Ne dites pas trop vite : Bien sûr ! J'ai fait une enquête et j'ai découvert que la très grande majorité des asthmatiques sous corticostéroïdes ne font pas partie de notre petite communauté. A ce jour, je ne connais que Zhang Dou et moi dans ce cas-là.

— Peut-être que d'autres drogues peuvent avoir un résultat similaire.

— Que voulez-vous dire, Lao Chen ?

— Les corticoïdes, les antidépresseurs, les analgésiques ont tous des propriétés anesthésiques. » Lao Chen continuait ses spéculations « Ou encore des drogues illégales ou d'autres types de médicaments… Peut-être toutes ces substances produisent-elles le même effet. Mais tous ceux qui prennent des drogues ou des médicaments depuis longtemps ne seront pas forcément dans ce cas. Simplement, la prise de ces substances augmentera la probabilité. Et puis nous devons aussi considérer d'autres combinaisons de facteurs – quelle drogue consomme cette personne, quel est son régime habituel, quelle est sa personnalité. Ou peut-être n'est-ce qu'une question de chance. Tous ces éléments peuvent contribuer à rendre une personne différente. Et que se passe-t-il si c'est le cas ? Si vous êtes différent, d'abord vous aurez la sensation que votre entourage a changé, que tout le monde est devenu heureux, vous aurez eu un jour l'impression de planer, et enfin, vous vous souviendrez de choses que tous paraissent avoir oubliées. » Lao Chen songeait à tout ce dont se souvenait Xiao Dong, ce qui n'était pas le cas de Xiao Xi.

« C'est ça, lui confirma Fang Caodi. Nous sommes exactement ainsi. Nous pouvons nous souvenir de choses que les autres ont oubliées, en particulier des événements du mois disparu.

— Le mois disparu ? Vous persistez donc à dire qu'un mois entier a disparu et a été complètement occulté ?

— Exactement. Il s'agit d'un cas d'amnésie collective.

— De quel mois s'agit-il exactement ?

— C'est précisément le mois au cours duquel l'économie mondiale a sombré dans la crise et où l'âge d'or de la suprématie chinoise a officiellement commencé, répondit Fang. Il s'agit de ces vingt-huit jours-là, ni plus ni moins. »

Les pensées de Lao Chen battaient un peu la campagne, et soudain il se souvint du roman policier *Treize mois* qu'il avait écrit à l'époque. Puis, après s'être repris, il demanda : « Ces deux événements – le début de la crise économique mondiale et l'entrée officielle de la Chine dans son âge d'or – ne se seraient donc pas produits en même temps, mais l'un après l'autre, avec un intervalle entre les deux ?

— Lao Chen, vous êtes vraiment drôle. »

Lao Chen resta silencieux pendant qu'il fouillait les recoins de sa mémoire, mais ses souvenirs étaient complètement opaques. Toute cette histoire n'était peut-être que le fruit de l'imagination débridée de Fang Caodi, peut-être que ces vingt-huit jours n'avaient jamais disparu. Fang Caodi parut soudain réaliser que Lao Chen ne plaisantait pas. « Lao Chen, vous voulez dire que vous ne vous rappelez rien ? Mais j'ai cru à l'instant que vous étiez vraiment des nôtres. »

« Fang Caodi, Zhang Dou, Xiao Xi et Xiao Dong » – ils sont probablement tous membres du même club, pensa Lao Chen.

« Eh bien, dans ce cas, je suis désolé de vous avoir importuné, dit Fang Caodi l'un air déçu.

— Non, non, non. Je ne suis pas, c'est sûr, l'un des vôtres, mais écoutez-moi… La situation est la suivante : vous êtes comme des extraterrestres venus de la galaxie, qui auraient atterri sur cette Terre par erreur et qui ne peuvent plus repartir, et moi je suis un Terrien à même de communiquer avec vous. Je suis votre ami sur cette Terre. Vous me suivez ?

— J'ai compris. Vous êtes un traître parmi les autres Terriens. »

Lao Chen n'avait pas envie de discuter davantage. « Je connais des personnes, plusieurs, qui pourraient bien être des membres de votre club.

— C'est fantastique ! Où sont-elles ?

— Je ne sais pas où elles se trouvent. Je suis justement en train de rechercher l'une d'elles.

— Vraiment ? Je vais vous aider. Nous pourrons la rechercher ensemble. »

Lao Chen observa Fang Caodi, pesant sa décision de savoir s'il le laisserait l'accompagner, et si c'était le cas, quels ennuis cela risquait de lui attirer.

« Je suis un spécialiste. Au cours des deux années passées, j'ai travaillé sur le sujet, j'ai recherché ce mois perdu, essayant de trouver des gens comme moi, et puis des preuves. Lao Chen, laissez-moi vous aider.

— Je vais y réfléchir, Lao Fang. »

Fang Caodi resta silencieux un moment, mais alors qu'ils atteignaient la Librairie Sanlian, Fang lui dit : « Lao Chen, il n'y a plus rien de valable à lire dans les librairies. J'ai parcouru tout le pays et c'est la même chose partout. Ils ne vendent que des livres dans la ligne de l'orthodoxie officielle. N'espérez pas trouver quelque ouvrage que ce soit sur l'état réel des choses. Si vous ne me croyez pas, allez donc voir par vous-même. Non seulement vous ne trouverez aucun livre qui fasse mention de ce mois disparu, mais il n'en existe plus aucun sur le massacre de la Place Tian'anmen en 1989. On ne trouve même plus de livres valables sur la Campagne antidroitière ou sur la Révolution culturelle. Ce ne sont que des tissus de mensonges. »

Lao Chen ne répliqua pas, mais Fang Caodi l'ennuyait. Ai-je besoin de lui pour me dire quoi chercher dans une librairie ? pensa-t-il. La Librairie Sanlian possède des milliers d'ouvrages. Fang Caodi les aurait-il tous lus ? Les mémoires de gens célèbres encore en vie suffiraient à elles seules à remplir plusieurs rayonnages. J'avais l'habitude de venir ici chaque semaine, et depuis deux ans j'y viens tous les deux mois. Ne suis-je pas mieux armé que lui pour dénicher des livres ? C'est moi, l'expert en la matière. Lao Fang a toujours été pénible.

Quand ils arrivèrent en face du Sanlian Taofen Center, Lao Chen sortit de la voiture comme s'il voulait s'échapper, mais Fang Caodi l'appela aussitôt sur son portable. Lao Chen répondit. « Maintenant, vous avez mon numéro de portable. Vous pouvez m'appeler à toute heure, sept jours sur sept. » Fang lui dit qu'il attendrait son appel. Juste avant de redémarrer, il pencha la tête par la portière : « Lao Chen, je vous parie qu'ils n'ont même pas un auteur aussi réputé que Yang Jiang et encore moins ses Mémoires sur la Révolution culturelle. »

Sur ce, Fang Caodi s'éloigna en voiture. Lao Chen continuait à ruminer ses pensées. Mis à part certains livres interdits publiés à Hong Kong ou à Taïwan, ou ceux qui sont imprimés en cachette sur le Continent, de nombreux ouvrages controversés, d'abord publiés légalement en Chine – comme les écrits du Parti communiste chinois réunis par Xiao Shu sur la période de 1941 à 1946 sous le régime Guomindang, *Les signes avant-coureurs de l'Histoire ;* les Mémoires célèbres de Zhang Yihe sur la Campagne antidroitière : *Le Passé n'est pas du brouillard ; Les œuvres posthumes et les Mémoires de Yu Luoke* – sont désormais introuvables. Le document de Yang Xianhui de 2003 sur plus de trois cents Droitiers morts de faim au Gansu – *Ce qui s'est passé à Jiabiangou* –, tout comme le reportage de Wu Si – *Les Règles non écrites* – qui dévoile la corruption officielle sont, ou peut-être ne sont plus en vente. Mais des best-sellers comme les romans de Yang Jiang, *Le Bain, Six récits de l'école des cadres, Aux Limites de la vie humaine,* doivent certainement être disponibles. Quant au roman *Nous trois*, il fut publié par Sanlian. Comment pourraient-ils ne pas l'avoir en rayon ?

Dès que Lao Chen entra dans la librairie, il demanda à un vendeur de rechercher les œuvres de Yang Jiang sur son ordinateur. Parcourant l'écran des yeux, celui-ci lui répondit : « Nous n'en avons aucune. »

Les jeunes d'aujourd'hui ne sont pas vraiment familiers avec la littérature, pensa Lao Chen. « Elles ne sont plus en stock ?

— Elles ne sont pas référencées ici, nous ne les avons jamais eues.

— Vous les aviez peut-être autrefois ?

— Nous n'en avons aucune trace.

— Mais *Nous trois* a pourtant été publié par Sanlian.

— Je ne suis pas au courant, nous n'en avons aucune trace sur l'ordinateur.

— Où est le directeur ?

— Essayez au café, au deuxième étage. »

Lao Chen était quelqu'un de très rationnel et il commença à réfléchir. Il se rendit bientôt compte que ces deux dernières années, il n'avait lu aucune critique de livres sur l'histoire du Parti communiste chinois ou de la République populaire de Chine. Il n'avait lu que des romans classiques chinois, des travaux reconnus sur les études classiques de la Chine. Depuis un certain temps déjà, il ne s'intéressait plus aux documents ou aux Mémoires que la Librairie Sanlian avait en rayon. Aussi décida-t-il de descendre les escaliers pour aller y regarder de plus près.

Le sous-sol avait été réaménagé. Autrefois, dès que vous arriviez en bas des marches, vous vous trouviez dans la section des publications de Sanlian. L'avait remplacé celle dévolue aux romans et nouvelles ; venaient ensuite les sections dédiées aux études classiques chinoises, aux religions et aux loisirs ainsi qu'aux médias populaires. Aujourd'hui, elles étaient assez fréquentées mais rien à voir avec la foule de clients qui se pressaient au rez-de-chaussée pour les best-sellers, les ouvrages sur le commerce, sur le développement personnel, et sur les guides touristiques. Une fois passé le coin du sous-sol construit en forme de L, les clients se raréfiaient considérablement. C'était la partie réservée à la philosophie, à l'histoire et à la politique. C'était l'endroit où Lao Chen s'était senti défaillir après la réception du Nouvel An.

A présent, il avait une migraine atroce, comme si son cerveau était sur le point d'exploser. Il renonça à son projet et se hâta de remonter l'escalier, tandis que le martèlement s'estompait peu à peu. Il chercha du regard un siège où s'asseoir et se dirigea vers le café, au deuxième étage.

Lao Chen n'avait qu'une idée en tête : se trouver un petit coin confortable et isolé tout au fond du café, quand il eut la surprise d'entendre quelqu'un le héler : « Xiao Chen ! » Il tourna la tête et aperçut Zhuang Zizhong, le vénérable fondateur du *Magazine Littéraire Dushu*, assis en compagnie du directeur de Sanlian, d'un couple d'intellectuels vaguement familiers ainsi que d'une jeune femme. Lors de la réception du *Magazine Littéraire Dushu,* Lao Chen n'avait pas félicité Zhuang Zizhong, parce qu'il y avait trop de monde autour de lui, mais cette fois, il ne pourrait y échapper. Il se sentait particulièrement coupable en serrant avec enthousiasme la main de Zhuang, et il lui dit : « Maître Zhuang ! Je suis si heureux de vous voir ici. »

Zhuang Zizhong le présenta à la jeune femme. « Voici mon épouse, mon instance dirigeante, dit-il en plaisantant. Vous ne vous connaissez sans doute pas.

— Madame Zhuang. » Lao Chen lui serra la main avec douceur. « Appelez-moi Lao Chen.

— Est-ce que tout le monde se connaît ? », demanda Zhuang à ses autres invités, et ils acquiescèrent tous.

« J'ai gardé la coupure de presse, poursuivit Zhuang, du jour où Xiao Chen est venu m'interviewer pour le Ming Pao. C'était il y a un quart de siècle. »

Tout le monde parut très impressionné.

« Assieds-toi Xiao Chen, lui dit Zhuang. Il y a une chose que je voudrais savoir. Quel article a écrit le Ming Pao la fois où un membre du Comité central est venu me rendre visite chez moi ? »

L'accès du site internet du Ming Pao était bloqué sur le Continent et Lao Chen n'avait jamais vu l'article en question, mais il répondit néanmoins : « Oh, c'était à peu près la même chose que l'article des *Nouvelles de Pékin,* ils en ont fait tout un plat. »

Maître Zhuang rayonna de joie.

Lao Chen ne put s'empêcher de lui poser une question qui lui trottait dans la tête.

« Maître Zhuang, est-il vrai qu'aujourd'hui les intellectuels sont sincèrement désireux de se réconcilier avec le Parti communiste ? »

Il sentit tout de suite qu'il avait parlé trop ouvertement.

« Que voulez-vous dire ? lui répondit Zhuang, sans laisser paraître la moindre animosité. Les intellectuels sont-ils sincèrement désireux de se réconcilier avec le Parti communiste ? La question serait plutôt : Le Parti est-il désireux de se réconcilier avec les intellectuels ? »

A cet instant, quelqu'un s'approcha de Zhuang Zizhong pour le féliciter, et Lao Chen en profita pour demander au gérant de Sanlian : « Pourquoi n'avez-vous aucun des ouvrages de Yang Jiang ?

— Quel Yang Jiang ?

— L'épouse de Qian Zhongshu, Yang Jiang.

— Oh ! » le directeur parut se souvenir. « Vous voulez dire cette Yang Jiang-là. Eh bien, probablement parce que personne ne venait plus nous acheter ses livres. »

Lao Chen eut de nouveau la tête qui l'élançait. Lui-même ne lisait plus ce genre de romans depuis longtemps, mais cela voulait-il dire pour autant que les goûts du public en général avaient changé eux aussi ?

Lao Chen se tourna vers Zhuang Zizhong. « Maître Zhuang, je dois vous quitter pour m'occuper d'une affaire. C'était merveilleux de vous revoir. Prenez bien soin de vous. » Puis il se tourna vers Madame Zhuang : « Prenez bien soin de Maître Zhuang, c'est un trésor national vivant. »

Tandis que Lao Chen sortait de la Librairie Sanlian, il se demanda s'il ne s'était pas montré trop insinuant, et si le fait d'avoir appelé Zhuang Zizhong un trésor national vivant n'était pas exagéré. Mais il se souvint alors que le personnage de Wei Xiaobo dans le roman de Jin Yong *Le Daim et le chaudron* disait toujours : « De toutes les choses qui ne peuvent pas faire de mal, la flatterie n'aura jamais de conséquences fâcheuses. Quel mal y aurait-il à rendre les gens heureux ? »

Blowing in the wind

Une fois rentré chez lui, Lao Chen prit deux aspirines, se mit au lit et dormit jusqu'au lendemain matin. Quand il se réveilla, il ne se sentait toujours pas d'attaque pour sortir de son lit. A midi, il se prépara un sachet de nouilles instantanées, l'une des centaines de saveurs proposées par la marque *Maître Kong*, mais il se moquait de savoir de quel assaisonnement il s'agissait. Quand il eut fini de manger, il alla consulter les sites internet de Dangdang et d'Amazon pour chercher les œuvres de Yang Jiang. C'était bien vrai, il n'existait aucune entrée à son nom.

Il chercha ensuite le 4 juin 1989 et Falun gong

1999[1], et comme il s'y attendait, sa recherche ne donna rien. Mais il découvrit en plus qu'il n'existait aucune référence d'ouvrages sur la campagne de rectification de l'époque de Yan'an[2], ni sur la réforme agraire, ni sur le mouvement du mur de la démocratie de 1979[3], ni sur le mouvement du 5 avril, ni sur la campagne contre la pollution spirituelle de 1983, et rien sur la campagne de répression de la criminalité – aucun livre sur aucun des sujets qui avaient prêté à discussion au cours des années 80 et 90. Les seuls ouvrages proposés étaient *Lectures chinoises : Chine contemporaine*, et *l'Edition populaire de l'histoire abrégée de la Chine,* deux essais bien-pensants de l'histoire de la Chine moderne et contemporaine qui furent autorisés par le gouvernement au cours des deux années précédentes.

Ce vieux Fang Caodi savait se montrer extrêmement perspicace, et cette fois il avait tapé dans le mille. Dans aucune librairie, pas même sur leur site web où ils prétendent pourtant avoir en réserve les

1. Mouvement d'adeptes du Qigong, gymnastique traditionnelle et science de la maîtrise du souffle, qui a défié le gouvernement chinois en 1999, et a été victime d'une impitoyable répression.

2. La « campagne de rectification » de Yan'an fait référence à une purge lancée par Mao dans sa « base rouge » de la province du Shanxi, en 1942, dans le cadre de la consolidation de sa mainmise sur le parti communiste chinois.

3. Le « mur de la démocratie » était un mur de briques dans une rue du centre de Pékin, sur lequel, de novembre 1978 à décembre 1979, les citoyens affichaient des « dazibao », des affiches manuscrites commentant les événements politiques au lendemain de l'arrestation de la « bande des Quatre ». Ce mouvement spontané fut réprimé en décembre 1979.

livres du monde entier, parmi les milliers de titres répertoriés, il ne parvint pas à en trouver un seul qui puisse exposer avec justesse et exactitude l'histoire contemporaine chinoise. Comment avait-il pu ne pas s'en rendre compte plus tôt ?

Pendant la Révolution culturelle et au début de la période de réformes et d'ouverture, on ne trouvait que très peu de livres dans les librairies et chacun savait que les faits exacts en avaient été expurgés. De nos jours, on trouve partout un tas de livres, une profusion telle qu'elle vous submerge, mais les faits exacts en sont toujours supprimés. Les gens ont simplement l'illusion de choisir librement ce qu'ils lisent et de choisir selon leurs goûts.

En poursuivant sa recherche sur internet, il découvrit qu'en tapant un mot clef comme « 4 juin 1989 », il ne pouvait rien trouver. Même les occurrences qui sortaient à propos de la Révolution culturelle étaient pitoyables – tout un fatras d'écrits à propos d'une adolescence passée sous le soleil radieux. Les quelques articles qui parlaient de l'histoire de la Révolution culturelle n'étaient que des versions officielles simplistes et édulcorées.

Il n'y avait rien d'étonnant à ce que les jeunes d'aujourd'hui ne sachent même pas qui appartenait à la Bande des Quatre, ni à ce que les gens nés après 1980 n'aient jamais entendu parler de Wei Jingsheng, le dissident de la première heure qui avait appelé à la démocratie, selon lui la cinquième modernisation de la Chine, ou de Liu Binyan, le plus célèbre journaliste d'investigation du *Quotidien du Peuple* des années 80. Et rien d'étonnant non plus à ce que le leader étudiant Wang Dan de juin 1989 fasse encore des conférences à l'étranger sur le massacre de Tian'anmen, et que des étudiants chinois d'outre-mer continuent de se moquer de lui. La jeune génération n'a aucun moyen de s'informer – hormis par les médias officiels et l'enseignement – sur les faits historiques.

Quel incroyable fossé des générations dans la connaissance de l'histoire contemporaine chinoise, songea Lao Chen. Pour ceux qui ont la cinquantaine ou la soixantaine, ces événements majeurs font partie de leur vécu. Quand ils se réunissent aujourd'hui, ils évoquent encore ces sujets, ils possèdent même de nombreux livres et périodiques qui ne sont plus disponibles aujourd'hui dans le commerce. C'est parce qu'ils partagent ce savoir commun qu'ils ne remarquent pas à quel point ils sont marginalisés. Ils ont cessé de représenter la grande masse de la population depuis longtemps. Il n'existe plus aucun canal leur permettant de transmettre leurs connaissances à la jeune génération. Lao Chen songeait à l'alternative proposée par Lu Xun dans un poème, entre un « paradis contrefait » et un « bel enfer ». Dans un bel enfer, les gens sont conscients qu'ils vivent en enfer et cherchent à le transformer, tandis qu'après avoir vécu pendant longtemps dans un paradis contrefait, ils s'y sont habitués, persuadés d'avoir atteint le paradis.

Tout cela était plus qu'évident. Lao Chen lui-même en était un parfait exemple. Au cours des deux années précédentes, il n'avait pas eu le courage de lire quoi que ce soit sur la douloureuse histoire contemporaine chinoise. Il n'avait eu goût que pour les célèbres romans classiques et la fiction romanesque. En achetant des livres, il ne s'était pas rendu compte que l'histoire avait été réécrite et que les faits réels en avaient été expurgés. Lao Chen était un auteur de fiction, un conteur d'histoires. Il savait que dans l'univers sémiotique du postmodernisme, la réalité pouvait être une construction hypothétique et que l'Histoire était sujette à de nombreuses interprétations. Pour les postmodernistes, les faits réels, ou ce qui peut être considéré comme tels, sont par nature le champ d'un savoir contestable. Cependant, quand on en vient à garder les yeux grands ouverts et à loucher pour altérer délibérément la réalité, à déformer les faits historiques réels sans le moindre scrupule et à falsifier les exposés qui en sont faits, il y a de quoi ressentir des pincements au cœur.

Mais Lao Chen ne ressentait rien de plus.

S'il n'avait pas été reporter, il ne se serait sans doute pas senti tenu au respect de cette réalité. Ce respect envers les faits historiques n'est pas inné. La plupart des gens n'accordent pas grande importance à la vérité, ils n'en ont pas les moyens : le prix à payer pour maintenir des convictions fermes est bien trop élevé. En outre, les faits réels sont souvent un souvenir douloureux, et qui ne préfère pas le plaisir à la souffrance ?

A ce stade, Lao Chen voulait se défaire du lourd fardeau de l'Histoire. Pouvait-on vraiment reprocher aux gens ordinaires leur amnésie ? Devrait-on forcer la jeune génération à se souvenir des souffrances de leurs parents ? Nos intellectuels ont-ils pour devoir d'avancer sur ce terrain miné et de s'opposer à la machine de l'Etat ?

La plupart des gens ne sont-ils pas suffisamment occupés à essayer simplement de vivre leurs vies de tous les jours ?

La jeune génération ne devrait-elle pas avoir le regard tourné vers l'avenir ?

Ne serait-il pas plus avisé que les intellectuels critiquent un peu moins et fassent davantage de propositions constructives, soient plus pragmatiques, et dépensent un peu plus d'énergie sur les questions de priorités nationales ?

La vie des gens n'est-elle pas bien meilleure qu'elle ne l'était autrefois ?

Qui donc a du temps à perdre pour aller se renseigner sur ces quelques faits historiques ? Qui plus est, les témoignages et les mémoires n'ont pas tous été bannis. Il reste quantité de livres encore disponibles. Seuls ceux qui n'allaient pas dans le sens du discours du Parti communiste chinois ou qui le remettaient en question en ont été totalement bannis.

Lao Chen songea à un nouveau concept : être libre à quatre-vingt-dix pour cent. Nous sommes à présent très libres – à quatre-vingt-dix pour cent, voire plus. On peut discuter sur tous les sujets librement, et quatre-vingt-dix pour cent, et même davantage des activités ne sont plus sujettes au contrôle gouvernemental. N'est-ce pas suffisant ? La grande majorité de la population n'arrive déjà pas à profiter pleinement de ces quatre-vingt-dix pour cent de liberté, les gens trouvent que c'est déjà trop. Ne sont-ils pas en train de se plaindre d'un afflux toujours plus important d'informations ? Ne sont-ils pas gavés de divertissements à en mourir ?

Plus il y réfléchissait, et plus Lao Chen avait le sentiment d'être dans le vrai. Il avait une très longue liste de livres à lire, y compris des études sur les classiques chinois, sur les vingt-quatre histoires officielles de la Chine, et puis de la littérature classique, comme les grands romans russes du dix-neuvième siècle. C'était un sommet de la littérature occidentale, mais comme les orientations littéraires entre Taïwan et le Continent étaient différentes par le passé, quand les intellectuels du Continent de sa génération lisaient la littérature de la Russie impériale, Lao Chen lisait des romans américains. Lao Chen se sentait un peu coupable d'être écrivain et de n'avoir jamais lu les grands romans russes. Il s'était toujours promis de combler un jour cette lacune littéraire. Maintenant qu'il avançait en âge, qu'attendait-il pour le faire ? Il suffisait bien à Lao Chen d'avoir ces œuvres classiques avec lui, qu'avait-il besoin de davantage de liberté ?

D'autant que, dès que la situation du pays le permettrait, l'Etat pourrait toujours assouplir ses restrictions et autoriser quatre-vingt-quinze pour cent de liberté. Peut-être d'ailleurs avons-nous déjà ces quatre-vingt-quinze pour cent. Ce serait à peine moins qu'en Occident. Les pays occidentaux eux aussi ont instauré des restrictions. Par exemple, le gouvernement allemand a émis des restrictions sur la liberté de parole des organisations néonazies, de nombreux Etats américains nient aux homosexuels le droit de se marier. La seule différence notable est qu'en théorie, les gouvernements occidentaux obtiennent leur pouvoir du peuple alors qu'en Chine, la liberté du peuple lui est octroyée par le gouvernement. Mais cette distinction est-elle si importante ?

Aujourd'hui, même sa femme de ménage le lui dit : « Les choses vont bien mieux que par le passé ».

La Chine progresse. Espérons que les choses continueront à aller dans le bon sens pendant encore dix ou vingt ans. Personne ne souhaite voir se reproduire de grands bouleversements sociaux.

Si chacun fait son travail correctement, que le pays continue de se développer à un rythme régulier et que le niveau de vie de la majorité des gens progresse, ce sera parfait.

Tout est la faute de ce fichu Fang Caodi, pensa Lao Chen, avec ses élucubrations au sujet d'un mois disparu et des livres de Yang Jiang qui ne sont plus disponibles ; il m'a embrouillé l'esprit.

À présent, Lao Chen n'avait plus que deux préoccupations qu'il devait résoudre seul : Quel sujet allait-il traiter dans son prochain roman ? Et comment faire pour retrouver son amoureuse, qu'il avait si longtemps attendue ?

Il téléphona à son amie Hu Yan de l'Académie des sciences sociales de Chine.

Hu Yan avait fini par comprendre qu'elle devrait rester chez elle le week-end et se reposer plutôt que d'aller travailler. Elle avait avancé en âge, ses enfants étaient tous à l'Université, et elle n'avait plus besoin de travailler autant. C'est d'ailleurs ce que lui conseillait son mari depuis un certain temps.

Elle s'était en outre rendu compte qu'elle n'arriverait pas à mener à bien tous ses projets. Les choses étaient différentes de ce qu'elles avaient été par le passé. Ses sujets de recherches n'étaient plus jugés aussi importants, elle ne trouvait plus de financements et ses projets lui attiraient des ennuis. Elle était néanmoins une sommité dans son domaine, et la recherche sur les sociétés rurales et leur culture était devenue un champ d'études convoité.

Au début des années 90, lorsqu'elle menait des

recherches dans le Sud-Est de la province du Guizhou sur le non-accès aux études des filles des minorités nationales, elle avait dû compter sur le financement de donateurs de Taïwan et de Hong Kong. Au milieu des années 90, quand elle avait enquêté sur les difficultés rencontrées par les enfants de paysans dans les zones urbaines pour aller à l'école, les cercles universitaires de Pékin avaient disqualifié son projet et différents échelons du gouvernement avaient fait obstruction, et même tenté de la faire renoncer à ses recherches. Ce n'est qu'au tournant de l'an 2000, pour le nouveau millénaire, que les choses avaient pris un virage à cent quatre-vingt degrés, lorsque le gouvernement central avait annoncé sa nouvelle politique concernant le monde rural. Les gouvernements locaux avaient pour mission de mettre en place les réformes correspondantes, aussi se mirent-ils à consulter de nombreux spécialistes universitaires. Hu Yan reçut du gouvernement de généreuses bourses d'études pour enquêter sur la construction en milieu rural et sur la circulation des biens et des capitaux. Le montant de ces bourses était suffisamment conséquent pour faire des envieux parmi ses collègues.

Au cours des dernières années, alors qu'elle était sur le terrain, Hu Yan avait pris conscience d'un phénomène intéressant : le développement très rapide des missions protestantes chrétiennes[1]. Selon les statistiques de 2008, le nombre de fidèles des « églises souterraines » protestantes, des *églises patriotiques*

1. Le Chine reconnaît la liberté du culte mais l'encadre très étroitement. Cinq religions sont reconnues : bouddhisme, taoïsme, catholicisme, protestantisme, islam. Mais chacune de ces

protestantes de la Trinité autorisées par le gouvernement, et des *églises patriotiques catholiques* s'élevait à une cinquantaine de millions d'individus. Mais dans l'esprit de Hu Yan, ce nombre était plus proche de cent millions. Cette croissance de près de cent pour cent s'était produite en l'espace de deux ans à peine. Mais comme Hu Yan menait déjà de nombreux projets de front, bien plus qu'elle n'était capable d'en gérer, elle se demandait si cela valait la peine d'enquêter sur ces églises en milieu rural. D'autant plus que la sociologie des religions n'était pas sa spécialité, et que si elle parvenait à réunir les financements nécessaires au projet, elle allait attiser davantage encore la jalousie de ses confrères. Les commérages et les sous-entendus perfides fuseraient et les accusations d'hégémonie académique ou d'impérialisme intellectuel seraient les plus polies du lot.

Hu Yan avait toujours su préserver sa bonne réputation et n'avait jamais prêté le flanc aux ragots du monde universitaire. Elle devait aussi songer à bien peser les conséquences si elle décidait d'approfondir ses recherches sur les églises souterraines. Mais la tentation était trop forte. Sur une population chinoise d'un milliard trois cents millions d'individus, cent millions étaient des chrétiens, soit une personne sur treize. Le gouvernement ne pouvait pas feindre d'ignorer leur importance. Hu Yan savait que le mouvement des églises souterraines serait bientôt un

religions doit être gérée nationalement, sans lien extérieur comme le Vatican pour les catholiques. De nombreux fidèles récusent l'église patriotique officielle, et sont affiliés à des paroisses dites souterraines. Il en va de même chez les protestants.

sujet brûlant sur le plan social. Comment pourrait-elle ne pas prendre de l'avance sur de telles recherches ? Tout récemment, Hu Yan s'était mise à ressentir une vague d'excitation qui ne la quittait plus.

Le dimanche, en début de soirée, alors que son mari préparait le dîner dans la cuisine en chantant de vieux chants révolutionnaires, Hu Yan réfléchissait à la meilleure façon de lancer ses recherches sur les églises souterraines. C'est alors qu'elle reçut un coup de fil de Lao Chen. Il avait besoin de son aide pour une affaire. Ils convinrent de se voir à déjeuner au restaurant sichuannais, près de l'Académie des sciences sociales de Chine.

Le lendemain, Lao Chen amena Fang Caodi avec lui pour rencontrer Hu Yan. Lao Chen avait expliqué à Fang Caodi que s'il voulait connaître la situation réelle en Chine, il ferait aussi bien d'interroger Hu Yan. Personne ne connaissait mieux qu'elle les couches les plus basses de la société chinoise. Si Hu Yan leur disait ignorer une chose, c'est que cette chose n'existait pas.

Lao Chen voulait tirer au clair une bonne fois pour toutes la théorie de Fang Caodi sur ces vingt-huit jours manquants.

« Quand je me souviens d'un fait, répliqua Fang Caodi avec humeur, peu importe ce qu'on pourra me dire, je ne l'oublie jamais. »

Lao Chen avait une autre raison de vouloir rencontrer Hu Yan. Elle venait de lui adresser une étude par courriel sur des recherches menées sur les églises chinoises chrétiennes souterraines, et il voulait la questionner sur ce qu'elle pensait de *maizi busi*, le grain ne meurt jamais.

Au cours du repas, Hu Yan leur expliqua qu'elle aidait le gouvernement à concevoir des réformes pour administrer les coopératives agricoles et les institutions financières rurales, et qu'elle menait des enquêtes sur les effets sociétaux de la circulation des biens et des capitaux dans les zones rurales.

« Si l'on résume les choses simplement, lui demanda Lao Chen qui souhaitait une réponse directe, la situation dans les campagnes s'améliore-t-elle ou bien empire-t-elle au contraire ?

— Bien sûr, il reste des problèmes, lui répondit Hu Yan. Mais globalement, nous sommes entrés dans une période d'amélioration très positive. »

Comme il avait posé sa question et reçu une réponse claire, Lao Chen était satisfait. Il avait voyagé dans un certain nombre de villes à travers la Chine et il savait que ces cités de premier, de deuxième et de troisième rangs étaient tout particulièrement prospères, et que même les petites villes de sous-préfectures se développaient. La population urbaine vivait bien et l'objectif du gouvernement visant à une amélioration du niveau de vie avait été facilement atteint. Ce que Lao Chen ne connaissait pas, c'était la situation dans les campagnes. Il n'avait visité que quelques villages près des grands centres urbains et il n'avait jamais vécu de sa vie à la campagne, même pour une courte période. Alors, il téléphonait souvent à Hu Yan pour s'informer. C'était comme passer un appel longue distance dans sa région natale et se sentir rassuré en entendant que les nouvelles sont bonnes et que les choses avancent. Rassuré de savoir que la situation était meilleure que par le passé, Lao Chen se disait que globalement la situation de la

Chine entière était en constante amélioration, et qu'il pouvait donc continuer à mener sa vie agréable, l'âme en paix.

Quant aux détails sur cette période positive que Hu Yan avait mentionnée, Lao Chen n'avait aucun besoin de se surcharger d'informations. Il laissait cela aux experts des questions rurales.

« Professeur Hu, lui demanda Fang Caodi en l'interrompant. Quel est votre avis sur le temps qui s'est écoulé entre le moment où l'économie mondiale a plongé dans la crise et celui où la Chine est entrée officiellement dans l'âge d'or de sa suprématie ? »

Hu Yan sembla ne pas comprendre ce dont lui parlait Fang Caodi.

« Je veux dire le mois qui s'est écoulé entre les deux, continua Fang. Vingt-huit jours, pour être précis.

— L'éditorial du *Quotidien du Peuple* l'a rapporté dans sa une, lui dit Hu Yan patiemment. Le début de la crise de l'économie mondiale et l'entrée officielle de la Chine dans son âge d'or ont eu lieu le même jour. C'est le jour où le dollar américain a perdu un tiers de sa valeur en une seule séance boursière, et où le gouvernement chinois a annoncé sa Nouvelle politique de prospérité ou NPP. Tout le monde sait cela. Monsieur Fang, comment en êtes-vous arrivé à ce scénario de vingt-huit jours entre les deux ? »

Fang Caodi se tut et Lao Chen se disait en lui-même : « Lao Fang, cette fois tu ne peux rien rétorquer. »

Lao Chen posa quelques questions sur le rapport de Hu Yan à propos du mouvement des églises chrétiennes souterraines.

« Nous avons émis la recommandation que le gouvernement se décrispe sur cette question religieuse. En un mot, qu'il cesse d'en faire une question ultrasensible. Nous avons conseillé au gouvernement de ne plus poser cela en termes de "notre ennemi contre nous", ni même en termes "d'une contradiction au sein du peuple". Il faut normaliser cette question en considérant la religion comme une partie normale de la vie humaine. Nous devons tirer les leçons d'une politique erronée et ne pas commettre une nouvelle erreur comme lors de la dissolution du mouvement Falun Gong en 1999.

— Ils ne doivent surtout pas faire cela. » Fang lui fit écho. « Ils ne doivent surtout pas faire cette erreur, ce serait trop criminel. »

Hu Yan acquiesça à ces mots.

« Hu Yan », Lao Chen lui posait enfin la question qui lui tenait à cœur : « Que penses-tu de ces mots *maizi busi*, le grain ne meurt jamais ?

— Je ne suis pas très familière de la Bible des chrétiens. Mais je pense que cette citation est tirée des Evangiles : "Le grain qui est tombé en terre ne meurt pas." Tous les chrétiens connaissent ce passage. Il existe une église cachée dans la province du Henan qui s'appelle *luodi maizi*, l'église du grain tombé en terre.

— Où cela au Henan ? demanda très vite Lao Chen.

— Quelque part dans l'Ouest ou dans le Nord. Je peux demander à l'un de mes collègues de m'indiquer l'endroit exact.

— Je t'en serais reconnaissant.

— Pas de problème. »

Une fois qu'ils eurent quitté Hu Yan, Fang Caodi déclara : « Ce professeur Hu est quelqu'un de bien, mais elle n'est pas l'une des nôtres.

— Dieu merci, lui dit Lao Chen. Il existe encore des gens sur Terre qui ne sont pas comme vous.

— J'ai pu voir rien qu'à son expression qu'elle était vraiment heureuse. Et comme je m'y attendais, elle ne savait rien de ce mois disparu.

— Fang Caodi, le sermonna Lao Chen. Oubliez tout ce qui concerne ce prétendu mois qui aurait disparu. Ça n'en vaut pas la peine. La vie est trop courte, occupez-vous plutôt de vous. »

Fang Caodi ne répondit pas. Lao Chen savait bien qu'aussi persuasif qu'il puisse être, il ne parviendrait pas à changer Fang Caodi.

Quand ils furent assis dans la voiture, Fang Caodi annonça : « Lao Chen, faites-moi l'honneur de venir chez Miaomiao dîner avec Zhang Dou, Miaomiao et moi, d'accord ? »

Lao Chen n'avait pas très envie d'aller chez Fang Caodi, mais comme il pourrait avoir besoin de lui pour retrouver Xiao Xi et qu'il n'avait rien de spécial à faire, il accepta son invitation.

Fang Caodi était aux anges. « Tout ce quartier, dit-il, en désignant l'avenue Chang' an et en démarrant la voiture, était autrefois rempli de plaignants venus de loin, de l'extérieur de la ville pour faire part de leurs doléances au gouvernement. Une fois, je suis venu exprès pour voir si je ne pourrais pas trouver au milieu de cette foule des gens comme moi. Que croyez-vous qu'il se soit produit ? Il n'y a même plus un seul plaignant aujourd'hui et les taudis où ils logeaient dans les quartiers sud ont tous été rasés.

Au départ, je pensais que votre amie pouvait se cacher là-bas. »

Cela faisait des années que Lao Chen n'avait pas pensé à tous ces plaignants venus de si loin, mais il était certain d'une chose : même s'il en restait, Xiao Xi ne serait sûrement pas parmi eux. Le secteur était trop proche des tribunaux et des bureaux du procureur, et Xiao Xi s'en tiendrait éloignée afin de ne pas croiser une connaissance.

Fang Caodi continuait à bavarder sur tous les sujets possibles et imaginables tandis que Lao Chen l'ignorait largement. En réalité, il n'aurait pas accepté cette invitation s'il avait su que Fang vivait aussi loin du centre de Pékin.

Quand ils arrivèrent à la maison de Miaomiao à Huairou, Fang Caodi lui présenta Zhang Dou, Miaomiao et leur tribu de chiens et de chats. Puis il entraîna Lao Chen dans leur salon. Les quatre murs étaient recouverts d'étagères en métal sur lesquelles étaient empilées des coupures de presse, des magazines et tout un fatras de documents divers. Au milieu de la pièce, il y avait un bureau, une chaise pliante et un lit d'appoint.

« Lao Chen », Fang Caodi lui indiqua d'un geste les journaux et les magazines, « voici toutes les preuves que j'ai pu rassembler au cours de ces deux dernières années. Elles attestent de ce qui s'est vraiment passé durant ces vingt-huit jours. Vous êtes un intellectuel. Vous avez consacré votre vie entière à la quête de la Vérité et de la Beauté. Vous avez lutté pour faire respecter la Vérité. Vous devriez être capable de comprendre tout le travail que j'ai fourni pour ces recherches. Prenez le temps de regarder calmement tout ça pendant que je nous prépare un dîner aux chandelles. »

Lao Chen se retrouva debout, seul dans la pièce, à contrecœur. Miaomiao entra et déposa un plateau de cookies au chocolat sur le bureau avant de s'éclipser rapidement.

Lao Chen traînait son ennui. Il jeta un cookie sans sucre dans sa bouche et attrapa quelques périodiques périmés venant de kiosques à journaux, ainsi que deux numéros de petites gazettes locales qu'il se mit à feuilleter au hasard. Il ne voyait vraiment pas comment Fang Caodi pouvait y discerner des faits historiques réels. Il commença par lire une demi-page de *Nanfang Zhoumo*, puis du *Nanfang Dushibao* et du *Zhougguo Qingnianbao* ainsi qu'un numéro et demi du magazine économique *Caijing*, et du magazine de Hong Kong *Asia Weekly*.

Lao Chen se souvenait qu'il vivait à Pékin durant cette période et que tout avait été calme, il n'y avait pas eu de grands dysfonctionnements. Si cela s'était produit, il s'en serait souvenu. D'après les pseudo-preuves que Fang Caodi avait rassemblées, il semblait qu'il y ait bien eu des troubles dans d'autres régions du pays, mais cela n'avait rien d'inhabituel. La Chine est si vaste, qu'il n'y a rien de surprenant à ce qu'il se produise chaque jour toutes sortes de tumultes. Il ne recherchait pas ce genre de nouvelles, et si d'aventure il tombait dessus, il passait simplement à autre chose. La Chine est un pays tellement immense, il s'y passe tant de choses que l'on ne connaît pas, que cela ressemble à un aveugle qui examinerait un éléphant : comment pourrait-il espérer en connaître la physionomie exacte ? C'était une impossibilité épistémologique. Ces petits bouts de papier et ces fragments de preuves que Fang Caodi avait collectés n'expliquaient rien du tout. En réalité, prétendre qu'un mois entier avait disparu n'était pas exact à proprement parler ; les souvenirs des gens au sujet de ce mois-là variaient, voilà tout. De plus, si on recherche délibérément ce qui se passe de mal en Chine, on trouvera là aussi sûrement beaucoup d'exemples. Mais si on ne regarde que ce qui se passe de bien, vous en trouverez une kyrielle d'exemples. Toutes les grandes nations sont ainsi. Prenez les Etats-Unis ou bien l'Inde. Qu'y a-t-il de si extraordinaire avec la Chine ? Le point capital aujourd'hui, c'est que l'économie mondiale est entrée en récession absolument partout, à l'exception de la Chine, qui, loin de sombrer dans la crise, connaît le début de l'âge d'or de sa suprématie.

Xiao Xi, où es-tu ? J'espère que tu sauras laisser le passé en paix et revenir à une vie agréable dans le présent. Si tu désires vivre avec moi, alors nous vivrons heureux ensemble.

C'était peut-être sous l'effet des cookies au chocolat, mais Lao Chen commençait à se sentir mieux, et il était de plus en plus déterminé à retrouver Xiao Xi.

Alors que le soir commençait à tomber en ce début de printemps, l'atmosphère de leur dîner aux chandelles à l'extérieur de la maison était propice au bonheur. Fang Caodi préparait un plat après l'autre et les apportait à table. Il invita Lao Chen à les goûter en premier et demanda à Zhang Dou de jouer de la guitare espagnole pour créer une ambiance. Non loin, dans le jardin, Miaomiao commença à danser avec ses chiens et ses chats. Lao Chen avala plusieurs bouchées de nourriture et trouva chaque plat très savoureux. « De quelle région de Chine viennent ces recettes ? demanda-t-il à Fang Caodi.

— Ce sont des légumes à la façon chop suey. Si tu regardes attentivement, tu verras que j'utilise du poivre du Sichuan, de la sauce d'huître noire du Hunan, de la sauce de crevettes du Guangdong, de la citronnelle de Thaïlande, ainsi que la coriandre, le basilic, des feuilles de citron et des poireaux chinois du jardin. Ils sont tous biologiques. Nous les cueillons et les mangeons tout simplement comme ça. Nous les fertilisons avec un engrais organique que nous préparons nous-mêmes et avec les litières des chiens et des chats. »

La conversation fut agréable, mais ce qui surprit le plus Lao Chen fut quand Fang Caodi lui dit qu'il l'admirait profondément. Lao Chen avait toujours pensé que son style littéraire impressionnait Lao Fang, mais Fang Caodi lui dit que c'était à la suite d'une réflexion que lui avait un jour faite Lao Chen, et dont Lao Chen ne se souvenait plus lui-même. En 1989, quand Fang Caodi l'avait autorisé à l'interviewer, il avait insisté sur le fait qu'il le trouvait particulièrement clairvoyant. Quand il avait vu les barrages militaires sur la route qui mène au Palais d'Eté en 1971, il avait compris que l'incident entre Mao Zedong et Lin Piao s'était produit. Quand il avait regardé par les fenêtres des Chunking Mansions, qui donnaient sur Nathan Road, et qu'il y avait vu un homme se suicider en se jetant sous les voitures, il avait réalisé que quelque chose de grave allait se passer à Hong Kong. Et comme prévu, l'indice

Hang Seng de la Bourse de Hong Kong avait dégringolé de mille sept cents points à une centaine de points à peine. Dans cette communauté américaine en 1975, quand ses amis hippies avaient tapé sur des marmites et des casseroles pour fêter la fin de la guerre du Vietnam, il avait eu la vision de réfugiés qui s'enfuyaient du Vietnam, et bien sûr, cette prémonition s'était avérée. Tandis qu'il continuait son récit, Lao Chen l'avait interrompu pour lui demander : « Quel est le sens de ces prémonitions ? Ont-elles altéré le cours des choses par la suite ?

— Lao Chen, lui dit Fang Caodi, avec cette unique question vous m'avez sorti de mes rêves. Quand j'y repense, ces pouvoirs de prémonition qui faisaient de moi, j'en étais sûr, un être à part, n'ont jamais eu la moindre influence sur le cours du monde et n'ont même rien changé à mon propre destin. Elles n'ont eu aucune signification particulière. » A compter de ce moment, Fang Caodi n'avait plus prêté grande attention à ses prémonitions et il ne s'était plus infligé de pression déraisonnable. C'était le fruit de l'unique question posée par Lao Chen. A compter de ce jour, il avait su que Lao Chen était un homme talentueux.

« Petit Frère », Fang Caodi instruisait Zhang Dou : « Sache que Lao Chen est bien plus avisé que nous, et que nous avons le devoir de l'écouter, entends-tu ? »

Quand Lao Chen, qui était en train de manger avec enthousiasme, entendit Fang Caodi dire cela, il se sentit un peu embarrassé. Il se leva et serra Lao Fang dans ses bras.

Lao Chen prenait un tel plaisir à déguster les mets de ce long dîner, un véritable plaisir en réalité, qu'une partie de son sentiment de bonheur perdu commença à lui revenir. Il se sentait si bien qu'il raconta à ses deux compagnons insignifiants, comment il en était arrivé à connaître le dirigeant insomniaque du pays, He Dongsheng. Il expliqua comment le premier dimanche de chaque mois, il allait visionner de vieux films, et comment He Dongsheng dormait pendant ces projections, mais ne parvenait pas à dormir la nuit, comment il sillonnait la ville dans sa propre voiture, et comment, quand il se faisait épingler par un agent de la circulation, il appelait simplement son secrétariat, pour qu'ils règlent le problème par téléphone.

Après le dîner, Zhang Dou joua de la guitare et Fang Caodi chanta la chanson de Bob Dylan : *Blowing in the Wind.* Lao Fang l'interpréta à la perfection dans le style de Dylan jeune.

Tandis qu'ils continuaient de boire des bières Yanjing et de manger des cookies, Zhang Dou sortit son ordinateur et se connecta à internet. Fang Caodi demanda à Lao Chen de lui montrer comment rechercher son amie.

« Je ne suis pas très sûr, lui dit Lao Chen. Je n'ai que cette indication. » Il sortit la note de sa poche.

« Qu'est-ce que cela signifie ? demanda Fang Caodi.

— Je pense que c'est *maizi busi*, le grain ne meurt jamais, en caractères chinois. » Zhang Dou y jeta un coup d'œil.

« Partons pour le Henan et retrouvons-la, dit Fang Caodi. Je conduirai. Le professeur Hu a dit que cette église se trouvait au Henan, non ? On pourra la chercher une fois là-bas.

— Eh ! ne nous emballons pas. Cette église est

bien celle du grain tombé en terre, mais je ne suis pas certain que Xiao Xi se fasse appeler *maizi busi*, sans compter que ces deux appellations ne sont pas forcément liées.

— J'ai trouvé *maizi busi !* », s'exclama soudain Zhang Dou. Lao Chen et Fang Caodi s'approchèrent ensemble de l'ordinateur.

« Tu as juste entré *maizi busi* ? lui demanda Lao Chen.

— Ouais. »

Lao Chen n'avait utilisé que les caractères chinois pour taper *maizi busi* et n'avait pas du tout songé à les écrire en caractères latins.

Il n'y avait qu'un seul lien, un message envoyé deux semaines auparavant sur le serveur club3.kdnet « Yeux de Chat :

« Pauvre idiot, tu dis que tu as le cœur tellement brisé que tu ne posteras plus jamais de messages. Eh bien, j'ai le cœur brisé, moi aussi, mais je peux comprendre. Tous tes articles si bien pesés sont délibérément effacés par la Cyber-police et attaqués par le gang de loubards des "jeunes en colère"[1]. Tu n'as jamais de propos malveillants, tu présentes toujours les faits et formules des arguments raisonnables, c'est pour cela que j'admire ta détermination. Cela m'encourage à continuer d'avancer. Les jeunes ne me font pas peur et les voyous vieillissants encore

1. Référence à des internautes nationalistes qui interviennent de manière agressive dans les forums de discussion sur internet pour défendre une ligne dure face à ceux qui critiquent le pouvoir. Selon certaines informations, ils seraient même payés au commentaire.

moins. J'irai jusqu'au bout car j'ai la conviction que les êtres humains sont sensés et que la vérité ne peut pas être effacée à jamais. Au revoir, pour le moment, mon ami, nous nous retrouverons plus tard dans ce monde virtuel. *maizibusi.* »

« Est-ce que c'est elle ? demanda Fang Caodi.

— Cela lui ressemble bien, répondit Lao Chen.

— A voir son style, c'est une des nôtres, dit Fang.

— A voir son style, elle n'est pas toute jeune non plus, ajouta Zhang Dou.

— D'où a été envoyé ce message ? demanda Fang Caodi à Zhang Dou.

— Je n'en sais rien. Je vais devoir demander à quelqu'un d'averti de m'aider. »

Quand Lao Chen s'aperçut qu'il pouvait s'agir de Xiao Xi, il fut tellement submergé d'émotion qu'il dut s'asseoir et contenir ses larmes.

« Laisse-moi te raconter ce qui s'est passé durant ces vingt-huit jours », dit Fang Caodi en tendant une bouteille de bière Yanjing à Lao Chen et en s'asseyant face à lui. Il prit plusieurs inspirations profondes, comme un athlète qui s'échauffe avant le départ d'une course.

« Cette année-là, juste avant la Fête du Printemps, j'ai fait un voyage à Macao. Au retour, je me suis arrêté à Zhongshan dans le Guangdong pour passer quelques jours de vacances. Autrefois, Zhongshan était une région prospère, mais à présent les gens de Hong Kong et de Macao n'y viennent plus que pour y acheter des maisons de vacances. Les usines ont fermé, les migrants restent dans leurs campagnes au lieu de revenir travailler en ville. Les diplômés d'université n'arrivent pas à trouver d'emploi. J'ai bossé comme cuistot pour un restaurant qui servait du pigeonneau cuit au four, mais au bout de quelques jours, il a fermé boutique. Cela m'était égal, comme je ne travaillais plus, je sortais m'amuser.

« Le huitième jour du premier mois lunaire, en passant devant un kiosque à journaux, je vis que la une de l'hebdomadaire *Nanfang Zhoumo*, comme celle des autres quotidiens, affichait : "L'économie mondiale vient d'entrer dans une période de crise."

Tout le monde se sentait inquiet, l'atmosphère se fit tendue et ma logeuse vint me voir. "Vous êtes-vous fait enregistrer au commissariat avant d'emménager ici ? me demanda-t-elle. Mais à quelle époque vivez-vous ? lui ai-je demandé. Est-ce que les non-résidents doivent se faire enregistrer pour vivre à Zhongshan, dans la province du Guangdong ? – Si vous n'êtes pas enregistré, vous ne pouvez pas rester, répliqua-t-elle. – C'est une violation de contrat", lui ai-je répondu. A ce moment-là, les voisins sont arrivés. Ce sont les autorités de la sous-préfecture qui les avaient envoyés chez moi. Ils m'annoncèrent alors que ma logeuse pourrait me dédommager pour que je m'installe dans une petite auberge, mais que je ne pouvais pas rester. Ensuite, ils m'ont vite repris la clef de ma chambre. J'ai récupéré l'argent de ma caution et j'ai déménagé.

— Où voulez-vous en venir ? lui demanda Lao Chen, qui commençait à perdre patience.

— A la peur irrationnelle. Ce fut comme cela pendant au moins une semaine. Les gens disaient tous que la Chine allait sombrer dans le chaos, que l'appareil d'Etat n'était visible nulle part, et que la situation commençait à friser l'anarchie. Heureusement que les travailleurs migrants n'étaient pas encore revenus en ville sinon la situation aurait déjà dégénéré. Je n'aurais jamais dû quitter Zhongshan. Quand les gens d'une ville comme Zhongshan sont aussi à cran, j'aurais du me douter que plus j'irais dans l'intérieur des terres et pire ce serait. Comme j'avançais parmi les collines, je me sentais telle une petite souris qui cherche à traverser une rue pleine de voitures. J'étais conscient de ma témérité. J'avais toujours eu envie de faire du tourisme dans cette région, de visiter les monts Jinggangshan, la base révolutionnaire de Mao Zedong dans le Jiangxi, et puis aussi le mont Longhu, considéré comme l'un des berceaux du taoïsme. Quand j'eus quitté la préfecture de la ville de Shaoguan et que j'atteignis les faubourgs d'une ville qui s'appelait La Fourche de Meishang, au carrefour des trois provinces du Guangdong, du Hunan et du Jiangxi, notre autocar fut stoppé et ils ordonnèrent à tout le monde de descendre. Les étrangers n'étaient pas autorisés à y pénétrer. Nous n'avions pas été arrêtés par un barrage de police, mais par un détachement de miliciens provisoires de la ville. Je m'éclipsai en douce et je séjournai chez des paysans aux alentours. Mais deux jours plus tard, je fus cueilli par des membres de la Sécurité publique. Les paysans m'avaient dénoncé, parce que entre-temps l'Armée populaire de libération avait commencé une répression de grande envergure.

— C'est alors qu'ils ont découvert, poursuivit Fang, que j'avais un passeport américain. Ce n'est pas que je ne voulais plus être citoyen chinois en revenant des Etats-Unis, mais il est bien plus difficile de reprendre la nationalité chinoise quand on a acquis la nationalité américaine, que l'inverse. C'est pour cela que je me suis fait enregistrer à Pékin, avec le statut d'une entreprise commerciale, et que je me suis présenté comme dirigeant de société et comme expert. Je renouvelle mon propre contrat régulièrement, ce qui me donne droit à un visa de travail renouvelable. De temps en temps, je me rends à Hong Kong et à Macao, mais je peux ensuite revenir vivre indéfiniment en Chine si je le souhaite.

« J'en reviens à mon arrestation. Il y avait un groupe de six personnes pour m'interroger dans un des bureaux de la Sécurité publique. Deux policiers, deux procureurs et deux juges. L'un des deux procureurs était une femme assez âgée et l'un des juges une très jeune femme.

« Regardez-vous, me dit la procureur, vous ne ressemblez pas à un Américain. Dites-nous donc quelque chose en anglais. »

Je récitai un couplet de la chanson de Bob Dylan *Blowing in the Wind* et je le fis sans effort.

Mais cette procureur ne mordit pas à l'hameçon. « Vous êtes de toute évidence un Chinois. Vous ne pouvez tromper personne en prétendant être américain. D'ailleurs, que diable viendrait faire ici un Américain ? Il n'y a aucun site touristique, ni aucune possibilité d'investissement. A mon avis, vous êtes un espion américain.

— Les espions étrangers capturés doivent être exécutés, dit l'autre procureur.

— Vous n'avez pas d'objection ? demanda la procureur en s'adressant à la jeune juge.

— Il ne peut pas être exécuté, répondit la jeune juge.

— Et pourquoi ? lui demanda le procureur.

— Si nous capturons un espion américain, répondit la jeune juge, nous devons en référer aux autorités supérieures. »

Les deux procureurs répondirent aussitôt que cela prendrait trop de temps.

« Alors exécutons la condamnation, dit l'homme qui était procureur.

— Vous ne pouvez pas faire exécuter la condamnation, répondit la jeune juge.

— Pourquoi donc ? lui demanda le procureur. Les Américains ont envoyé ici un espion, et nous Chinois sommes en colère. N'est-ce pas ?

— Vous avez le droit d'être en colère, rétorqua la jeune juge, mais vous n'avez pas le droit d'être stupide. Si c'est véritablement un espion, alors nous devons en référer aux autorités supérieures. S'il n'est pas reconnu comme espion, nous devrons le relâcher.

— De nos jours, les Américains n'ont plus droit à l'extraterritorialité en Chine, déclara le procureur.

— Cela n'a rien à voir avec l'extraterritorialité. Ce n'est pas un crime pour un Chinois de se promener avec un passeport américain sur lui. C'est en accord avec nos propres lois chinoises.

— Camarade, lui répondit la procureur femme, cessez de polémiquer. Vous savez parfaitement que vous faites perdre leur temps à nos officiers de police. Ils ont travaillé dur pour arrêter cet homme et maintenant vous voulez le laisser partir. C'est une perte de temps aussi pour notre groupe d'enquête de six personnes. Et qui plus est, vous perturbez notre programme de travail. A ce train-là, nous ne serons pas en mesure d'atteindre les quotas que nous ont fixés les autorités hiérarchiques. »

L'autre procureur hochait la tête pour marquer son approbation, tandis que les deux policiers et le second juge ne s'étaient pas encore exprimés.

« Cela n'est pas à prendre en considération, répondit la jeune juge obstinée. Je procède en agissant sur la base de nos lois nationales. Si c'est un espion, prévenez les autorités supérieures. Si ce n'est pas un espion, relâchez-le. »

La femme procureur jeta un regard perfide à la jeune juge. Elle était si en colère qu'elle semblait sur le point d'exploser, mais les hommes se contentaient de baisser la tête en silence. J'étais estomaqué. C'était comme au cinéma. Alors, la femme procureur cria : « Sortez-le d'ici ! » Je fus escorté en dehors de leurs locaux. Ma vie et ma liberté venaient d'être sauvées.

« Même dans une bourgade aussi reculée que celle-ci, dit Fang Caodi à Lao Chen, la Chine a des femmes d'une qualité extraordinaire. Rien que pour le bien de cette jeune juge, je ne peux pas permettre que le monde oublie ce qui s'est produit pendant ce mois disparu. »

Lao Chen était profondément ému par le récit de Fang, et en cet instant, Xiao Xi lui manqua plus encore.

« Je savais que je ne pouvais pas continuer à voyager ainsi à l'aventure. Si je me faisais arrêter une nouvelle fois, je risquais bien d'être exécuté. Il y avait un temple taoïste, non loin de la ville, et quand je récitai à un vieux moine les noms de quelques célèbres taoïstes, il me permit de rester. Une autre fois, je vous raconterai ma période de retraite monastique et ma pratique de l'*inedia*. Vous avez entendu parler de l'*inedia*, n'est-ce pas ? C'est la pratique du jeûne absolu. Le croiriez-vous, je suis capable de jeûner pendant quatorze jours. Nous pourrions faire un concours et voir lequel de nous deux est capable de jeûner le plus longtemps…

— N'y pensez même pas, lui répondit Lao Chen, tout en regardant un texto qui venait d'arriver sur son téléphone portable. Vous êtes déjà le gagnant. Je suis incapable de sauter le moindre repas. Terminez votre histoire. Je dois vous parler de quelque chose.

— Je voulais pratiquer l'*inedia* dans le temple pendant vingt et un jours. Mais au bout de quatorze jours, le vieux moine entra avec un bol de gruau et me dit : “Vous devriez allez au-dehors et voir ce qui se passe dans le monde.” Ce qu'il m'avait dit avait du sens. Je retournai dans la campagne où l'ambiance était encore très tendue, les journaux annonçaient que la répression n'était pas encore terminée. Heureusement, les transports avaient repris et je pus me rendre à la préfecture de Zhangzhou dans la province du Jiangxi. Il y régnait un calme étrange. Les gens s'évitaient du regard dans les rues, tout comme à Pékin après le 4 juin 1989. Puis, au début du mois de mars, les journaux du soir annoncèrent que la répression était terminée. Le lendemain, tous les journaux titraient la même chose : “L'âge d'or de la prospérité chinoise a officiellement commencé.” Les gens retrouvèrent le sourire et descendirent dans les rues pour faire exploser des grappes de pétards. Donc, vous voyez bien que vingt-huit jours se sont écoulés entre le moment où l'économie mondiale a sombré dans la crise et le jour où l'âge d'or de la suprématie chinoise a été officiellement annoncé. Durant ce laps de temps, le pays tout entier est passé de l'anarchie et de la terreur à une peur relative de la répression policière. L'âge d'or de la Chine ne fut pas déclaré tant que la répression était en cours, et non pas, comme tout le monde le prétend aujourd'hui, le jour où l'économie mondiale a plongé dans la crise et sans le moindre incident. Voilà, j'ai terminé mon récit. Lao Chen, de quoi voulais-tu donc me parler ?

— Je viens de recevoir un texto de Hu Yan. Elle m'indique que l'église souterraine "Le grain tombé en terre" se trouve précisément à Jiaozuo au Henan. Lao Fang, partons faire une reconnaissance au Henan. »

2

La foi, l'espoir et l'amour de plusieurs personnes

Le grain tombé en terre ne meurt pas

Fang Caodi avait parcouru toutes les régions au nord et au sud du fleuve Yangzi, et pendant qu'il conduisait sa Jeep Cherokee à vive allure sur l'autoroute G4 Pékin-Hong Kong-Macao, doublant toutes les voitures, il raconta à l'écrivain taïwanais Lao Chen, qui avait longtemps vécu à Pékin, toutes les choses étranges et fascinantes dont il avait pu être témoin.

Fang Caodi lui apprit ainsi qu'il existait un endroit appelé Le Village du Bonheur, dans la région du mont Taihang dans la province du Hebei, au sud de Pékin. Tous les gens du village étaient particulièrement heureux, mais les médias avaient pour consigne de ne pas en parler. Sans doute était-ce parce qu'en amont du village se trouvait une imposante usine chimique secrète. Ayant eu vent de cette information par l'intermédiaire d'un journaliste de la capitale provinciale du Hebei, Shijiazhuang, Fang Caodi s'était aussitôt rendu à ce Village du Bonheur. Tous les villageois étaient en effet souriants et accueillants. Ils semblaient tous être en parfaite santé. Les hommes arboraient des fleurs dans les cheveux et quelques vieilles femmes étaient assisses alentour, nues jusqu'à la taille, faisant bronzer leurs seins. Ils n'avaient pas l'air de se soucier que des étrangers puissent passer par là. C'était une scène inimaginable en Chine. Il avait remonté le cours de la rivière, et au bout de cinq kilomètres, il avait aperçu une très grosse usine chimique entourée par un périmètre de fils barbelés et de panneaux d'interdiction placés tout autour. Il était impossible de s'en approcher davantage, mais il avait pu voir de petits avions décoller et atterrir sur ce qui semblait bien être un aérodrome privé.

Lao Chen écoutait les paroles de Fang Caodi sans oser intervenir, de peur de distraire l'attention de Fang de la circulation sur l'autoroute. Celui-ci conduisait si vite et parlait tellement qu'à plusieurs reprises, il évita un véhicule de justesse. S'il arrivait sain et sauf au Henan – Lao Chen en fit le vœu –, il remercierait à la fois Dieu *et* Bouddha.

Lao Chen ne voulait pas mourir avant d'avoir retrouvé Xiao Xi. S'il devait finir dans un accident de voiture, il souhaitait que ce soit en tenant la main de Xiao Xi, et qu'ils affrontent ensemble les dernières secondes de leur vie. S'il devait mourir de sa belle mort, il espérait que Xiao Xi serait assise à son chevet et veillerait sur lui. Il avait l'espoir qu'ils vieilliraient ensemble. Mais pour le moment, Xiao Xi devait être piégée dans son propre enfer sans limites et n'entrevoir aucune issue. Il devait lui redonner espoir, mettre un terme à sa solitude, faire tout ce qui était en son pouvoir pour la faire sortir de sa carapace, afin qu'elle cesse d'en être épuisée. Lao Chen sortit son mouchoir et, en prétextant nettoyer ses lunettes, il tamponna furtivement ses yeux humides.

Il mangea une bouchée d'un des cookies de Miaomiao. Il apercevait par les vitres de la voiture la grande plaine de la Chine du Nord qui s'étendait à perte de vue, et son cœur débordait d'amour. Il n'aurait jamais imaginé pouvoir ressentir cela à son âge.

Ils avaient roulé vers le sud depuis Pékin et avaient dépassé Baoding, mais avant d'avoir atteint Shijiazhuang, Fang Caodi s'engagea sur la file de l'autoroute qui bifurquait vers une bretelle secondaire.

« Continue sur l'autoroute pour Shijiazhuang et nous y serons bientôt », lui dit Lao Chen en regardant leur GPS.

Fang Caodi ne répondit pas.

« Qu'est-ce qui ne va pas ? lui demanda Lao Chen.

— Je suis désolé, mais je viens d'avoir une prémonition.

— Une prémonition de quoi ? lui demanda Lao Chen, craignant que cela ne soit à propos de Xiao Xi.

— A propos du Village du Bonheur dont je t'ai parlé.

— De quoi parles-tu ? » Lao Chen semblait soulagé que ce présage ne concerne pas Xiao Xi.

« Je ne sais pas très bien. Mais j'aimerais aller y jeter un coup d'œil. Ça ne sera pas long, nous ne sommes pas très loin. »

Lao Chen ne put qu'acquiescer.

Ils s'engagèrent sur une route secondaire et se dirigèrent vers l'ouest. Ils roulèrent sur une route pavée durant une bonne demi-heure, puis ils entrèrent dans les collines et empruntèrent une route de graviers. Ils sortirent de la voiture et firent encore une demi-heure de marche sur un chemin de montagne avant d'atteindre enfin le Village du Bonheur.

L'endroit était désert. Fang Caodi entra dans chacune des maisons, l'une après l'autre. « Les villageois n'ont même pas emporté leurs outils agricoles et leurs ustensiles de cuisine, dit-il. Je trouve tout cela plutôt suspect. »

Lao Chen était intrigué par autre chose. Il avait remarqué que toutes les maisons du Village du Bonheur étaient des constructions simples et frustes, typiques des régions rurales du nord de la Chine et que l'on peut voir dans la province du Hebei. Les paysans du Hebei ne sont pas les plus pauvres de Chine, mais de tous les types d'architectures vernaculaires qui existent en Chine, celles du Hebei sont les plus banales. Il n'y avait ici aucune ambition de style dans les constructions, et génération après génération, ils construisaient les mêmes maisons. On voyait que les paysans du Hebei ne se souciaient pas de l'esthétique. Mais les murs, à l'extérieur, étaient revêtus de peintures colorées qui avaient la même tonalité que ces dessins du Nouvel An, les *nianhua*, dans un style plus libre, et certaines représentaient même de charmantes scènes érotiques. Lao Chen, à cet instant, ressentit le sentiment d'amour qui avait préludé à ces peintures, dont l'une recouvrait un mur de grandes fleurs vivement colorées. Cet effort d'ornementation était chose rare dans un village primitif de paysans du Hebei. Les habitants s'étaient mués en peintres de fresques murales, et sans doute ce Village du Bonheur était-il à la hauteur de sa réputation.

Lao Chen se dit qu'il serait intéressant de rencontrer ces paysans, mais pas pour l'instant.

« Qu'y a-t-il ? demanda-t-il à Fang Caodi qui regardait vers l'amont, d'un air absent. Viens, allons-nous-en.

— Cela fait moins d'un an. Et il ne reste plus personne.

— Ne me demande pas de marcher encore cinq kilomètres. Je serais incapable d'en faire un de plus.

— Il doit bien y avoir une route qui mène à l'usine chimique, dit Fang Caodi.

— La route qui y conduit est sans doute du côté du Shanxi, dit Lao Chen pour essayer de le dissuader de s'y rendre, car il voyait que Fang Caodi allait le suggérer. Je peux trouver une centaine de raisons au départ des villageois, et aucune d'elles n'a à voir avec cette usine chimique. Tu ne devrais pas voir des conspirations partout. »

Comme Fang Caodi restait debout, immobile, Lao Chen abattit alors sa carte maîtresse. « Lao Fang, dit-il, tu sais bien que tes prémonitions ne peuvent empêcher les choses de se produire.

— Oui, tu as raison. Partons. »

*

Wei Xihong, de sexe féminin, originaire de Pékin, aussi connue sous le nom de Xiao Xi, pseudonyme sur internet le plus récent : *maizibusi*. Dernier emploi connu : vendeuse de crèmes glacées dans la cité natale du légendaire Empereur Jaune à Xinzheng dans la province du Henan. Employée précédemment comme vendeuse de billets d'entrée touristiques dans trois villages différents qui revendiquent le titre de village natal du dieu mythique Pangu, ainsi qu'à Zhoukou dans l'Est du Henan, village célèbre pour ses liens avec la déesse Nüwa. Au vu de son parcours, sa prochaine étape devrait être, soit le mont Shennong, ainsi dénommé d'après le légendaire fondateur de l'agriculture, soit encore l'un des différents sites qui clament être le lieu où Yu le Grand sépara les eaux et créa le continent chinois.

De fait, elle se rendit près de Jiaozuo, anciennement connu sous le nom de Huaichuan. Les cités antiques dans la région étaient au nombre de six, et la légende locale veut que ce soit dans les environs que l'Empereur légendaire Shennong, appelé aussi Yandi, ait planté les cinq graines et testé les cent variétés de plantes. Il va sans dire que la région possède de nombreux parcs à thèmes historiques et que l'endroit ne manque pas d'emplois dans le secteur du tourisme. Pourtant, Xiao Xi ne chercha pas immédiatement un travail. Elle se promena beaucoup, assez distraitement d'abord, parce que Jiaozuo ramenait à la surface de sa mémoire de profonds et douloureux souvenirs personnels.

En 1983, fraîchement diplômée de la Faculté de Droit, sa première affectation fut celle d'assistante du juge, dans un tribunal de sous-préfecture sous la juridiction directe de Pékin, pour traiter des cas judiciaires liés à la répression. Ses collègues n'appréciaient guère sa façon de travailler et ils essayèrent de faire pression sur elle pour qu'elle donne son accord aux exécutions. Les exemples qu'ils avancèrent pour la convaincre s'étaient produits dans les villes de Zhengzhou, de Kaifeng et de Luoyang, villes qui avaient toutes procédé à quarante, voire cinquante, exécutions capitales. Même dans une ville aussi petite que Jiaozuo, trente personnes avaient été passées par les armes. Quand Wei Xihong avait visité Luoyang, Kaifeng et Zhengzhou, elle n'avait pas repensé une seule fois à ces épisodes de la répression. Mais quand elle arriva à Jiaozuo, les événements de cette année-là lui revinrent en bloc.

Ces faits tragiques avaient changé sa vie à jamais et lui avaient prouvé qu'elle n'avait pas le profil nécessaire pour être juge dans la République populaire de Chine.

Wei Xihong resta couchée pendant deux jours dans une petite auberge à Jiaozuo avant de prendre sa décision. Elle était résolue à se débarrasser des fantômes de la répression de 1983[1]. Au matin du troisième jour, elle monta dans un petit autocar en direction du canton de Wen, dans le district de Jiaozuo, pour arriver enfin au village des Sources Chaudes. Elle se promena sans but, jusqu'à ce qu'elle tombe sur une grande demeure dont les grilles du jardin étaient ouvertes et où se trouvait rassemblé un groupe de gens à l'air sympathique et à la mise élégante, qui conversaient entre eux.

Il y avait des devises de Nouvel An collées sur le fronton de la grille. La première disait : « Le Paradis

1. En 1983, Deng Xiaoping, pour asseoir son autorité, lance une vaste campagne de répression de la criminalité, qu'il élargit ensuite à la « pollution spirituelle », c'est-à-dire les effets de l'ouverture sur le monde et l'occidentalisation des mœurs.

nous concède l'Arbre de Vie/Foi, Espoir et Amour demeurent à jamais. » La seconde disait : « Le Printemps de la Vie jaillit de la Terre/Le Corps, l'Esprit et l'Ame lui sont entièrement dévoués. »

« Est-ce une église privée ? se demandait Wei Xihong. Ne sont-elles pas censées être souterraines ? Comment peuvent-ils être aussi visibles ? »

C'est alors que les personnes présentes dans le jardin disparurent à l'intérieur du bâtiment. Il ne resta qu'un homme d'âge moyen, qui se tenait près de la grille et regardait Wei Xihong. Il fit quelques pas pour s'approcher d'elle, et elle vit qu'il boitait. « Entrez, je vous en prie », lui dit-il. Wei Xihong s'avança lentement dans le jardin, les yeux fixés sur une inscription horizontale au fronton de la maison : « LE GRAIN TOMBÉ EN TERRE NE MEURT JAMAIS. »

Wei Xihong pensa : « J'ai seulement entendu dire que l'esprit ne meurt jamais ou que la matière ne peut être détruite, mais, il est dit ici qu'un grain de blé ne meurt jamais. C'est probablement en accord avec le matérialisme philosophique. »

L'homme qui était à la tête de l'église « Le grain tombé en terre ne meurt jamais » s'appelait Gao Shengchan. D'après son prénom, qui signifie « Augmenter la production », on pouvait supposer sans trop se tromper que ses parents étaient de petits fonctionnaires locaux, et qu'ils avaient donné à leurs enfants des prénoms comme : « production » ou « plan » pour suivre les directives du gouvernement en vigueur à l'époque de la naissance de ceux-ci.

Deux ans plus tôt, Gao Shengchan, Li Tiejun et trois autres personnes avaient fondé une église protestante souterraine dans la ville de Jiaozuo. Bientôt, ils entrèrent en conflit avec l'Eglise patriotique protestante des trois autonomies. Ils furent alors arrêtés par les policiers de la Sécurité publique sur ordre du Bureau des cultes et envoyés en prison. Là, ils se rebaptisèrent « Le grain tombé en terre ne meurt jamais ». Ils étaient résolus à mourir pour leur foi et ils devinrent encore plus déterminés et intrépides. Ils n'abandonneraient jamais la mission que Dieu leur avait confiée. Li Tiejun, qui avait gagné un peu d'argent dans les affaires, commença par acheter un terrain dans la localité des Sources Chaudes, y fit construire une grande bâtisse pour leurs réunions et fonda une communauté chrétienne. Quatre de ses disciples établirent un certain nombre d'autres communautés semblables dans les villages autour de Jiaozuo et appliquèrent la stratégie de Mao Zedong de l'encerclement des villes par les campagnes. Gao Shengchan faisait la tournée de ces quatre communautés où il venait prêcher l'Evangile. Dorénavant, le Bureau des cultes et les policiers de la Sécurité publique ne leur causaient plus d'ennuis. Plus inhabituel encore, un nombre grandissant de fidèles affluaient pour rejoindre leur église, davantage même qu'ils ne pouvaient en accueillir.

Plus de vingt à trente personnes participaient à présent aux réunions quotidiennes de la communauté des fidèles des Sources Chaudes, et ce nombre grimpait à cent ou deux cents lors des réunions de croisades de la Foi et des Offices qui se tenaient chaque fin de semaine. Les fidèles présentaient de nouveaux paroissiens chaque jour, et certains, comme Wei Xihong, n'étaient que de simples passants entrés là par curiosité.

Gao Shengchan était préoccupé par l'activité croissante de la paroisse, qui pouvait attirer sur eux l'attention des autorités. Mais Li Tiejun et les trois autres avaient définitivement voué leur vie à répandre la parole de Dieu, et ils voulaient augmenter la cadence sans se soucier des conséquences. Gao Shengchan n'avait aucun moyen de les refréner. Par exemple, Quand Li Tiejun voulut afficher les devises de Nouvel An avec des thèmes chrétiens sur les côtés de la grille d'entrée, Gao Shengchan s'opposa à ce projet qu'il trouvait bien trop voyant. En Chine, il est possible de faire certaines choses, mais il faut agir de manière très discrète. Gao ne put le faire changer d'avis. Li lui répondit qu'ils devaient non seulement présenter une offre de qualité, mais qu'il était en plus nécessaire de bien la faire connaître ; les devises représentaient ainsi une excellente publicité pour leur église. Ce que Li Tiejun ajouta émut Gao Shengchan : « Notre mission est juste et honorable et je refuse de cacher notre foi sous le boisseau. » Au final, Li était dans le vrai. Un bon nombre de gens apprirent l'existence de cette église grâce à ces devises, ils entrèrent assister aux réunions et aux sermons, et finalement la rejoignirent.

Au bout de quelque temps, des officiels du Bureau des cultes vinrent leur rendre visite et les interrogèrent. Leur attitude n'était en rien belliqueuse, ils parlèrent peu et, après leur départ, ils n'entendirent plus parler d'eux. Au cours des deux dernières années, le gouvernement avait adopté un profil bas à l'égard de la religion.

Gao Shengchan était diplômé d'une Université provinciale de formation des maîtres. Avant d'aller en prison, il enseignait dans un lycée et était un lecteur passionné de *Dushu*, jusqu'à ce qu'il se mette à avoir la foi en Jésus-Christ. C'était un intellectuel, il n'avait pas d'origines paysannes comme Li Tiejun et les autres, aussi se faisait-il davantage de soucis qu'eux. Il était particulièrement inquiet que le laxisme actuel du gouvernement ne dure pas, car le nombre de croyants à travers le pays augmentait très vite, surtout les fidèles des temples protestants et bouddhistes. Si l'on additionnait le nombre de fidèles des églises souterraines protestantes avec celui des Eglises patriotiques protestantes des trois autonomies autorisées officiellement par le gouvernement, leur nombre représentait, en 2008, près de cinquante millions de croyants. Gao Shengchan avait un autre chiffre en tête à présent : cent cinquante millions de croyants. La plupart de ces nouveaux fidèles avaient rejoint les églises au cours des deux dernières années, et les églises souterraines comptaient pour quatre-vingts pour cent du total. Même en remontant à la Libération, il n'y avait jamais eu en Chine, à l'exception des classes ouvrières ou paysannes, une telle formation autonome regroupant une part aussi conséquente de la population nationale. Durant les campagnes de répression du passé contre les propriétaires terriens et les riches paysans, les capitalistes ennemis de classes et les Droitiers, l'affrontement opposait une large majorité à une petite minorité. A présent, une majorité divisée d'un milliard deux cents millions de Chinois faisait face à une minorité unie de cent cinquante millions de croyants. Etait-il certain que le Parti communiste parvienne à se débarrasser des chrétiens comme il l'avait fait pour le mouvement Falun gong ? Comment le Parti communiste pourrait-il ne pas craindre tant de chrétiens ? Gao Shengchan espérait que le nombre des fidèles allait continuer à augmenter rapidement, et il craignait en même temps que le Parti communiste ne leur tombe dessus. Il priait Dieu d'accorder aux Eglises chrétiennes dix années de paix supplémentaires, et il fit le serment d'occuper ces dix ans à atteindre le chiffre de trois cents cinquante millions de chrétiens. Cela équivaudrait à un quart de la population chinoise, une masse critique qui, pensait-il, garantirait la sécurité de l'Eglise.

De manière à protéger leur développement sur le long terme, Gao proposa que chaque congrégation chrétienne administre ses propres affaires. Les évangélistes, les libéraux, les fondamentalistes et les charismatiques devaient éviter de se réunir, les Eglises appartenant au même ordre ne devaient pas se rassembler trop souvent. Il ne voulait pas que le gouvernement ait l'impression que les églises souterraines se structuraient en organisations à l'échelle provinciale ou nationale. Nombre de fidèles ne comprirent pas ses intentions et le critiquèrent pour son manque d'ouverture, lui reprochèrent de ne s'occuper que de sa propre paroisse, et de chercher à s'imposer comme un dirigeant suprême. Gao Shengchan leur répondait que la chose la plus importante était de communiquer directement avec Dieu et non pas d'échanger entre eux.

Ce que Gao Shengchan pouvait tout de même faire, c'était écrire des sermons et les faire circuler parmi les fidèles. C'était en réalité une façon d'envoyer des signaux au gouvernement. Son thème principal était que Dieu est Dieu et que ce qui est à César revient à César. L'Eglise chrétienne ne recherchait pas le pouvoir politique séculier, elle était une force permettant de maintenir une certaine stabilité sociale, et de ce fait le gouvernement séculier ne devait pas interférer avec la religion. Il espérait ainsi réussir à convaincre le gouvernement que la politique et la religion sont deux domaines distincts. Il voulait ériger un mur de protection entre le régime politique et sa religion, ce qui serait d'un grand secours pour le développement de la foi à ce tournant de l'Histoire. Il écrivait aussi sur des blogs, sous différentes signatures, pour encourager les universitaires de Pékin qui prônaient la banalisation de la religion. Cela serait également bénéfique pour l'Eglise chrétienne chinoise le moment venu.

Durant cette étape cependant, Gao Shengchan conseillait de ne pas exercer une pression trop forte sur le gouvernement. Il était également opposé aux demandes des intellectuels chrétiens radicaux des grandes villes pour une reconnaissance officielle du mouvement des églises souterraines et leur légalisation, ce qui irait au-delà de leur travail de terrain et libérerait au grand jour le prosélytisme de ces dernières. Il était persuadé que le gouvernement ne pouvait pas reconnaître officiellement les églises souterraines, le mieux pour elles serait qu'il agisse comme s'il n'était au courant de rien et que le Bureau des cultes fasse comme s'il n'avait jamais entendu parler des églises souterraines, en dehors des Eglises patriotiques des trois autonomies. Les églises souterraines ne devraient pour leur part ne rien faire qui puisse embarrasser le gouvernement, chacun pourrait ainsi sauver la face et continuer de fonctionner correctement.

Gao Shengchan était persuadé que les générations futures parleraient sans doute de cette époque comme étant celle de la pureté du mouvement chrétien protestant chinois. Comme elle opérait en dehors de l'Eglise patriotique des trois autonomies, la chrétienté protestante conserverait son caractère souterrain, et il n'y aurait que peu d'avantages séculiers à devenir membre de cette congrégation. Sur ce constat, la plupart des nouveaux fidèles rejoindraient l'église avec un cœur pur. Ils pratiqueraient leur foi pour le bien de la Foi. Si quelques dirigeants de ces églises ou quelques travailleurs volontaires cédaient à la corruption, ce serait l'exception et non la règle. Le peuple chinois, naturellement avide de notoriété, d'argent et de pouvoir, rejoindrait plutôt le Parti communiste chinois ou les soi-disant partis démocratiques[1], les grandes entreprises faisant des profits, les organisations criminelles ou l'industrie du divertissement. En comparaison, bien peu choisiraient de rejoindre la sphère religieuse. Même si ce n'était pas le cas, ils se tourneraient alors vers les organisations religieuses autorisées par le gouvernement, ou bien fonderaient leurs propres congrégations, plutôt que

---

1. En accédant au pouvoir, le Parti communiste chinois n'a pas dissous les partis politiques existant avant 1949 : il les a transformés en partis croupion, vidés de leur substance et inféodés au PCC. Il existe ainsi huit partis légaux en Chine, dont le Kuomintang qui n'a plus de rapports avec le parti de Tchiang Kai-shek parti à Taiwan, la Ligue démocratique de Chine, ou le parti démocratique paysan et ouvrier de Chine. Ces partis reconnaissent la suprématie du PCC.

de se joindre à une bannière protestante. D'un autre côté, dans un pays comme les Etats-Unis où le protestantisme est la religion dominante, les églises peuvent difficilement éviter d'être mêlées aux groupes d'intérêts, de notoriété, de profits et de pouvoir.

Gao Shengchan espérait que les chrétiens chinois pourraient continuer de prospérer de façon souterraine pendant longtemps encore, de sorte que les ambitieux ne s'intéressent pas au mouvement de ces églises et que les chrétiens chinois gardent le cœur aussi pur qu'ils l'ont aujourd'hui.

L'Eglise du grain tombé en terre avait une assez bonne réputation parmi les cercles chrétiens chinois et, ses dirigeants ayant été emprisonnés, de nombreux chrétiens étrangers venaient leur rendre visite. Li Tiejun et les autres étaient ravis de tisser des liens avec des croyants étrangers, mais Gao Shengchan était plus méfiant. Il craignait que le Parti communiste puisse les accuser de collaboration avec des puissances étrangères. Par ses échanges avec ces visiteurs étrangers, Gao Shengchan prit conscience que les églises chrétiennes, même si elles n'aspiraient pas à exercer un pouvoir séculier, pourraient néanmoins se retrouver entraînées en politique. Aux Etats-Unis, par exemple, sur des sujets comme l'avortement, la recherche sur les cellules souches ou le mariage homosexuel, les évangélistes travaillaient fréquemment de concert avec le Parti républicain et ses factions de l'extrême droite, qui soutiennent les intérêts des grands capitalistes. Quelques Américains étaient déjà venus rencontrer Gao Shengchan au Henan pour lui demander de s'opposer à la politique de contrôle des naissances du gouvernement chinois, ce qu'il avait refusé de faire. Cet intellectuel chinois, chrétien et leader charismatique du mouvement des églises souterraines, n'avait jamais été invité à se rendre aux Etats-Unis, sans même parler d'une visite à la Maison-Blanche ou d'une rencontre avec le Président.

Ce que Gao Shengchan était en mesure de faire pour le moment, c'était d'insister pour que l'Eglise du grain tombé en terre refuse toute contribution financière étrangère, refuse également de recevoir des bibles entrées illégalement en Chine et d'inviter des pasteurs non chinois à venir prêcher dans ses églises. Certaines personnes avaient accusé Gao Shengchan de promouvoir une politique du "non" systématique et patriotique dans l'intérêt de leur église. Mais sur ces orientations stratégiques importantes, heureusement, Li Tiejun et les autres étaient d'accord avec Gao Shengchan. La principale raison en était que la Chine avait une économie puissante, que les fidèles versaient déjà d'importantes contributions, et qu'ainsi leurs églises n'avaient besoin ni de ces dons en provenance de l'étranger, ni de leurs bibles étrangères.

C'était un bon début, qui procurait néanmoins à Gao Shengchan de sérieuses migraines. L'église avait soudé les fidèles autour de leur identité commune, et ceux-ci désiraient exprimer l'amour universel du Christ en collaborant sur des projets communs et en s'aidant mutuellement à se protéger. Si l'un des frères ou l'une des sœurs du Seigneur était en difficulté, leur devoir était de venir aussitôt à son secours. On lui avait rapporté qu'à de nombreuses reprises déjà, quand la collusion entre les hommes d'affaires et les fonctionnaires du gouvernement allait à l'encontre des droits et des acquis des gens ordinaires, et que des frères et des sœurs de l'Eglise se trouvaient parmi eux, ces fidèles s'étaient organisés seuls pour résister et veiller à leurs intérêts. Dans l'esprit des officiels du gouvernement, ces incidents risquaient d'être perçus comme une confrontation directe entre les croyants et le régime. Pour beaucoup de fonctionnaires locaux, ces églises souterraines étaient une véritable épine dans le pied, et ils faisaient pression sur le Bureau des cultes. Si les incidents se multipliaient, le gouvernement serait susceptible de réviser sa politique pour l'heure assez laxiste.

C'est pourquoi l'apparition de Wei Xihong causa à Gao Shengchan un mélange de joie et d'anxiété.

Gao Shengchan se souvenait que la première fois qu'il avait rencontré Wei Xihong, son visage s'était empourpré. Le Seigneur avait dû guider ses pas vers lui. Loué soit le Seigneur !

Depuis les débuts de la fondation de l'Eglise du grain tombé en terre au lieu-dit des Sources Chaudes, il s'était souvent tenu dans le jardin et avait remis les brebis égarées entre les mains du Seigneur. Dès qu'il aperçut Wei Xihong, il sut qu'elle n'était pas de la région. Elle avait une allure raffinée, c'était sûrement une intellectuelle, comme lui. Elle commença à lire la Bible avec application, les questions qu'elle posait étaient profondes et jamais ennuyeuses. Elle cherchait à comprendre pourquoi tous les fidèles croyaient en Dieu et pourquoi les paroissiens de l'église, une fois leur mouvement interdit et contraint à la clandestinité, n'éprouvaient aucune sorte de rancœur et paraissaient les plus heureux des hommes.

« C'est parce que l'Amour est dans nos cœurs et

que nous sommes avec le Seigneur Jésus-Christ », disait Gao Shengchan dans ses sermons.

Wei Xihong appréciait cette entraide mutuelle entre les frères et les sœurs de la congrégation, plus sincère que la solidarité de classe qu'on lui avait inculquée depuis l'enfance. Cette amitié bienveillante lui rappelait celle des intellectuels qu'elle avait connus au restaurant de Wudaokou dans les années 80. Ils avaient le même genre de fraternité d'âme. A présent, tout avait été emporté par le vent.

Wei Xihong ne pouvait s'empêcher de s'interroger : s'ils n'avaient pas leur foi religieuse, les bons, en Chine, parviendraient-ils à rester bons ? Avec ce que connaissait le pays, un tel système politique et un tel environnement social, il n'était guère facile de « préserver sa propre vertu à l'écart du monde », comme le conseillait Mencius. Quelle force morale ou spirituelle peut ainsi pousser un individu à être bon ? Sans la foi religieuse, il était presque impossible d'être quelqu'un de bien.

Wei Xihong, cependant, ne ressentait pas d'élan envers la religion. Toute sa vie, elle avait été une fervente disciple du matérialisme et de l'athéisme et elle ne pouvait changer ses convictions du jour au lendemain. Sa raison la faisait résister aux appels de la religion de Dieu.

La seule personne de la congrégation avec laquelle elle pouvait avoir des discussions sérieuses c'était Gao Shengchan, mais il était le principal prêcheur des quatre communautés de l'Eglise du grain tombé en terre. Les autres églises souterraines de Jiaozuo et du Henan lui demandaient souvent de venir faire des sermons, et il ne pouvait donc pas rester en permanence aux Sources Chaudes. Alors, Wei Xihong prit la décision de l'accompagner où qu'il aille, d'écouter ses sermons et de continuer à l'interroger sur la foi.

Cette communauté de croyants avait une autre particularité dont Wei Xihong était vaguement consciente : une certaine suffisance dogmatique que ces humbles et dévoués disciples du Christ affichaient volontiers – « Nous seuls connaissons la Vérité » –, et qui mettait parfois Wei Xihong mal à l'aise. Si Gao Shengchan se montrait très passionné dans ses prêches, dans la vie de tous les jours, en revanche, une grande compassion ainsi qu'une certaine mélancolie l'envahissaient. Wei Xihong se sentait à l'aise en sa compagnie et décida de se rapprocher de lui.

Wei Xihong n'était pas romantique. Gao Shengchan, quant à lui, songeait parfois qu'il serait temps pour lui de se trouver une épouse. Mais Wei Xihong n'était pas encore chrétienne, et puis tous les messages qu'elle avait envoyés sous le nom de *maizi busi* critiquaient ouvertement le gouvernement et pourraient leur nuire.

C'est alors que survint l'incident du village du clan des Zhang. Beaucoup de familles paysannes du village de ce clan étaient des membres de la congrégation chrétienne, et très récemment le gouvernement local, en collusion avec un groupe d'hommes d'affaires, s'était accaparé leurs terres, bafouant ainsi leurs droits. Quand les frères et les sœurs de la communauté en discutèrent, Wei Xihong leur expliqua le fonctionnement de la mécanique juridique et les poussa à se battre pour faire respecter leurs droits. Très vite, ils comprirent qu'elle avait fait des études pour devenir juge et ils furent éblouis par l'étendue de ses connaissances. Ils élaborèrent donc une stratégie en trois étapes. D'abord, ils se rendraient au tribunal local et déposeraient plainte contre l'administration. Ensuite, ils organiseraient une manifestation devant le siège des bureaux du gouvernement, avec vidéo à l'appui, et ils mettraient en ligne toutes les preuves de la corruption du gouvernement local. Wei Xihong leur avait dit : « Internet est le Comité central de Discipline du peuple et il est aussi l'Autorité de Sécurité publique virtuelle. » Mais dès lors, l'Eglise souterraine du grain tombé en terre serait entraînée dans le mouvement de défense des droits des paysans, et les conséquences seraient difficiles à prédire.

Gao Shengchan parla avec Li Tiejun et lui demanda de dissuader les membres de la congrégation de courir à la catastrophe. Qui aurait imaginé que Li Tiejun ferait volte-face et critiquerait Gao Shengchan. « Lao Gao, quand j'ai quelque chose à dire, je le dis. Chacun est maintenant persuadé que Wei Xihong et toi formez un couple. Mais elle est devenue Grande Sœur Gao, c'est elle qui est à l'extérieur, et toi qui restes à l'intérieur. Cette femme *maizi busi* commence à parler à ta place ! »

Un amour qui dépasse tout entendement

Tandis qu'ils pénétraient dans le Henan, Fang Caodi commença à se remémorer les nombreuses coïncidences survenues au cours de sa vie. « Lao Chen, croyez-vous aux coïncidences ? », lui demanda-t-il.

Lao Chen pensait qu'en tant qu'auteur de fiction, il devait prendre en compte les coïncidences, mais dans la vie réelle, il trouvait que leur poids était largement surestimé. Il n'avait pas besoin de répondre très souvent à Fang Caodi : celui-ci bavardait inlassablement, quoi qu'il arrive. Il n'avait pas cessé de lui parler depuis qu'ils avaient quitté Pékin le matin même. En réponse à sa question, Lao Chen se contenta de hausser les épaules.

« Je savais que je n'avais même pas besoin de vous interroger là-dessus. En tant qu'écrivain, vous ne pouvez que croire aux coïncidences. Vous savez que la vie est semblable à la fiction, tout n'est que coïncidences, si ce n'était pas le cas, je ne serais pas en train de nous conduire tous les deux au Henan aujourd'hui.

— Avez-vous lu les livres de l'écrivain américain Paul Auster ? lui demanda Lao Chen par simple curiosité.

— Non. Mais j'ai lu les romans à suspense de Seichö Matsumoto. Sans les coïncidences, il n'y aurait pas de fiction.

— Le romanesque est une chose. La vie réelle en est une autre. La plupart des coïncidences sont sans doute de la prédestination et rien d'autre. Elles ne sont coïncidences qu'en apparence. Comme le vieux Laozi l'a dit : "Entre ses larges mailles, le grand filet du Ciel ne laisse rien glisser." Il existe toujours des tenants et des aboutissants. Et toujours des explications à tout. Seulement la plupart du temps nous ne les voyons pas.

— Voilà une analyse très perspicace, Lao Chen. Vraiment perspicace.

— Oh ! s'exclama Lao Chen en regardant son téléphone portable. Zhang Dou a trouvé de nouveaux messages de *maizi busi* sur les sites web de Le club.kd.net, sur celui de Sina et sur New NB. Ce sont des messages récents. L'un d'eux dit qu'elle a enfin chassé les fantômes de 1983, un autre qu'elle se trouve dans le canton de W, près de la ville de J dans la province H et qu'elle aide des paysans à défendre leurs droits. La note de Hu Yan indiquait que l'Eglise souterraine du grain tombé en terre se trouve à Jiaozuo au Henan. C'est le J et le H. Tout ce qu'il nous reste à faire, c'est de trouver le canton de W.

— Le canton de Wen, dit Fang Caodi. Ce doit être le canton de Wen. Car j'y suis déjà allé – voilà une autre coïncidence.

— Alors, cap sur le canton de Wen ! », répondit Lao Chen, qui n'avait pas envie de discuter la logique de Fang. Il paramétra son GPS en direction des Sources Chaudes dans le canton de Wen.

*

Un camarade d'université de Gao Shengchan, Liu Xing, était le vice-directeur du Département de la propagande de la municipalité de Jiaozuo. Il s'occupait des médias. Quand Gao Shengchan l'avait appelé, ce matin-là, Liu Xing lui avait répondu sans hésiter qu'il l'invitait à l'Hôtel Yiwan pour le dîner. « Nous pourrons ainsi bavarder tranquillement. »

Deux ou trois ans auparavant, Liu Xing n'aurait sans doute pas souhaité être vu en public en train de bavarder avec Gao Shengchan, mais les derniers changements au sein du gouvernement local n'ayant donné lieu à aucune promotion, il savait que sa carrière ne progresserait plus. Il avait déjà cinquante ans. Il ne faisait pas partie de la nouvelle équipe dirigeante et n'avait plus aucune perspective d'évolution. Alors, quelle différence cela ferait-il d'être vu en train de dîner avec son vieux camarade d'Université ?

Fang Caodi et Lao Chen avaient perdu du temps à visiter le Village du Bonheur, et ce ne fut que vers vingt et une heures qu'ils atteignirent la ville de Jiaozuo. L'heure était trop tardive pour se rendre au canton des Sources Chaudes. Ils devraient passer la nuit dans les environs de Jiaozuo. Au moment où Fang Caodi, à la demande pressante de Lao Chen, réserva pour eux à l'hôtel quatre étoiles Yiwan, dans le salon privé du restaurant de l'hôtel, Liu Xing et Gao Shengchan avaient déjà bu plusieurs tournées et s'apprêtaient à commencer une discussion sérieuse.

Gao Shengchan raconta à Liu les problèmes auxquels son église devait faire face – l'implication des frères et des sœurs de la congrégation dans le conflit sur les revendications territoriales du clan des Zhang et les risques d'envenimement. Les questions religieuses étaient du ressort du Bureau des cultes et non pas sous l'autorité du Département où Liu travaillait. Gao Shengchan pouvait donc aborder la situation librement avec lui, comme il l'aurait fait avec un vieil ami, mais il ne pouvait pas commencer en lui demandant comment régler son problème. S'il agissait ainsi, Liu Xing ne lui dirait pas la vérité. Gao Shengchan se contenta de lui parler de choses et d'autres et ils continuèrent à boire et à bavarder, en attendant que Liu aborde de lui-même le sujet.

Liu Xing avait déjà vidé bon nombre de verres, mais c'était un bureaucrate madré et il était plus improbable de le faire parler que de faire jaillir du sang d'un rocher. Personne n'aurait pu lui faire lâcher une information compromettante. Il déclara que tous les échelons du gouvernement étaient en train d'étudier un document du Comité central et qu'ils allaient être évalués sur celui-ci. Il pouvait le réciter par cœur.

« Dans la période actuelle de développement, la philosophie de gouvernance de notre Parti est de mettre en pratique un gouvernement vertueux à l'égard du peuple et de gérer les relations entre les cadres du Parti et les masses. Les cadres du Parti sont les serviteurs du peuple, et le peuple est comme des parents pour les cadres. Les cadres du Parti doivent gérer adroitement les contradictions au sein du peuple, établir un mécanisme de résolution des conflits à l'égard des contradictions et des conflits au sein de la société tout entière. Ils doivent mettre en place un système d'alerte préventif afin de maintenir la stabilité sociale, travailler à la prévention et à la prise en charge de tout type d'incidents collectifs, maintenir une société stable et harmonieuse, aider la loi à réprimer sévèrement toute sorte d'activités criminelles ou illégales, et par-dessus tout, protéger la sécurité nationale et les intérêts vitaux et primordiaux des fondements du système chinois. »

En d'autres termes, le gouvernement souhaitait que les gens du peuple puissent résoudre leurs problèmes. Mais ils ne permettraient pas que des incidents liés aux collectivités perturbent leur société harmonieuse. D'une part, les officiels du Parti ne devaient pas provoquer les gens du peuple, d'autre part, ils devaient aussi rester vigilants et anticiper de possibles manifestations de masse, trouver des solutions avant que des incidents ne se produisent, minimiser les problèmes importants pour les faire ensuite disparaître. Si les cadres du Parti n'anticipaient pas et que de sérieuses manifestations avaient lieu, quelle qu'en soit l'issue finale, les responsables du Parti devraient rendre des comptes.

Qu'est-ce que la dictature du Parti unique ? La dictature, cela signifiait simplement que le parti qui gouvernait détenait le pouvoir absolu. Ensuite, l'appareil d'Etat tout entier pouvait appliquer cette dictature contre le peuple ou contre une fraction de la population, sans l'autorisation de ce peuple et sans limites. Par la même occasion, sous la dictature du Parti unique, quand celui-ci cherche à éviter les troubles, il fait en sorte que les citoyens ressentent partout la sollicitude paternaliste du gouvernement de l'Etat-Parti. Aujourd'hui, le Parti cherche à éviter les troubles. Seuls les intérêts vitaux que représente le maintien de la règle du Parti unique sont fondamentaux pour le Parti communiste, et cette règle ne doit pas être malmenée, aussi flexibles que puissent être les manœuvres du Parti et aussi modérées que puissent être ses méthodes.

Gao Shengchan ne savait tout cela que trop bien. Son église avait pu se développer sans que le gouvernement interfère au cours des deux dernières années, car sa politique récente consiste à éviter les problèmes. Les officiels avaient tous peur qu'un incident massif n'intervienne dans leur juridiction, ils craignaient tous de perdre leur position hiérarchique, aussi personne n'aurait osé tisonner un nid de frelons. Et ces églises souterraines n'étaient rien d'autre que des nids de frelons.

Les explications de Liu Xing étaient très instructives et Gao Shengchan interpréta ses paroles avec justesse. Cela signifiait : quand bien même le peuple aurait peur de ses dirigeants, les dirigeants eux aussi ont peur du peuple. Si la nouvelle d'un possible soulèvement populaire était dévoilée, il était à peu près certain que les officiels locaux chercheraient à trouver un arrangement. C'est au cours des phases préparatoires d'un éventuel soulèvement de masse que les deux camps ont le plus de marge de manœuvre, mais une fois que les manifestations commencent, les conséquences sont imprévisibles. Si les manifestants sont inculpés pour avoir « frappé, détruit, pillé et s'être battus » et qu'ils sont neutralisés et jetés en prison, les officiels souffriront tout comme le peuple. Même si une fois les manifestations terminées, quelques officiels sont limogés et remplacés, la source du conflit subsistera.

Naturellement, la direction locale du Parti était directement impliquée, car si elle n'avait pas été dès le départ obnubilée par l'idée de se faire de l'argent, elle ne serait pas entrée en collusion avec des hommes d'affaires peu scrupuleux, et ceux-ci n'auraient pas escroqué ces gens simples. Avec la perspective de gros profits financiers à la clef, ils n'auraient sûrement pas « versé de larmes avant d'être prêts pour leur propre cercueil », comme on dit, et renoncé à leurs projets. Seules de grandes manifestations pourraient les faire changer d'attitude. Mais c'était justement ce que Gao Shengchan cherchait à éviter pour protéger les intérêts de son église. Il réfléchit un instant et arriva à la conclusion que s'il laissait le chat sortir de son sac, il devrait s'adresser à un niveau hiérarchique plus élevé – au gouvernement du district.

Il changea donc de sujet et demanda négligemment : « Notre responsable de district du comté de Wen est un homme très compétent et qui jouit d'une bonne réputation, n'est-ce pas ?

— Xiao Yang est jeune et très doué. Il a la trentaine et un avenir brillant devant lui », répondit Liu Xing qui attendait justement que Gao Shengchan lui parle du chef de district Yang.

Gao Shengchan comprit que Liu Xing lui disait à mi-mots vers qui se tourner – un jeune officiel chargé des différents comtés du district et qui songeait avant tout à sa carrière.

« Saviez-vous que le maire de Jiaozuo a été transféré de la province du Fujian jusqu'ici ? Et saviez-vous que le chef de district Yang avait vu sa promotion appuyée par le maire ? Et saviez-vous enfin que lors du dernier changement de l'équipe gouvernementale, le maire avait encore été promu au niveau provincial ? »

C'est un vrai compagnon de classe, pensa Gao Shengchan en se félicitant. Et il vient de me faire entrevoir les choses clairement. Un nouveau maire venait d'être promu de l'extérieur de la province et il ferait certainement monter auprès de lui par promotion un certain nombre de cadres pour étoffer son équipe. Mais il ne se servirait pas d'hommes qui, comme Liu Xing, étaient restés fidèles à l'ancien maire. Le chef de district Yang est un des lieutenants du maire actuel, et dès que le maire actuel sera promu au niveau provincial, il fera venir Yang pour travailler avec lui. Tout ce que le jeune chef de district Yang avait à faire au cours des deux prochains mois, c'était de s'assurer que rien de grave n'advienne dans le comté et il pourrait tranquillement être promu à un poste officiel au niveau provincial.

Autrement dit, si des manifestations de masse se préparaient dans le comté, peu importe que la situation soit bien ou mal gérée, les chances du chef de district Yang d'obtenir un poste au niveau provincial seraient réduites à néant. Dès lors, le chef de district Yang était la personne à informer de l'éventualité d'une telle manifestation. Comment un homme jeune et capable comme lui mettrait-il sa carrière en péril pour deux bureaucrates avides ?

Quand Liu Ying s'aperçut que Gao Shengchan avait compris toute la portée de ses paroles, il éprouva un agréable sentiment de fierté. Il se leva et se dirigea en chancelant vers les toilettes. Gao Shengchan profita aussitôt de son absence pour téléphoner à Li Tiejun et lui demander de prendre sur-le-champ un rendez-vous avec le chef de district Yang.

*

Jiaozuo est un important lieu de production de plantes médicinales, comme la digitale pourprée chinoise, les ignames de Chine, les racines *d'Achyranthes bidentata* ainsi que diverses variétés de chrysanthèmes. Quand Fang Caodi l'apprit, il fit le projet d'aller acheter des plantes médicinales pour aider Zhang Dou à guérir de ses lésions internes et pour soigner Miaomiao de son étrange état d'idiotie. Il se leva donc à quatre heures trente du matin, fit ses exercices de *qigong*, puis sortit avant l'aube sans réveiller Lao Chen.

Après leur long périple en voiture de la veille, Lao Chen était particulièrement fatigué, mais il n'en dormit pas très bien pour autant. Il se leva à six heures du matin et prit son petit déjeuner dans le restaurant de l'hôtel, mais il dut attendre jusqu'à neuf heures pour voir Fang Caodi revenir avec un grand sac à dos rempli de plantes médicinales. A ce stade, Lao Chen paraissait plutôt contrarié. Tous deux quittèrent rapidement l'hôtel et se mirent en route vers le canton des Sources Chaudes.

Arrivés dans le centre de la cité provinciale, Fang Caodi demanda à un chauffeur de taxi s'il connaissait l'Eglise chrétienne du grain tombé en terre, dans le comté de Wen. Le chauffeur leur dit que c'était tout près et proposa à Fang Caodi de le suivre, il allait les y conduire.

« N'est-ce pas une église souterraine ? se demandait Lao Chen. Comment se fait-il que tout le monde en connaisse l'adresse et que des banderoles chrétiennes soient accrochées aux grilles d'entrée ?

— Les gens du Henan n'ont offensé personne, répondit Fang Caodi. Mais tout le monde les critique. Regardez comme ce chauffeur s'est montré serviable. »

Gao Shengchan et Li Tiejun étaient dans la cour et se préparaient à partir pour leur rendez-vous avec le chef de district Yang.

« Notre congrégation est forte de plus de mille membres dans le comté de Wen, dit Li Tiejun fièrement. Le chef de district est obligé de nous recevoir. »

Gao Shengchan rappela à Li Tiejun de le laisser

mener l'entretien lorsqu'ils seraient en présence du chef de district. Il était sûr de pouvoir le persuader de régler les problèmes de violations des droits fonciers du village du clan des Zhang.

Comme ils réfléchissaient et parlaient, les quatre hommes se retrouvèrent devant les grilles de l'église.

« Bonjour, les amis ! » Fang Caodi avait parlé le premier, car il craignait que l'accent taïwanais de Lao Chen n'éveille les soupçons. « Désolé de vous déranger, mais sommes-nous bien à l'Eglise chrétienne souterraine du grain tombé en terre ?

— C'est bien ça, répondit Li Tiejun avec une certaine prudence. Qui cherchez-vous ?

— Nous recherchons une femme qui se fait appeler le grain ne meurt jamais. Son vrai nom est… Comment est-ce ?

— Wei Xihong. Xiao Xi. dit Lao Chen.

— La connaissez-vous ? demanda Fang Caodi.

— Wei Xihong… Wei Xihong… » Li Tiejun ne voulait pas mentir, aussi se contenta-t-il de répéter le nom. « Xiao Xi… Xiao Xi…

— Elle est de Pékin, dit Fang Caodi pour l'aider.

— De Pékin. » Li Tiejun continua à répéter comme s'il était en train de réfléchir. « De Pékin… Venue dans le Henan de Pékin…

— Qui dirige ici ? s'impatienta Fang Caodi.

— C'est Dieu qui dirige ici.

— Ne dites pas de bêtises.

— Laissons tomber, allons-nous-en », dit Lao Chen, en tirant Fang Caodi par la manche.

Li Tiejun se retourna, il referma ensuite délibérément les grilles de l'entrée principale et partit à pied avec Gao Shengchan vers le chef-lieu du canton. Le berger a pour devoir de protéger ses brebis, pensa Li Tiejun.

— Ces deux-là, dit-il à Gao Shengchan, sont peut-être des informateurs de la Sécurité publique, c'est pour cela que je n'ai rien voulu leur dire, mais je ne leur ai pas menti, non plus. »

Gao Shengchan n'avait pas dit un mot. Il se faisait une tout autre opinion sur Chen et sur Fang. Il sentait que Lao Chen et Wei Xihong avaient entre eux une relation privilégiée, une relation entre homme et femme, c'est pourquoi, même s'il savait où elle se trouvait, il ne voulait pas les aider à la retrouver. Gao Shengchan savait aussi qu'ils reviendraient, et il se sentait un peu mal à l'aise d'avoir refusé de leur parler. Mais il devait gérer les choses par ordre de priorité, et la plus importante, c'était d'empêcher les membres de sa congrégation de se laisser entraîner dans des manifestations.

Si Lao Chen n'avait pas reçu le texto de Zhang Dou et s'il n'avait pas appris que *maizibusi* était dans le comté de W, de la ville de J dans la province de H, il n'aurait pas été certain que Xiao Xi se trouvait bien ici, et cette rencontre aurait pu le faire douter. Maintenant qu'ils avaient localisé l'Eglise du grain tombé en terre, il avait la certitude que Xiao Xi se trouvait non loin d'ici. Ces deux types n'avaient simplement pas voulu leur dire la vérité. Il demanda à Fang Caodi de rester près de l'église et d'attendre au cas où elle en sortirait, tandis que lui-même retournerait au chef-lieu du canton, chercherait un café internet et tâcherait de communiquer avec *maizibusi* par courriel.

Lao Chen et Fang Caodi l'ignoraient, mais Gao Shengchan et Li Tiejun savaient que Xiao Xi était à cet instant même en train de suivre un cours de lecture de la Bible. Xiao Xi ne quitterait pas l'église aujourd'hui. Elle prendrait son déjeuner dans le bâtiment, puis dans l'après-midi, elle surferait sur des sites internet ou peut-être utiliserait-elle son pseudonyme *maizibusi* pour écrire un blog sur le mouvement de défense des paysans. Il se pourrait même qu'elle reçoive en réponse des messages l'accusant d'être une salope qui ne faisait que travestir la vérité. Dîner à dix-sept heures, participation à une réunion de témoins de la congrégation à dix-huit heures, et à vingt heures discussion avec les frères et les sœurs les plus enthousiastes pour organiser l'ultime réunion sur les manifestations de défense des habitants du village du clan des Zhang. Xiao Xi avait le sentiment à présent que sa vie était bien remplie.

*

La population du canton des Sources Chaudes, dans le comté de Wen, au Henan, compte un peu moins de cent mille habitants, mais beaucoup de cafés internet à haut débit. Tandis que Gao Shengchan et Li Tiejun entraient dans les bureaux du chef de district dans l'immeuble du gouvernement du comté, situé rue du Fleuve Jaune, Lao Chen pénétrait dans un café internet qui venait d'ouvrir pour la journée. Il fut très heureux de trouver le blog de *maizibusi* et les commentaires sur les sites web de club.kd.net, de Sina et de New NB. Xiao Xi était à la fois si lointaine et si proche de lui que quatre heures s'écoulèrent avant qu'il ne poste son premier message.

Au départ, Lao Chen pensa lui écrire sur un ton

décontracté. Il rédigea un message racontant qu'il voyageait avec un ami dans le Henan et qu'il visitait Jiaozuo pour acheter des plantes médicinales. Il lui demandait négligemment si elle était toujours à Pékin et lui disait qu'il aimerait la revoir. Il pensait sans doute qu'elle lui répondrait que par un heureux hasard, elle ne se trouvait plus à Pékin mais qu'elle aussi était à Jiaozuo et pourquoi ne viendrait-il pas la retrouver pour dîner à l'hôtel Yiwan ? Heureusement, il n'envoya pas ce message. Qui pensait-il berner ainsi ? Ce serait ridicule.

Lao Chen écrivit un autre message où il s'excusait pour la fois où Wen Lan avait fait irruption et disait qu'il espérait revoir Xiao Xi. Mais, en recevant un tel message, il est probable que Xiao Xi se contenterait de répondre que cela n'avait pas d'importance, qu'il n'avait pas à s'excuser, qu'il n'y pense plus et qu'ils se reverraient quand ils auraient le temps. Lao Chen ne serait alors toujours pas en mesure de la revoir.

Xiao Xi avait dû quitter l'appartement de Lao Chen avec des idées fausses sur sa relation avec Wen Lan, et elle ne voudrait probablement plus se retrouver seule avec lui.

Lao Chen ferait mieux de lui avouer la vérité : qu'il était venu à Jiaozuo dans le comté de Wen pour la revoir… qu'il voulait la voir parce qu'il désirait qu'elle vive avec lui. Il décida qu'il était temps pour lui de lui déclarer son amour. Il devait lui parler ouvertement, les détails viendraient plus tard. Plus de vingt ans auparavant, il était tombé amoureux de Wen Lan et celle-ci l'avait blessé profondément. Ensuite, pendant de nombreuses années, il n'avait plus osé éprouver de sentiments pour une autre femme.

Ouvrir à présent son cœur à Xiao Xi lui demandait un certain courage. Lao Chen resta assis là, pensif, pendant plus de deux heures avant de se mettre finalement à écrire un message de presque cinq mille mots, intitulé « Lettre à *maizibusi* d'une personne qui n'est pas un étranger », dans lequel il déversa ses pensées et ses sentiments dans une prose rapide.

La première ligne de la lettre de Lao Chen disait ceci : « Quand tu ouvriras ce message, je serai au Café Moderne internet Fuxi, dans la rue du Fleuve Jaune, canton des Sources Chaudes, comté de Wen, Ville de Jiaozuo… » Tout d'abord, Lao Chen lui disait que dans les années 90, il était tombé amoureux de Xiao Xi, après l'avoir rencontrée au restaurant des Cinq Saveurs, à Wudaokou, et qu'il l'avait depuis aimée en secret. Il ne s'était jamais déclaré parce que, à l'époque, elle était toujours entourée de garçons et qu'ensuite, elle avait eu un Anglais comme petit ami. Qu'ensuite, il avait eu une grande déception sentimentale et qu'il avait eu peur de s'engager dans une nouvelle relation sérieuse. Celle qui l'avait blessé si profondément n'était autre que cette demoiselle Wen qui avait fait irruption entre eux l'autre jour. Lao Chen décrivit comment Wen Lan et lui avaient fait connaissance, s'étaient fiancés, comment elle l'avait laissé tomber, et comment, vingt ans plus tard, il était tombé à nouveau sur elle par hasard, elle qui ressemblait maintenant à un lustre de cristal français.

Plus important encore, il lui raconta comment, très récemment, il s'était épris d'une autre femme qu'il n'avait pas revue depuis longtemps, comment il avait appris à entrer en contact avec elle et comment il avait attendu sa réponse par courriel, comment ils s'étaient revus, comment il avait à nouveau perdu le contact avec elle à cause de l'apparition gênante de cette dame Wen, puis comment il l'avait retrouvée sur internet et comment il avait suivi une piste improbable qui le conduisait au Henan, et comment, enfin, il avait réuni les pièces du puzzle et appris qu'elle se trouvait dans le canton des Sources Chaudes. Et cette femme c'était elle, Xiao Xi. A présent, il espérait qu'elle lui donnerait sa chance, qu'elle échangerait avec lui, lui donnerait du temps, au Henan, à Pékin ou n'importe où ailleurs pour lui permettre de lui prouver son amour. Il était accompagné d'un ami qui pourrait aider Xiao Xi à retrouver toute sa mémoire.

Lao Chen lui livra aussi les pensées qu'il avait eues sur la mort pendant son trajet en voiture vers le Henan, que s'il devait mourir dans un accident de voiture, il espérait que ce serait en la tenant par la main pour qu'ils vivent leurs derniers instants ensemble. Et s'il devait mourir de vieillesse, il rêvait que Xiao Xi soit à son chevet pour veiller sur lui. Il rêvait de pouvoir passer les dernières années de sa vie à ses côtés.

Lao Chen voulait envoyer cette lettre comme un commentaire sur le blog de Xiao Xi, mais sa lettre était trop longue. Il dut la diviser en plusieurs parties. Il laissa une note indiquant qu'il avait lui-même un blog sur Sina.com où elle pourrait lire cette lettre en entier.

Une fois que Lao Chen eut fini de s'épancher, il resta assis très calme en face de son ordinateur et, toutes les cinq minutes, il regardait s'il y avait une réponse.

En fait, peu après le déjeuner, Xiao Xi s'était connectée sur internet et avait vu les messages de Lao Chen. Elle se rendit sur Sina.com. Elle lut la lettre d'une traite et fut tétanisée. Pendant ces deux dernières années, Xiao Xi aurait tant aimé trouver quelqu'un avec qui communiquer et partager ses sentiments, mais chaque fois, elle avait été déçue. Après avoir revu Lao Chen pour la seconde fois, elle avait fantasmé sur le fait qu'il puisse être différent des autres hommes, mais au final, pensait-elle, elle n'était devenue que la seconde femme d'un trio amoureux. Alors qu'elle sombrait dans le désespoir, elle avait découvert cette église et sa congrégation. Elle ne croyait pas en Dieu, mais ce qu'elle y avait trouvé, c'était une grande famille, une famille étendue. Puis quand le mouvement pour défendre les droits du village du clan des Zhang s'était formé, elle s'était sentie utile. Elle n'aurait jamais imaginé que Lao Chen serait réapparu dans sa vie pour lui déclarer un amour éternel.

Xiao Xi resta assise devant son ordinateur, l'air absent, pendant plus d'une heure. Elle savait que devant un autre ordinateur, Lao Chen était assis, comme elle, l'air absent.

Finalement, elle envoya une réponse : « Je ne suis plus la Xiao Xi que tu connais.

— J'aime encore plus celle que tu es à présent, fut la réponse immédiate de Lao Chen.

— Je souffre de dépression chronique.

— Je sais. Je prendrai soin de toi.

— Mon corps est abîmé d'une façon irréparable.

— Je suis la preuve de ta beauté.

— Je ne suis pas certaine de vouloir une relation.

— J'attendrai patiemment jusqu'à ce que tu le décides.

— Je suis persuadée de ne pas avoir le temps de vivre une relation.

— Je saurai attendre le temps qu'il faudra, au Henan, ou n'importe où ailleurs. »

Ils échangèrent ainsi des messages jusqu'à plus de cinq heures de l'après-midi. Alors Xiao Xi envoya un dernier message : « Je dois me déconnecter à présent. Donne-moi un peu de temps pour réfléchir. Ensuite, nous pourrons en reparler. »

Xiao Xi partit aider les autres fidèles à préparer le dîner, Lao Chen éteignit son ordinateur. Il décida de se rendre à l'église et d'essayer de trouver Xiao Xi.

Ce que ni l'un ni l'autre ne soupçonnaient, c'était que tout l'après-midi de nombreux internautes avaient suivi leurs échanges en retenant leur souffle, et maintenant les commentaires fusaient. Certains trouvaient que c'était très touchant, d'autres trouvaient cela ringard, certains dirent que c'était mignon, et d'autres que c'était dégoûtant. Les internautes taïwanais écrivirent qu'ils étaient admiratifs de cette idylle romantique entre *Obasan* et *Ojisan*, tandis que les internautes du Continent trouvaient inconcevable de les voir échanger de tels messages. Tous néanmoins arrivèrent à la même conclusion : « Xiao Xi, cesse de tergiverser ainsi sans fin, mets-toi donc avec Lao Chen, et tout sera OK ! »

*

Vers dix-huit heures, les frères et les sœurs de la congrégation de l'Eglise souterraine du grain tombé en terre finirent leur repas du soir et entrèrent dans l'église, le cœur reconnaissant, pour attendre patiemment le début de la réunion avec les témoins.

Gao Shengchan et Li Tiejun venaient de sortir de l'immeuble du gouvernement du district et ils décidèrent de dire une simple prière dans la rue pour rendre grâces à Dieu. Lors de la réunion avec le jeune et compétent chef de district Yang, Gao Shengchan avait réussi à exprimer tout ce qu'il avait à dire, comme s'il était guidé par le Seigneur. Il avait exposé son cas dans les moindres détails et avec beaucoup de dignité. Bien que le chef de district soit resté silencieux tout au long de son discours, Gao Shengchan savait que celui-ci l'avait écouté attentivement. Et il ne doutait pas qu'il pèserait les avantages et les inconvénients de son dossier, quoi que l'avenir puisse réserver à son église. Gao Shengchan se remettait à présent entre les mains de Dieu.

Leur réunion terminée, le secrétaire du chef de district était venu les trouver et les avait avertis de ne pas s'éloigner et d'attendre leur appel téléphonique. C'était un signe positif. Les deux hommes patientèrent dans un petit restaurant proche de l'immeuble du gouvernement. « Disons une prière ! » dit Gao Shengchan en prenant la main de Li Tiejun.

Le chef de district Yang se réunit avec ses conseillers. Il appela ensuite le dirigeant du canton et les représentants du groupe d'hommes d'affaires pour une réunion immédiate dans son bureau. Réunion qui se prolongea jusqu'à dix-sept heures environ. Puis Yang convoqua Gao Shengchan et Li Tiejun dans ses bureaux. Le chef de district pensait comme un bureaucrate, mais il était aussi plutôt malin. Il savait que Gao Shengchan essayait de lui forcer la main, mais il était tout aussi conscient que pour le bien de sa carrière, il se devait d'assurer ses arrières. Il informa Gao Shengchan et Li Tiejun que le programme de réquisition des terres du village du clan des Zhang était maintenu et qu'il se déroulerait selon le plan prévu. Mais grâce aux bons offices du gouvernement du district, chaque famille recevrait une compensation majorée en échange de ses terres. Qui plus est, en raison d'une révision du projet de réquisition des terres, les terrains occupés par les familles des membres de la congrégation ne faisaient plus partie de ce projet. Par conséquent, les hommes d'affaires avaient été amenés à réduire leur marge, déjà importante, et les dirigeants du canton, qui avaient cédé à la corruption, venaient d'être sévèrement blâmés. Ainsi, la confiance du peuple envers le gouvernement était maintenue et une manifestation de masse avait pu être évitée.

Yang raccompagnait courtoisement Gao Shengchan et Li Tiejun à la porte de son bureau en se disant qu'une fois promu à l'administration de la province, il n'aurait plus à s'occuper des intrigues de ces gens d'église. Gao Shengchan, conscient qu'il venait d'atteindre son but, chanta les louanges du chef de district Yang. Yang était vraiment comme une mère et comme un père pour le peuple, lui dit-il, ce à quoi Yang répondit que c'était le peuple qui était comme ses parents et qu'il était de son devoir, en tant que simple fonctionnaire, de les servir. De cette façon, avec une reconnaissance mutuelle et conscients de leur hypocrisie réciproque, ils se séparèrent sur un au revoir paisible.

Ils rentrèrent à pied à l'église. Gao Shengchan sentait qu'il avait accompli quelque chose de bien. Les droits de ses fidèles venaient d'être préservés et une confrontation directe entre l'église et le gouvernement avait été évitée. Son seul souci était de devoir faire face à ses ouailles les plus enthousiastes à l'idée de préparer une marche contre le gouvernement, et à Xiao Xi en particulier. Néanmoins, Gao Shengchan ne doutait jamais lorsqu'il s'agissait de faire la part des choses.

Entre-temps, Lao Chen et Fang Caodi avaient été installés parmi les fidèles, dans la chapelle, et ils regardaient autour d'eux pour essayer d'apercevoir Xiao Xi.

Dans la cuisine, après avoir aidé à préparer quelques rafraîchissements, Xiao Xi, tout juste remise de la tempête d'émotions de l'après-midi, regarda par la vitre et aperçut Lao Chen, assis au milieu des fidèles. Elle n'osait plus entrer dans la chapelle. C'est alors qu'elle entendit retentir l'hymne cananéen : « Qui suis-je ? », et elle se sentit profondément émue.

Gao Shengchan et Li Tiejun entrèrent dans l'église et Gao donna instruction à Li de demander aux fidèles de faire le silence parce qu'il avait une chose importante à leur communiquer. Puis Gao Shengchan leur annonça la décision prise par le gouvernement au sujet des terres du village du clan des Zhang. Ces directives en faveur des frères et des sœurs de la communauté, leur dit-il, est une manifestation de la grâce de Dieu, et elle démontre qu'Il a entendu vos prières à tous. Pour finir, il les encouragea à rendre grâces à Dieu, en criant : « Loué soit le seigneur ! » Certains des croyants furent émus jusqu'aux larmes.

Quand ils se turent, Lao Chen se leva et déclara d'une voix forte : « Ecoutez, j'ai quelque chose à vous dire. »

Li Tiejun tenta de l'interrompre, mais Gao Shengchan lui fit signe de le laisser parler. Gao Shengchan savait bien qu'en ce bas monde, la force ne pouvait rien contre de tels événements, qui dépendaient tout entiers de la volonté divine.

« Chers amis villageois, dit Lao Chen. Je suis à la recherche de quelqu'un. Elle se nomme Wei Xihong, on l'appelle aussi Xiao Xi. »

L'assemblée le regardait calmement mais personne ne lui répondit.

« Je suis un de ses amis », dit Lao Chen.

Toujours pas de réponse.

« Si vous savez où elle est, dites-le-moi, je vous en prie. Laissez-moi la voir, s'il vous plaît, car… car je l'aime très fort et je ne peux plus vivre sans elle. J'espère que vous… J'espère que vous me direz si elle est ici. »

Toute l'assemblée de ces braves gens du Henan avait le regard rivé sur Lao Chen. Lao Chen attendit, ses émotions montaient en lui, il retenait ses larmes.

Un profond silence s'installa.

Finalement, Lao Chen se calma, il leur fit un léger signe de tête pour leur faire savoir qu'il n'insisterait pas. Il fit demi-tour et se dirigea en silence vers la porte.

« Lao Chen ! »

Xiao Xi jaillit de la cuisine.

Lao Chen se retourna et la regarda.

« Lao Chen, lui dit Xiao Xi calmement, rentrons à Pékin. »

Troisième partie

Épilogue

Une très longue nuit,
ou
Avertissement sur l'ère de la suprématie chinoise au XXIe siècle

« La vie de l'homme, solitaire, pauvre,
sale, brutale et courte. »

THOMAS HOBBES, *Léviathan.*

« Observez,
Les fourmis qui courent en tous sens en dirigeant
leurs troupes,
Les abeilles qui s'activent dans un chaos incertain
en faisant leur miel,
Et les hordes de mouches vrombissantes qui se disputent
du sang. »

MA ZHIYUAN,
Pensées Automnales. Voyage dans la Nuit.

« Tout est pour le mieux dans le meilleur
des mondes possibles. »

VOLTAIRE, *Candide.*

L'idéalisme version chinoise

Des centaines de millions de Chinois ont vécu à une époque qui fut le témoin d'un déferlement d'idéalisme, et ils furent baptisés dans ce torrent. Même si, par la suite, leurs idéaux ont viré aux désillusions et aux cauchemars, et qu'une génération entière a perdu ses rêves, ils n'ont jamais abandonné leur idéalisme.

Fang Caodi et Xiao Xi ont grandi durant cette période troublée. Malgré les profonds changements qui secouèrent la société, ils restent, consciemment ou non, marqués par l'idéalisme qui prévalait dans leur jeunesse. Qu'un idéal disparaisse, s'il n'est pas aussitôt remplacé par un autre, ils continueront d'en rechercher un qui vaille la peine. Ils ne sont pas réalistes. Ce ne sont pas non plus des opportunistes, ni des carriéristes, ni des hédonistes, ni des conciliateurs, ni des nihilistes, ni des gens qui fuient la réalité. Ils sont représentatifs d'un style d'idéalisme chinois qu'il est très difficile de décrire.

Même si la République populaire de Chine a été fondée voici plus de soixante ans, la Chine demeure une grande nation d'idéalistes. La population de la Chine est si élevée, que même si la proportion relative de ces idéalistes est minime, s'ils étaient mis dans un autre pays, leur nombre serait écrasant.

Pensez à tous ces gens qui aujourd'hui croupissent en prison, ou bien sont sous la surveillance du gouvernement : les avocats de la défense des droits civiques, les dissidents politiques, les promoteurs d'une démocratie constitutionnelle, les dirigeants d'organisations civiles non-gouvernementales, les organisateurs de partis politiques indépendants, les intellectuels indépendants, les lanceurs d'alerte d'activités illégales et les missionnaires des églises souterraines – il ne fait aucun doute que ce sont tous d'incorrigibles et d'incurables idéalistes, que la République populaire de Chine version 2.0 ne parviendra jamais à guérir.

Aucune société ne peut se permettre de se passer de ses idéalistes. Surtout pas la Chine contemporaine.

Bien sûr, la Chine est un terreau bien plus fertile pour tous les réalistes, les opportunistes, les carriéristes, les hédonistes, les conciliateurs, les nihilistes et ceux qui fuient la réalité. En cette époque de prospérité, et avec une liberté à quatre-vingt-dix pour cent, beaucoup de gens sont heureux comme des poissons dans l'eau – ils ont trouvé là une occasion en or et ils vivent une vie des plus agréables. Si vous êtes assez chanceux pour être né dans une des familles héréditaires du Parti et de l'aristocratie du gouvernement et que vos racines sont d'un rouge écarlate, alors recevez nos félicitations les meilleures. Plus tard, vous bénéficierez d'un avantage extraordinaire, et de nombreux décideurs du monde des affaires seront heureux de collaborer avec vous. Si la Chine possède une aristocratie, c'est vous. Au regard d'un Parti communiste chinois qui a l'intention de gouverner la Chine pour toujours, vous êtes l'un des leurs et le Parti aura confiance en vous.

A ce stade, avant que notre intrigue ne prenne un tour plus dramatique, et avant que nous ne disions adieu à nos personnages, permettez-moi d'ajouter une pierre à l'histoire de trois d'entre eux, dont les racines sont d'un rouge aussi profond que cette couleur le permet – Wei Guo, Wen Lan et Ban Cuntou. Il va sans dire que tous trois surfent sur la vague de cette ère de prospérité que connaît la Chine. Ce sont les grands gagnants de ce modèle social, politique et économique chinois. Je ne vais pas m'étendre et vous raconter comment ils se sont propulsés au premier plan, tels des dragons qui volent ou des tigres qui bondissent. Je veux simplement vous dire que je prédis que ces trois-là vont continuer à prospérer et qu'ils poursuivront encore leur ascension – une vie de richesses et de splendeurs multiples les attend. Peut-être est-ce en eux que réside le destin futur de la Chine ?

Revenons à Fang Caodi et à Wei Xihong. Que ces deux-là se sentent comme de vieux amis était prévisible. Ils partagent un langage commun si vaste et ont vécu tant d'expériences semblables. Plus important encore, depuis plus de deux ans, ils avaient tous deux cherché désespérément d'autres gens d'une sensibilité proche de la leur. Et finalement, ils pouvaient à présent en témoigner : « Ma route n'est plus un chemin solitaire », comme on dit en Chine.

Quand Lao Chen les présenta, ils s'aperçurent tout de suite qu'ils avaient la même sensibilité. Ils essayèrent ensuite d'en analyser les raisons. Alors que tout le monde autour d'eux ressentait un ineffable sentiment de bonheur et une légère forme d'euphorie, eux avaient conservé un esprit clair et lucide. Fang Caodi annonça que la *Food and Drug Administration* américaine avait publié une mise en garde en 2009 dans laquelle il était fait état que des médicaments prescrits contre l'asthme, tels que le Montelukast, le Zafirlukast ou le Zileuton, pouvaient provoquer des dépressions, de l'anxiété, des insomnies et même des tendances suicidaires. Peut-être les médicaments contre l'asthme consommés en Chine induisaient-ils les mêmes effets secondaires. De fait, les asthmatiques chinois étaient beaucoup moins euphoriques et plus clairvoyants.

Xiao Xi fit remarquer, toutefois, qu'il était étrange qu'elle n'ait pas ressenti ces effets euphorisants vu qu'elle était sous antidépresseurs. Ces médicaments stimulent le cerveau afin qu'il sécrète davantage de monoamines comme la sérotonine et la norépinéphrine qui rendent les patients plus énergiques. Donc, ceux qui, comme elle, prenaient des antidépresseurs, devraient être incapables de remarquer aussi facilement que tous les autres sont euphoriques. Elle avait lu un article qui établissait que le nombre d'antidépresseurs prescrits avait déjà dépassé aux Etats-Unis celui des médicaments contre l'hypertension. Si l'on y ajoutait les médicaments vendus sans ordonnance, les antidépresseurs étaient maintenant le médicament le plus consommé en Amérique. Beaucoup d'Américains ne souffrent pas réellement de dépression clinique, mais s'ils ne se sentent pas bien, qu'ils n'ont pas le moral ou qu'ils sont insatisfaits au travail, ils en consomment. Partant de là, Xiao Xi se demandait si les Chinois ne prenaient pas également des antidépresseurs pour se sentir ainsi constamment euphoriques.

Fang Caodi lui fit remarquer que même si les antidépresseurs étaient répandus en Chine, il était impossible que tout le monde en prenne. Le mystère était de savoir pourquoi tout le pays baignait dans l'euphorie et pourquoi les gens qui restaient sobres et avaient les idées claires étaient une minorité.

Pendant le trajet jusqu'à Pékin, ils se racontèrent

ce qui leur était arrivé ces deux dernières années. Lao Chen écoutait et se mit à parler lorsque Fang Caodi emprunta avec sa Cherokee couverte de poussière le chemin qui conduisait au village de Zhang Dou et Miaomiao.

Quand Zhang Dou entendit la voix de Xiao Xi, elle lui parut aussitôt familière. Xiao Xi eut l'impression qu'elle avait déjà vu Zhang Dou, mais ses souvenirs restaient flous.

Le soir, Zhang Dou et Miaomiao plantèrent une tente dans le jardin, laissèrent leur chambre à Xiao Xi, et installèrent un lit de camp pour Lao Chen.

Xiao Xi avait dit qu'elle aussi voulait vivre avec Lao Chen, mais qu'elle avait besoin d'un peu de temps. Elle ne voulait pas emménager tout de suite et vivre avec lui. Fang Caodi dit à Xiao Xi qu'elle pourrait rester pour l'instant dans la chambre de Miaomiao, et quand le temps se rafraîchirait, ils pourraient lui construire une pièce pour elle.

Lao Chen supposait que, si pour le moment, Xiao Xi ne voulait pas s'installer avec lui, cela ne voulait pas dire qu'elle voulait vivre pendant longtemps à la campagne. Il ne la brusqua pas, d'autant qu'ici, avec Miaomiao, Zhang Dou et Fang Caodi pour compagnons, elle échappait aux regards inquisiteurs du gouvernement, et c'était très bien comme ça.

Il était très difficile pour quelqu'un d'extérieur comme Lao Chen, de prévoir la puissance de l'esprit combatif qui allait émerger, maintenant que Fang Caodi et Wei Xihong, qui n'avaient pu jusqu'alors partager leur idéalisme version chinoise, se retrouvaient ensemble. Sans parler de Zhang Dou, qui était jeune et fort, et un solide allié.

Après en avoir longuement discuté avec Fang Caodi et Zhang Dou, Xiao Xi commença peu à peu à retrouver la mémoire sur le premier jour de ce mois disparu. Ce fut le huitième jour du premier mois lunaire, après la fin des congés de la Fête du Printemps dans les villes, quand les gens retournèrent à leur travail, que la télévision, les journaux et les bulletins d'informations sur internet relayèrent tous la même nouvelle : l'économie mondiale venait d'entrer dans une période de grave récession.

Nous avions tous eu le sentiment d'être face à un immense désastre. Une déferlante de comptes rendus inonda internet et les téléphones mobiles. Au début, tout le monde s'en prit à l'Amérique à cause de son inflation sans frein et de la dévaluation du dollar américain, qui perdit un tiers de sa valeur en une seule séance boursière, ce qui fit perdre au peuple chinois une quantité énorme de ses réserves de devises étrangères si durement accumulées. Puis nous apprîmes que les usines situées dans le Sud de la Chine avaient fermé leurs portes, que les travailleurs venus des campagnes ne pourraient pas revenir travailler en ville, et que cette fois l'économie chinoise était réellement sur le point de sombrer. Puis vinrent les nouvelles sur le prix de l'or qui avait atteint deux mille dollars l'once, les Bourses de Shanghai et de Shenzhen durent fermer pour éviter des pertes encore plus grandes, et la loi martiale avait été rétablie dans les provinces du Xinjiang et du Tibet. L'atmosphère à Pékin changea aussitôt. Les fonctionnaires abandonnèrent leur poste en pleine journée et rentrèrent chez eux, provoquant d'immenses embouteillages, tandis que des rumeurs de toutes sortes se mirent à circuler. Dès l'après-midi, la population commença à stocker d'urgence nourriture et biens de consommation courante.

A ce stade de la discussion, Zhang Dou décrivit comment Miaomiao et lui étaient tout de suite sortis acheter de la nourriture pour animaux, et qu'ils avaient bien fait d'agir ainsi, car une fois leurs stocks épuisés, ils ne purent plus se réapprovisionner avant un mois.

Quel que soit le système (et surtout dans un système économique) si l'activité de chacun est reproduite et multipliée de sorte qu'il n'y ait qu'un seul type de réponse sans qu'aucun mouvement inverse se manifeste, nul doute que ce système s'effondrera.

Tout le monde craint une hausse des prix, les gens se ruent pour acheter tout ce qu'ils trouvent, vident les rayons et font des stocks chez eux. Très vite, les magasins ne sont plus achalandés, c'est la panique et la foire d'empoigne entre consommateurs.

Il était tout aussi étrange, alors même que la Télévision centrale officielle diffusait des journaux d'informations sur le chaos social qui secouait le monde, que personne ne vienne rassurer la population, comme c'est le cas dans ce genre de situation, sur le fait que les stocks de nourriture et de biens de première nécessité seraient suffisants pour répondre aux attentes de la population. Pour Fang Caodi, il était impossible que le gouvernement ait pu se montrer aussi lent à réagir. Xiao Xi et lui étaient persuadés que cela cachait quelque chose de louche. Il devait y avoir une autre raison à l'inaction du gouvernement.

Xiao Xi se souvenait qu'elle avait passé cet après-midi-là au téléphone avec divers intellectuels et journalistes de sa connaissance, pour chercher à savoir s'ils avaient la moindre idée de ce qu'il fallait faire, ou s'ils seraient partants pour une réunion de crise. Tout le monde était bien trop occupé à remplir ses placards et personne n'avait de temps à perdre en discussions.

En fin d'après-midi, Xiao Xi et Grande Sœur Song décidèrent de fermer le restaurant et de rentrer chez elles. Sur le chemin du retour, elles remarquèrent à quel point les passants et les voitures étaient rares. On se serait crus au lendemain du 4 juin 1989 ou en pleine épidémie de SRAS. Elles rapportaient chez elles de la nourriture du restaurant, quand soudain un individu qui circulait à vélo s'empara d'un gros navet chinois que Grande Sœur Song avait à la main.

Des rumeurs circulaient sur les réseaux internet, de télévision et sur les téléphones portables, tandis que l'on entendait retentir les hurlements des sirènes de police, des ambulances et des camions de pompiers. Aucun couvre-feu n'ayant été annoncé, les habitants des cours se mirent à organiser leurs propres milices d'autodéfense.

Au-delà de ce fameux soir, Xiao Xi ne se souvenait de rien. Ses efforts pour reconstituer le passé lui donnaient des maux de tête et la rendaient malade.

Elle savait seulement qu'un soir en rentrant chez elle, elle avait crié : « Il va y avoir une nouvelle répression ! C'est la répression qui recommence ! » Elle n'avait pu fermer l'œil de la nuit et n'avait pas cessé de murmurer toute seule. Le matin suivant, très tôt, elle était sortie pour injurier le Parti communiste, le gouvernement et ses voisins, et elle avait hurlé que les tribunaux n'étaient qu'une farce. Elle s'était évanouie peu après et quand elle avait repris connaissance, elle se trouvait dans un hôpital psychiatrique. C'est ce que sa mère, Grande Sœur Song, lui avait raconté à sa sortie de l'hôpital, mais bizarrement, plus tard, Grande Sœur Song avait oublié.

Fang Caodi raconta qu'il était dans le Guangdong durant cette période, et que l'anarchie y régna pendant sept jours. Les six premiers s'écoulèrent dans la terreur parce que les gens avaient entendu dire que le chaos régnait partout ailleurs. Fang Caodi s'était rendu dans ces zones, et la situation n'y était pas aussi chaotique qu'on le disait. Mais il avait été accusé d'un bien désagréable délit au troisième degré, parce qu'il était étranger à la province. Le 12 de ce mois, il avait filé vers la zone frontalière, là où les provinces du Guangdong, du Jiangxi et du Hunan se rejoignent, et il avait séjourné dans une ferme. Plus tard, il avait entendu dire que le 14 avait été la pire journée car des pillages et des incendies avaient accompagné les émeutes. La plupart des habitants avaient fui en direction du chef-lieu de district, car il se disait qu'on y était plus en sécurité. Beaucoup de gens reçurent le même message : « Je viens d'avoir la nouvelle par les plus hautes autorités : Le pays est dans le chaos, le gouvernement a perdu tout contrôle, que chacun prenne garde à lui ! »

La Chine allait-elle s'effondrer ? C'était une question que l'on se posait depuis plusieurs années déjà. Le gouvernement chinois allait-il perdre tout contrôle ? Fang Caodi avait sillonné le pays ; il était allé dans les régions de l'ouest, dans les plaines du centre, et partout il répétait : « Ne vous en faites pas, il n'y a aucun risque que tous les mécontents unissent leurs forces. La Chine connaîtra toujours des troubles mineurs, mais ce ne sera jamais le chaos généralisé. Les déséquilibres resteront localisés et jamais ils ne gagneront la totalité du pays. »

Au cours de ces sept jours, pourtant, les gens eurent le sentiment d'être au purgatoire. Chaque journée semblait bien trop longue, et au bout du septième jour, ils avaient enduré plus qu'ils n'en pouvaient supporter, la population était sur le point de craquer. Comme on pouvait s'en douter, des criminels de tout poil étaient sur le pied de guerre, et les citoyens étaient terrorisés. On frisait l'hystérie collective. L'anarchie totale était prête à s'instaurer – la guerre de tous contre tous pour sauver sa vie et ses biens. Les gens n'avaient qu'un seul espoir : que l'appareil d'Etat entre rapidement en action.

Fang Caodi aussi commençait à penser que si la situation ne s'améliorait pas rapidement, la Chine sombrerait pour de bon dans le chaos.

Le huitième jour, le 15 du premier mois lunaire, un petit détachement de troupes de l'Armée populaire de libération entra en ville et reçut un accueil enthousiaste de la population.

Zhang Dou raconta qu'il avait lui aussi entendu dire les mêmes choses. Deux ans auparavant, le quinzième jour du premier mois lunaire, quand l'Armée populaire de libération entra dans Pékin pour rétablir l'ordre, la population de Pékin sortit en masse dans les rues pour les acclamer. Dans l'après-midi, le bureau de la Sécurité publique, les forces de police et l'Armée populaire de libération firent un communiqué pour annoncer que la répression avait commencé. Zhang Dou n'avait pas de permis de résident à Pékin et il n'osait se montrer dans la rue, il se terra donc chez lui pendant trois semaines.

Xiao Xi se demandait si elle était vraiment sortie elle aussi pour accueillir les troupes de l'Armée populaire de libération. Dans ce cas, elle devait avoir complètement perdu la raison. C'est sans doute parce qu'elle avait entendu dire, cet après-midi-là, qu'une répression s'annonçait, qu'elle avait perdu tout contrôle et fait une crise d'hystérie.

Fang Caodi raconta à Xiao Xi que lorsque la répression débuta, tout suspect pouvait être arrêté. Lui-même fut dénoncé par des paysans et conduit au bureau local de la Sécurité publique, où un petit groupe de six personnes menait une justice expéditive et l'avait condamné à mort. Par chance pour lui, il y avait parmi eux une jeune juge qui s'était dressée contre les cinq autres, les contraignant à statuer sur son cas d'après des bases légales et la constitution chinoise. Elle lui avait ainsi sauvé la vie.

Xiao Xi pleura sans relâche cette nuit-là au douloureux souvenir de tout ce qu'elle avait traversé : la répression de 1983, les chars de l'Armée populaire de libération qui étaient entrés dans Pékin en 1989 pour mater les étudiants et qui l'avaient tellement effrayée qu'ils avaient fait surgir en elle un immense sentiment de frustration, remettant en cause ses choix de vie. A présent, elle retrouvait sa vitalité originelle. Ses disputes sur internet avec des « jeunes en colère » dans la force de l'âge, où elle avait exprimé ses propres opinions sur le gouvernement, la défense des droits fonciers des paysans du Henan, l'histoire de cette jeune juge qui défendait avec force le droit et la justice – tout cela avait rendu Xiao Xi plus forte, et elle avait enfin réintégré son moi véritable.

*

Quel idéalisme était le plus radical ? Celui de Fang Caodi ou celui de Xiao Xi ? La réponse est : celui de Xiao Xi. Qu'entendons-nous par radical ? La signification classique du terme radical est la racine (du latin *radix*), trouver la racine essentielle de quelque chose. Fang Caodi a un sens clair et assez simple de la justice : œuvrer selon les voies du divin. En plus de son caractère opiniâtre, son sens de la justice le poussait à rechercher sans relâche ce mois disparu. Le sens de la justice de Xiao Xi était d'une conception plus abstraite, plus philosophique. L'éducation socialiste et mondialiste que Xiao Xi avait reçue dans son enfance avait gravé en lettres d'or les mots d'Egalité, de Justice, d'Amitié et de Solidarité au plus profond de son cœur. Elle était réellement incapable de comprendre l'hypocrisie du Parti communiste chinois. A l'université, elle avait étudié le droit romain et napoléonien, qui furent enseignés à nouveau, une fois la Révolution culturelle terminée. Au cours des années 80 et 90, elle fut baptisée dans la vague des valeurs issues des Lumières telles que la Raison, la Liberté, la Démocratie, la Vérité et les Droits de l'homme. Le romantisme et le rationalisme lui firent forte impression et elle adopta le genre d'idéalisme de tout intellectuel chinois contemporain occidentalisé. Mais sans ses œillères et ses limites intrinsèques, car nous savons que Xiao Xi est bien plus radicale, et ce radicalisme personnel est de ceux qui resteront résolument fidèles à leurs idéaux.

Songez-y. Qu'est-ce qui a permis à Xiao Xi, au cours de ces dernières années, de supporter tant de souffrances et de marginalisation sociale ? Nous avons déjà lu qu'elle fut l'hôte féminine d'un salon intellectuel pendant les années 80 et 90. Elle avait alors surtout écouté les opinions de personnalités majeures de cette époque et elle n'avait que rarement exprimé les siennes. Mais durant ces deux dernières années, alors que des intellectuels rassuraient le gouvernement sur leurs intentions et que celui-ci se débarrassait des autres en les « harmonisant », Xiao Xi s'était dressée pour s'opposer à ce courant de pensée dominant et elle s'était lancée dans ce combat solitaire et sans fin. Sans un regard en arrière, elle avait bataillé de toutes ses forces pour défendre le droit et la justice et exprimer ses opinions sur internet. Cette démarche l'avait obligée à clarifier ses propres pensées et à user d'arguments rationnels pour défendre ses positions face à ses adversaires, qui utilisaient un langage basé exclusivement sur l'émotion, la rhétorique, le populisme, voire la violence. Elle était devenue plus dépassionnée et plus lucide. Ce serait une erreur de croire que Xiao Xi était encore la faible et intègre agent du ministère de la Justice qu'elle fut autrefois, ou une femme de salon littéraire du style Club Sandor Petöfi, ou une mère au foyer sans emploi et sans ressources, incapable même de contrôler son fils, ou une folle qui court en tous sens comme un animal effrayé. Elle était déjà une obscure mais véritable intellectuelle indépendante, même si elle ne se voyait pas ainsi. C'étaient là ses armes, sa vocation, l'air qu'elle respirait, son attachement et ses répulsions. Elle était prête à endurer les plus grandes souffrances, les plus grandes cruautés et humiliations personnelles, tant que cela la rapprochait de la Vérité.

Vivre ou mourir ensemble

Pour le week-end, Lao Chen retourna à son appartement du Village du Bonheur n° 2, il se changea et se rendit au Starbucks Café pour consommer un *latte grande*. Le dimanche soir, comme à l'accoutumée, il assista à une projection chez Jian Lin. Au cours de ces derniers mois, seuls Jian Lin, He Dongsheng et Lao Chen lui-même avaient assisté à ces soirées mensuelles. A vrai dire, Jian Lin ne les organisait que pour le plaisir de son cousin He Dongsheng. Lao Chen était l'invité nécessaire, car si les deux cousins se retrouvaient en tête à tête, il deviendrait gênant de proposer une séance de cinéma. Lao Chen se sentait obligé d'y aller par amitié, et il avait expliqué patiemment à Xiao Xi et à Fang Caodi pourquoi il se devait d'y être. Et en plus, il était friand des commentaires de He Dongsheng sur chacun de ces films.

Ce soir-là, ils regardèrent *La Rue du Soleil Levant*, de 1981, et burent un Château Laffitte de 1989. Jian Lin avait chargé un courtier de lui en acheter cinq caisses lors d'une vente, et il était donc probable que ce cru revienne sur la table. Lao Chen ne pouvait se plaindre de boire du Château Laffitte 1989 une fois par mois.

Le film, tourné dans un quartier proche du temple bouddhiste du Soleil Levant, dans la rue Liangguang, au bord de l'actuel Périphérique N° 2 de Pékin, décrivait le destin d'un groupe de gens ordinaires au début de la période de réformes et d'ouverture, et présentait le modèle de la nouvelle économie de marché. L'un des personnages, un homme habillé de blanc, parlant une sorte de dialecte cantonais et se prétendant de Hong Kong, se démenait pour trouver de l'argent et du sexe. Le jeune Chen Peisi jouait le rôle d'un chômeur que l'on appelait alors « jeune en recherche d'emploi », qui élevait des pigeons ; sa phrase favorite était « Bye, bye, tout le monde ! »

Une fois le film terminé, He Dongsheng récita un poème de Ma Zhiyuan, poète de la dynastie Yuan :

« Observez,
Les fourmis qui courent en tous sens en dirigeant leurs troupes,
Les abeilles qui s'activent dans un chaos incertain en faisant leur miel,
Et les hordes de mouches vrombissantes qui se disputent du sang. »

Puis il enchaîna : « L'économie de marché peut soit stimuler soit peser sur l'esprit d'entreprise et sur l'enthousiasme du peuple, mais parfois cela peut paraître chaotique, comme si cela ne fonctionnait pas. L'essentiel est d'avoir une emprise solide et des rythmes réguliers. Le gouvernement ne devrait s'occuper de rien, mais il doit en réalité s'occuper de tout. Il a obéré deux générations de Chinois par ses avancées et ses reculs et par des manèges qui nous conduisaient à notre perte. Aujourd'hui encore je me réveille en sursaut la nuit, glacé de sueur, en y songeant. »

Lao Chen faillit s'esclaffer. He Dongsheng n'était jamais couché à minuit, et même s'il l'était, il souffrait de toute façon d'insomnie. Comment aurait-il pu rêver du passé ? Après ce bref vagabondage, Lao Chen fit semblant d'écouter le long et sinueux commentaire de He Dongsheng sur les nombreuses confrontations politiques qui se produisirent au cours de ces trente dernières années, et plus de réformes et d'ouverture. Lao Chen pensait en réalité à Xiao Xi, qu'il n'avait pas vue depuis deux jours.

A la fin de son discours, He Dongsheng déclara : « Il y aura toujours des mouches, mais nous ne devons pas cesser de nous nourrir simplement parce qu'il y a des mouches autour de nous. » Puis il se calma, et nous avons dégusté notre vin en silence jusqu'à minuit, comme d'habitude.

He Dongsheng se rendit aux toilettes et demanda ensuite à Lao Chen s'il voulait qu'il le raccompagne chez lui. Lao Chen avait peur que He Dongsheng ne veuille encore sillonner la ville en voiture et rentrer à point d'heure, aussi déclina-t-il poliment sa proposition.

He Dongsheng s'en alla, et tandis que Lao Chen s'attardait, Jian Lin lui dit qu'il allait partir à Londres pour assister à une vente de vins et s'acheter quelques caisses de bourgogne. Lao Chen était heureux de voir que Jian Lin avait tourné la page avec Wen Lan. Quand Lao Chen prit congé, Jian Lin lui lança : « Bye, bye, tout le monde ! »

En rentrant chez lui, Lao Chen se dit qu'avant de repartir, il devait penser à emporter son grand paquet de flocons d'avoine pour aider Miaomiao à réduire son cholestérol.

C'était une soirée de début d'été et Lao Chen se sentait vraiment bien : son sentiment de bonheur était revenu. Il sortit du complexe d'habitation de Jian Lin, tourna au coin, et comme il atteignait la rue, il fut rejoint par un gros SUV noir qui s'arrêta juste à côté de lui. Il pensa qu'il s'agissait de la voiture de He Dongsheng, mais il remarqua alors que Fang Caodi était au volant. Xiao Xi et Zhang Dou étaient sur le siège arrière.

« Monte ! s'exclamèrent-ils en chœur.

— A qui est cette voiture ? demanda Lao Chen en ouvrant la portière avant.

— Monte, c'est tout ! » Lao Chen ne comprit rien mais reconnut aussitôt la voiture.

« C'est la voiture de He Dongsheng ? », demanda Lao Chen au bout d'un moment. « Comment… ? »

Lao Chen regarda la banquette arrière et il vit que Xiao Xi et Zhang Dou maintenaient un homme contre le plancher, sous leurs pieds. Il les fixa du regard, sans voix.

« Lao Chen, sois tranquille, dit Xiao Xi. Nous avons tout prévu. Il n'y a pas de soucis à se faire.

— Il va bien, lui dit Zhang Dou. J'ai employé la meilleure marque de chloroforme. Les chiots et les chatons ne ressentent aucun effet secondaire avec celui-là. Au pire il aura une migraine pendant une heure ou deux.

— Il ne se réveillera pas avant deux heures au moins, ajouta Fang Caodi tout en conduisant. Nous pouvons parler aussi fort que nous voulons, il n'entend rien. J'ai essayé ce chloroforme sur moi et il est parfaitement fiable.

— Vous êtes devenus fous ? », demanda Lao Chen en jetant un regard d'effroi sur He Dongsheng.

« On ne lui fera pas de mal, dit Xiao Xi. Nous voulons juste lui poser quelques questions.

— Ensuite, nous le libérerons, dit Fang Caodi.

— Vous êtes cinglés ! hurla Lao Chen furieux. Nous sommes foutus ! Vraiment foutus !

— Merde ! dit soudain Fang Caodi. Un problème à l'horizon ! »

Lao Chen se tourna pour regarder à travers le pare-brise avant. La police routière inspectait des véhicules. « Cette fois, nous sommes faits ! » s'exclama Lao Chen, paralysé sur son siège.

« Tenez-vous tous assis bien droits… » dit Fang Caodi. Il était sur le point de forcer le barrage.

C'est alors que Lao Chen vit s'approcher à pas rapides le policier assez gras qui avait déjà arrêté He Dongsheng deux mois auparavant. Il agrippa le bras de Fang Caodi et lui dit : « Ne tente rien de stupide. Ralentis. »

Comme Lao Chen l'espérait, cet agent de la circulation corpulent empêcha les autres officiers de police d'arrêter leur voiture et il leur fraya un chemin à travers le point de contrôle.

« OK, à présent roule lentement. » Lao Chen donnait ses instructions à Fang Caodi. « Accélère progressivement. »

Comme le SUV traversait le barrage, Lao Chen regarda le policier droit dans les yeux et lui fit un salut militaire.

Lao Chen se détendit enfin et les trois autres poussèrent un soupir de soulagement.

« C'était moins une ! dit Zhang Dou.

— C'est un miracle ! » renchérit Fang Caodi.

Lao Chen fit signe à Zhang Dou de se décaler un peu sur le côté, puis il inclina son siège en arrière. Il se tourna et se rapprocha pour chercher dans les poches de He Dongsheng son système antisurveillance. Il le sortit et pressa le bouton ; quelques secondes plus tard, les trois petits voyants verts s'allumèrent. « Bien, dit-il, personne ne nous suit ni ne nous surveille. » Il tendit à Zhang Dou le petit appareil pour qu'il le remette dans la poche intérieure du costume de He Dongsheng.

Lao Chen se rassit, épuisé. Il resta silencieux, l'air triste.

« Lao Chen, lui dit Xiao Xi, tu ne dois pas nous en vouloir. Lao Fang et moi en avons discuté longtemps et nous avons décidé qu'il nous fallait interroger quelqu'un ayant un accès direct aux informations. Nous avons beau chercher comme des fous, nous ne connaîtrons jamais la vérité sur ce mois disparu et nous ne pouvons nous résigner, c'est impossible.

— Comme en Chine toute l'information est sous le contrôle du gouvernement, poursuivit Fang Caodi, seul un dirigeant du Parti et de l'Etat aurait des informations sur la situation de l'intérieur. Mais comment rencontrer un dirigeant de l'Etat ? Puis nous nous sommes souvenus de ce professeur He dont tu nous avais parlé et nous avons décidé de le trouver et de l'obliger à tout nous expliquer. Nous savions bien qu'il ne voudrait pas nous parler, aussi nous avons dû prendre quelques risques. De toute façon, nous sommes convaincus que nos dirigeants ont le devoir de dire la vérité au peuple. Tant que nous ne leur ferons pas un peu peur, ils n'accepteront jamais de nous parler. »

Lao Chen restait silencieux.

« Lao Fang et moi, dit Xiao Xi, avions peur que tu ne sois pas d'accord, alors on ne t'a rien dit. Tu pourras ainsi prétendre en toute honnêteté que tu n'avais rien à voir avec ça. Si tu veux partir maintenant, nous n'essaierons pas de t'en empêcher. Tu prendras un taxi pour rentrer, comme si rien ne s'était passé. Tu n'en entendras plus parler. »

Lao Chen poussa un profond soupir.

« Bien sûr, poursuivit Fang Caodi, nous espérons que tu resteras avec nous pour écouter les explications du professeur He. Nous avons tout prévu. Nous allons utiliser un équipement vidéo à distance placé dans deux pièces séparées pour enregistrer nos questions et ses réponses. Il ne verra jamais nos visages et nos voix seront modifiées électroniquement. Il ne saura jamais qui nous sommes.

— Tout à l'heure, dans le parking, expliqua Zhang Dou, nous portions des masques. Nous sommes certains qu'avant de perdre connaissance, le professeur He n'a pas vu nos visages.

— Comment pouvez-vous être aussi stupides ?

— Vous avez un témoin, dit Fang Caodi, qui pourra confirmer que tu n'étais pas là ! Quand nous l'avons capturé, tu étais encore avec Jian Lin. Nous avons pensé à tout.

— Ce n'est pas le problème », dit Lao Chen.

Ils ne comprenaient pas ce qu'il voulait dire.

« Le problème, poursuivit-il, c'est que très peu de gens sont au courant que He Dongsheng vient assister à ces projections mensuelles. Peut-être juste Jian Lin et moi. Ajoutons son secrétaire, cela fait tout au plus trois personnes. Je vais être interrogé, c'est inévitable, et je deviendrai leur principal suspect. Même si j'avais tout ignoré de votre action, s'ils m'avaient demandé les noms des personnes que j'ai fréquentées dernièrement, j'aurais donné les vôtres et vous auriez été interrogés. Maintenant que je suis au courant, c'est pareil. Avant qu'ils ne me torturent, j'aurai tellement peur que je leur lâcherai vos noms. Cette fois, nous sommes cuits. »

Tous les trois venaient de comprendre. Ils restèrent silencieux pendant un long moment.

Xiao Xi rompit le silence. « Lao Chen, je suis désolée de t'avoir impliqué là-dedans. C'était mon idée d'attraper un dirigeant du pays et de le questionner sur ce qui s'est véritablement passé. J'étais tellement en colère, et à présent, j'ai mis tout le monde dans le pétrin.

— Tu n'es pas la seule responsable, dit Fang Caodi. C'était mon idée tordue depuis le départ et je vous dois à tous mes excuses.

— Garons la voiture, dit Zhang Dou, installons le professeur He sur le siège du conducteur, puis partons et rentrons chez nous comme si de rien n'était. Le professeur He reprendra connaissance tout seul dans moins de deux heures.

— Se rappellera-t-il ce qui s'est passé avant son évanouissement ? demanda Lao Chen.

— Quand je l'ai ceinturé, dit Zhang Dou, et que j'ai mis le chiffon de chloroforme sur sa bouche, il ne s'est débattu que six ou sept secondes.

— Quand il se réveillera, dit Lao Chen avec découragement, il aura mal à la tête et se souviendra de ces six ou sept secondes. Alors il téléphonera à son secrétaire qui activera tout le système de sécurité. Ils vérifieront les bandes vidéo des caméras de surveillance du trafic routier et ils appelleront sûrement ce gros policier de la circulation pour confirmer. Puis, ils enquêteront sur moi… Je paniquerai, je vous balancerai tous. Nous sommes vraiment fichus. »

Ils retombèrent dans le silence, réfléchissant chacun de leur côté aux divers moyens de se sortir de cette mauvaise affaire.

« On pourrait le tuer… », dit Fang Caodi au bout d'un moment. Tous les autres sursautèrent, mais Fang poursuivit : « Je ne pourrais jamais tuer quelqu'un pour le faire taire. J'assumerai cela tout seul et en prendrai toute la responsabilité ; vous, vous sortez de la voiture, moi je continue vers le Sud, d'où je contacterai le gouvernement pour demander une grosse rançon, ce qui détournera leur attention. Descendez, d'accord ? Zhang Dou, laisse-moi le chloroforme.

— C'est impossible, dit Xiao Xi.

— Pourquoi, c'est juste ma vie pourrie qui est en jeu. N'hésitez pas. Lao Chen ?

— Lao Fang, c'est peut-être difficile à comprendre pour vous, mais même si vous parvenez à descendre dans le Sud et que vous vous supprimez avant qu'ils ne vous attrapent, cela ne résoudra pas le problème. Très peu de gens connaissaient les déplacements de He Dongsheng ce soir, ils enquêteront sur moi, et je sais que je ne résiste pas à la douleur, je suis un lâche. Dès qu'ils auront commencé à s'occuper de moi, je leur dirai tout. Même si vous faites le sacrifice de votre vie. Ça ne changera rien, nous sommes fichus.

— Quelle est votre estimation la plus sûre du temps dont nous disposons avant qu'il ne se réveille ? demanda Lao Chen à Zhang Dou.

— Il reprendra ses esprits au plus tôt dans quatre-vingt-dix minutes mais je peux lui redonner du chloroforme, répondit Zhang Dou en jetant un œil à l'horloge de son téléphone portable.

— Maintenant que les choses sont allées aussi loin, dit Lao Chen, rien ne sert de courir. Nous avons plus d'une heure, alors laissez-moi réfléchir à une solution. »

Dans la voiture, Lao Chen cogitait. Il se souvint que dans son roman policier *Treize mois*, il s'était servi d'un stratagème qu'il avait intitulé : « vivre ou mourir ensemble. » Cela le fit réfléchir. Une fois chez Miaomiao, Lao Chen alla s'asseoir tout seul dans un coin et ne dit plus un mot.

Il ferma les yeux et vit passer devant lui sa vie gâchée, sa réputation ruinée, son bonheur évanoui qui disparaissait dans le brouillard, la vie qui s'enfuit et lui, en prison, puis sur un terrain d'exécution. Ses mains tremblaient et il se couvrit d'une sueur glacée, mais il se força à revenir à la réalité. Il essayait encore et encore de jauger les conséquences possibles de son stratagème « vivre ou mourir ensemble ». En théorie, cela pouvait marcher, mais en pratique, il n'était sûr de rien. Il continua sa gymnastique mentale jusqu'à l'épuisement. Il savait que le temps ne jouait pas en leur faveur, que l'ultime décision lui revenait, et que quatre vies étaient en jeu.

Zhang Dou et Fang Caodi avaient déjà transporté He Dongsheng dans la maison et l'avaient attaché dans un grand fauteuil fixé dans le sol de l'une des deux pièces. Ils installèrent un camescope numérique afin de voir le prisonnier, sur le point de reprendre connaissance, depuis l'autre pièce.

Xiao Xi tira une chaise vers elle en face de Lao Chen et prit ses mains dans les siennes. Etre ainsi près d'elle permit à Lao Chen de se sentir plus calme. Il avait réfléchi à l'un des aspects de cette affaire. Son plan « vivre ou mourir ensemble » n'aurait sans doute pas fonctionné avec un bureaucrate ordinaire, mais il y avait une chance que cela marche avec He Dongsheng. Car ce n'était pas un bureaucrate ordinaire, stupide et dépourvu d'imagination. He Dongsheng était intelligent et son esprit était assez fin pour comprendre comment jouer cette partie. Aussi, Lao Chen décida au bout du compte de tout miser sur cette stratégie.

« Lao Chen, lui dit Fang Caodi en venant vers lui, une expression tendue sur le visage. Quoi que vous décidiez, nous vous suivrons. J'ai le sentiment que nous allons retourner cette situation à notre avantage.

— Est-ce qu'il revient à lui ? demanda Lao Chen.

— Oui.

— Est-ce que la caméra est bien connectée à l'ordinateur et prête à diffuser sur internet ? demanda Lao Chen.

— Le camescope numérique, un lecteur MP3, un ordinateur de bureau et un carnet électronique sont connectés au réseau wi-fi, répondit Zhang Dou qui s'affairait derrière le moniteur de télévision. Nous avons également trois téléphones portables avec caméra intégrée, dirigée vers le professeur He et prêts à émettre.

— Parfait, dit Lao Chen. Vous avez tous les trois beaucoup de questions à lui poser, n'est-ce pas ? »

Ils acquiescèrent.

« Bien. Puisque nous en sommes arrivés là, autant que cela en vaille la peine. Quand il se réveillera, je ne veux pas vous entendre, écoutez-moi parler. Quand je vous en donnerai le signal, vous pourrez lui poser toutes les questions que vous voudrez. OK ?

— Compris, nous ferons ce que tu dis.

— Même si je vous dis de faire quelque chose qui ne vous plaît pas, vous le ferez. Nous sommes d'accord ?

— D'accord.

— Allons dans l'autre pièce, dit Lao Chen.

— Mais ce n'est pas nécessaire. Nous pouvons l'interroger en restant ici, lui dit Fang Caodi.

— Ce n'est pas la meilleure façon de communiquer avec lui, dit Lao Chen. Nous devons lui parler face à face.

— Je vais y aller et lui parler, proposa Fang Caodi.

— C'est à moi de le faire, insista Lao Chen.

— Alors, prenez un masque, dit Fang.

— Lao Fang, est-ce que vous croyez vraiment que cela fera une différence ? Dès l'instant où vous avez kidnappé He Dongsheng, j'ai franchi avec vous tous les points de non-retour. J'y vais maintenant. Vous, vous pouvez rester dans cette pièce et vous tenir en dehors de ça, si vous le souhaitez. »

Xiao Xi retira son masque et le suivit ; Fang Caodi et Zhang Dou firent de même.

He Dongsheng était un homme extrêmement scrupuleux. Dès qu'il revint à lui, malgré une terrible migraine, il considéra tous les scénarios possibles et en vint rapidement à la conclusion que soit son secrétaire, soit Jian Lin ou Lao Chen était lié à son enlèvement. Il restait calme et concentré ; il n'avait pas l'intention de laisser ses ravisseurs deviner ses pensées. Faute de quoi ils le tueraient. Aussi quand il vit Lao Chen entrer dans la pièce sans porter de masque, sa réaction ne fut pas la surprise mais le désespoir. Le pire venait de se produire. Lao Chen avançait à visage découvert, tout comme ses trois comparses. Cela voulait dire qu'ils avaient décidé de le tuer. Ce qu'il n'arrivait pas à comprendre, c'était : Pourquoi ?

« Monsieur He, commença Lao Chen, buvez un peu d'eau et prenez deux aspirines. »

Zhang Dou lui apporta un verre d'eau mais He Dongsheng ne broncha pas.

« Monsieur He, lui dit Lao Chen, si nous voulions vous faire du mal, nous n'essaierions pas, par ruse, de vous faire boire de l'eau empoisonnée, n'est-ce pas ?

— Auriez-vous de l'eau en bouteille importée, n'importe laquelle ? » demanda He Dongsheng sans lever les yeux.

Lao Chen et les autres secouèrent la tête.

« Oh… » He Dongsheng laissa échapper un long soupir, puis il s'inclina pour que Zhang Dou puisse mettre le verre près de sa bouche et le faire boire. Il avala par petites gorgées tout le contenu du verre.

Lao Chen attendit, puis il lui dit : « Monsieur He, vous êtes un homme intelligent, aussi nous serons francs, il y a des choses que nous voulons savoir, d'accord ?

— Pourquoi ? demanda He Dongsheng en serrant les dents.

— Je veux dire, nous vous avons invité ici, ou pour être plus juste, nous vous avons amené ici contre votre gré et nous vous avons attaché parce que nous aimerions vous poser quelques questions. »

He Dongsheng eut un rire sardonique.

« Vraiment, c'est aussi simple que cela. » Lao Chen était calme. « Même si cela vous semble inimaginable, croyez-moi, après avoir répondu à nos questions, nous vous laisserons partir.

— C'est absurde ! » He Dongsheng était en colère, mais il avait parlé sans desserrer les dents.

« Je sais ce que vous pensez, dit Lao Chen. Que nous ne vous libérerons pas car vous pourriez nous dénoncer. Même si je portais un masque, mon nom, si jamais il vous arrivait quelque chose, serait cité. Vos hommes enquêteraient sur moi à coup sûr, et tôt ou tard, pour m'éviter un désastre mental et physique total, j'avouerais tout. Alors, pour mes amis, ce serait aussi la mort. »

He Dongsheng commençait à lui prêter attention.

« Nous voulons vivre, poursuivit Lao Chen, et nous ne pourrons vivre que si vous restez en vie.

— Alors, dit He Dongsheng, relâchez-moi immédiatement.

— N'exagérez pas, dit Lao Chen. Si nous vous laissons partir comme cela, vous n'allez pas simplement hausser les épaules et faire comme si rien ne s'était passé. Vous allez rentrer chez vous et envoyer quelqu'un pour nous arrêter. Nous avons déjà commis un délit majeur passible de la peine de mort. Quand bien même plaideriez-vous en notre faveur pour nous épargner l'exécution, nous serions lourdement condamnés. Non, nous n'avons pas besoin de votre clémence pour l'instant et nous n'attendons pas de vous une faveur extrajudiciaire.

— Alors, que diable attendez-vous de moi ?

— Nous voulons que vous compreniez, répondit Lao Chen, que nous sommes maintenant dans la situation de vivre ou de mourir tous ensemble. Vivez et nous vivrons tous. Ou bien mourez et nous mourrons tous. La décision dépend de vous. Voulez-vous entendre mes explications ?

— Je vous écoute ! dit He Dongsheng.

— D'abord, laissez-moi vous expliquer la seconde option qui est de mourir tous ensemble. Imaginez pendant un instant que nos caméras et nos micros soient tous ouverts et connectés à internet et à nos téléphones portables. Tout ce que nous avons à faire, c'est simplement d'appuyer sur un bouton et nous commencerons à diffuser. Dès lors, le monde entier saura que vous avez été kidnappé. Vous serez secouru dans les plus brefs délais et pour nous ce sera fini. Mais comment pensez-vous que votre très cher Parti communiste vous traitera ensuite ? Comment le Parti interprétera cette situation rocambolesque ? Peu importe ce que nous dirons, qui voudra admettre la véritable raison de votre enlèvement ? Vos inquisiteurs spéculeront tous sur d'"autres" raisons, qui se cachent derrière votre cas. Laissons de côté pour l'instant le fait que vos virées nocturnes dans Pékin les amèneront aux spéculations les plus folles. Pensez-vous que votre valeureux Parti communiste voudra encore vous faire confiance ou vous employer ? Bien sûr, si nous sommes arrêtés, nous diffuserons le maximum d'informations écrites, vraies comme fausses, qui détailleront comment vous nous avez révélé des secrets d'Etat pour que nous les diffusions sur internet. Ne pensez-vous pas que cela sonne le glas de votre carrière officielle ? Vous êtes mieux informé que nous ne le sommes sur la logique et les méthodes opérationnelles de votre précieux Parti. Réfléchissez-y.

— Vous serez exécutés si vous faites cela, dit He Dongsheng.

— Nous sommes fichus pour le moment, dit Lao Chen, nous avons déjà un pied dans la tombe. Néanmoins, si nous mourons, nous nous ferons enterrer avec vous, et même si de facto nous ne vous tuons pas, nous aurons ruiné votre carrière.

— Ah ! dit He Dongsheng en riant, c'est donc cela que vous appelez mourir ensemble ?

— Précisément. Vous pouvez aussi appeler cela un suicide collectif.

— Qu'en est-il de l'autre option : survivre tous ensemble ?

— D'abord, nous allons vous poser quelques questions, et vos réponses devront être satisfaisantes. Si vous obtempérez, alors au petit matin, nous vous relâcherons.

— Demain matin ? Vous me libérerez comme cela ? Je ne vous crois pas !

— Peu importe que vous nous croyiez ou pas. Ce qui compte c'est de savoir si vous êtes prêt à jouer cette partie de vivre ou mourir ensemble. Si vous n'êtes pas partant, alors vous faites le choix pour nous tous de mourir ensemble. Nous allons mourir quoi qu'il en soit, mais d'abord nous allons détruire votre carrière, et ensuite seulement, nous déciderons si nous vous éliminons ou pas. Si vous acceptez la partie, celle-ci sera terminée dès le lever du soleil. Vous pourrez conduire votre Land Rover comme à l'accoutumée. La nuit, quand vous n'arrivez pas à dormir, vous sortez faire un tour en voiture à travers les rues de la capitale, vous faites un somme quand vous vous sentez fatigué et vous rentrez ensuite chez vous à l'aube. Vous savez que d'autres savent que le membre du Politburo que vous êtes passe régulièrement ses nuits dehors, alors personne ne vous posera de questions.

— Et ensuite ?

— Ensuite ? Il n'y a pas de suite. Vous continuerez votre glorieuse carrière et nous poursuivrons de notre côté notre chemin ordinaire. Nous sauvons nos vies et vous conservez votre position officielle. Personne ne soufflera mot de ce qui se sera passé ici cette nuit, chacun de nous restera muet comme une carpe, comme si rien ne s'était jamais passé.

— Comment puis-je être certain que vous ne parlerez pas ?

— De toute évidence, si nous parlons, nous serons pourchassés et exécutés, alors que notre silence est une garantie de survie. Mais d'un autre côté, nous ne sommes pas certains que vous ne chercherez pas à vous venger, une fois rentré chez vous, vous pourriez vous inquiéter et envoyer quelqu'un nous tuer. Pour nous assassiner, il vous faudrait recruter des hommes de main, et puis l'un de nous pourrait en désespoir de cause diffuser tous les événements de cette soirée sur internet et les divulguer au monde entier. Il y a des risques des deux côtés. Vous pouvez les évaluer par vous-même. Vous comprendrez certainement, d'un point de vue rationnel. que la meilleure chose à faire pour protéger nos intérêts respectifs, est de garder le silence et de ne tenter aucune action inconsidérée susceptible d'attirer l'attention sur nous de quelque manière que ce soit. En d'autres termes, nous devons nous en tenir strictement à cet accord de vivre ou de mourir ensemble.

— Rationnel ? Accord ? Il semble que vous ayez bien trop confiance dans la nature humaine.

— Je souhaite prendre ce pari. Et vous ?

— Vous connaissez la fable de la grenouille qui transporte un scorpion sur son dos pour traverser la rivière, n'est-ce pas ? Le scorpion ne put s'empêcher de piquer la grenouille et il se noya. Car c'était dans sa nature.

— C'est très juste, en effet. Des deux côtés nous prenons un risque. Je dois admettre que c'est une manœuvre dangereuse. S'il y avait une autre possibilité, je ne mettrais pas ma vie en jeu de cette façon. Quatre vies sont dans la balance et sur l'autre plateau, il y a vous et votre carrière. J'avoue que nous risquons bien plus que vous. Pour tout vous dire, j'ai proposé ce plan "vivre ou mourir ensemble", car je n'ai pas réussi à imaginer une autre stratégie qui satisfasse chaque partie. Frère Dongsheng, avez-vous une meilleure stratégie gagnant-gagnant à nous proposer ? Prenez votre temps pour y réfléchir. »

He Dongsheng songea que toute cette affaire était grotesque. Mais il ne se faisait pas d'illusions. Cette idée de « vivre ou mourir ensemble » était un jeu bon pour des imbéciles, mais Lao Chen et les autres semblaient le prendre très au sérieux. « Ils vont risquer leur vie pour me poser quelques questions, et ensuite ils s'engagent à me relâcher. Qu'est-ce que ces idiots s'imaginent ? On dirait que tout ce que j'ai à faire, c'est accepter de jouer leur jeu pour rester en vie, au moins un temps. Une fois libre, je reprendrai les choses en main et tout sera assez simple à régler. » Dans cette situation, pieds et poings liés, He Dongsheng les jaugea sur ce qu'ils comptaient faire de lui et il ne put trouver un plan meilleur que cette absurde partie proposée par Lao Chen.

« Vous pouvez me poser vos questions. Mais je ne vous livrerai aucun secret d'Etat.

— Ça ne dépendra pas de vous, répondit Lao Chen. Nous ne sommes pas ici pour marchander comme on le fait dans la rue Xiushi. Nous avons pris d'énormes risques et nous voulons que vous répondiez à nos questions, jusqu'à ce que notre curiosité soit satisfaite. Nous ne voudrions pas avoir mis en vain notre survie en péril, et cela dépend de vos réponses. Nous sommes prêts à voir le jade réduit en morceaux et à faire face ensemble à la mort. Par ailleurs, Frère Dongsheng, que vous nous donniez des secrets d'Etat ou pas, si votre honorable Parti se met à vous suspecter, cela voudra dire que pour eux vous nous avez livré des secrets d'Etat. Si dès à présent nous diffusions simplement cette scène, je pense que vous ne réussiriez pas à vous blanchir, même si vous plongiez pour cela dans le Fleuve Jaune. Vivre ou mourir ensemble est un pacte qui autour de nous tisse un lien impossible à briser. Chaque partie doit s'y conformer ou le marché ne tient plus. Qu'en dites-vous ?

— Je dis que je m'en irai au lever du jour », répondit He Dongsheng. Il craignait qu'en restant plus longtemps que prévu, Lao Chen ne change d'avis.

« Vous avez ma parole, dit Lao Chen.

— Donnez-moi un autre verre d'eau, s'il vous plaît. »

Pendant que Zhang Dou apportait à He Dongsheng un autre verre d'eau, Lao Chen en profita pour donner ses instructions à Xiao Xi et à Fang Caodi. Il parlait aussi dans l'intérêt de He Dongsheng. « Quelles que soient les questions et les réponses qui seront faites ce soir, elles resteront entre nous. Rien ne doit jamais sortir de cette pièce, même si vous pensez que c'est une erreur. Je regrette, mais rien ne doit transpirer. C'est le point capital de ce pacte. »

Xiao Xi, Fang Caodi et Zhang Dou ne répliquèrent pas.

« Vous avez tous accepté de suivre mes instructions à la lettre, même si je vous demande de faire quelque chose qui ne vous plaît pas. Nous sommes bien d'accord ? »

Ils acquiescèrent.

« Qu'est-ce que vous attendez ? demanda He Dongsheng. Si vous ne m'interrogez pas bientôt, le jour va se lever et nous n'aurons toujours pas commencé. Posez-moi donc vos questions. »

Le Léviathan chinois

L'interrogatoire.

Au cours des vingt dernières années, le discours officiel chinois n'a presque jamais mentionné les événements de 1989, comme s'il suffisait de les faire disparaître du discours pour les faire disparaître de l'Histoire. Pour éviter les ennuis, la population a tenu le même discours bannissant l'année 1989 de leurs propos. Même quand ils évoquaient les événements des années 80, les discussions s'arrêtaient invariablement fin 1988. Bientôt, tout le monde en plaisanta : en Chine, à l'année 1988 avait succédé l'année 1990.

Une année dont on ne devait plus parler. Avait-elle disparu ?

Cette année avait pourtant laissé un impérissable souvenir à beaucoup de Chinois. Comme le laissait entendre le titre du livre commémorant le Massacre de Tian'anmen du 4 juin 1989, publié par l'Association des journalistes de Hong Kong : *Le peuple n'oubliera jamais.*

Mais est-il vrai qu'un peuple puisse ne jamais oublier ?

Pour la majorité des jeunes Chinois du Continent, les événements du 4 Juin 1989 ne sont jamais entrés dans leur conscience. Ils n'ont jamais ni vu de photos, ni lu d'articles dans les journaux, et leurs parents comme leurs professeurs se sont bien gardés de les leur expliquer. Ils n'ont pas oublié ces événements : ils n'en ont tout simplement jamais rien su. Donc, en théorie, après un certain temps, une année entière peut effectivement disparaître de l'Histoire, parce que personne n'en parle plus.

Selon He Dongsheng, 2009 fut l'année de tous les anniversaires : le quatre-vingt-dixième anniversaire du Mouvement du 4 mai 1919, le soixantième anniversaire de la fondation du régime communiste chinois, le cinquantième anniversaire de la fuite du Dalaï-Lama hors de Chine, le vingtième anniversaire des Evénements du 4 juin 1989 et le dixième anniversaire de l'éradication du mouvement Falun Gong. Les anniversaires que l'on dénomme 90-60-50-20-10 rendirent tout le monde très nerveux. Alors, les gens proposèrent une solution en plaisantant : à compter d'aujourd'hui, après huit, passons directement à dix, tout simplement. Après 2018, passons à 2020.

Le 4 juin 1989 n'avait qu'un lien assez ténu avec He Dongsheng et la génération de dirigeants du Parti communiste et de l'Etat à laquelle il appartenait. Ils avaient tous grandi après 1995, dans les cercles internes du pouvoir au sein du Parti et du gouvernement, et n'étaient pas souillés par le « péché originel » du 4 juin 1989. Une fois les événements passés, He Dongsheng pensait que l'année 2009 serait inquiétante mais pas dangereuse, en tout cas, certainement moins périlleuse que 2008. Quelques années plus tard, la situation sur le plan extérieur prit soudain un nouveau virage, quand l'économie mondiale sombra dans une crise, qui allait sans nul doute libérer des contradictions internes, jusqu'alors habilement évacuées. A cela s'ajoutait le changement d'équipe dirigeante au niveau du Parti et de l'Etat en 2012[1], ce qui augurait une période de forte mise à l'épreuve de la détermination du Parti communiste.

1. Pour éviter la répétition du pouvoir absolu comme celui qu'a détenu Mao, le Parti communiste chinois a imposé une limite de deux mandats pour les principaux dirigeants du Parti et de l'Etat. Ainsi, en 2012, les trois premiers dignitaires du régime, le président de la République et Secrétaire Général du PCC, Hu Jintao, le président de l'Assemblée nationale populaire (ANP), Wu Bangguo, et le premier ministre Wen Jiabao, doivent abandonner leurs fonctions. Le choix du prochain numéro un chinois a déjà été fait lors d'un précédent congrès du Parti : il s'agit de Xi Jinping, qui deviendra en 2012 Président de la république et Secrétaire Général du PCC.

A partir de 2008, une série d'incidents secoua le pays – une émeute de plus de dix mille personnes à Wan'an dans la province du Guizhou (les manifestants accusaient la police de couvrir la mort d'une jeune fille) ; les émeutes de juillet 2009 dans la province du Jilin, impliquant plus de dix mille ouvriers des aciéries Tonghua s'opposant à leur rachat par un groupe industriel privé ; puis les émeutes de juin 2009 dans la ville de Shishou dans la province du Hubei, causées par la mort suspecte de Tu Yuangao, un grand chef cuisinier de l'hôtel Yonglong, suscitant la vindicte populaire contre des trafics de drogue supposés et la corruption des fonctionnaires. Le gouvernement déclara que le nombre « d'incidents à grande échelle contre la Sécurité publique » de plus de cinq cents personnes avait dépassé les cent mille émeutes par an. Ces émeutes lui avaient fait prendre conscience que les pouvoirs locaux étaient impuissants face aux manifestations populaires. Pourquoi, à Wan an, par exemple, le gouvernement et la police avaient-ils simplement jeté leurs armes et s'étaient-ils enfuis ? Et aux aciéries Tonghua, si le gouvernement central était entré en action, ils auraient dû éliminer des ouvriers travaillant à la production industrielle. Si le Parti communiste tuait des ouvriers, qu'adviendrait-il de sa légitimité ?

Après ces incidents, He Dongsheng fut intégré à un petit groupe secret au sein du gouvernement central, dont la mission consistait à mettre au point des stratégies pour gérer d'éventuels troubles susceptibles de se reproduire. Ils firent un certain nombre de propositions adaptées à différents scénarios de crise. Parallèlement, le Comité central du Parti organisa une série de réunions avec les militaires, les forces de la Sécurité publique et les forces armées spéciales de la police, unités créées dans le sillage des événements de Tian'anmen. Ils firent venir aussi plusieurs milliers de secrétaires du Parti à l'échelon des districts ainsi que des cadres dirigeants des bureaux de la Sécurité publique à Pékin pour suivre une formation intensive.

En 2009, He Dongsheng était conscient que l'économie mondiale allait subir une nouvelle crise encore plus forte que la précédente. Cependant, si le gouvernement chinois parvenait à la gérer judicieusement, ce pourrait être pour la Chine l'occasion de trouver une solution à ses problèmes internes et de transformer ainsi un danger en une opportunité. Toutes les conditions nécessaires étaient réunies.

He Dongsheng était même persuadé que l'entrée plus rapide que prévue de la Chine dans une période de suprématie dépendait de deux facteurs : la situation internationale d'une part, et d'autre part un heureux coup du sort dans la situation interne, ce qui donnerait au gouvernement l'avantage et l'occasion de rétablir l'ordre dans une situation de chaos, et de terminer ainsi le travail commencé durant ces trente dernières années de réformes et d'ouverture. Ce qu'il entendait par un heureux coup du sort, pour dire les choses crûment, c'était une crise majeure. Seule une crise majeure pourrait pousser le peuple chinois à accueillir dans l'allégresse une dictature sans bornes de son gouvernement.

Il existait deux raisons majeures qui pouvaient inciter le peuple chinois à accepter le modèle du parti unique : il favorisait la stabilité sociale et était capable de concentrer toutes les ressources pour accomplir de grands desseins. Ce qui signifiait que la préservation de la stabilité sociale n'était qu'une des conditions nécessaires à la légitimité de l'État-Parti. En effet, les systèmes démocratiques ne sont pas forcément incapables de maintenir la stabilité par eux-mêmes. Si vous prenez l'exemple de Taïwan : nous les tournons en ridicule pour leur chaos démocratique, mais ils ont su mener à bien une transition du pouvoir en douceur et leur situation politique reste relativement stable. C'est pourquoi, annoncer simplement que nous pouvons maintenir la stabilité sociale n'est pas un argument suffisant. Nous devons prouver que seul un régime de parti unique peut accomplir de grands desseins, ce que les démocraties sont incapables de faire. Si nous n'y parvenons pas, l'intérêt de maintenir un régime de parti unique au pouvoir pourrait être remis en cause.

He Dongsheng guettait donc l'arrivée d'un heureux coup du sort qui permettrait d'accomplir de grandes choses. Son projet était connu, de façon confidentielle, sous le nom de Plan d'action pour diriger la nation et pacifier le monde. Cette dénomination dérivait d'un vieux slogan néo-confucéen, et il avait eu beau, la nuit, remuer ses réminiscences du confucianisme impérial, il n'avait pas trouvé mieux.

Si une crise majeure ne se produisait pas dans des délais raisonnables, la transition du groupe dirigeant actuel à un nouveau cercle de pouvoir risquait d'être dangereuse. Tous les transferts de pouvoir au sein du Parti communiste sont dangereux – ils sont le théâtre de luttes de pouvoir assassines entre les diverses factions internes. De plus, dans les années à peine écoulées, de nombreux problèmes s'étaient présentés, à commencer par le tsunami financier de 2008. Les contradictions de la société chinoise s'étaient exacerbées, les officiels du Parti avaient failli à chaque étape et étaient devenus extrêmement vulnérables. Ils avaient donné du grain à moudre à leurs ennemis pour se faire critiquer. Si les choses continuaient ainsi jusqu'au Congrès du Parti, les dirigeants actuels ne seraient pas reconduits. He Dongsheng n'était pas un membre de la faction au pouvoir. A l'époque, il était tout juste une figure majeure qui avait servi sous plusieurs mandats consécutifs de grands dirigeants du Parti. Il avait acquis une bonne connaissance du personnel politique : ceux qui n'avaient rien, ou peu de chose, à se reprocher, ceux qui étaient sans scrupules ou guère scrupuleux. Il avait préféré apporter son soutien aux technocrates qui n'avaient qu'une base familiale peu élargie, en les recommandant pour leur permettre d'accéder au pouvoir. Autant que faire se peut, il ne voulait pas être entraîné dans l'œil du cyclone d'une lutte des factions. Il ne souhaitait pas voir la situation politique plonger dans de grands bouleversements du fait d'un transfert de pouvoir interne au Parti.

A cette époque, il n'était qu'un membre suppléant du Comité central et il n'avait que peu de prise pour influer sur le cours des événements. Il avait besoin d'une aide venue du Ciel. Ainsi, si par exemple un an avant la date prévue pour le transfert du pouvoir, une crise majeure survenait et que le Comité central décidait de suivre à la lettre son Plan d'action pour diriger la nation et pacifier le monde, alors, He Dongsheng n'avait aucun doute là-dessus, la Chine serait sauvée. Naturellement, les générations futures ignoreraient tout du sang, de la sueur et des larmes que lui, He Dongsheng, aurait versées pour concourir à rendre cette stratégie aussi parfaite. Ils ne sauraient jamais que ce Plan d'action pour diriger la nation et pacifier le monde était l'œuvre de He Dongsheng lui-même, qui cherchait ainsi à préserver à jamais le règne du Parti communiste sur la Chine. Tout le mérite en reviendrait à la direction de l'Etat-Parti en place.

He Dongsheng avait prévu de longue date la crise imminente du capitalisme occidental et avait mené sa propre stratégie d'investissements en pariant contre le dollar américain. Il avait fréquenté Zhongnanhai pendant tant d'années. Au début comme tous les autres dignitaires du Parti, il avait dépensé autant de renminbi qu'il pouvait pour acquérir des dollars américains. Mais depuis une dizaine d'années, il n'était plus aussi confiant dans la solidité de ses avoirs en dollars et il se mit à convertir ses devises américaines, à l'abri dans des banques étrangères, en capitaux canadiens afin de financer les frais de scolarité à l'étranger de son fils unique. Il fit aussi l'acquisition d'un manoir dans le vénérable faubourg huppé de Shaughnessy à Vancouver. Avec ce qui lui restait de dollars, il acheta de l'or, du pétrole, des minerais et d'autres ressources énergétiques en pariant sur le long terme. Plus important encore, il décida de conserver une grosse somme en renminbi et de l'investir dans du durable, à savoir dans l'immobilier chinois. Il ne spéculait pas sur le marché boursier chinois car il n'en avait pas le temps, et il n'aimait pas la duplicité et le manque de transparence de ce jeu-là, il ne voulait pas paraître trop avide non plus. Au cours de ces dernières années, sa stratégie d'investissements antiaméricaine s'avéra payante et le conforta dans sa vision de l'économie mondiale.

Quand le tsunami financier de 2008 commença à faire des ravages, He Dongsheng, même s'il s'y attendait, en fut profondément bouleversé. Il concentra ses réflexions sur ses théories économiques, reconstruisit l'image mentale qu'il se faisait de l'économie mondiale et de la voie du développement de la Chine, et intégra avec intelligence ses idées neuves à son Plan d'action pour diriger la nation et pacifier le monde.

Il avait compris que les pays développés, les Etats-Unis en tête, du fait de leur système politique démocratique de bipartisme ou même de multipartisme, n'avaient ni les capacités ni la volonté de dompter le monstre que représentait le capitalisme financier mondialisé. Les hommes politiques américains élus étaient assujettis à une pléthore de groupes d'intérêts : Wall Street, les grandes entreprises, l'industrie militaire, les groupes de pression locaux, les Eglises, les syndicats et divers lobbies du monde des relations publiques. Ils devaient aussi ménager l'avis des médias et de l'opinion publique. Quand une action de grande envergure devenait nécessaire et qu'ils devaient s'unir pour la mener à bien, tout ce qu'ils étaient capables de faire, c'était d'assurer leurs arrières et mener de petites batailles dénuées de sens. Ils n'osaient pas trancher dans le vif du corps politique pour l'assainir et ils ne souhaitaient pas s'engager et prendre des décisions courageuses et décisives. Leurs extrémistes des marchés financiers et l'aile droite du Parti républicain les menaient en bateau et les faisaient tourner en bourrique. Ils étaient complètement coupés de la réalité et ne faisaient qu'aggraver le problème, sans être capables d'apporter la moindre solution. He Dongsheng n'avait pas confiance en la démocratie parlementaire occidentale et n'en attendait rien. Il doutait que les décideurs financiers, du fait de leurs liens multiples avec Wall Street, puissent avoir le cran de prendre les décisions qui s'imposaient pour sauver l'économie mondiale. D'un côté, pessimisme et découragement, de l'autre à l'inverse, la Chine, dotée d'un puissant gouvernement post-totalitaire, qui possédait – il était de plus en plus convaincu – les compétences nécessaires pour gérer et diriger cette étape historique du capitalisme mondialisé. Cela signifiait que la Chine devait connaître et comprendre à fond les mécanismes de ce capitalisme mondialisé.

He Dongsheng était conscient néanmoins qu'il ne suffisait pas au système chinois d'évaluer la situation avec justesse. Chaque échelon du gouvernement de l'Etat-Parti était sous le contrôle absolu de groupes d'intérêts et d'officiels corrompus, et ceux-ci, du moment que cette politique ne leur profiterait pas directement, n'appliqueraient pas les directives du gouvernement. Aussi, He Dongsheng était-il persuadé que seule une crise majeure, une crise sans précédent, permettrait au groupe dirigeant actuel d'instaurer un authentique régime de dictature, où chaque ordre venu d'en haut commanderait les actions de la base et servirait à construire des fondations solides pour inaugurer l'âge d'or de la suprématie chinoise, qui ne demandait qu'à s'épanouir sur le pouvoir grandissant de la nation.

Bien qu'il pressentît la crise mondiale, He Dongsheng n'aurait jamais imaginé que tout arriverait si vite et que, dès le premier jour, dans la frénésie générale, le Comité central aurait mis en œuvre un plan totalement inédit de gestion de la crise. Cette proposition politique s'intitulait : Plan d'action pour atteindre la prospérité durant la crise. Cette proposition provenait bien sûr de la sagesse collective du comité exécutif du Comité central, mais elle recoupait sur de nombreux points le projet secret de He Dongsheng, son Plan d'action pour diriger la nation et pacifier le monde.

Tout d'abord, essayons de comprendre ce qu'il en était aux Etats-Unis ? Quels enseignements les Etats-Unis avaient-ils pu tirer de notre système étatique chinois ?

Le gouvernement des Etats-Unis imprima de la monnaie et vendit des obligations d'Etat, il essaya de sauver les constructeurs automobiles en faillite, injecta de l'argent dans des banques déjà moribondes. Il dépensait ces sommes colossales aux mauvais endroits et ne put relancer le crédit. Le marché continua à se contracter, les prix de l'immobilier à sombrer, le taux de chômage à progresser comme avant et le dollar américain continua sa chute, palier par palier. Les investisseurs américains ne voulaient plus de dollars et les investisseurs mondiaux pas davantage. Même les banques centrales du Japon, de la Russie ou de Taïwan se diversifiaient. Les obligations d'Etat américaines, à court comme à long terme, se vendaient mal, que leurs taux d'intérêts soient attractifs ou pas. Le dollar reprit un peu de sa valeur au début de 2009, mais très vite, il perdit à nouveau vingt-cinq pour cent de son cours. A la fin, la confiance mondiale dans la monnaie américaine avait atteint un seuil plancher critique et en une seule journée de cotation, en février, souffla un vent de panique qui entraîna des ventes massives. Ensuite, se produisit l'effondrement du marché boursier américain. Le prix de l'or grimpa jusqu'à deux mille dollars l'once. Le président de la Réserve fédérale américaine, le secrétaire au Trésor et les prix Nobel d'économie comme Joseph Stiglitz et Paul Krugman s'accordèrent à dire que les Etats-Unis étaient entrés dans une période de déclin inflationniste, une stagflation, ce que les médias chinois qualifièrent de crise économique de « feu et de glace ».

Pendant que l'économie mondiale se débattait en vain, quelle était la situation en Chine ?

La Chine était, elle aussi, en danger : ses exportations marquèrent le pas, le chômage augmenta et les marchés financiers déclinèrent, jusqu'à ce que les échanges commerciaux soient temporairement stoppés afin de devancer les pertes à venir. Cette fois, les prévisions de la croissance économique de la Chine pourraient s'avérer négatives.

Le coup de fouet économique donné en 2009 – qui s'appuyait sur les fonds alloués par le Trésor Public en investissements directs aux entreprises pour stimuler l'économie – aida à maintenir le PIB, mais ne parvint pas véritablement à relancer la consommation des ménages. La plus grande partie de cet argent destiné à la relance fut investi dans des projets énormes et douteux ainsi que sur des capitaux immobilisés, et les principaux bénéficiaires en furent les bureaucrates, les entreprises gérées par l'Etat et les groupes d'intérêts qui leur sont assujettis. En d'autres termes, ce stimulus financier ne fit qu'accroître le monopole des entreprises d'Etat sur le marché et réduire le champ des affaires des entreprises privées.

Le problème majeur restait le déclin abyssal de la valeur du dollar.

Avant 2004, les excédents commerciaux de la Chine n'étaient pas très élevés. Mais après 2004, la Chine importa de moins en moins de produits manufacturés et ses exportations connurent un rythme effréné. Ses réserves en devises étrangères atteignirent plus de deux milliards de dollars. Puis tout à coup, ces dollars perdirent plus d'un tiers de leur valeur.

La Chine avait fait, dès le départ, beaucoup de tapage sur le dollar américain, mais n'avait pas mis ses réserves sur le marché comme avaient pu le faire le Japon, la Russie ou Taïwan. La Chine s'accrocha à la devise américaine et continua jusqu'à la fin d'acquérir des avoirs en dollars. La Chine ne souhaitait pas se désolidariser progressivement du dollar, mais manquait plutôt d'une alternative pour ses investissements. Le gouvernement était en négociation avec le Japon, la Corée du Sud, les pays de l'ASEAN, ainsi qu'avec l'Organisation de coopération des nations de Shanghai pour parvenir à des accords mutuels de conversion de devises. Il poussait également les Etats-Unis à émettre des obligations d'Etat payables en renminbi – ce que les médias à l'étranger appelaient des obligations Pandas. Le gouvernement prenait des dispositions pour lutter contre la crise, mais le fait est que le temps jouait en sa défaveur. Il ne pouvait que prier pour que le dollar américain ne s'effondre pas, car personne n'avait imaginé qu'il se déprécierait si rapidement.

La politique est un jeu cruel. Le simple « crime » d'avoir laissé notre santé économique souveraine se rétrécir à ce point était déjà un mal suffisant. Cela déboucherait sur une croissance négative de l'économie nationale, et le groupe de dirigeants aux commandes à l'époque n'aurait bientôt plus la force nécessaire pour résister à l'opposition, et le pouvoir tomberait. L'heure aurait alors sonné pour leurs amis de pleurer et pour leurs ennemis de se réjouir. Ce fut la principale raison qui incita le gouvernement à mettre en œuvre son Plan d'action pour atteindre la prospérité durant la crise.

Etant donné les circonstances, et qu'ils allaient périr de toute façon, le gouvernement pensa qu'il ferait aussi bien de se battre dos au mur et de prendre des mesures drastiques pour inverser le cours du Ciel et de la Terre, et retourner une situation critique pour en faire une victoire. S'il gagnait, il remporterait une victoire éclatante. Et s'il échouait… eh bien… après eux le déluge, et ce serait un problème qu'une nouvelle direction du Parti aurait à résoudre.

Le jour où le dollar dévissa de manière vertigineuse fut le huit du premier mois lunaire. Les vacances du Nouvel An venaient tout juste de se terminer et, à l'exception de quelques usines, les affaires avaient repris leur cours habituel. Ce matin-là, la quasi-totalité des organes d'information annoncèrent que l'économie mondiale venait d'entrer dans une période de crise « de feu et de glace ». Durant l'après-midi, la panique gagna la plupart des grandes villes et les gens se ruèrent pour acheter de la nourriture et des biens de première nécessité. A la tombée de la nuit, un sentiment de peur généralisée régnait sur l'ensemble de la population.

Où était passé l'appareil d'Etat ?

En réalité, les forces de la Sécurité publique, de la police et de l'armée étaient en état d'alerte. Le centre avait informé tous les échelons du gouvernement que la Nation était placée en état d'urgence et que le Plan d'action pour atteindre la prospérité durant la crise venait d'être lancé. Le plan consistait en une série d'actions coordonnées, chaque étape étant déterminante et liée à l'étape suivante. Le pays devait être pensé comme un vaste échiquier et le déplacement des pièces devait s'effectuer selon le programme prévu jusqu'à la victoire totale.

Durant la première phase, à l'exception de l'instauration de la loi martiale dans les provinces du Xinjiang et du Tibet, l'appareil d'Etat avait l'interdiction d'agir sans le feu vert du Comité central. En d'autres termes, la machine de l'Etat-Parti temporisait pour voir combien de temps le chaos mettrait à se concrétiser, pour mesurer jusqu'à quel point les gens ordinaires pourraient supporter une situation d'anarchie. Quand ce moment serait advenu, le peuple lui-même appellerait le gouvernement au secours. Ils supplieraient le gouvernement de ne pas les abandonner. Autrement dit, l'appareil d'Etat attendait que toute la Nation se mette une nouvelle fois, de son plein gré et remplie d'espoir, sous la protection du Léviathan.

Quand des émeutes de grande envergure ou des exodes massifs de populations se produiraient, ce serait alors le signal pour que l'appareil d'Etat entre en action. La situation continuait à se dégrader, les gens furent terrorisés pendant six jours d'affilée, ils étaient à bout. Des rumeurs pesantes et inquiétantes circulaient en tous sens, et au septième jour, de nombreuses régions annoncèrent au Comité central qu'un véritable soulèvement avait éclaté dans leur province. Pourtant, les foyers d'émeutes de grande ampleur et d'exodes massifs restaient très localisés. Néanmoins, le huitième jour, soit le quinze du premier mois lunaire, les forces d'intervention de l'Armée populaire de libération et les unités de la police armée entrèrent dans plus de six cents villes à travers le pays. Et, comme prévu, ils furent accueillis à bras ouverts par les populations locales. C'était la preuve que dans une société modérément prospère, la population craint le chaos bien plus que la dictature. En outre, la société chinoise était plus organisée qu'on aurait pu le penser. La majorité du peuple chinois demandait la stabilité. Tant que le gouvernement n'était pas attaqué, la situation pouvait être gérée assez facilement.

Cet après-midi-là, les forces de police de la Sécurité nationale, les unités de la police armée et l'Armée populaire de libération annoncèrent dans un communiqué commun le début d'une répression contre les criminels, et l'ordre social fut presque aussitôt rétabli. Même les menus pillages cessèrent brusquement. Le gouvernement annonça également qu'il allait procéder à des distributions de riz provenant de ses réserves de céréales. Le riz allait être distribué sous forme de rations quotidiennes entièrement gratuites et tout le monde y aurait droit. La survie de la population serait ainsi assurée et ils n'auraient plus à craindre les famines.

Le détail le plus amusant, c'était que la population grommela que le riz des réserves avait été récolté de nombreuses années auparavant et n'avait pas très bon goût. Ils firent la queue sans aucun enthousiasme pour obtenir leur ration. Et comme la campagne de répression contre les activités criminelles était en cours, les opportunistes de service n'osèrent pas acheter une partie de ces réserves pour les revendre aux distilleries d'alcool de riz.

« Mais pourquoi ? Pourquoi aviez-vous besoin de terroriser les citoyens ordinaires de cette façon ? », l'interrompit Fang Caodi indigné.

He Dongsheng lui répondit comme s'il faisait cours à des étudiants :

« Le démarrage de la crise était la clef de voûte. Si elle n'avait pas été bien gérée au départ, il aurait été difficile de le faire par la suite. Cette crise était extrêmement sérieuse, suffisamment sérieuse pour entraîner de grands désordres à travers le pays. A l'origine, cette crise était économique, mais elle menaçait de faire resurgir, telle une éruption volcanique, toutes les contradictions qui couvaient sous la surface, au plus profond de la société. Si la réaction du gouvernement était trop mesurée et trop fragmentaire, le peuple resterait mécontent et son ressentiment n'en serait que plus fort. Si le gouvernement agissait trop brutalement, imposant des remèdes trop violents dès que la crise entrerait en action, certaines couches de la société ne l'accepteraient pas et se soulèveraient. Peu importe ce qu'il aurait accompli, le gouvernement se retrouverait l'unique cible des attaques.

« La situation était la suivante : mis à part les incidents qui découlaient des conflits entre les Chinois

Han et les minorités ethniques nationales, la plupart des protestations populaires mettaient en jeu une confrontation entre le gouvernement et les masses. Les gens ordinaires s'étaient fait depuis longtemps une raison et pensaient que le seul moyen de régler leurs problèmes était de créer des troubles. Ainsi, le moindre incident, le plus petit reproche était prétexte à mettre en branle une manifestation collective.

« Si des manifestations de masse et des émeutes se produisaient simultanément à travers le pays, et que toutes les critiques et toute l'amertume étaient uniquement dirigées contre le gouvernement, il n'était pas bien difficile de deviner ce qu'il adviendrait de nous. Le gouvernement n'avait pas suffisamment de forces de police régulières, de forces armées et de forces de police armée pour éteindre chaque foyer d'insurrection et réprimer chaque cortège de manifestants ; l'appareil d'Etat se serait effondré.

« D'autre part, tant que toutes les récriminations n'étaient pas dirigées contre le gouvernement, des manifestations de masse seraient difficiles à mettre en marche. Quelques éléments sans foi ni loi qui fomenteraient des complots contre l'Etat ne suffiraient pas à lancer des manifestations de masse.

« La première chose à faire, c'était donc d'éviter que les masses populaires n'accusent le gouvernement de tous leurs maux et ne le critiquent ouvertement.

« Après avoir analysé notre situation du sommet jusqu'à la racine et sous tous les angles possibles, l'équipe dirigeante décida que le seul moyen d'arracher la victoire était de permettre au peuple chinois de se faire peur tout seul : peur que le gouvernement les abandonne, peur de l'anarchie. L'essence même de l'anarchie est ce que le penseur politique anglais du dix-septième siècle, Thomas Hobbes, appelait "La guerre de tous contre tous". Dans un état de nature anarchique, pour citer son ouvrage *Léviathan*, "la vie de l'homme [est] solitaire, pauvre, sale, brutale et courte". N'avoir aucune sécurité pour leurs personnes et pour leurs biens, c'est, bien évidemment, la frayeur ultime pour un peuple. Réfléchissez-y sérieusement un instant : que chacun craigne que la Chine puisse sombrer dans le chaos, n'est-ce pas de cela qu'ils ont le plus peur ? Puisqu'ils sont effrayés par l'anarchie et le chaos, ne vont-ils pas se courber de leur plein gré devant le pouvoir d'un Léviathan qui leur est pourtant plutôt désagréable ? Cela parce que seul ce gouvernement Léviathan sera capable de garantir que leurs vies et leurs biens seront saufs. Ce qui signifie qu'autoriser l'Etat ou le gouvernement à avoir le monopole de la violence légale sera leur seul choix possible. En outre, cela voulait dire que l'Etat-Parti ne pouvait gagner qu'en faisant ressentir au peuple que notre Parti communiste était leur seul espoir en cas de crise majeure, et que l'Etat-Parti est le seul pouvoir suffisamment fort pour concentrer nos ressources afin d'accomplir de grandes choses.

— A vous entendre, il n'y a que deux options possibles : soit un gouvernement, soit l'anarchie, dit Xiao Xi pour contrarier He Dongsheng. Personne n'a dit que notre gouvernement devait être nécessairement le Parti communiste !

— Cela n'a aucun sens de débattre à ce sujet, répondit He Dongsheng. Le gouvernement et le Parti sont un et indivisible.

— Après avoir créé cette situation d'anarchie, lui demanda Xiao Xi, et trompé tout le monde, si bien que même les habitants de Pékin ont déferlé dans les rues pour accueillir l'Armée populaire de libération, quelles étaient vos intentions ? Pourquoi aviez-vous besoin de provoquer une répression ? Savez-vous combien de gens meurent chaque fois qu'il y a une répression ?

— J'ai manqué de peu d'être exécuté lors de celle-ci, dit Fang Caodi.

— De bonne foi, je vous avoue que moi aussi j'espère que ce sera la dernière, dit He Dongsheng. Mais le gouvernement au pouvoir à ce moment-là n'avait pas d'autre choix que d'adopter une ligne dure pour faire face à un transfert du pouvoir qui s'annonçait et pour être également en mesure de régler les nombreuses questions pressantes.

« Avec une économie mondiale à l'arrêt, la Chine se devait de se sauver elle-même. Cela nécessitait un traitement radical, mais alors le gouvernement aurait pu perdre le contrôle de la société, les ordres auraient pu être déformés et le peuple serait descendu dans la rue. Le gouvernement devait pouvoir contrôler la société et dompter les masses. Tout le monde devait être soumis à ses ordres pour nous permettre de sortir de la crise. Mais comment le gouvernement chinois soumet-il les masses habituellement ? En 1983, quand l'économie de marché connut un bouleversement, le vieux Deng n'a-t-il pas lui aussi ordonné une répression ? Et le 4 juin 1989 fut le début d'une autre grande répression. Vous voyez ? Des sacrifices sont inévitables si nous voulons accomplir de grandes choses. »

Xiao Xi et Fang Caodi trouvaient que He Dongsheng déraisonnait et ils sentaient l'urgence de réfuter ses arguments, mais celui-ci leur fit signe de le laisser terminer.

« En 1816, un an après la fin des guerres napoléoniennes, poursuivit He Dongsheng, les conséquences de la guerre s'estompèrent et l'Angleterre subit une récession économique. Leur dette d'Etat était deux fois et demie plus élevée que leur produit intérieur brut. Malheureusement, en 1815, le volcan Tambora en Indonésie entra en éruption, la pire de l'histoire, et il répandit ses cendres tout autour de la Terre. On surnomma l'année suivante "l'année qui n'eut pas d'été" et il n'y eut pour ainsi dire aucune récolte en Europe. Le Premier ministre britannique était alors Robert Jerkinson, le comte de Liverpool, et savez-vous qui était son conseiller ? Le célèbre économiste David Ricardo. Face à une dépression économique imminente, qui allait conduire à de graves troubles sociaux, ils mirent en place une stratégie de gestion de la crise. Et quelle fut-elle ? Liverpool obtint du Parlement qu'il accepte de suspendre *l'habeas corpus*, la protection britannique des libertés individuelles. Le gouvernement pouvait dès lors arrêter et emprisonner quiconque troublait l'ordre public ou désobéissait à l'Etat, et ce sans respecter aucune loi ni aucune procédure légale. En d'autres termes, le gouvernement pouvait bafouer les droits de l'homme à sa guise. Et tant que dura le déclin économique, les habituels fauteurs de troubles n'osèrent pas fomenter quoi que ce soit. En une année à peine l'économie du pays s'était redressée. N'était-ce pas surprenant ?

« Bien sûr, le peuple allait endurer des souffrances et des famines pendant la durée de la crise, mais de telles récessions étaient après tout des épisodes cycliques du capitalisme par le passé. Elles pouvaient durer une année ou deux, mais une fois traversées, tout rentrait dans l'ordre. Cette dernière crise ressemblait plutôt à la grande dépression des années 30, et elle aurait pu durer une dizaine d'années, voire davantage. Le gouvernement ne pouvait pas la laisser s'installer. Les dirigeants se devaient d'agir. Le point capital, c'est que la stabilité est toujours la première des priorités, sans pour autant être le but ultime. Nous avons besoin de stabilité pour accomplir de grands desseins. Alors, dans des situations d'urgence, la répression s'impose comme le meilleur des remèdes. Nous devons battre l'herbe pour effaroucher les tigres. Ensuite, tant que dure son effet, nous avons le champ libre pour mettre en avant de nouvelles mesures politiques. »

Le modèle chinois

Selon les dires de He Dongsheng, la répression était la deuxième étape du Plan d'action pour atteindre la prospérité durant la crise. La troisième étape était de mettre en avant une série de cinq nouvelles mesures.

Première mesure : Les banques d'Etat reçurent l'ordre de convertir vingt-cinq pour cent de tous les avoirs des comptes d'épargne de leurs clients en bons de consommation valables uniquement en Chine. Un tiers devait être dépensé dans les quatre-vingt-dix jours et les deux autres tiers dans les six mois à venir. Au-delà de cette date, ces bons perdraient toute valeur.

Les montants excessifs de l'épargne du peuple chinois étaient l'une des causes de l'insuffisance de la demande intérieure. L'épargne privée des Chinois équivalait à plus de vingt pour cent du PIB annuel de la Chine, quant à l'épargne des entreprises, elle s'élevait à plus de trente pour cent. Quand la conjoncture économique étrangère était mauvaise, les épargnants s'accrochaient à leur argent et dépensaient encore moins qu'à l'ordinaire. Comme tout le monde agissait de la sorte, comment l'économie aurait-elle pu éviter de se retrouver en récession ? Faire seulement baisser les taux d'intérêt ou exercer une pression morale ne suffisait plus pour persuader le peuple chinois de dépenser son argent. Le gouvernement devait s'appuyer sur des séries de mesures coercitives dont les pays occidentaux n'auraient pas osé rêver.

La plus grande qualité de cette directive gouvernementale, c'était qu'elle était très simple à mettre en place. Toutes les banques étant informatisées, il était facile de tailler dans les comptes d'épargne. La seconde vertu de cette mesure, c'était qu'elle n'affectait que les gens qui avaient de l'argent. Elle allait impacter principalement les classes moyennes urbaines ou les classes aisées qui s'étaient enrichies rapidement durant la période des réformes. Cela concernait les fonctionnaires du gouvernement, les travailleurs en col blanc, les cadres des entreprises d'Etat, les petits entrepreneurs et les retraités. Le gouvernement pouvait facilement s'en sortir en leur faisant dépenser vingt-cinq pour cent de leur épargne pour eux-mêmes de manière à stimuler l'économie du pays et à aider la Chine à passer la crise avec succès. Les consommateurs, tout comme les entreprises, se mirent ainsi à dépenser leur argent.

Le troisième avantage de cette politique était qu'elle ne nécessitait pas de faire appel au Trésor Public pour allouer des fonds, ou pour financer des créations d'emploi à la manière keynésienne pour contrer la récession. A tout le moins, cela permettrait de relancer rapidement la croissance qui était ainsi alimentée par la demande intérieure. On a estimé que cette politique avait augmenté le PIB d'au moins cinq points.

Les citadins qui avaient un peu d'argent de côté furent soudain très occupés à chercher comment ils allaient dépenser leur argent et quels biens et services ils allaient acquérir.

Deuxième mesure. Comme nous avions créé de la demande, il fallait pouvoir y répondre. La deuxième série de mesures fut d'abroger plus de trois cents réglementations dans les secteurs de la fabrication et des services, de faciliter l'entrée de capitaux privés dans les entreprises commerciales, d'assouplir les politiques de prêt aux entreprises qui répondaient à la demande intérieure et d'encourager l'entreprenariat privé.

Tout cela fut mené à bien, tandis qu'au même moment nous parachevions la transformation du rôle du gouvernement en accord avec le slogan : « Les officiels se retirent et le peuple entre en scène. » Le gouvernement retira les restrictions sur tous les secteurs d'affaires, à l'exception de ceux qui avaient trait à la Sécurité nationale ou aux monopoles du gouvernement.

« Aujourd'hui, n'importe qui peut lancer une maison d'édition, continua He Dongsheng en pointant son regard vers Lao Chen. Vous pouvez publier vos livres sans être obligé d'avoir un numéro ISBN qui soit officialisé par le gouvernement[1].

— Mais chaque ouvrage doit encore leur être envoyé au préalable pour enquête, rétorqua Lao Chen. Et il est toujours interdit d'évoquer bon nombre de sujets.

— Mais au moins, il y a des éditeurs privés un peu partout. Il existe même des maisons d'édition qui sont des entreprises mixtes à capitaux étrangers et en parfaite conformité avec les réglementations de l'Organisation mondiale du commerce. »

Ces politiques se révélèrent particulièrement efficaces. En très peu de temps, ce fut comme si tout le monde en Chine était dans le monde des affaires. Chacun ne parlait plus que de business, quel que soit son âge, son sexe, son lieu de résidence ou son activité. Tout le monde essayait de faire de l'argent, recherchait des employés compétents ou était lui-même en passe d'être recruté, se mettait en quête de ressources naturelles ou de personnes pour acheter ou vendre des biens de valeur. Vous connaissez le peuple chinois, donnez-leur une chance d'accomplir quoi que ce soit et ils sauront en faire une affaire prospère.

---

1. A l'heure actuelle, il n'y a en Chine que des maisons d'édition d'Etat, qui disposent d'un quota de numéro ISBN indispensables pour publier un livre. La plupart de ces maisons d'édition sous-traitent ces numéros ISBN à des éditeurs privés officieux qui amènent des projets qu'ils n'ont pas le droit de publier tout seuls.

Ce fut presque un miracle de voir à quelle vitesse l'industrie sous-exploitée des provinces du Guangdong, du Jiangsu et du Zhejiang opérèrent une mutation industrielle, partant d'une industrie axée vers l'exportation à une production tournée vers le marché intérieur. Ils absorbèrent rapidement les ateliers de fabrication en surnombre ainsi que tous les espaces de bureaux disponibles. De nouveaux produits et de nouveaux services envahirent le marché en l'espace de quelques mois. En à peine un semestre, la Chine s'était transformée avec succès, passant d'une économie dépendante des investissements étrangers et des exportations à une économie portée par la demande intérieure.

Quel fut le succès de ces politiques ?

He Dongsheng déclara que l'objectif, dans un premier temps, était de revenir à la situation des années 80, quand la demande intérieure formait près de la moitié du PIB, et cet objectif fut atteint. L'idéal, cependant, était d'arriver à une situation équivalente à celle des Etats-Unis d'avant 1970, quand la consommation intérieure américaine équivalait à soixante pour cent de leur PIB. Après cette période, les Américains comptèrent trop sur la consommation intérieure. Ils la laissèrent dépasser les soixante-dix pour cent de leur PIB, leurs investissements et leurs exportations étaient devenus insuffisants, leur recours au crédit excessif et les simples citoyens n'avaient plus aucune épargne. Tout cela les mena à de graves problèmes. Néanmoins, avant les années 70, la proportion de leur consommation intérieure était à un taux idéal pour un grand pays.

La Chine a une population de plus d'un milliard

d'habitants, et cette donnée en soi englobe un marché extrêmement étendu. La Chine peut être autosuffisante dans de nombreuses régions et n'a pas trop à dépendre de ses exportations vers les pays étrangers. Ce qui signifie que dorénavant la Chine n'aura pas à être aussi dépendante des fluctuations du dollar américain. Bien sûr, pour le moment, elle n'a fait progresser sa consommation intérieure que de trente-cinq pour cent de son PIB jusqu'à presque cinquante pour cent. Les investissements et le commerce international comptent encore pour près de cinquante pour cent dans la balance, et la Chine continue de beaucoup trop investir dans ses infrastructures et dans l'immobilier. Aussi, une fois que l'économie mondiale se sera rétablie, la proportion du commerce international dans le PIB continuera d'augmenter légèrement, mais globalement, la part de la demande domestique aura été fortement réajustée à la hausse. Comme les salaires auront augmenté et que les profits des investissements des entreprises seront plus élevés, les impôts pourront être augmentés en conséquence. La Chine aura éliminé avec succès la menace de récession économique, et elle aura également rectifié le plus sérieux écueil structurel de son économie, qui perdurait depuis le début de sa période de réformes et d'ouverture. On peut raisonnablement dire, à la vue de tout cela, qu'en ce moment précis, la Chine a posé des bases solides pour l'établissement de son ère de prospérité et de suprématie.

Ces politiques ont fait d'une pierre deux coups. En effet, avec l'émergence et le développement de nouveaux marchés à travers le pays, le problème du chômage a été résolu à la fois dans les villes et dans les campagnes.

Troisième mesure. Durant cette période de nombreux paysans retournèrent dans les villes, et profitant de la demande en postes non pourvus, ils se firent embaucher avec de bons salaires. Mais que firent ceux restés sur leurs terres ? Ils s'activaient eux aussi, prenant soin de leur propre exploitation. En effet, la troisième série de mesures autorisait les paysans à conserver la propriété de leurs terres agricoles. Ainsi ils devinrent propriétaires de biens fonciers à la campagne. Ce pas en avant avait été sujet à discussion pendant des années et avait finalement été mis en œuvre. L'une des raisons qui avait amené à cette décision était de distraire l'attention des paysans et de maintenir la stabilité sociale en cette période de crise économique. Et, comme espéré, ceux-ci se mirent à s'occuper activement de leur propriété désormais privée.

He Dongsheng lui-même n'était pas vraiment certain que les terrains agricoles devaient être privatisés. Les expériences de privatisation dans les autres pays n'avaient pas toujours été positives, mais il ne parvint pas à faire changer d'avis qui que ce soit sur la question. Une chose était sûre : les paysans encouragèrent pleinement cette politique de privatisation agricole. « Une fois fait, la Chine ne pourra plus jamais revenir en arrière », se disait-il avec une certaine nostalgie.

Quatrième mesure. L'enthousiasme prévalait à travers le pays. Cela pouvait paraître un peu chaotique, mais il s'agissait là d'un chaos nécessaire et constructif.

Après avoir libéré les forces productives de la Nation et insufflé une dynamique positive à tout le peuple sur le plan économique, l'objectif primordial des dirigeants était de protéger sans faillir les réformes économiques contre les fraudes et le sabotage des mesures gouvernementales que pourraient perpétrer des officiels corrompus. Dans un premier temps, la répression « impitoyable et expéditive » des trois semaines précédentes avait éradiqué de nombreux criminels, parmi lesquels des professionnels du crime, des gangsters et des hooligans, des trafiquants d'êtres humains et des gangs de voleurs et de pickpockets. Pendant que la marque de cette récente répression était encore dans tous les esprits, trois nouvelles cibles furent annoncées : la répression contre les pots-de-vin et la corruption, contre la fabrication et le commerce de contrefaçon, et contre la propagation de rumeurs visant à troubler les masses. L'annonce de cette répression fit que chacun se mit à craindre pour sa vie.

Le Parti communiste est très doué pour écraser les mouches. Arrêter quelques suspects qui ont le profil voulu et les exécuter sommairement – il n'y a pas mieux pour intimider les fonctionnaires locaux. Cela les recadre et les oblige à filer droit et permet ainsi d'obtenir le résultat escompté. Tant que le gouvernement local s'améliorera un peu, les officiels n'oseront pas conspirer contre le gouvernement. Avec ces atouts, les trois premières séries de mesures économiques auront de meilleures chances de succès.

Cinquième mesure. He Dongsheng était en faveur d'une économie de marché, mais il savait que le marché n'était pas infaillible, et surtout, il n'était pas partisan du laisser-faire. Il savait que sur certains dossiers le gouvernement avait le devoir de s'impliquer. Les quatre séries de mesures précédentes avaient créé une demande réelle et forte et stimulé un volume de production pour satisfaire la demande. A ce moment-là il y eut un accroissement conséquent de la masse d'argent en circulation ainsi que du volume des crédits sur le marché, mais aussi des ruptures de stocks temporaires de certaines matières premières et de certains produits. Même s'il n'y avait pas de fièvre spéculative de ventes et d'achats à tout-va, le fait de laisser simplement le marché s'autoréguler risquait de faire grimper l'inflation. Alors les prix des matières premières subiraient des mouvements irréguliers de hausses, et si cela devait conduire à une hyperinflation, la pression deviendrait énorme sur cette étape des réformes économiques, ce qui pourrait même lui porter un coup d'arrêt. Quelles mesures devaient être prises en pareil cas ? Le gouvernement devait introduire une régulation des prix.

He Dongsheng pensait, quant à lui, qu'il s'agissait du point le plus sujet à controverse du Plan d'action pour atteindre la prospérité durant la crise. C'était également la mesure politique qui demandait le plus d'expertise technique. Ces chercheurs qui avaient été passés au moule des conceptions économiques néo-classiques occidentales auraient certainement un réflexe conditionné de rejet quand ils entendraient les mots tant redoutés de « contrôle des prix ». He Dongsheng avait acquis son savoir en économie par lui-même, et il avait eu de prime abord la même réaction. Ce n'est qu'au cours de ces dernières années, après s'être immergé dans l'étude de l'histoire économique occidentale, qu'il avait découvert qu'au siècle dernier, les pays occidentaux développés avaient à plusieurs reprises imposé avec succès des politiques de contrôle des prix à grande échelle. Et tous ces pays étaient pourtant des pays capitalistes. Il n'avait pas manqué de relever dans ses lectures, comment l'industriel juif Walther Rathenau avait mené avec succès le programme économique de l'Empire allemand pendant la Première Guerre mondiale. Pendant la Seconde Guerre mondiale, ensuite, le Troisième Reich avait également su concilier divers aspects du capitalisme avec une économie planifiée. Pour He Dongsheng, l'exemple le plus encourageant fut la politique économique du président Franklin Roosevelt au cours de la Seconde Guerre mondiale, qui comprenait aussi le contrôle des prix et qui non seulement parvint à soutenir des dépenses militaires colossales, mais permit en outre aux Etats-Unis, de sortir de la Grande Dépression qui avait empoisonné le pays pendant une douzaine d'années. Le célèbre économiste John Kenneth Galbraith occupait à l'époque le poste de chef adjoint de l'Office de contrôle des prix et dirigeait quelque seize mille fonctionnaires. Avant de devenir le président de l'Association des économistes américains en 1972, Galbraith écrivit un livre sur les politiques de contrôle des prix et, au cours des années 70, pendant une période économique de stagflation, il recommanda une nouvelle fois l'application du contrôle des prix. Tous les économistes occidentaux ne sont d'ailleurs pas des opposants farouches du contrôle des prix. Mais le fait est que, au cours de ces quarante dernières années, les concepts des fondamentalistes de l'Ecole de Chicago concernant les marchés financiers avaient pris le dessus, et ils ont eu tant d'influence que plus personne ne se souvient que le contrôle des prix est une bonne stratégie pour réguler une économie de marché. En Europe, et jusque dans les années 80, quarante pour cent de l'activité économique en France était encore régulée par le contrôle des prix.

Ainsi, He Dongsheng avait franchi un cap au cours de ces dernières années dans sa compréhension des mécanismes économiques. Ensuite, il avait associé ses nouvelles connaissances à la situation que connaissait la Chine, et il avait cherché à convaincre ses camarades du Parti du bien-fondé de ses idées. Par bonheur, de nombreux officiels chinois venaient tout juste d'émerger de l'économie socialiste planifiée et ils étaient désireux, du moins en apparence, d'accepter l'idée d'une économie de marché. Cependant, au fond d'eux, ils étaient exaltés de l'entendre ainsi parler de contrôle des prix. He Dongsheng sut les convaincre qu'une politique de contrôle des prix bénéfique à une économie de marché pouvait être instaurée. Dans une période de transition économique, ces politiques n'étaient rien de moins qu'une nécessité. Elles soutiendraient le marché et empêcheraient la Chine, en tant que marché émergent, de s'autodétruire, tout en ne se substituant pas aux prérogatives d'une économie mature.

Les officiels du Groupe sur le contrôle des prix de He Dongsheng n'étaient pas des idéologues purs et durs. Les membres qui formaient le cœur du groupe étaient tous des technocrates d'une cinquantaine d'années qui avaient accumulé de l'expérience sur le contrôle des prix durant les trente années passées de réformes et d'ouverture. Ils avaient recruté en grand nombre les meilleurs étudiants en statistiques et en économétrie des meilleures Universités chinoises afin de mettre en place une base de données, des logiciels de management ainsi qu'un réseau à l'échelle du pays, comme il n'en existait pas aux temps anciens de l'économie planifiée. Cette structure permettait ainsi aux producteurs et aux consommateurs du monde entier de venir se connecter à leur réseau et d'y trouver les dernières informations actualisées.

Grâce à ce contrôle des prix, tout un chacun pouvait connaître les prix pratiqués. Ces contrôles avaient pour but de permettre aux hommes d'affaires de faire de l'argent et de les encourager à produire, tout en les décourageant de spéculer, de thésauriser ou d'agir en profiteurs.

Qu'est-ce qui devait être régulé et qu'est-ce qui ne devait pas l'être ? Et quelles seraient les conséquences sur l'offre et sur la demande ? Voilà les questions qui devaient être réglées avec adresse si l'on voulait empêcher des flambées soudaines des prix ou au contraire leur chute spectaculaire. Il sera donc encore plus capital d'abandonner les contrôles au moment le plus opportun et de permettre ainsi aux mécanismes de régulation propres au marché de reprendre la main.

Ce système de régulation par rétroactions mis en place en Chine fut une véritable révélation pour les médias étrangers qui s'étaient montrés très sceptiques au départ. Pour dire les choses crûment, seul le gouvernement autoritaire d'une dictature était capable d'instaurer cette « planification de l'économie pour une nouvelle ère » en utilisant les technologies de l'informatique et les puissances de calcul du vingt et unième siècle. Le contrôle des prix fournissait une escorte armée pour aplanir la route des dernières réformes économiques à grande échelle des entreprises par la Chine.

La Chine était véritablement la seule puissance au monde à pouvoir accomplir ces cinq mesures politiques de changement en même temps.

Alors que l'économie planétaire était en grande difficulté et que les pays occidentaux étaient au bord du chaos, s'offrait à la Chine une chance unique à ne pas manquer. La direction du Parti, presque moribonde quelques mois auparavant, avait réussi en un temps très court à transformer une crise économique et sociale en une occasion en or. Ce qui permit au reste du monde de se faire à l'idée d'une prospérité croissante de la Chine. Au congrès du Parti, l'année suivante, le changement d'équipe dirigeante, au sommet de l'Etat, se déroula en douceur. He Dongsheng, pour sa part, ne réussit pas aussi bien qu'il l'avait espéré. Son projet d'être promu secrétaire du Comité central tourna court et, de membre adjoint, il ne fut promu qu'au poste de membre à part entière du Politburo. Il était à présent un vénérable vétéran, qui avait connu au cours de sa carrière trois changements de pouvoir à la tête de l'Etat. A l'occasion du premier anniversaire du Plan d'action pour atteindre la prospérité durant la crise, He Dongsheng se félicita lui-même avec une ironie désabusée : « He Dongsheng, tu t'en es brillamment sorti. »

Fang Caodi et Xiao Xi furent stupéfaits par cet exposé. Ils avaient encore de nombreuses questions à lui poser au sujet de la semaine d'anarchie, mais elles avaient été balayées par le monologue de He Dongsheng. He Dongsheng but un autre verre d'eau. Il était encore plus enthousiaste qu'auparavant. Il dégageait en parlant un charisme exceptionnel.

Fang Caodi et Xiao Xi ne contestaient pas qu'au cours des deux années passées, la situation économique de la Chine était devenue excellente, mais ils étaient convaincus en revanche que la situation politique avait largement empiré. La Chine s'éloignait toujours davantage d'une démocratie constitutionnelle. Ils déploraient que les gens semblent se satisfaire de ce *statu quo*. Chacun se comportait comme s'il était pleinement heureux.

Lao Chen était de ceux-là. Avant d'avoir croisé à nouveau le chemin de Xiao Xi, il pensait que la société chinoise actuelle était parfaitement harmonieuse, et chaque jour, le sentiment de son propre bonheur l'émouvait.

En tant que lecteur assidu de livres et de journaux, Lao Chen avait eu le sentiment « de voir des situations futures soudain devenir du passé ». Il n'y a pas si longtemps, il pensait encore que Taïwan et Hong Kong ouvraient la marche et que la Chine continentale suivait. Mais à présent, il sentait bien que c'était la Chine qui était en tête et que Taïwan et Hong Kong suivaient. Tout le monde critiquait autrefois la Chine, pauvre et arriérée, soudain tous proclamaient haut et fort que l'âge d'or de la suprématie chinoise était arrivé. Pendant de longues années, les intellectuels avaient soutenu que le système occidental était bien supérieur, et le monde entier levait les yeux vers les Etats-Unis, le Japon et l'Europe de l'Ouest. Ils avaient maintenant changé de credo et disaient tous en chœur qu'ils en étaient libérés, et qu'à présent, le monde entier cherchait à apprendre de la Chine ou à suivre son exemple.

Naturellement, il existait quelques malentendus, qui ne pouvaient être contenus dans des considérations empiriques, prises point par point. Par exemple, le revenu net par habitant de la Chine restait encore loin derrière celui des pays développés, la pollution de l'environnement était partout rampante et il serait bien difficile de trouver ici un gouvernement honnête, tandis que les droits de l'homme ne sont pas garantis et que la liberté de parole est soumise à restrictions. La Chine est si peuplée, cependant, que sa force colossale est impressionnante et son ascension incontestable. Les médias chinois relatent souvent le fait que la Chine est le premier pays d'Asie, ou encore que la Chine a le premier rang mondial dans tel secteur. Les Chinois ordinaires, qui n'ont pas une idée très précise des choses, sont persuadés que la Chine domine aujourd'hui le monde dans tous les domaines.

Comme leurs économies étaient en récession, la demande des Etats-Unis, de l'Europe et du Japon pour les produits chinois s'était affaiblie. Parallèlement, la Chine avait été capable d'accroître sa demande intérieure et de réduire sa dépendance envers les exportations. Pour cette raison, il n'était plus nécessaire que la Chine pratique le mercantilisme en secret, ce qui mit un coup d'arrêt aux critiques de la communauté internationale sur le sujet. Par le passé, les industries manufacturières du monde entier se plaignaient que la Chine maintienne délibérément la valeur de son renminbi à un niveau très bas, de manière à subventionner les exportations chinoises, ce qui créait une concurrence inégale. Les syndicats occidentaux critiquaient aussi la Chine parce qu'elle exploitait ses propres ouvriers pour réduire le coût de ses exportations, faisant ainsi baisser le niveau de vie des ouvriers du monde entier. La Chine nouvelle n'a plus besoin de s'appuyer sur la dépréciation de ses prix à l'exportation, le renminbi peut s'apprécier à sa juste valeur et le peuple chinois peut acheter davantage de produits importés et voyager à l'étranger ou même acquérir des entreprises étrangères. Les revenus individuels se sont élevés et les entreprises font d'excellents profits. Ainsi les impôts perçus par l'Etat se sont-ils accrus en conséquence. La Chine était désormais à même d'améliorer l'éducation, la prise en charge des dépenses de santé et la sécurité sociale, mais aussi redoubler d'efforts pour combattre les atteintes à l'environnement.

« Si nous ne pouvons pas protéger nos travailleurs, dit He Dongsheng, et si nous ne pouvons pas leur fournir une assurance santé universelle ainsi que la sécurité sociale, alors quel pays socialiste ferions-nous ? » Fang Caodi et Xiao Xi acquiescèrent.

Ne pas se reposer sur ses exportations ne signifie pas pour autant ne plus commercer avec les autres pays. La Chine ne se désolidarise que partiellement des pays développés, mais cela ne doit pas l'empêcher de faire du commerce avec d'autres parties du monde. La Chine n'est sûrement pas fermée aux contacts avec l'étranger. La Chine est encore dans un processus de développement d'une industrie lourde manufacturière, c'est pourquoi il a été nécessaire de démonter des lignes de production entières, notamment de produits de haute technologie, et de les délocaliser d'Allemagne en Chine, où elles sont réassemblées. En outre, les Etats-Unis possèdent des produits que la Chine est pour le moment incapable de construire, comme les avions Boeing ou du matériel de précision de haute technologie. La Chine compte en acheter autant qu'il lui sera possible. A l'heure actuelle, l'Europe et les Etats-Unis ont encore besoin des produits chinois, mais la décroissance des exportations de la Chine vers l'Europe et les Etats-Unis permettra de réduire leurs déficits commerciaux avec la Chine. Cependant, la Chine est déjà en mesure de fabriquer la plupart des biens dont elle a besoin. Qu'il s'agisse ou non de contrefaçons, le marché chinois est suffisamment vaste et la concurrence va produire des articles de qualité acceptable à des prix raisonnables. Le nombre de produits industriels que les pays développés pourront vendre à la Chine ira décroissant.

Le marché intérieur chinois est comme une prune, si juteuse que les capitaux étrangers, les marques les plus renommées et les entreprises de vente au détail se sont empressés d'accepter les conditions draconiennes que la Chine impose pour fonder des entreprises à capitaux mixtes ou avoir le droit d'entrer ou de rester dans le pays. Les politiques très strictes de la Chine violent l'esprit des codes de l'Organisation Mondiale du Commerce, mais depuis que les mesures de protectionnisme et les activités mercantilistes des pays développés ont fait échouer les négociations de l'OMC, le concept d'un commerce global sans barrières n'est plus qu'une chimère et personne ne peut aujourd'hui se targuer de morale pour faire la leçon à la Chine.

Les grands besoins de la Chine se concentrent sur l'énergie, les minerais, les matières premières et la nourriture. La plupart de ces ressources proviennent des pays d'Asie, d'Afrique et d'Amérique latine. Aujourd'hui, même le Canada, l'Australie, la Nouvelle-Zélande et la Russie achètent des produits chinois et approvisionnent la Chine en énergie, en minerais, en matières premières et en nourriture. La Chine peut les considérer en réalité comme des pays du Tiers-Monde. Elle a d'ores et déjà conclu des accords de convertibilité des devises mutuellement bénéfiques avec les plus grands pays marchands de la planète. Le yuan circule désormais à travers le monde, à égalité avec le dollar et l'euro. La Chine est devenue une entité économique aussi importante que les Etats-Unis, l'Union européenne ou le Japon. L'inflation en Chine reste à un taux acceptable de sept ou huit pour cent et la croissance économique a augmenté de quinze pour cent par an sur les trois dernières années. Une telle croissance a déjà existé par le passé, pendant les trente années de réformes et d'ouverture : de 1982 à 1984, le PIB de la Chine avait alors crû de quinze pour cent par an, mais son montant global était encore très réduit. Pour dire les choses simplement, la Chine est aujourd'hui la seule locomotive à propulser la croissance économique mondiale. Il n'est pas étonnant que les pays d'Asie, d'Afrique et d'Amérique latine cherchent à s'en rapprocher, et il n'est pas surprenant non plus d'entendre les gens dire que l'ère de l'impérialisme américain est désormais révolu et que le siècle de la Chine a commencé.

Lao Chen, Xiao Xi et Fang Caodi n'étaient pas très versés en économie, mais ils se souciaient de leur patrie, et ils savaient qu'ils ne pouvaient ignorer les questions économiques. Ils avaient donc écouté avec attention les explications de He Dongsheng. Mais, ce qui les laissa sans voix, ce fut quand He Dongsheng délaissa l'économie pour se mettre à discourir sur la situation politique internationale.

Aussi mal que puisse se porter l'économie américaine, les Etats-Unis demeurent la première puissance militaire au monde. Seules les forces armées américaines ont le pouvoir de frapper n'importe où dans le monde.

La Chine, par conséquent, ne devait pas suivre la voie empruntée par l'Union soviétique pendant la Guerre froide : se mettre en compétition avec les Etats-Unis pour dominer le monde, mener une course aux armements, instaurer un équilibre politique fondé sur l'assurance d'une destruction mutuelle. Non, ce n'était pas là le moyen de pacifier le monde, et ce n'était pas là non plus que résidaient les intérêts de la Chine en matière de Sécurité nationale. Un homme rationnel comme He Dongsheng, avec son idéalisme à la chinoise, savait que cette voie était sans issue : la puissance de la Chine ne le permettait pas. Pour empêcher que les Etats-Unis ne se lancent dans une guerre, La Chine devait utiliser ses propres capacités, soit de frappes préventives à longue distance, soit de frappes asymétriques. Afin de prévenir toute invasion de son territoire et de préserver ses intérêts nationaux, la Chine devait devenir comme un frère aîné amical envers ses voisins régionaux et ne pas se lancer dans la course pour l'hégémonie mondiale. Pour employer le langage des discours internationaux, il s'agissait là d'une doctrine Monroe de la Chine.

Les armes nucléaires américaines sont capables de détruire la Chine, aussi la Chine doit-elle faire comprendre aux Etats-Unis qu'elle n'attendra pas qu'ils frappent les premiers, mais que la Chine attaquera avant d'être frappée par les Américains. Autrement dit, les Etats-Unis ne pourront pas brandir la menace de l'arme nucléaire, car cela pourrait inciter la Chine à l'utiliser la première. C'était le fondement de la stratégie chinoise de frappes préventives.

Si la Chine frappe la première, elle détruira seulement Hawaï et quelques villes de la côte Ouest des Etats-Unis, destructions qui n'en seraient pas moins inacceptables aux yeux des Américains. Une contre-attaque américaine pourrait sans aucun doute provoquer des destructions cent fois plus importantes en Chine, mais les Américains trouveraient le prix à payer bien trop élevé. La Chine emploie donc ses deux stratégies – frapper les premiers de façon préventive et lancer une attaque intercontinentale asymétrique – pour dissuader les Américains de lancer une guerre nucléaire contre la Chine.

Le prix à payer pour une victoire en cas de guerre nucléaire serait bien trop élevé – c'est là aussi un contrat asymétrique du type « vivre ou mourir ensemble ». La stratégie chinoise est clairement affichée, de sorte qu'il n'y ait pas de malentendus du côté américain. Toutefois, la Chine a toujours pressé les Américains de ne pas mettre en place de bouclier antimissiles dans l'Est du Pacifique, car cela donnerait le coup d'envoi à une course aux armements nucléaires qui forcerait la Chine à développer des missiles balistiques intercontinentaux capables de percer le bouclier antimissiles américain et à développer une flotte de sous-marins nucléaires.

He Dongsheng ne croyait pas qu'une guerre nucléaire entre les Etats-Unis et la Chine soit probable, et il y avait selon lui peu de risques que les Américains lancent une invasion conventionnelle du territoire chinois, malgré la présence permanente de troupes américaines dans tout l'Extrême-Orient.

He déclara qu'à travers les âges, la plus grande crainte du peuple chinois avait toujours été celle d'une invasion du pays par des ethnies non chinoises, la partition du territoire national et sa domination par des conquérants étrangers. De telles peurs n'ont plus lieu d'être aujourd'hui. Les systèmes de défense du territoire national sont les plus puissants que la Chine ait jamais possédés en cinq mille ans d'histoire. Qui s'aventurerait à envahir la Chine aujourd'hui ?

Depuis la fondation de la République populaire, la Chine, mis à part des conflits avec Taïwan, le Tibet et le Xinjiang, n'avait connu que des incidents frontaliers avec l'Inde, l'Union soviétique, le défunt Sud-Vietnam et le Vietnam actuel. Le seul conflit qui avait réellement menacé la sécurité nationale de la Chine fut la guerre « Résistons aux Etats-Unis et portons assistance à la Corée du Nord », qui s'est déroulée voilà soixante ans.

La Chine a des frontières terrestres avec quatorze

pays et des frontières maritimes avec six nations. Depuis 1949, la Chine a déjà pu régler quatorze différends frontaliers et trois différends relatifs aux eaux territoriales. Il en existe pourtant encore un certain nombre, qui ne pourront pas être résolus dans un avenir proche. Entre autres le refus de l'Inde de reconnaître la souveraineté de la Chine sur la région de l'Aksai Chin, qui s'étend sur trente-huit mille kilomètres carrés sur le plateau tibétain, le refus de la Chine de reconnaître que les quarante-huit mille kilomètres carrés du Sud-Tibet, comprenant le district de Tawang, sur ce que l'on appelle la ligne Mac Mahon, sont une partie de la province d'Arunachal Pradesh, au nord-est de l'Inde, zone bordée par le Tibet et le Bhoutan, ainsi que des litiges en mer de Chine du Sud entre la Chine et le Vietnam, Singapour, la Malaisie, les Philippines et le Sultanat de Brunei, et enfin des différends sino-japonais en mer de Chine orientale, et même avec le petit Etat du Bhoutan.

D'autre part, les projets de construction de grands barrages de la Chine au Tibet et au Yunnan pour modifier le cours des rivières sont l'objet de critiques de plus en plus virulentes et ont donné lieu à des batailles enflammées autour des ressources en eau transfrontalières. Car à l'exception du Gange, tous les grands fleuves qui coulent en Asie du Sud-Est prennent naissance dans les régions chinoises de l'Himalaya. Cependant, aucun de ces litiges, aucun de ces accrochages armés n'est susceptible de dégénérer en conflits militaires de grande ampleur entre la Chine et d'autres pays.

Bien sûr, He Dongsheng savait pertinemment que certains éléments de l'armée n'appréciaient pas ses opinions sur le sujet car cela pourrait remettre en cause leurs budgets militaires. Bien qu'il ne souscrive pas à leurs inlassables appels à une augmentation du budget de la Défense, il n'était pas assez naïf pour imaginer qu'un pays aussi vaste puisse s'élever sans l'aide de sa puissance militaire. C'était un pragmatique et il cherchait à optimiser au mieux l'intérêt national sans avoir à dépendre des militaires pour atteindre la victoire. Pour ce faire, il était nécessaire de penser une stratégie globale.

He était persuadé qu'un pays qui affiche trop souvent ses positions morales rend les autres méfiants. Par le passé, quand la Chine ne cessait de proclamer qu'elle ne rechercherait jamais à imposer son hégémonie et qu'elle prônait au contraire un développement pacifique et un ordre mondial harmonieux, les autres nations ont-elles cru à ce discours ? Nous sommes à une époque où la Chine inquiète les gens, et il était donc nécessaire que ses intérêts stratégiques nationaux soient clairement compris de tous, afin qu'ils sachent où se situer. C'était la raison pour laquelle la Chine avait récemment mis en avant son concept d'une doctrine Monroe chinoise.

Dans les années 1820, le président Monroe déclara que la jeune nation américaine ne lutterait pas pour obtenir l'hégémonie sur les grandes puissances européennes mais qu'en retour celles-ci ne devraient pas chercher à envahir le continent américain. Ils ne devaient pas essayer, en particulier, de coloniser à nouveau l'Amérique latine. Les Amériques appartenaient aux Américains : c'était la doctrine Monroe.

La Chine suivait l'exemple des Etats-Unis du dix-neuvième siècle, et elle annonça qu'elle n'avait aucune intention d'imposer son hégémonie mondiale sur les autres grandes puissances. Mais l'Extrême-Orient appartenait aux Asiatiques et la Chine engagea les grandes puissances européennes et américaines, à commencer par les Etats-Unis, à quitter l'Extrême-Orient. L'Extrême-Orient dont parlait la Chine incluait également l'Asie du Nord-Est et le Sud-Est asiatique, y compris le Japon et tous les pays qui étaient autrefois soumis à l'Empire chinois.

Durant les siècles d'histoire au cours desquels les civilisations de la steppe du nord et de l'ouest de l'Asie se heurtèrent et se mélangèrent avec la civilisation européenne, originaire du bassin méditerranéen, la Chine était protégée par le désert de Gobi et par ses hautes chaînes de montagnes. Elle vivait en autarcie, se considérait comme l'unique empire sous le ciel, un monde à lui tout seul, uni autour d'une culture commune. Sans doute pour des raisons géographiques, l'Empire chinois des temps anciens n'avait pas montré de penchant pour l'invasion et l'annexion de pays étrangers, à l'inverse d'Alexandre le Grand en Grèce, de l'Empire romain, d'Attila, des Croisades, des Mongols, de Timour, de l'Empire ottoman, de Napoléon, ou bien de l'Espagne, du Portugal, de la Hollande, de l'Angleterre, de la France, de la Belgique, de l'Allemagne, de l'Italie, de la Russie et du Japon pendant les grandes découvertes et la colonisation, ou encore des Etats-Unis qui ont disséminé à travers le monde, à la fin de la Guerre froide, quelque huit cent cinquante bases militaires.

« La Chine, dit He Dongsheng avec emphase, n'a certainement pas envie d'endosser la tâche ardue et ingrate de gendarme du monde, pas plus qu'elle ne souhaite gouverner d'autres pays. Avez-vous déjà entendu parler d'un pays étranger que la République populaire de Chine aurait cherché à envahir ? »

De son propre point de vue, le siècle qui s'ouvre ne sera pas un siècle dont elle serait la seule bénéficiaire. Mais ce sera le siècle de la Chine, car elle a regagné la place qu'elle occupait dans le monde avant le dix-neuvième siècle. La Chine se contentait de posséder son univers propre, elle ne convoitait pas les territoires de ses voisins, et il était important que les puissances européennes et les Etats-Unis le comprennent. Cependant, les pays européens et les Etats-Unis ne doivent pas s'imaginer pour autant qu'ils pourront empêcher la montée en puissance de l'Extrême-Orient sous la conduite de la Chine. En tirant parti du contexte favorable créé par la contraction du commerce mondial et par la montée du protectionnisme en Europe et aux Etats-Unis, la doctrine Monroe chinoise pouvait réorganiser l'ordre mondial. Si seulement les Etats-Unis voulaient bien quitter l'Extrême-Orient, la Chine, les Etats-Unis et l'Europe pourraient maintenir chacun leur propre sphère d'influence sans interférences mutuelles et pourraient ainsi prospérer de concert. Remplacer une lutte pour l'hégémonie mondiale par une régionalisation de l'influence politique permettrait de garantir la paix dans le monde pendant l'irrésistible ascension de la Chine.

Dans les domaines économiques, par-delà le politique, le monde est déjà divisé en trois grandes régions : l'Union européenne, les pays d'Amérique du Nord pratiquant le libre-échange et la région Asie Pacifique. Le commerce intérieur et les investissements directs au sein de chaque zone sont supérieurs à l'activité économique qui se fait entre ces régions.

Une fois la régionalisation politique achevée, le commerce sera uniquement du commerce. L'Europe, l'Amérique et la Chine pourront faire des affaires dans les territoires et les sphères d'influence de chacune des autres zones, et ils pourront à la fois coopérer et se concurrencer sur les investissements et le développement en Afrique, en Asie et en Amérique latine, en se basant toujours sur des critères économiques. Par exemple, en Angola, la Chine, la France et les Etats-Unis pourront chacun obtenir des droits de forage pétroliers off-shore, et le gouvernement local aura ainsi le choix et ne sera pas aussi facilement sous le contrôle d'une seule nation.

La seconde guerre en Irak avait convaincu la Chine d'investir en Afrique. L'Angola est à présent le premier fournisseur de pétrole de la Chine. Les autres pays africains qui fournissent des combustibles fossiles à la Chine sont notamment le Soudan, la République du Congo, la Guinée Equatoriale, le Nigeria, le Tchad, la Mauritanie, le Mali, le Niger, le Bénin et le Gabon, tandis que l'Algérie lui vend du gaz naturel. Plus de trente pour cent des importations de pétrole de la Chine proviennent d'Afrique, une proportion qui arrive en seconde place derrière le Moyen-Orient. L'énergie mise à part, la Chine est également active dans les secteurs miniers et forestiers en Afrique. De vastes domaines de fermes sous contrat sont plantés pour la production agricole afin de répondre aux besoins de la Chine. La Chine a également construit des routes, des hôpitaux, des ports, des aéroports et des réseaux de communication. Du Zimbabwe à la

Somalie, la Chine a investi dans la majeure partie des pays africains. Elle a toujours préconisé des relations commerciales et d'amitié, ainsi qu'une non-ingérence dans les affaires politiques internes de ces pays, et les dirigeants des nations africaines ont bien accueilli cette attitude. Dès lors, il n'est pas surprenant que la puissance et l'influence de la Chine en Afrique surpasse bientôt celles de l'Amérique, de la France et de la Grande-Bretagne, faisant de la Chine le premier partenaire commercial de l'Afrique.

En Asie du Sud et au Moyen-Orient, la Chine a noué des relations d'amitié avec l'Iran et elle a beaucoup développé ses contacts avec le Pakistan, son ami de longue date. C'est là un point important de sa stratégie de Sécurité nationale : il s'agit de contenir l'Inde, qui est l'alliée des Etats-Unis. C'est notre politique de « méfiance à l'égard de l'Inde et de bonnes relations avec l'Islam », et il s'agit aussi de protéger nos routes d'approvisionnement en pétrole. Cela est dû au fait que la distance la plus courte pour acheminer le pétrole et les minerais depuis l'Afrique et le Moyen-Orient se fait par voie maritime, puis par voie de terre depuis le port de Gwadar dans le Sud-Ouest du Pakistan, puis vers le nord, par le chemin de fer Gwadar-Dalbandin, construit par la Chine, qui rejoint l'autoroute du Karakorum dans la province chinoise du Xinjiang. En utilisant cet axe, les importations de nos ressources stratégiques vitales n'ont pas à dépendre uniquement des longs trajets maritimes depuis l'Afrique et le Moyen-Orient. La puissance militaire chinoise en haute mer ne permet pas de protéger les routes maritimes de l'océan Indien et des mers de Chine du Sud de possibles interventions des puissantes forces navales américaines, indiennes ou autres. C'est particulièrement vrai dans le détroit de Malacca qui est un lieu de passage étroit et fréquenté où les navires de l'Inde, des Etats-Unis, de Singapour, de la Thaïlande, de l'Indonésie, des Philippines, de l'Australie et du Japon mènent fréquemment des manœuvres navales conjointes.

La Chine n'a jamais manqué de se saisir de toutes les ressources énergétiques qui avaient pu échapper à l'emprise des autres grandes puissances. En 2008, quand le prix du pétrole chuta de cent quarante-sept dollars à trente-trois dollars le baril, la Chine augmenta ses importations de pétrole en provenance du Venezuela et de l'Iran. En 2009, quand la Russie dénonça son contrat avec le Turkménistan et stoppa ses importations de gaz naturel, la Chine lui vint en aide et signa avec le Turkménistan un contrat de trente ans, qui prévoyait la construction d'un gazoduc traversant le Turkménistan, l'Ouzbékistan, le Kirghizistan et le Kazakhstan pour finalement arriver en Chine. La même chose fut faite pour acheminer le pétrole du Kazakhstan. La Chine n'intervenait pas seulement dans l'extraction de son pétrole, mais les trois mille kilomètres d'oléoduc du Kazakhstan signifiaient que, pour la première fois, la Chine importait directement cette ressource énergétique par un pipeline transfrontalier. A l'exception de la Russie et de l'Iran, les pays alentour, du fait de leur enclavement, doivent nécessairement exporter leurs énergies par voie maritime. Ainsi, ces dispositions allaient toutes dans le sens de l'objectif stratégique de la Chine en Asie centrale : la construction d'un pont énergétique panasiatique, grâce à un oléoduc reliant le Moyen-

Orient, l'Iran, la Russie, l'Azerbaïdjan et le Kazakhstan à la province du Xinjiang en Chine.

Aujourd'hui, pour ses propres intérêts nationaux, la Chine veut promouvoir la stabilité régionale en Afrique, au Moyen-Orient, en Asie centrale, en Iran et au Pakistan. Elle veut empêcher toute ingérence des autres grandes puissances et neutraliser l'influence des religieux extrémistes, des séparatistes et des terroristes qui cherchent à miner ou à renverser les gouvernements de ces régions. De manière à isoler les indépendantistes du Xinjiang, la Chine a proposé une amitié particulière aux six pays en « *stan* » d'Asie centrale et à la Turquie. La Turquie a longtemps vu son entrée dans l'Union européenne refusée, alors la Chine lui a proposé un statut d'observateur dans l'Organisation de coopération de Shanghai et a accordé à l'Iran une place de membre de plein droit. Plus inattendu, même Israël recherche à présent les bonnes grâces de la Chine. Comme ils ont peur que celle-ci ne fournisse des armes nucléaires aux pays islamiques, Israël est en train de vendre ses technologies les plus avancées et les plus sophistiquées à la Chine[1].

La Chine ne s'est pas opposée non plus aux efforts de la Russie pour bouter la puissance américaine hors des régions qui sont au cœur de l'Asie centrale et du Caucase. De toute manière, ces nations pluri-ethniques

1. Ce sujet a fait l'objet de frictions entre les Etats-Unis et Israël, Washington s'étant opposé dans les années 2000 à la livraison de certaines technologies sensibles à la Chine, notamment l'équipement électronique d'un avion comparable à l'Awacs américain.

ne voulaient pas se jeter à nouveau dans les bras de la Russie. Le Kazakhstan, par exemple, n'a pas oublié les grandes souffrances qu'il a endurées à cause des déplacements de population sous Staline et des kolkhozes soviétiques. L'Ouzbékistan faisait les yeux doux aux Etats-Unis et à l'OTAN. Les pays d'Asie centrale, conscients que la Chine n'avait pas d'ambitions politiques dans la région, se sentaient davantage en confiance pour tisser avec elle des relations commerciales. A l'inverse, c'était la Chine qui ne voulait pas que la Russie pense qu'elle essayait de s'immiscer dans sa sphère d'influence. La nouvelle politique étrangère des gouvernements chinois et russes était une « diplomatie coordonnée », ce qui explique pourquoi la Chine fournit un prêt colossal à la petite nation moldave située à l'ouest de la mer Noire, alors que la Chine n'avait jamais eu avec elle de relations d'aucune sorte. Il s'agissait d'aider les Russes à bloquer l'avancée vers l'est des puissances occidentales.

La Chine avait longtemps dû endurer bon nombre d'humiliations dans le but de faire de la Russie son alliée. Durant plus d'un siècle, la Russie avait occupé plus d'un million et demi de kilomètres carrés du territoire chinois, une superficie grande comme trois fois la France. La Chine avait cessé depuis bon nombre d'années de chercher à récupérer ces terres et les deux nations avaient déclaré conjointement que les frontières sino-russes étaient désormais établies. La Russie est un pays immense, sa population est en déclin et toutes les menaces militaires qui pèsent sur elle viennent des puissances de l'OTAN, sur son front ouest. En outre, l'instabilité de ses revenus énergétiques, le contrôle de ses républiques peuplées de non-Russes et sa volonté de réaffirmer le pouvoir de la défunte Union soviétique étaient autant de dossiers qui contribuaient à son affaiblissement.

La Russie est par trop tributaire de ses exportations d'énergie, c'est pour cela que cette dernière manche du déclin économique l'a frappée de plein fouet. Par chance, quand l'Europe s'est mise à réduire ses importations de gaz naturel russe, la Chine a aussitôt accru ses achats. Désormais, le pétrole et le gaz naturel russes ainsi que d'autres piliers de son économie, comme le matériel militaire à longue portée ou le bois de Sibérie, sont inséparables du marché chinois. En 2010, le pétrole russe coulait déjà dans le pipe-line Sibérie-Pacifique depuis Skovorodino jusqu'à Daqing, dans la province chinoise du Heilongjiang, et à présent, le gaz naturel arrive aussi en Chine en passant par l'oléoduc de Yakoutie-Khabarovsk-Vladivostok, long de six mille sept cents kilomètres. Tout cela réduit la dépendance de la Russie envers l'Europe et diversifie les approvisionnements de la Chine en carburants fossiles. Du fait de leur manque de capitaux et de leurs liens étroits avec le gouvernement, de nombreuses entreprises de l'oligarchie russe entrent en concurrence pour obtenir les investissements des entreprises d'Etat chinoises et former des monopoles conjoints pour l'exploitation du titanium, de l'or et des métaux précieux russes. Donc, nous pouvons dire que sur le plan économique, la Chine et la Russie s'entraident mutuellement.

Ayant pris conscience de cet état de fait, un certain nombre de régions russes frontalières de la Chine ont récemment modifié leurs positions et accepté d'accueillir les capitaux, les entreprises et les travailleurs chinois. Ainsi, pour le bien des intérêts fondamentaux de nos deux nations, et compte tenu de nos stratégies à long terme, tant que la Chine ne remettra pas le sujet de ses territoires perdus sur le tapis, la Chine et la Russie seront parfaitement capables de vivre dans une coexistence pacifique.

He Dongsheng déclara que ce récent rééquilibrage du centre de gravité mondial offrait à la Chine une occasion rêvée. Au cours des années précédentes, la Chine s'était développée en douceur, mais dans le but d'acquérir une sécurité sur le long terme et de « diriger la nation et de pacifier le monde », comme le dit l'expression consacrée. He Dongsheng était persuadé qu'il restait une initiative clef à entreprendre : former une alliance avec le Japon.

Pour réussir à faire de l'Extrême-Orient une réalité pour les Asiatiques, la Chine devait conclure une alliance avec le Japon. Ce n'est que le jour où les Japonais changeront d'attitude et se débarrasseront des Etats-Unis pour entrer dans le bloc asiatique, que l'impérialisme américain sera éliminé d'Extrême-Orient et que les accords de la Guerre froide s'effondreront enfin. Une fois que les deux superpuissances asiatiques – la Chine et le Japon – auront uni leurs efforts, un nouvel ordre mondial verra le jour et s'ouvrira une nouvelle ère post-occidentale et post-race blanche. L'Europe et l'Amérique n'auront d'autre choix que de l'accepter. C'est ce qui avait motivé Sun Yat-Sen en 1924, quand il se rendit au Japon pour promouvoir le panasiatisme et presser les Japonais de ne pas imiter l'impérialisme occidental, mais au contraire d'unir leurs forces avec la Chine pour faire de la traditionnelle voie royale chinoise une réalité. Sun Yat-Sen était un nationaliste. Croyez-vous qu'il ne se soit pas aperçu des ambitions japonaises ? Certainement pas. Mais il était conscient que ni la Chine ni le Japon n'avait le pouvoir de repousser les puissances occidentales hors d'Asie. Par contre, s'ils s'alliaient, rien ne pourrait arrêter la régénérescence de l'Asie. Par malheur cependant, le Japon contemporain non seulement ne suivit pas les bons conseils de Sun Yat-Sen, mais envahit la Chine et le reste de l'Extrême-Orient, causant sa propre ruine et celle de beaucoup d'autres pays et des pertes humaines considérables.

A présent, une nouvelle opportunité se présentait. En concluant une alliance et en signant le meilleur traité de sécurité jamais ratifié entre leurs deux nations, ainsi que des accords bilatéraux de coopération économique renforcée, les gouvernements chinois et japonais risquaient de susciter le mécontentement de leurs oppositions.

« Vous ne le savez sans doute pas, dit He Dongsheng, mais la puissance militaire japonaise n'est devancée que par celle des Etats-Unis et de la Chine. En théorie, le budget de la Défense au Japon ne représente qu'un pour cent du PIB, mais l'économie du Japon est très importante, et tout comme en Chine, le gros des dépenses militaires est dissimulé dans d'autres postes budgétaires. Elles comprennent notamment ses forces d'autodéfense navales, son programme spatial et ses recherches en armements – aucun de ces secteurs n'apparaît dans le budget de la Défense. Ainsi, les dépenses annuelles du Japon en matière de Défense sont bien supérieures en volume à celles des prétendues grandes nations que sont la Grande-Bretagne, la Russie et la France. Bien que les dépenses militaires communiquées par le Japon soient légèrement inférieures à celles annoncées par la Chine, son avance technologique et bon nombre de ses industries civiles pourraient aisément être converties en un usage militaire. »

Une telle puissance militaire et proximité géographique ne laissaient d'autre choix à la Chine que d'afficher son amitié envers le Japon. Sans oublier la présence continue de troupes américaines sur le sol japonais, à Okinawa et en Corée du Sud.

Pour les mêmes raisons, le Japon se sentait tout aussi inquiet de constater la montée en puissance rapide de la Chine. Ce sentiment pourrait amener le Japon à abolir sa « Constitution pacifique », à devenir un pays ordinaire, à démarrer une course aux armements avec la Chine, à accepter la présence continue des Etats-Unis en Extrême-Orient et même à développer unilatéralement des armes nucléaires.

Quel genre de stabilité y aurait-il alors en Extrême-Orient si cela se produisait ? Les deux pays pourraient une nouvelle fois subir des pertes terribles.

Désarmer cette bombe à retardement, réussir à créer une situation gagnant-gagnant pour la Chine et le Japon, et forcer les Etats-Unis à se retirer d'Extrême-Orient, requérait soit une très grande sagesse, soit un coup de chance comme il n'en arrive qu'une fois par siècle. Cette aubaine, ce fut la survenue de la stagflation de l'économie mondiale.

Certains diront que la récession économique japonaise dure depuis plus de vingt ans et que chaque fois que la situation semblait s'améliorer, le Japon a finalement replongé. Déjà affaibli, le dernier déclin économique en date rendait son rétablissement difficile à envisager. Les produits industriels japonais, qui dominaient autrefois le reste du monde, semblaient n'apporter aucun espoir de reprise immédiate.

Les dirigeants chinois ont vu dans cette période d'extrême faiblesse du Japon une occasion à ne pas laisser passer. Ils exigèrent que son marché isolationniste et protectionniste soit immédiatement ouvert à la Chine, en particulier pour permettre à celle-ci d'acquérir des entreprises japonaises. Si le Japon refusait, la Chine prendrait des mesures de représailles pour limiter l'entrée des produits et des entreprises japonaises sur le marché chinois. Ces exigences furent la goutte d'eau qui fit déborder le vase. A présent, la Chine est le premier partenaire économique du Japon et l'économie japonaise s'est rétablie, en grande partie grâce à son commerce avec la Chine.

Au bout du compte, et au nom du libre-échange, les deux nations conclurent en grande pompe de nouveaux accords : les deux pays pouvaient à présent, librement et sans barrières, entrer ou sortir du marché de l'autre, tout comme ce fut le cas pour les accords de coopération économique avec Hong Kong. C'était la première fois dans l'histoire que le Japon ouvrait ses portes à un autre pays. Ces deux marchés désormais liés l'un à l'autre, furent rapidement en mesure de défier l'ensemble des économies américaines et européennes.

Quand la Chine et le Japon unirent leurs efforts, la Corée du Sud et d'autres pays d'Asie exprimèrent leur désir d'établir un marché commun extrême-oriental. Même l'Australie, la Nouvelle-Zélande, deux provinces de l'ouest du Canada et les pays d'Amérique latine membres de l'APEC voulurent se regrouper en une Communauté du Pacifique et de l'Extrême-Orient.

En marge de l'expansion de leur zone de libre-échange, la Chine et le Japon établirent également un programme sans précédent d'immigration de travailleurs qualifiés et d'investisseurs, qui permettait à leurs ressortissants possédant des compétences particulières ou des capitaux, d'aller vivre librement dans l'un ou l'autre pays. Pour arranger le Japon, dont la population vieillit, les immigrants chinois vers le Japon devaient être âgés de moins de quarante-cinq ans, tandis qu'aucune limite d'âge n'était imposée aux immigrants japonais vers la Chine. Sur la base de cet accord, quelque cinquante mille Chinois immigreraient vers le Japon chaque année, à peu près le même nombre que ceux qui iraient s'établir au Canada.

Il existait diverses raisons à cette politique d'immigration croisée : dans le but de trouver un emploi, parce que voyager était plus facile avec un passeport japonais ; à cause de la qualité de vie japonaise ; ou encore parce que ces immigrants ne voulaient pas que leurs enfants subissent la compétition du système éducatif chinois. La majeure partie des immigrants japonais vers la Chine seraient des retraités, qui pourraient bénéficier d'un rapport qualité-prix supérieur en Chine, leur apportant à la fois une meilleure prise en charge et l'accès à davantage de loisirs. En d'autres termes, la Chine allait aider le Japon à renouveler sa population déclinante avec des gens de grande qualité. Cette politique avait également une forte portée symbolique, car elle sous-entendait que la Chine et le Japon avaient effacé leurs inimitées passées et qu'ils s'accueillaient désormais mutuellement. Ce processus était assez similaire à celui qui avait conduit les ennemis traditionnels que furent la France et l'Allemagne à entamer une coexistence pacifique après la Seconde Guerre mondiale et à établir un nouvel ordre en Europe.

Tout aussi important, la Chine et le Japon signèrent un Traité de sécurité mutuel et un Pacte de non-agression, qui stipulaient que si l'une des deux nations était attaquée, l'autre viendrait à son secours. Ils étaient rédigés sur les mêmes bases que le Traité de sécurité mutuel entre les Etats-Unis et le Japon, et que le Traité de l'OTAN ou d'autres pactes semblables, passés entre les puissances européennes au dix-neuvième siècle. Un aspect tout à fait remarquable de ce traité était qu'il apaisait les inquiétudes japonaises en ne demandant pas au Japon d'abroger son Traité de défense mutuelle avec les Etats-Unis. Ainsi, le Japon était à présent protégé à la fois par la Chine et par les Etats-Unis. Il avait acquis deux polices d'assurance à la fois. Le Japon n'était pas non plus forcé d'abroger son Pacte de coopération sur la Sécurité ni avec l'Australie, ni avec l'Inde. La Chine elle, obtint grâce à ce traité que le Japon n'abolisse pas sa « constitution pacifique » et ne se lance pas dans une course aux armements.

Le Traité de sécurité mutuelle sino-japonais mettait également un frein à la Corée du Nord. D'une part, cela signifiait que la Corée du Nord ne pouvait plus brandir la menace nucléaire contre le Japon, car si le Japon était attaqué, la Chine lui viendrait en aide.

D'autre part, le Japon ne pourrait plus jouer la carte nord-coréenne pour justifier son expansionnisme militaire. Une fois que le régime sud-coréen commença à se sentir isolé, la population donna son accord à la signature d'un traité de Sécurité analogue avec la Chine, afin de pouvoir faire plier le militarisme nord-coréen.

Les conséquences fortuites de ces traités furent que le Japon reconnut que la souveraineté historique des îles Diaoyutai Senkaku, ainsi que d'autres situées plus au large en mer de Chine orientale, devait encore être tranchée. Il proposa que ces îles deviennent une zone démilitarisée que la Chine et le Japon pourraient développer sous forme de coopératives. Cet accord servit de base à la Chine quand elle fit des projets analogues de développement coopératifs en mer de Chine du Sud avec le Vietnam, Singapour, la Malaisie et les Philippines.

Voilà ce que la Chine vous offre. Reconnaître que la Chine est un grand frère amical, et tout pourra se faire, même si la Chine doit y laisser certains de ses avantages.

Au cours du siècle passé, le Japon a envahi la Chine et les Chinois détestent les Japonais depuis cette date[1]. Aujourd'hui, les Japonais n'ont aucune haine envers le peuple chinois. Ils avaient l'habitude de nous regarder de haut, de nous mépriser, mais à pré-

1. L'armée impériale japonaise a d'abord occupé la Mandchourie à partir de 1931, avant de lancer ses troupes à la conquête du reste de la Chine en 1937. La guerre a pris fin en 1945 avec la capitulation du Japon, après avoir fait des millions de morts et laissé une haine tenace parmi les Chinois.

sent, ils nous craignent. Ils furent les envahisseurs par le passé, mais ils n'ont aucune haine à notre égard. C'est simple à comprendre si l'on y réfléchit un peu : si vous nous avez infligé de terribles souffrances par le passé, il est naturel que vous ne nous haïssiez pas aujourd'hui. Les Japonais sont persuadés qu'ils n'ont été battus que par les Américains. Le territoire japonais n'avait jamais été occupé par une puissance étrangère avant les troupes d'occupation américaines de l'après-guerre et il reste encore cinquante mille soldats américains stationnés sur le territoire japonais. Par conséquent, les Japonais nourrissent l'espoir de voir un jour les Américains subir une défaite. Cela fait partie d'une psychologie subtile mais profonde, entre les puissants et les faibles, entre les envahisseurs et les assiégés, entre les vainqueurs et les vaincus – une autre guerre n'est pas nécessairement le seul moyen de se venger et de se laver de la honte. Une inversion des rôles, ou à tout le moins, un équilibre de statut peut suffire.

C'est pour cette raison que la doctrine Monroe d'Extrême-Orient et le Traité de Sécurité mutuelle sino-japonais ont aujourd'hui autant de partisans au Japon – c'est parce qu'ils constituent une gifle pour les Américains. Le Japon avait besoin d'obtenir l'aide de la Chine et cela apporta aussi à bon nombre de Chinois un fort sentiment de respect de soi. Ainsi, une chose inédite s'était produite – la Chine et le Japon avaient formé une alliance, et un marché commun extrême-oriental allait bientôt voir le jour. La Chine avait entamé une doctrine Monroe extrême-orientale et une nouvelle ère venait de s'ouvrir. Si Sun Yat-Sen était encore en vie, il féliciterait sûrement la

Chine d'avoir réalisé son rêve pour le siècle présent. « Bien joué ! Bien joué ! » fut la conclusion pleine de fierté de He Dongsheng.

La meilleure option dans le monde concret

« Ah ! La réalisation de son rêve pour le siècle présent ? protesta Xiao Xi. Si Sun Yat-Sen était encore en vie aujourd'hui, il en mourrait de colère. Ses Trois principes étaient : l'indépendance, la souveraineté et le bien-être du peuple. Où sont passés les droits du peuple aujourd'hui ? Au cours du siècle dernier, les droits du peuple ont été bafoués à loisir par votre Parti communiste. Chaque fois que nous nous retournons, vous lancez une répression, vous arrêtez les gens et vous les jetez en prison.

— C'est exact, dit Fang Caodi. Vous dites que l'ordre social est en danger, que les contradictions sont grandes et que les malfaiteurs deviennent fous, mais qui est le vrai responsable du désordre et de l'agitation sociale ? Est-ce que la corruption et l'incompétence de votre Parti communiste en sont seuls responsables ? Soixante ans se sont écoulés depuis la fondation de la République populaire de Chine ! Est-ce que le parti Kuomintang est au pouvoir aujourd'hui ?

— Selon vous, dit Xiao Xi, la Chine est déjà entrée dans une ère de prospérité. Si tel est le cas, pourquoi êtes-vous toujours incapables de gouverner le pays selon les règles du Droit ? Etes-vous convaincus que la Chine ne devra jamais devenir un Etat de droit ? Après plus de soixante ans au pouvoir, vous êtes toujours incapables de mettre en pratique une bonne gouvernance ! Le problème, c'est que votre Parti communiste est foncièrement opposé à de vraies réformes politiques. Chaque nouvelle réforme est une vache à lait pour vos cadres corrompus et vos fonctionnaires, à chaque échelon du pouvoir. Votre dictature du Parti unique peut-elle résoudre la corruption interne à votre propre Parti ? Regardez seulement votre "seconde génération de riches" : ce sont les enfants des entrepreneurs chinois ; et votre "seconde génération d'officiels" : ce sont les enfants de l'élite du Parti. Ils sont à vomir. Ce sont tous des gros richards trempés jusqu'au cou dans un capitalisme de collusion d'intérêts !

— Le Parti communiste chinois est complètement hypocrite, dit Fang Caodi. Ils mentent en permanence, dissimulent la vérité, travestissent l'Histoire ; vous trichez avec moi et je triche avec vous. Cela part du sommet de l'Etat et les échelons inférieurs vous imitent, même les jeunes générations se sont laissé corrompre. Notre Nation, qui se targuait autrefois de son honnêteté, est devenue complètement dégénérée sur le plan moral : comment pouvez-vous parler de prospérité et de suprématie ?

— Vous n'avez fait que parler en long et en large du vieil idéal d'enrichir l'Etat et de renforcer le pouvoir militaire, ajouta Lao Chen, de la manière de s'emparer des ressources, de stimuler la croissance économique, de dépasser le Japon et de rattraper les Etats-Unis, mais le coût de votre développement économique a été colossal. Vous avez massacré l'environnement et épuisé les ressources naturelles pour deux générations. En suivant le modèle de développement des nations industrielles occidentales, tôt ou tard, vous aboutirez à une impasse et serez stoppés dans vos efforts. »

Fang Caodi avait fait des affaires en Afrique et il avait vu une autre réalité que celle décrite par He Dongsheng. Quand les entreprises chinoises travaillaient sur des projets de construction majeurs, ils n'engageaient que des ouvriers chinois. Ils n'employaient aucun travailleur local et n'aidaient pas à réduire le taux de chômage élevé de ces régions. Les produits chinois bon marché envahissaient les marchés africains et ruinaient les rares industries manufacturières qui y subsistaient encore. Les Chinois ne sont pas différents des anciens colonialistes européens. Ils s'entendaient avec les élites dirigeantes locales corrompues pour exploiter les ressources naturelles de l'Afrique et ils n'aidaient pas les peuples africains à développer leur économie et à sortir de la misère.

« Pourquoi un pays aussi puissant est-il si faible qu'il ne puisse accepter la moindre petite dose de critique ? demanda Xiao Xi. Pourquoi étouffez-vous la liberté de parole ? Regardez comme internet vous fait peur. »

Après être rentré en Chine, Fang Caodi avait voyagé dans toutes les régions peuplées de minorités ethniques. Parce qu'il recherchait les traces de son père et de l'ancien seigneur de guerre Sheng Shicai, il s'était rendu dans le Nord et le Sud du Xinjiang et au Tibet. Son constat global était que la politique des minorités nationales du Parti communiste était un échec. Les Chinois Han se plaignaient de l'injustice de la discrimination positive tandis que les Ouighours et les Tibétains se sentaient humiliés et opprimés. Les cadres communistes locaux du Xinjiang et du Tibet sont corrompus jusqu'à la moelle et ils s'engraissent sur le dos des conflits ethniques. Avec ses vieilles haines et ses rancunes nouvelles, le Xinjiang et le Tibet ne seront jamais en paix. « Si la Chine ne met pas en place un système fédéral, les conséquences seront catastrophiques ! lui cria Fang Caodi.

— He Dongsheng, ajouta Lao Chen, vous êtes un lettré chinois à l'ancienne. Vous avez la tête pleine d'idées sur la manière de "diriger le pays et de pacifier le monde" et vous mourez d'envie de devenir un officiel du régime et un Tuteur impérial. Quand vous êtes au contact du pouvoir, vous en êtes tout excité, et dès que vous entrez dans le cercle rapproché des décideurs, vous soutenez aussitôt le principe d'une dictature autoritaire. Vous habillez cela de jolies phrases soutenant qu'il vous faut un pouvoir absolu pour accomplir de grands desseins, mais en réalité, vous êtes dévoré par l'ambition personnelle. Accomplir de grandes choses ne veut pas nécessairement dire accomplir de bonnes choses. Vous pouvez aussi faire des choix extrêmement néfastes qui auront des conséquences désastreuses et des résultats incalculables pour les années à venir. La dernière décennie regorge d'exemples qui vont en ce sens, n'ai-je pas raison ? »

He Dongsheng écoutait avec le sourire, comme s'il appréciait leurs critiques.

« Tout ce que vous avez dit est juste, répondit-il. Mais les informations dont vous disposez ne peuvent se comparer à celles auxquelles j'ai accès, sans commune mesure avec les vôtres. Je pourrais évoquer tellement plus de choses encore bien plus terribles et absurdes que celles que vous connaissez déjà. Il y a deux jours de cela, nous avons eu une réunion au cas où toute cette masse de boue qui tombe des collines, le long du barrage des Trois gorges, du fait de l'érosion, bloquerait le cours du fleuve Yangzi. Tout le monde sait que cela se produira tôt ou tard. Mais nous ne savons pas qui sera l'équipe dirigeante en place à ce moment-là, qui aura la malchance de devoir nettoyer ce foutu merdier. Toutefois, une chose est sûre : vous ne pouvez pas regarder les autres se tuer à la tâche et en tirer les bénéfices sans lever le petit doigt. Il faut toujours abandonner quelque chose. Du travail mal fait et des actes irresponsables, il y en aura toujours ici ou là, le pays est si vaste. J'ajouterai une chose qui me vient droit du cœur : il n'existe pas d'autre voie pour que la Chine soit meilleure qu'elle ne l'est aujourd'hui.

— Que voulez-vous dire par : il n'existe pas d'autre voie pour que la Chine soit meilleure qu'elle ne l'est aujourd'hui ? lui demanda Xiao Xi.

— Est-ce que les Occidentaux ne croient pas en Dieu ? demanda He Dongsheng. Dieu a créé le monde et Dieu n'est qu'amour. Alors Dieu ne peut pas avoir délibérément créé un monde mauvais, n'est-ce pas ? Pourtant, il existe dans ce monde bien des choses qui ne sont pas entièrement bonnes. C'est pour cela que le philosophe allemand Leibnitz a fondé sa théodicée, pour défendre Dieu. Selon lui, le monde est certes bien imparfait, mais un monde meilleur est impossible puisque Dieu a créé le monde le plus parfait qu'Il pouvait créer. Si même Dieu a échoué, comment la Chine pourrait-elle y parvenir ?

La situation actuelle de la Chine est la meilleure qui puisse être vu les circonstances présentes. Et il est impossible, en pratique, de la rendre meilleure. Il ne suffit pas de vouloir que la Chine ait une tradition parlementaire comme en Angleterre, ou une social-démocratie comme dans les pays d'Europe du Nord, ou de vastes ressources comme aux Etats-Unis… La Chine n'est que la Chine, et son histoire n'est pas une page blanche que l'on pourrait remplir comme bon nous semble. Il reste d'ailleurs peu de choses qui n'aient pas déjà été faites. Nous ne pouvons partir que de la situation présente. Je suis fermement convaincu que la Chine a déjà fait le choix de la meilleure option possible dans le monde concret.

— Il y a bien longtemps, Voltaire a tourné la philosophie de Leibnitz en ridicule, dit Lao Chen. Dans une phrase à jamais célèbre, Voltaire fait dire à son personnage, le docteur Pangloss : "Tout est pour le mieux dans le meilleur des mondes possibles."

— Je ne comprends pas, dit Fang Caodi.

— Quoi que vous disiez, dit Xiao Xi, vous ne faites que défendre votre dictature du Parti unique.

— Eh bien, pouvez-vous proposer une meilleure option, qui soit plus complète et plus réalisable ? lui demanda He Dongsheng.

— Que je ne puisse pas faire cette proposition, répondit Xiao Xi, ne veut pas dire que la vôtre est acceptable. »

He Dongsheng comprenait parfaitement ces arguments et ces critiques. Il savait que tout cela était le revers de la médaille du Parti communiste. La faute en revient à Lénine et à Trotski, qui les premiers ont inventé la dictature du Parti unique. Dans les années 20, Karl Kautsky, qui avait étudié auprès de Marx et d'Engels, avait déjà perçu ce problème. Il disait que la dictature bureaucratique du Parti unique de l'Union soviétique serait pire que le capitalisme des sociétés occidentales. Il n'y a rien d'étonnant à ce que Lénine ait autant détesté Kautsky.

Mais peut-on remplacer la dictature du Parti communiste chinois, dans une Chine capitaliste aux caractéristiques socialistes, par un autre système ? N'est-ce pas là, la meilleure option au monde, et qui existe déjà concrètement ?

Une dictature de parti unique est bien sûr incapable d'éliminer sa propre corruption et elle doit en outre étouffer la liberté de parole et éliminer tous ses dissidents quels qu'ils soient.

Mais la Chine peut-elle être sous contrôle sans une dictature de parti unique ? Aucun autre système est-il capable de nourrir et d'habiller plus d'un milliard trois cents millions d'habitants ? Ou de mettre en œuvre avec succès un Plan d'action pour atteindre la prospérité durant la crise ? La Chine aurait-elle pu s'élever si rapidement sans être dirigée par une dictature de parti unique ?

Certains penseront que puisque la Chine a progressé et que s'est ouverte l'ère de sa prospérité, elle peut maintenant mettre un terme à sa dictature de parti unique ! Le He Dongsheng d'il y a vingt ans aurait pu penser ainsi. Il aurait pu rejoindre les factions au sein du Parti qui prônaient des réformes démocratiques, et même soutenir la montée d'un Gorbatchev chinois. Mais à présent, He Dongsheng n'avait plus aucune foi dans le système démocratique occidental. En outre, il savait depuis juin 1989 que le

Parti communiste chinois n'avait plus aucun idéal. En tant que régime d'un Etat-Parti ayant le monopole du pouvoir, le Parti communiste ne régnait que dans le but de préserver ledit pouvoir, les officiels n'étaient à leur poste que pour veiller à leur enrichissement personnel, et il n'y avait pas le moindre espoir que le Parti produise un homme tel que Gorbatchev. Aujourd'hui He Dongsheng n'avait plus aucune envie de se battre pour des réformes politiques, mais il était même cyniquement convaincu que de telles réformes seraient nuisibles et les mèneraient au chaos.

« Contentons-nous de maintenir le *statu quo* en Chine, dit-il, et continuons à nous développer en douceur pendant encore vingt ans. Ensuite seulement, nous pourrons envisager des réformes. A la rigueur, nous pouvons instaurer quelques changements mineurs et nous diriger petit à petit vers un bon gouvernement. »

Il n'avait pas la moindre idée de ce que pourrait être une Chine démocratique post-communiste.

« Des réformes politiques ? dit-il en ricanant. Est-ce si facile ? Le résultat de réformes politiques ne serait pas le fédéralisme que vous souhaitez, ni une social-démocratie sur le modèle européen, ni une démocratie constitutionnelle à l'américaine. Pareille transition politique donnerait une dictature fasciste à la chinoise, mélange de nationalisme collectif, de populisme, d'étatisme et de traditionalisme chinois.

— Votre Etat-Parti communiste est déjà un état fasciste, répondit Xiao Xi. Vous n'avez besoin d'aucune transition !

— Même si nous sommes des fascistes ? répliqua He Dongsheng avec colère. Nous n'en sommes encore qu'aux tout premiers stades. Vous n'avez pas encore goûté toute la saveur d'un despotisme fasciste ultra-violent. A votre façon de parler, je vois que votre imagination ne vous permet pas d'appréhender ce qu'est le Mal véritable. »

A ces mots, le visage de quelques dirigeants du Parti communiste qu'il connaissait et qui nourrissaient des ambitions fascistes apparut devant ses yeux et il songea que si n'importe lequel d'entre eux arrivait au pouvoir, non seulement la Chine, mais le monde entier entrerait dans une des périodes les plus terribles de l'Histoire. Il éprouvait même à cet égard un certain sens du devoir, le sentiment qu'il devait empêcher de tels individus d'accéder au pouvoir.

He Dongsheng savait pertinemment que les opposants au groupe de direction actuel étaient de gauche comme de droite, mais que les plus dangereux venaient de l'extrême droite du Parti. Le Plan d'action pour atteindre la prospérité durant la crise était dans la droite ligne des politiques d'économie de marché de la période de réformes et d'ouverture, et celles-ci avaient mis en colère bon nombre d'hommes politiques de haut rang. La Gauche historique et la Nouvelle Gauche s'étaient toutes deux opposées à la privatisation des terres agricoles, de nombreuses grandes entreprises gérées par l'Etat étaient mécontentes de l'ouverture aux entrepreneurs des entreprises privées dans des secteurs dont ils avaient longtemps eu le monopole. Et au bout du compte, l'abolition des contrôles et l'incitation à la concurrence avaient réduit l'espace de collusion qui existait entre les bureaucrates et les hommes d'affaires, tout comme elles avaient réduit les chances des officiels de se créer une rente pendant leur carrière. De plus, la corruption était si profondément ancrée dans les mentalités, et si endémique au Parti, que lorsque l'équipe dirigeante essaya d'instaurer une « loi sur la transparence » qui obligerait les officiels à révéler le montant de leur fortune, et ce afin de débusquer d'éventuels pots-de-vin, les corrompus décidèrent de se liguer pour renverser l'équipe en place.

Ces factions d'ambitieux au sein du Parti étaient sans cesse à la recherche des points faibles de l'équipe dirigeante. A l'époque, elle en avait deux : son alliance avec le Japon et sa négligence des litiges frontaliers. Le sentiment antijaponais avait la faveur de la majeure partie de la population chinoise et unissait plusieurs générations. La signature soudaine d'un traité de fraternité avec les Japonais paraissait inacceptable à beaucoup, même si cela allait dans le sens des intérêts vitaux de la nation chinoise. De même, il était facile de faire passer le développement conjoint des zones frontalières pour une atteinte humiliante à la souveraineté de la Chine. Ces ambitieux savaient qu'il leur suffirait de jeter de l'huile sur le feu du sentiment nationaliste et d'accuser l'équipe dirigeante de se prostituer auprès des étrangers, de capituler ou même de trahir la Nation pour que celle-ci ne puisse plus se défendre. Son crédit auprès de la population s'effondrerait, et quand le reste du monde se rendrait compte de l'émergence brutale du nationalisme chinois qui s'ensuivrait, la Chine passerait pour un nouvel empire à la fois expansionniste et agressif. Les autres pays seraient alors convaincus de la véracité de la « Théorie de la menace chinoise » et ils se prépareraient aux hostilités et cesseraient de croire ce que dit le gouvernement chinois. Voir le groupe de dirigeants actuels condamnés à l'intérieur comme à l'extérieur du pays était exactement le but recherché par la faction des ambitieux. He Dongsheng craignait depuis fort longtemps que l'opinion publique chinoise soit prise en otage par cette faction de fascistes qui existait au sein du Parti.

He Dongsheng se mit même à repenser avec émotion à la défunte faction libérale des intellectuels. Comme ils ne pouvaient plus servir de cibles, toutes les forces antilibérales – la Gauche historique et la Nouvelle Gauche, les nationalistes, les populistes, les traditionalistes et la droite ultra – allaient concentrer leurs attaques sur le groupe au pouvoir. Malheureusement, quand l'économie mondiale entra dans son déclin et que l'ère de la prospérité de la Chine commença officiellement, la faction libérale, accusée d'être pro-occidentale, déclina brutalement et l'engouement pour leurs idées se tarit également. Après une période de réflexion, la plupart des membres de la faction libérale se mirent à soutenir les dirigeants autoritaires et pragmatiques actuels. Ils étaient à présent persuadés que la Chine ne devait pas suivre la voie des pays occidentaux et que le modèle chinois actuel était la meilleure option possible. Les quelques libéraux qui refusaient obstinément de changer d'opinion avaient été réduits au silence. Ils n'apparaissaient plus dans les médias, ne publiaient plus, ne donnaient plus de conférences et n'enseignaient plus. Seul le menu fretin, comme Xiao Xi, utilisait encore Internet comme une tribune, pour résister et poursuivre une bien faible guérilla.

La nuit s'étirait lentement, interminable. Pendant que Lao Chen, Xiao Xi et Fang Caodi écoutaient He Dongsheng les bombarder d'informations, leurs émotions couraient comme sur des montagnes russes. Ils étaient épuisés et Zhang Dou s'était même assoupi plusieurs fois en tenant la caméra.

Plus He Dongsheng parlait, et plus il redoublait d'énergie. C'était comme s'il était accueilli dans une émission télévisée pour y faire une interview marathon. « C'est magnifique, pensait-il, de pouvoir dire tout ce que je veux. Je ne me suis pas senti aussi heureux depuis bien longtemps. » Il réalisa aussi qu'il disait des choses qu'il ne pouvait pas exprimer en temps normal. S'il ne les disait pas aujourd'hui, il aurait probablement un pied dans la tombe avant que ne se présente une autre occasion de s'épancher ainsi. Il était bien conscient aussi qu'il n'avait jamais bu l'eau du robinet de Pékin auparavant, mais ce soir il en avait vidé plusieurs verres et il était donc sujet à une réaction inhabituelle.

Soudain He Dongsheng songea à un étrange événement qui s'était produit récemment et dont il devait parler.

« Ce que je vais vous dévoiler, dit-il à Lao Chen, à Xiao Xi et à Fang Caodi, est un secret d'Etat. Le mois dernier, un groupe terroriste a infiltré une usine chimique secrète gérée par l'Etat et a tenté de la faire sauter. Heureusement, nos forces de sécurité furent informées à temps et elles les abattirent sur place. Ce qui est incroyable, c'est que ces six terroristes, étudiants des prestigieuses Universités de Beida et de Qinghua, étaient tous membres d'une cellule fasciste basée à Pékin. Après les avoir identifiés, nous avons étouffé l'affaire en déclarant qu'ils avaient trouvé la mort dans un accident de voiture. Comme leurs familles n'ont pu voir les corps, les parents ont fait des histoires. Je vous dis tout cela afin que vous compreniez que le fascisme a déjà un pied solidement posé en Chine. Pour que ces étudiants aient eu connaissance de cette usine chimique Top secret, ils devaient forcément avoir des complices au sein du Parti, du gouvernement et de l'armée. Ces gens ont leur propre programme, ils ne sont plus des membres sincères du Parti communiste depuis un certain temps déjà, et je ne peux que les qualifier de fascistes.

— L'un des étudiants tués s'appelait-il Wei ? lui demanda lentement Xiao Xi.

— Wei ? Non.

— Vous en êtes absolument sûr ?

— Vous n'avez pas à douter de ma mémoire. D'ailleurs, Wei n'est pas un nom de famille très courant. S'il y avait eu un Wei, je m'en souviendrais. »

En voyant son soulagement, Lao Chen sut qu'elle était en train de penser à son fils Wei Guo.

« Comment avez-vous été mis au courant ? lui demanda Lao Chen pour changer de sujet.

— Vous ne devriez pas sous-estimer nos services de renseignement, dit He Dongsheng. Nous avons des yeux et des oreilles partout. Quand des gens se rassemblent, nous avons toujours des informateurs… La question est plutôt de savoir comment nous avons pu vous rater, tous les trois.

— Pourquoi voulaient-ils faire exploser cette usine chimique ? » lui demanda soudain Fang Caodi très sérieusement.

Comme He Dongsheng venait de leur parler de leur Plan d'action pour atteindre la prospérité durant la crise et du Plan d'action pour diriger la nation et pacifier le monde, ainsi que de la future stratégie de politique étrangère du pays, de quoi d'autre encore He Dongsheng n'avait-il pas le droit de parler ?

« Laissez-moi vous présenter les choses ainsi…, dit He Dongsheng. A ce stade du développement de la Chine, la différence entre notre gouvernement et ces éléments fascistes, c'est que nous voulons que le peuple soit amour et compassion, et non qu'il ait un caractère martial. Or les fascistes veulent promouvoir un esprit combatif au sein de la population. Les produits chimiques fabriqués dans cette usine rendent le peuple chinois heureux, sans désir aucun de s'en prendre aux autres, et c'est pour cette raison que les fascistes voulaient la détruire. Est-ce que vous comprenez ce que je dis ?

— Est-ce qu'il s'agit de l'usine chimique qui se trouve près du Village du Bonheur, dans la région du mont Taihang, dans la province du Hebei ? demanda Fang Caodi avec un pressentiment. Celle qui possède son propre aéroport ?

— Vous savez vraiment beaucoup de choses ! répondit He Dongsheng très surpris. Il semble qu'il y ait eu des failles dans notre système de sécurité.

— Que fabrique donc cette usine chimique pour que les gens se sentent si heureux ? Professeur He, je vous rappelle que vous avez accepté de répondre à toutes les questions que nous pourrions vous poser, quelles qu'elles soient.

— Je ne vois aucun inconvénient à vous le dire, répondit He Dongsheng, et d'ailleurs, je ne pense pas que ce soit une mauvaise chose. Si vous n'avez jamais entendu parler de la MDMA, vous connaissez au moins l'ecstasy. Nous fabriquons de la MDMA de génération N. C'est un produit léger, qui ne crée pas d'addiction et n'a aucun effet secondaire néfaste. Une fois que vous en avez absorbé, vous vous sentez en pleine forme, vous avez la sensation que le monde est rempli d'amour, vous avez envie de serrer les autres dans vos bras et de leur parler en toute confiance, mais vous gardez les idées claires et n'avez pas d'hallucinations, tout comme moi en cet instant.

— Pourquoi avez-vous besoin d'une si grande usine pour produire des comprimés d'ecstasy ? lui demanda Fang Caodi, perplexe.

— Elle ne fabrique pas des comprimés, expliqua He Dongsheng, il n'y a aucun comprimé, et ce n'est pas pour vendre de l'ecstasy aux autres pays. La Chine est un vaste pays, nous ne sommes pas la Corée du Nord, alors ne vous y trompez pas. Nous produisons ce composé chimique pour notre propre usage.

— Tout comme dans le roman d'Aldous Huxley *Le Meilleur des mondes* ? intervint Lao Chen.

— Je sais à quoi vous faites référence, mais nous n'avons pas du tout été influencés par lui. Nous sommes dotés d'un Organisme de maintien de la stabilité, composé de grands spécialistes, qui conduisent des recherches sur les techniques anciennes ou récentes pour maintenir la stabilité à la fois en Chine et hors de Chine. L'un de ces diplômés travaillait sur des données britanniques. Vous savez que dans les pays occidentaux, les jeunes gens aiment s'enivrer et faire la fête. Et une fois saouls, ils se bagarrent et cherchent des problèmes aux autres. On observe le même phénomène avec les matches de football : les supporters britanniques sont extrêmement violents. Mais, depuis les dernières années du vingtième siècle, l'ecstasy s'est répandue et les violences ont soudain diminué. Quand ces jeunes britanniques consommaient de l'ecstasy, ils ne souhaitaient que danser en agitant la tête, écouter de la musique, s'embrasser, donner de l'amour à tout le monde et offrir leur cœur tout autour d'eux. Les effets de la MDMA ou de l'ecstasy sont très différents de ceux de l'alcool ou des drogues hallucinogènes. L'alcool embrouille l'esprit, libère les pulsions animales et pousse à la violence. Les drogues psychédéliques créent des hallucinations et perturbent la communication sociale. Notre Organisme de maintien de la stabilité a commandé à l'Institut de technologie de Harbin la fabrication de quelques échantillons purs de MDMA. Au départ, ils ne savaient pas bien quelle en serait l'utilité, mais ils voulaient mener des recherches. Vous savez, comme ce laboratoire que l'on voit dans les films de James Bond, quand Q et le Major Boothroyd arrivent avec de nouveaux gadgets, parfois très utiles et parfois complètement loufoques.

« Puis, quand le Politburo étudiait son Plan d'action pour atteindre la prospérité durant la crise, l'un des membres permanents s'inquiétait que la répression ne rende la population dépressive et passive. Cela aurait eu un impact négatif sur l'enthousiasme du peuple, au moment même où nous étions en train d'introduire notre deuxième série de réformes économiques. Il se demandait s'il n'existerait pas une quelconque substance qui permettrait au peuple de se sentir bien, mais sans exprimer de pulsions violentes qui pourraient rompre l'harmonie de notre société. Il y avait à cette réunion un porte-parole du ministère de la Sécurité publique qui avait été formé à la Kennedy School of Administration de l'Université de Harvard. Il s'était penché sur le problème de la drogue aux Etats-Unis, et il dit en plaisantant que nous ne pourrions obtenir ce résultat en Chine que si tout le monde prenait de la MDMA, c'est-à-dire de l'ecstasy.

« C'est ainsi que les choses ont commencé. Et plus nous en discutions, plus nous pensions que cela pourrait marcher. Un des membres permanents déclara qu'il n'aurait jamais imaginé qu'il existe un tel produit. L'ingrédient principal de l'ecstasy est l'huile de sassafras, encore appelée safrole. Savez-vous quel pays au monde produit le plus de safrole ? C'est la Chine. Quelle merveilleuse coïncidence ! Les chercheurs occidentaux et chinois ont découvert que l'ingestion d'une petite quantité de MDMA n'est pas dangereuse pour la santé humaine, et il n'y aurait pas non plus d'effets secondaires néfastes à long terme. Puisque nous pouvons l'utiliser pour rendre tout le monde heureux et renforcer notre stabilité nationale, pourquoi s'en priver ?

« Ne vous ai-je pas dit que notre gouvernement était capable d'accomplir de grandes choses ? Nous avons construit une usine de production chimique, qui élabore un produit de qualité garanti scientifiquement. Puis nous avons ajouté de la MDMA dans tous nos réservoirs d'eau potable, ainsi que dans le lait, le lait de soja, les boissons gazeuses, les jus de fruits, les bières et l'alcool de riz. Mis à part quelques rares endroits très isolés, nous couvrons plus de quatre-vingt-dix-neuf pour cent de la population urbaine et plus de soixante-dix pour cent des populations rurales. Chacun ne boit qu'une quantité si faible du produit qu'il est totalement indétectable dans des analyses d'urine. La population ne saura jamais qu'elle en boit et cela ne lui fera éprouver qu'une légère euphorie. Ce n'est qu'un simple programme complémentaire pour renforcer notre projet de réformes économiques. Le véritable succès de notre Plan d'action pour atteindre la prospérité durant la crise en revient entièrement à la justesse de notre grande stratégie globale. »

Tandis que Lao Chen, Xiao Xi et Fang Caodi écoutaient He Dongsheng, ils se mirent soudain à avoir des sueurs froides.

« Ça n'a rien d'étonnant que l'on se sente tous *hai-lai-lai* ! s'exclama Lao Chen sous le coup d'une illumination soudaine.

— C'est exact, dit Fang Caodi, plus de quatre-vingt-dix-neuf pour cent des citadins planent toute la journée !

— Comment avez-vous pu faire ça aux gens sans les informer ? demanda Xiao Xi.

— Le Parti communiste n'informe presque jamais le peuple, répondit He Dongsheng. Cela a toujours été ainsi. Bien d'autres pays mettent des produits chimiques dans leur eau potable. A Hong Kong, ils mettent du fluor dans l'eau pour éviter que les dents ne s'abîment. Nous le faisons uniquement pour le bien du peuple.

— Votre politique, dit Xiao Xi, vise à maintenir le peuple dans l'ignorance, de sorte qu'il ne puisse pas se plaindre et vous laisse le champ libre.

— C'est précisément notre but, dit He Dongsheng.

— Une fois votre but atteint, demanda Lao Chen, pourquoi ne pas vous être arrêtés ?

— Tout allait si bien. Pourquoi aurions-nous cessé ? Qu'y a-t-il de mal à vouloir une population heureuse et une société harmonieuse ? Aujourd'hui, la Chine est à la première place du classement sur l'échelle du bonheur. Le nombre de croyants augmente rapidement tandis que la violence domestique et le taux de suicide des femmes en milieu rural diminuent de façon notable… Où est le mal ? Et puis, nous n'osons pas arrêter maintenant. Si nous le faisions, le peuple pourrait devenir mécontent. Des étrangers, qui résident en Chine depuis longtemps, commencent à se sentir curieusement mal à l'aise en rentrant chez eux. Ils s'y sentent moins bien qu'en Chine, et ils veulent toujours revenir chez nous. Nous avons ainsi un très grand nombre d'amis du monde entier ! Quand d'autres étrangers critiquent la Chine, ils se dressent contre eux et prennent notre défense ; ils racontent à leurs compatriotes que s'ils venaient vivre en Chine pendant un certain temps, ils se rendraient compte que les Chinois sont les gens les plus heureux du monde.

— Tout le monde n'a pas la même réaction, rétorqua Fang Caodi. La drogue que vous déversez dans l'eau n'a jamais eu d'effets sur aucun de nous trois.

— Je vous le dis à vous, c'est une drogue excellente, mais ce n'est qu'une drogue mineure. Elle ne peut en aucun cas contrôler les gens. Elle ne fait que modifier légèrement leurs émotions. Nos études de suivi nous indiquent que plus de quatre-vingt-dix-neuf pour cent des gens ont la même réaction positive au produit, mais peut-être existe-t-il un petit nombre d'individus insensibles à cette drogue. C'est suffisant pour que la grande majorité des Chinois se sentent heureux, car les émotions de la minorité seront toujours influencées par celles de la majorité. Bien sûr, il y a des exceptions, même parmi les exceptions. Je vois bien que vous tous ici faites partie de l'infime minorité d'un nombre infime d'individus à ne pas avoir atteint le bonheur. Tout comme moi ! J'ai choisi de ne jamais boire ce produit pour voir ce que cela fait de rester sobre pendant que tout le monde est *high*. Mais aujourd'hui... Les effets sont meilleurs la première fois. Regardez comme je n'ai pas arrêté de parler après seulement deux verres d'eau. J'ai dit tellement de choses... y compris celles dont je n'aurais jamais dû vous parler.

— Quand avez-vous commencé à mettre de l'ecstasy dans l'eau potable ? demanda soudain Zhang Dou, qui avait gardé le silence jusqu'à présent. Quel jour était-ce précisément ?

— Ce fut le dernier jour des trois semaines de répression. Ce jour-là, les systèmes d'approvisionnement en eau potable de toutes les principales villes de première, de seconde et de troisième importance, ainsi que toutes les villes de province, déversèrent la drogue au même moment. Comme nous allions annoncer dès le lendemain le début de l'ère de la suprématie de la Chine, nous devions calibrer comme il faut les sentiments du peuple.

— Je vais te tuer, salaud ! », hurla Zhang Dou en se jetant sur He Dongsheng comme un animal sauvage – et il écrasa le faible corps de celui-ci contre la chaise de tout le poids de sa forte stature. « Je vais te tuer, saloperie ! »

Lao Chen, Xiao Xi et Fang Caodi tentèrent de le maîtriser, mais Zhang Dou était trop fort.

« Fang Dou, relâche-le ! Tu es devenu fou ? crièrent-ils tous les trois.

— Il a fait du mal à Miaomiao ! C'est ce bâtard qui a empoisonné Miaomiao ! » hurlait Zhang Dou, dont la main enserrait la gorge de He Dongsheng. On aurait dit que Zhang Dou allait l'étrangler.

Soudain un grand cri leur parvint et Zhang Dou relâcha son étreinte en se retournant. Miaomiao se tenait sur le seuil de la porte avec un plateau de cookies. Elle regardait Zhang Dou d'un air mauvais, réprouvant son usage de la violence. Fang Caodi en profita pour pousser Zhang Dou loin de He Dongsheng.

Zhang Dou avait failli tuer leur otage et Lao Chen, Xiao Xi et Fang Caodi en étaient encore secoués. He Dongsheng, sauvé des griffes de la mort, n'avait toujours pas repris son souffle et peinait à parler.

« C'est lui qui a empoisonné Miaomiao, répétait Zhang Dou. Miaomiao a commencé à se conduire bizarrement le jour où la répression a cessé, et tout cela est dû à cette saloperie qu'ils ont versée dans l'eau.

— Vous êtes dingue ! Vous êtes tous dingues ! Vous… », dit He Dongsheng, haletant, la voix rauque.

Pendant un instant, il pensa qu'il devrait les mettre au défi de le tuer et d'en assumer les conséquences. Puis il reprit ses esprits et se dit que mettre ses ravisseurs au défi de le tuer ne serait pas la meilleure solution.

Lao Chen était celui qui gardait la tête froide. Il s'approcha de He Dongsheng avec un verre d'eau, mais celui-ci détourna volontairement les yeux. « Je vais desserrer vos liens, pour que vous puissiez boire un peu, d'accord ? »

He Dongsheng en fut touché. Lao Chen le détacha. « Ce qui vient d'arriver n'est qu'un incident. Les coqs vont bientôt se mettre à chanter et le jour va se lever. Votre nuit blanche touche à sa fin. Ayez encore un peu de patience, d'accord ?

— Avez-vous d'autres questions à lui poser ? demanda Lao Chen aux trois autres.

— Oui. J'avais presque oublié, répondit Fang Caodi. Le mois disparu. Ou plus exactement, les vingt-huit jours qui ont disparu. Professeur He, la semaine d'anarchie et les trois semaines de répression dont vous venez de nous parler : mis à part nous trois et vous-même, tous ceux que j'ai interrogés à ce sujet ne se souviennent de rien. Lao Chen, vous ne vous en souvenez pas non plus, n'est-ce pas ?

— Je dois avouer n'avoir aucun souvenir de cette période », répondit Lao Chen.

He Dongsheng se mit à rire, mais il lui était encore difficile de parler. « Donnez-moi un autre verre d'eau ! », demanda-t-il tout en déglutissant pour s'éclaircir la gorge.

« Professeur He, dit Fang Caodi, pouvez-vous vous expliquer sur cette année-là, quand tout le monde s'est fait vacciner contre la grippe aviaire ? C'était en réalité une drogue créée par votre Organisme de maintien de la stabilité pour nous faire perdre la mémoire, n'est-ce pas ?

— Non, ce n'était pas le cas. La vaccination contre la grippe aviaire ne servait qu'à protéger la population contre ce virus, et seulement dix ou vingt millions de personnes ont été réellement vaccinées. Où l'Organisme de maintien de la stabilité aurait-il trouvé une drogue qui puisse rendre amnésique ? Ce serait merveilleux si nous pouvions vraiment en disposer. Ainsi, notre Parti communiste pourrait réécrire son histoire à sa guise.

— Alors, qu'est-ce qui a fait que tout le monde a oublié ? demanda Fang Caodi.

— Etait-ce à cause de l'ecstasy qu'il y avait dans l'eau potable ? demanda Xiao Xi.

— Je n'en sais rien ! » He Dongsheng ne pouvait s'arrêter de rire. « Si vous me demandez la cause réelle, je peux seulement vous dire que je n'en ai pas la moindre idée ! Vous vous trompez en croyant que nous sommes capables de tout contrôler. Beaucoup de choses échappent à nos attentes. Nous n'avons jamais souhaité que le mois dont vous parlez disparaisse tout bonnement de l'esprit des gens.

— Si vous ne le savez pas, alors qui le sait ? demanda Fang Caodi. N'essayez pas de nous le cacher…

— Je ne vous cache rien, poursuivit He Dongsheng. Je vais vous dire tout ce que je sais. Dès que le Plan d'action pour atteindre la prospérité durant la crise commença à connaître un certain succès, la première phrase de l'éditorial du *Quotidien du Peuple* fut : « Depuis que l'économie mondiale est entrée dans une période de crise, l'ère de la suprématie chinoise a officiellement commencé… » Il ne s'agissait que de rhétorique éditoriale, afin de mettre ces deux événements dans une même phrase. Par la suite, cependant, cette phrase a été extraite et répétée, encore et encore, par tous les médias jusqu'à ce que les gens soient capables de la réciter par cœur.

« A l'époque, le Bureau central de la propagande a fait une déclaration indiquant que ces vingt-huit jours n'étaient plus mentionnés du tout par la plupart des sources d'informations, et seulement par une poignée d'internautes. Nous avons pensé que les gens trouvaient trop pénible de se remémorer ces temps difficiles, et puis chacun était bien trop occupé à faire de l'argent et à en dépenser.

« C'était une très bonne chose pour le Parti. L'anarchie et les exécutions ne sont pas précisément une partie de plaisir. C'est une boucherie, un péché même, si vous êtes croyant. Alors, le Bureau de la propagande a pris les choses en main et a ordonné à tous les médias, y compris sur internet, de ne plus parler de ces vingt-huit jours. Comme vous le savez, nos techniques de contrôle de l'internet sont les meilleures au monde[1]. Et puis, bien sûr, les médias traditionnels n'auraient pas osé désobéir à nos ordres ; tout était

1. La Chine a mis en place la « Grande muraille de Chine électronique », un système de contrôle de l'internet chinois à l'aide de logiciels et d'une cyberpolice importante. La Chine compte plus de 450 millions d'internautes, et, malgré la censure, la circulation de l'information est massive et crée une véritable opinion publique qui pèse sur les choix politiques. (Pierre Haski, *Internet et la Chine* ; Seuil, 2009.)

donc bien fermement sous contrôle. Par ailleurs, après le début de la période de prospérité, les gens se désintéressèrent complètement de l'Occident. Maintenant, les Chinois préfèrent regarder nos propres médias, et seule une infime minorité continue à suivre les programmes d'informations non chinois. C'est ainsi que ces vingt-huit jours, qui étaient si rarement évoqués, disparurent totalement de notre discours officiel.

« C'est alors que se produisit une chose inouïe que je ne parviens pas à m'expliquer encore aujourd'hui : de plus en plus de gens avaient réellement oublié ces vingt-huit jours, et il ne s'agissait pas d'une simple absence passagère ; ils ne s'en souvenaient pas, comme si le pays tout entier avait occulté un douloureux trauma de l'enfance.

« Les gens d'âge moyen ou plus âgés n'ont certes pas oublié la Révolution culturelle, ni les événements du 4 juin 1989. C'est simplement que pendant ces deux dernières années de suprématie de la Chine, les Chinois vivaient si bien et si peu de gens voyaient l'intérêt d'évoquer ces événements douloureux, que leur souvenir s'est tout naturellement effacé. Ils étaient véritablement incapables de se souvenir de ces vingt-huit jours.

« Que cela soit lié à l'eau potable, je ne saurais le dire avec certitude. Les dirigeants qui vivent dans la résidence de Zhongnanhai ont leur propre système d'eau potable. Nous ne buvons pas la même chose que le peuple, même si certains d'entre nous, qui manquent un peu d'autodiscipline, ont pu aller faire un tour à l'extérieur et boire de l'eau contaminée. Ce que je peux vous assurer, c'est que la plupart des dirigeants qui sont à Zhongnanhai sont tout à fait capables de se rappeler ces vingt-huit jours et sont pleinement conscients que le pays entier souffre d'une amnésie sélective.

« Dès que j'ai réalisé ce qui se passait, je suis allé sonder différents groupes de gens, y compris des cadres de niveaux moyen ou inférieur et des experts. Comme je m'y attendais, ils n'avaient plus aucun souvenir de cette période, c'était comme s'ils s'étaient fait à eux-mêmes un lavage de cerveau. C'était étrange, mais bien réel.

« Cela ne pouvait mieux tomber pour nous. Le groupe dirigeant précédent, qui avait sur les mains le sang de ces vingt-huit jours, était fortement enclin à ce que les événements de ce mois-là disparaissent des mémoires. Aussi commencèrent-ils à expurger tous les textes qui avaient relaté cette période. Par exemple, ils ordonnèrent que tous les journaux de toutes les bibliothèques publiques soient disponibles en format électronique uniquement. Nous avons entièrement réécrit l'histoire de ces vingt-huit jours. Et nous avons avancé la date à laquelle la suprématie chinoise a commencé, de manière à la faire coïncider avec le début de la crise économique mondiale, effaçant ainsi l'existence historique de cette semaine d'anarchie et de ces trois semaines de répression. Personne n'a contesté cette distorsion de la réalité, et pour ainsi dire, personne ne l'a même remarquée. De temps à autre, quand quelqu'un du pays ou de l'étranger mentionnait ces événements, nous les filtrions tout simplement. Très vite, la nouvelle version des faits devint la seule version accessible. A dire vrai, j'en fus moi-même assez surpris : comment le peuple chinois pouvait-il oublier aussi facilement des événements récents de cette importance ?

« Ce que j'aimerais vous dire, c'est que les organes centraux de la propagande ont réussi leur travail à merveille, mais ils n'ont fait que pousser une barque déjà en mouvement. Si les Chinois eux-mêmes n'avaient pas eu la volonté d'oublier, nous n'aurions pas pu les y forcer. Le peuple chinois s'est volontairement administré une forte dose de produit amnésiant.

— Pourquoi ? demandèrent Xiao Xi et Fang Caodi en même temps. Pourquoi le peuple chinois a-t-il fait cela ? Comment a-t-il pu ? Il doit bien y avoir une explication.

— Ne vous l'ai-je pas déjà dit ? Je n'en sais rien ! »

Xiao Xi et Fang Caodi étaient médusés.

« Je ne me l'explique pas, ajouta He Dongsheng, voyant que tous restaient sans voix. Je suis assez perplexe. Peut-être que la vie réelle n'est pas comme un roman policier et que chaque chose n'a pas une explication rationnelle. Je dois admettre que c'est une grande énigme que je ne sais pas résoudre. Pourquoi le peuple a-t-il développé une amnésie collective ? Peut-être parce que les êtres humains sont tout simplement des animaux doués du pouvoir d'oublier ce qu'ils désirent effacer de leur histoire. Peut-être le Parti communiste est-il tout simplement chanceux. Ou parce que le peuple chinois mérite d'être gouverné par le Parti communiste et que plus de soixante ans de règne ne sont pas encore suffisants. C'est peut-être dû à un miracle ou au karma ordinaire du peuple chinois. Dommage que je sois un matérialiste, sinon je dirais certainement que c'est la volonté du Ciel, le

Ciel souhaite que le Parti communiste continue à vous gouverner. Le Ciel a sauvé mon Parti ! »

Xiao Xi et Fang Caodi restaient assis là, médusés et déprimés. Seul He Dongsheng avait l'air d'un vainqueur. Lao Chen restait assis lui aussi, le regard perdu dans le vide. Après un long moment, il se reprit et vit que la lumière du jour pointait déjà au-dehors.

« Frère Dongsheng, laissez-moi vous rappeler que nous avons conclu un pacte. Personne ne va révéler un seul mot de ce qui s'est dit ici cette nuit. Nous pourrons reprendre le cours de nos vies ordinaires et vous pourrez reprendre votre vie de promotions officielles et d'enrichissement. Pensez-y bien. A tous, je dis, s'il n'y a pas d'autres questions : Je vais laisser Monsieur He rentrer chez lui. »

Xiao Xi, Fang Caodi et Zhang Dou ne dirent pas un mot, et Lao Chen s'adressa avec douceur à He Dongsheng : « Vous pouvez partir à présent. »

He Dongsheng hésita un moment, puis il se leva et marcha lentement vers la porte. Alors, il se retourna et dit en guise d'explication : « Vous pensez que je ne me préoccupe que de ma promotion et de mon enrichissement personnel ? Si j'ai fait ce que j'ai fait, c'était pour le bien de ma Nation et celui de mon Peuple ! »

Tous le regardèrent d'un air impassible.

« Croyez-le ou non, c'est comme vous voudrez », ajouta He Dongsheng sereinement, et il sortit de la pièce. Un moment plus tard, ils entendirent son SUV s'éloigner.

Lao Chen, Xiao Xi et Fang Caodi restaient assis, toujours silencieux.

Zhang Dou donna à chacun une copie des cassettes vidéo enregistrées.

« Je ferais mieux d'y aller, dit Fang Caodi.

— Parfait, dit Lao Chen.

— Veux-tu que je te ramène en ville ? lui demanda Fang Caodi.

— Non, merci. Il fait jour à présent. Xiao Xi et moi allons sortir et prendre un bus. Tu ferais mieux d'y aller. »

Fang Caodi serra chacun dans ses bras, fit ses adieux, monta dans sa Jeep Cherokee et s'éloigna.

« Maître Chen, demanda Zhang Dou, allons-nous avoir des ennuis ?

— Je dirais qu'il existe une chance sur deux, répondit Lao Chen.

— Je comprends, dit Zhang Dou.

— Prends bien soin de Miaomiao », répondit Xiao Xi.

Tous les trois s'embrassèrent et se dirent au revoir.

« J'ai des amis près de la frontière du Yunnan, dit Lao Chen à Xiao Xi tandis qu'ils passaient la porte. Ils n'ont jamais ressenti ce sentiment de *hai-lai-lai*. Veux-tu venir avec moi ?

— Si ça ne te dérange pas, répondit Xiao Xi après avoir réfléchi un instant, j'aimerais emmener ma mère avec nous.

— Aucun souci », répondit Lao Chen.

Le ciel était clair vers l'est, et tous deux durent se protéger les yeux, tout en marchant main dans la main sous la lumière brillante du matin.

Glossaire

BANDE DES QUATRE : Clan radical au sein du Parti communiste chinois pendant la révolution culturelle, dont faisait partie l'épouse du président Mao, Jiang Qing. Le groupe fut « purgé » peu de temps après la mort de Mao, en septembre 1976, jugé et lourdement condamné pour des meurtres commis au temps de la Révolution culturelle.

BARRAGE DES TROIS-GORGES : C'est le plus grand barrage au monde, situé sur le fleuve Yangtze, dans l'Ouest de la Chine. Il a fait l'objet de nombreuses polémiques depuis son lancement, sur sa sécurité, sur les conséquences écologiques et sur les déplacements massifs de population qu'il a entraînés.

BEIHAI : Aujourd'hui zone de restaurants et de bars, ce lac constitue un lieu de promenades apprécié des Pékinois. Il est situé au nord de la Cité interdite et du quartier des dirigeants du Parti et de l'Etat, Zhongnanhai.

CCPPC : « Chambre basse » du Parlement chinois, composée de représentants des régions, des nationalités, des corporations du pays. Ses pouvoirs sont purement consultatifs.

CCTV : Télévision d'Etat chinoise.

CHEN SHUI-BIAN : Président de Taiwan de 2000 à 2008, membre du parti indépendantiste taïwanais, honni par Pékin.

CHEN YINGCHEN : Ecrivain taïwanais né en 1936, emprisonné pendant cinq ans pour « activités subversives » à l'époque de la dictature de Tchiang Kai-shek, considéré comme l'un des plus grands écrivains de l'île.

CHIANG KAI-SHEK : Rival anticommuniste de Mao dans la guerre civile chinoise, Chiang Kai-shek s'enfuit à Taiwan avec son armée en 1949, et gouverna l'île d'une main de fer de 1950 à sa mort en 1975.

DISTRICT 798 : Quartier d'ateliers d'artistes et de galeries d'art contemporain installées dans des usines désaffectées de l'Est de Pékin. Le quartier reste connu sous son ancienne appellation industrielle : 798. Initialement peuplé d'artistes marginaux d'avant-garde, le district 798 a été progressivement contrôlé par les grandes galeries commerciales.

DROITIER : Etiquette tirée de la « Campagne anti-droitiers » lancée par Mao en 1957, et visant ceux qui s'étaient risqués à exprimer des critiques vis-à-vis de son pouvoir lors de la campagne précédente dite des « Cent fleurs », destinée justement à libérer la parole. Ceux qui ont été étiquetés « droitiers » ont subi persécutions et brimades jusqu'à la fin de l'ère maoïste en 1976.

EMPEREUR JAUNE OU « HUANGDI » : Personnage de la mythologie chinoise, censé avoir régné il y a plus de 2 500 ans. Il est considéré comme le père de la civilisation chinoise, née en bordure du fleuve Yangtsé, dans la province centrale du Henan.

FANG LIJUN : Un des artistes contemporains chinois les plus connus (et les plus chers), célèbre pour ses personnages qui ont presque tous la bouche ouverte, pour crier de colère ou de douleur.

FUJIAN : Province côtière chinoise, située en face de l'île de Taiwan séparée du continent depuis 1949. Le Fujian et Taiwan partagent le même dialecte.

GONGYANG GAO : Sage chinois de l'époque des royaumes combattants (475-221 avant J.-C.) qui donna naissance à une importante école de pensée confucéenne.

GUIZHOU : Province pauvre du Sud-Ouest de la Chine, en partie peuplée de minorités ethniques.

HAINAN : Ile du Sud de la Chine, ce lieu de villégiature a connu un boom immobilier important dans les années 2000.

HONG KONG : Revenue dans le cadre de la République populaire de Chine en 1997, Hong Kong reste une zone autonome pour un demi-siècle en vertu des accords sino-britanniques et conserve de fortes restrictions à l'installation de Chinois du continent dans l'ancienne colonie.

JIABIANGOU : Nom d'un camp, situé dans le désert de Gobi, où furent envoyés jusqu'à 3000 prisonniers étiquetés « droitiers » dans les années 50. Le récit de Yang Xianhui sur ce camp particulièrement dur où des centaines de prisonniers sont morts de faim, a été publié en français sous le titre *Le chant des martyrs, dans les camps de la mort de la Chine de Mao* (éd. Balland, 2010), et a été adapté à l'écran par le documentariste chinois Wang Bing dans *Le Fossé*, présenté à La Mostra de Venise en 2010.

JIANG QING : Epouse de Mao et ancienne danseuse, elle a créé une mode d'opéras révolutionnaires reprenant les canons du ballet classique mais à thèmes militants, avec force drapeaux rouges et fusils de pacotille. Le plus connu est *Le détachement féminin rouge*, qui est toujours joué de nos jours.

JIANG ZEMIN : Nommé à la tête du Parti communiste chinois et chef de l'Etat par Deng Xiaoping dans la foulée des événements de Tian'anmen, en 1989, Jiang Zemin est resté à ces deux postes jusqu'en 2002, passant le relais à Hu Jintao qui avait lui aussi été désigné par Deng Xiaoping.

JIN YONG : Egalement connu sous le nom de Louis Cha, il est un célèbre auteur de romans de cape et d'épée chinois, qui a inspiré de nombreux films et séries télévisées historiques. Il est également le fondateur du quotidien *Ming Pao* de Hong Kong où a débuté le narrateur.

KUOMINTANG (parti progressiste-démocrate) : Parti nationaliste héritier de Chiang Kai-shek, l'ancien rival de Mao sur le continent, plus favorable au rapprochement avec Pékin. Le parti progressiste-démocrate (DPP) est favorable aux thèses indépendantistes pour l'avenir de l'île de Taiwan.

LEE TENG-HUI : Président de Taiwan de 1995 à 2000, membre du Kuomintang.

LIN BIAO (OU LIN PIAO) : Compagnon de Mao dans la Longue Marche dans les années 30, il avait été désigné en 1969 successeur officiel du Grand Timonier. Mais en 1971, il est mort dans des circonstances jamais réellement élucidées, officiellement en tentant de s'enfuir en avion après avoir tenté un coup d'Etat militaire.

LIU BINYAN : Né en 1925 et mort exilé aux Etats-Unis en 2005, il a été un journaliste célèbre pour ses reportages et ses enquêtes dans le *Quotidien du Peuple*, l'organe du Parti communiste. Persécuté pendant la Révolution culturelle, il est réhabilité à la mort de Mao et reprend son activité d'écriture. Mais il est de nouveau purgé en 1987, et est expulsé vers les Etats-Unis l'année suivante. Il a publié *Cauchemar des mandarins rouges* (éd. Gallimard, 1989).

LU XUN : Intellectuel chinois le plus connu, écrivain et essayiste mort à Shanghai en 1936. Son œuvre, très polémique et engagée, dénonce la culture traditionnelle et illustre la quête de modernité chinoise au XXe siècle.

MACAO : Colonie portugaise pendant quatre siècles, jusqu'à sa rétrocession à la Chine continentale en décembre 1999, suivant, deux ans et demi plus tard, le même scénario que pour l'ancienne colonie britannique de Hong Kong, située juste en face.

MAISON BOULUD : Restaurant français de luxe installé dans le cadre historique de l'ancienne Légation américaine à Pékin, à deux pas de la place Tian'anmen.

MAOTAI : C'est une des marques les plus prestigieuses d'alcool de sorgho distillé à près de 50°. Le maotai est souvent offert comme cadeau aux visiteurs étrangers : Richard Nixon en reçut une bouteille des mains de Mao Zedong lors sa visite historique en Chine en 1972.

MATSUMOTO : Auteur japonais de romans policiers, décédé en 1992.

NANFANG ZHOUMO (Le Journal de fin de semaine du Sud) : Publié à Canton, c'est l'un des meilleurs titres de la presse chinoise, plus libéral et plus percutant que le reste de la presse officielle. Il est régulièrement victime de remises au pas de la part des autorités.

NANKIN : Le massacre de Nankin fut commis en 1937 par l'armée impériale japonaise lors de la conquête de la capitale provisoire de la République de Chine pendant la guerre sino-japonaise (1937-1945). Selon la Chine, quelque 200 000 civils furent atrocement massacrés. Cet événement continue de peser sur les relations sino-japonaises de nos jours.

OBASAN ET OJISAN : Ces termes signifient « oncle » et « tante » en japonais, culture qui a laissé des traces profondes à Taiwan, administrée par le Japon de 1895 à 1945, bien plus longtemps que le continent. « Oncle et "Tante" sont une manière respectueuse de parler de personnes étrangères plus âgées.

OSC : L'organisation de coopération de Shanghai a été créée en 2001 par la Chine, la Russie, et quatre pays d'Asie centrale, rejoints depuis par de nouveaux membres. Son objectif est d'assurer la sécurité collective de cette région. Pour la Chine, il s'agit surtout de fermer la porte aux indépendantistes du Xinjiang et de s'assurer son approvisionnement énergétique.

PHOENIX TV : Chaîne de Hong Kong, plus indépendante que CCTV, mais néanmoins proche de Pékin.

POLITBURO : Instance suprême du Parti communiste chinois (PCC). Il compte dix-huit membres, dont neuf permanents, surnommés les « neuf immortels » en raison de leur immense pouvoir. Les neuf autres membres sont suppléants.

SANG HU : Réalisateur chinois né en 1916, il a fait l'essentiel de sa carrière pendant la période du réalisme socialiste de l'ère maoïste. Il n'a réalisé que quelques films après la fin de cette période, et est décédé en 2004. Il fut l'amant de la romancière Zhang Ailing (Eileen Chang), avec laquelle il réalisa deux films après la Seconde Guerre mondiale et avant la victoire communiste. Une troisième collaboration était prévue mais ne vit jamais le jour, conduisant à leur rupture. Zhang Ailing partit alors en exil aux Etats-Unis où elle devint Eileen Chang.

SANLITUN : Quartier des ambassades étrangères et des bars fréquentés par les étrangers à Pékin.

SHANXI : Référence à un scandale authentique survenu en 2007 et qui a choqué l'opinion chinoise : des centaines de jeunes ayant « disparu » ont été retrouvés réduits à un quasi-esclavage dans des usines de briques du Shanxi, à l'Ouest de Pékin. Internet a joué un rôle clé pour retrouver ces jeunes et faire connaître cette situation.

SHENG SHICAI : Seigneur de la guerre qui a contrôlé la province du Xinjiang dans les années 30, et s'était placé sous la protection de l'URSS, alors la voisine occidentale de la région. C'est donc logiquement au Parti communiste soviétique et pas chinois qu'a pu adhérer le père de Fang Caodi à l'époque. Le Xinjiang est revenu dans le giron chinois après la victoire des communistes de Mao à Pékin en 1949.

SUN YAT-SEN (1866-1925) : Premier président de la République de Chine après l'effondrement de l'empire en 1911. Il est considéré comme le père de la Chine moderne.

WANG DAN : Né en 1969, il était étudiant à Pékin en 1989, lorsque s'est produit le Printemps démocratique de Pékin dont il fut l'un des principaux dirigeants. Après la répression du 4 juin, il s'enfuit et s'exila aux Etats-Unis où il vit encore aujourd'hui. Etudiant à Harvard, il a poursuivi son action en faveur de la démocratie en Chine.

WEI JINSHENG : Dissident chinois qui a passé au total dix-huit années en prison, avant d'être expulsé en 1997 vers les Etats-Unis où il vit encore aujourd'hui.

WHAMPOA : Le camp d'entraînement du diable est une référence à Spartacus et à la Rome antique. L'Académie militaire de Whampoa, à Canton, avait été fondée en 1924 par Sun Yat-sen, le premier président de la République de Chine après l'effondrement de l'empire Qing en 1912. Cette académie a formé de nombreux cadres ayant joué un rôle dans l'histoire du XXe siècle.

WU SI : Auteur contemporain dont les livres sont des plongées dans les problèmes de la société chinoise et dans l'histoire du pays.

XINJIANG : Province de l'extrême-ouest de la Chine, aux confins de l'Asie centrale, aussi appelé Turkestan oriental par les indépendantistes ouigours. Le Xinjiang est une zone aride et en partie désertique rattachée à la Chine en tant que région autonome depuis 1949. Peuplé d'Ouigours opposés à l'arrivée massive de Hans chinois, il fait régulièrement l'objet de tensions et de troubles entre ces deux communautés. C'était un lieu d'exil et de punition pour opposants.

YANG JIANG : Ecrivaine et traductrice née en 1911, veuve de Qian Zhongshu, célèbre écrivain persécuté pendant la Révolution culturelle puis réhabilité. Quatre romans et essais de Yang Jiang ont été traduits en français : *Six récits de l'école des cadres* (C. Bourgois 1983), *Sombres nuées* (C. Bourgois 1992), *Le bain* (C. Bourgois 1992), *Mémoires décousus* (C. Bourgois 1997).

YUAN : La monnaie chinoise n'est officiellement pas convertible, même si elle est de plus en plus utilisée pour les échanges en Asie. Appuyée sur des réserves monétaires considérables, elle participe de la montée en puissance de l'économie chinoise, même si les Etats-Unis accusent Pékin de « manipulations de devises » au détriment de leur production.

YUANMING YUAN OU ANCIEN PALAIS D'ÉTÉ : Qualifié de « merveille du monde » par Victor Hugo, il a été détruit lors d'une invasion franco-britannique en 1860. L'actuel Palais d'été ouvert aux visiteurs au Nord de Pékin est une construction plus récente, datant de la fin du XIXe siècle. C'est un lieu de promenade privilégié des Pékinois et des touristes.

YU LE GRAND : Premier monarque légendaire chinois de la dynastie Xia, première dynastie de l'histoire chinoise, il y a environ quatre millénaires. Il a été divinisé comme Dieu gouverneur des eaux, une divinité taoïste.

YUNNAN : Province du Sud-Ouest de la Chine, frontalière de la Birmanie et des zones de production de drogue. Les villes situées au début des montages himalayennes, comme Dali ou Lijiang, sont devenues des destinations touristiques prisées, où cohabitent des jeunes en sac à dos et les nouveaux riches chinois.

ZHANG AILING : Connue en Occident sous le nom d'Eileen Chang, c'est une romancière chinoise exilée aux Etats-Unis, où elle est morte en 1995 à l'âge de 74 ans. Son roman le plus connu est *Lust, Caution*, adapté au cinéma par Ang Lee, Lion d'or du Festival de Venise en 2007.

ZHANG YIHE : Fille de Zhang Bojun, un droitier célèbre, et écrivaine. Ses livres ont été interdits en Chine, même après la réhabilitation de sa famille à la mort de Mao.

ZHONGNANHAI : Quartier adjacent à la Cité interdite, au cœur de Pékin, c'est le siège du pouvoir politique, résidence du chef de l'Etat et siège du Parti communiste chinois. Les Pékinois surnomment ironiquement ce quartier entouré de grands murs la « nouvelle Cité interdite ».

ZHU DE : Dirigeant de l'Armée populaire de libération et compagnon de route de Mao Zedong, notamment pendant la Longue Marche, il fut l'un des principaux dirigeants de la Chine populaire, mais fut violemment purgé pendant la Révolution culturelle, avant d'être réhabilité à la fin de sa vie. Il est mort la même année que Mao, en 1976.

ZHU ZHIQING : Poète et essayiste très connu dans la Chine prémaoïste, mort en 1948, à la fin de la guerre civile.

Cet ouvrage a été imprimé en France
par CPI Bussière
à Saint-Amand-Montrond (Cher)
en décembre 2011

Composé par Nord Compo Multimédia
7, rue de Fives, 59650 Villeneuve-d'Ascq

N° d'Édition : 16987. — N° d'Impression : 113507/4.
Dépôt légal : janvier 2012